Au-delà du pardon

J'AI LU

SHIRLEE BUSBEE

Au-delà du pardon	*J'ai lu*	2957/5
La rose d'Espagne	*J'ai lu*	2732/4
Le lys et la rose	*J'ai lu*	2830/4
Le quiproquo de minuit	*J'ai lu*	2930/5
L'appel de la passion	*J'ai lu*	3056/8
Lady Vixen	*J'ai lu*	3143/8
Sous le sceau de l'amour	*J'ai lu*	3287/8

Shirlee

Busbee

Au-delà du pardon

Traduction française
de Marie-Alyx Revellat

Éditions J'ai lu

Titre original :

DECEIVE NOT MY HEART
Avon Books, New York

Je dédie ce livre à mes préférés :

Mme Galena Terry, ma modiste préférée qui crée des merveilles en se fondant sur mes directives fantaisistes et confuses.

M.L. Dean Kastens, mon patron préféré, qui m'a encouragée et s'est tellement réjoui de mes succès.

Mme Charlotte Busbee Whitney, ma belle-sœur préférée, qui s'amuse d'abord de mes expériences et vient ensuite m'aider à faire la cuisine, mue par un sincère sentiment de pitié.

Et naturellement, comme toujours, à Howard.

PREMIÈRE PARTIE

LES TRICHEURS

Une chanson ne console qu'un jour,
Le vin n'est qu'un leurre,
L'amour n'est qu'un baiser qui s'efface,
Le temps est un camelot qui vend de la poussière.

Hearth-song,
Robert UNDERWOOD JOHNSON

1

La maison ressemblait à une aimable vieille dame qui aurait connu des revers mais elle était toujours charmante. Sise sur une boucle du Mississippi, au sud de La Nouvelle-Orléans, elle gardait une élégance intemporelle.

Autrefois elle était entretenue avec un soin jaloux mais, depuis la mort de Damien, son fils unique, M. Claude Saint-André, se désintéressait totalement de la plantation et laissait le château à la merci des atteintes du temps.

Même à l'apogée de sa splendeur, la maison n'était pas imposante mais elle possédait toujours un charme coquet immédiatement perceptible en dépit de son extérieur délabré. Construit en 1760, alors que la Louisiane était une colonie française, le bâtiment était fait de briques couvertes de ciment. Il comprenait le cellier, le bureau et l'entrepôt, tandis que le niveau supérieur, avec ses larges galeries et ses colonnettes de bois, servait de lieu de séjour à la famille.

Devant la maison, un gracieux escalier en forme de fer à cheval montait au deuxième niveau et, à l'arrière-plan, sous les galeries extérieures, se trouvait l'entrée des voitures. Les doubles portes vitrées étaient encadrées de volets en bois de cyprès peint qui fournissaient un supplément de protection pendant le court hiver ou contre les éventuels ouragans.

Les signes d'abandon étaient partout apparents : peinture écaillée des murs, volets manquants, marches défoncées, fissures dans la balustrade de bois qui entourait les galeries. Mais la jeune Léonie Saint-André, héritière de toute cette élégance fanée, n'en avait cure. Elle aimait la maison avec tous ses défauts. C'est là qu'elle était née et qu'elle avait grandi. Le château Saint-André était son foyer et elle n'imaginait pas qu'elle pût vivre ailleurs.

Cependant, en cet été 1799, la situation de son domaine bien-aimé se présentait plutôt mal et nul ne le savait mieux qu'elle. Depuis l'âge de treize ans, c'était elle qui tenait les livres de comptes. Le régisseur de la plantation était parti parce que les dettes de jeu de son grand-père mangeaient tous les bénéfices que les terres pouvaient rapporter. Les esclaves avaient suivi. Or, sans main-d'œuvre, les champs d'indigo restaient inexploités et, sans indigo, l'argent ne pouvait rentrer et, sans argent...

« Si seulement grand-père cessait de jouer ! » pensa-t-elle. Ils pourraient payer les dettes qu'il avait contractées un peu partout dans La Nouvelle-Orléans et avoir un peu d'argent devant eux. Son regard se porta au-delà du rideau d'arbres sur le Mississippi tumultueux. Éblouie par l'éclat du soleil, elle cligna des yeux. « Mon Dieu, se dit-elle, il faut absolument que je trouve quelque chose au plus tôt. »

Âgée de seize ans, Léonie n'était pas jolie, du moins pas dans le sens classique du terme. Avec ses yeux verts en amande, sa peau dorée, sa bouche écarlate aux lèvres charnues et sa chevelure fauve qui retombait en cascade sur ses épaules, elle avait l'air d'une chatte à demi sauvage qui, par un coup de baguette magique, aurait pris une forme humaine.

Elle était menue et paraissait beaucoup plus fragile qu'elle ne l'était en réalité. Bien qu'elle portât une robe de coton informe, les contours de ses jeunes seins se dessinaient nettement et la finesse de ses poignets et de ses chevilles laissait deviner la sveltesse du corps caché par le vêtement.

Comme l'attestaient ses pieds nus et sa robe décolorée, Léonie se souciait peu des exigences de la mode. Elle portait pour tout bijou une croix qui lui venait de sa mère, et elle y tenait. Les vêtements ne servaient qu'à couvrir la nudité et elle n'y attachait pas d'importance. C'était d'ailleurs aussi bien, compte tenu de l'état des finances de la famille.

D'habitude elle ne se serait pas mise en colère mais, la veille, après une de ses visites prolongées à La Nouvelle-Orléans, grand-père l'avait négligemment informée que l'argent qu'elle comptait employer à l'achat de denrées de première nécessité était resté sur les tables de jeu. Pis encore, Claude avait signé de nouvelles reconnaissances de dettes.

Il n'en avait pas toujours été ainsi. Léonie elle-même n'avait jamais connu l'époque où son grand-père ne gaspillait pas tout leur argent au jeu ; mais les esclaves de la maison — Mammy, la cuisinière, Abraham, le chef d'un personnel inexistant, et Mercy, sa propre servante — lui avaient souvent parlé des années où Claude Saint-André dirigeait efficacement sa plantation et ne lésinait pas sur l'entretien de sa maison. Ils lui avaient décrit les grandes réceptions qu'il donnait et auxquelles se pressait toute l'élite de La Nouvelle-Orléans. En ce temps-là, les écuries étaient pleines de magnifiques pur-sang. Tout avait changé après la terrible inondation de 1785, où le Mississippi déchaîné avait rompu les digues, si soigneusement édifiées, pour se répandre sur les terres, détruisant tout sur son passage. La maison avait miraculeusement survécu mais l'une des galeries s'était effondrée et les parents de Léonie avaient été engloutis dans les eaux bouillonnantes ainsi que sa grand-mère. Après cette tragédie, Claude Saint-André s'était mis à boire et à jouer sans se soucier de sa petite-fille de deux ans.

Dans son enfance, Léonie n'avait pas souffert de cette indifférence, au contraire. Libérée des contraintes qui entourent généralement une fillette de sa condition, elle avait poussé comme une créature sauvage, plus à son aise dans les marécages et les bayous que dans les élégants appartements qu'elle aurait dû orner. Claude s'était contenté de veiller à ce qu'elle soit nourrie, vêtue et reçoive une instruction rudimentaire, sans plus. A quoi bon lui farcir la tête ? Au moment voulu, il lui trouverait un mari honorable, et quel homme sensé voudrait d'une femme savante ?

Cependant, bien qu'elle fût une sauvageonne, Léonie était avide de savoir et, après avoir consommé tout ce que Mme Whitfield, son institutrice anglaise, pouvait lui apprendre, son esprit réclamait davantage. Les ressources de Mme Whitfield étaient limitées et il vint un temps où elle dut admettre avec tristesse qu'elle n'avait plus rien à donner à son élève. Malheureusement, Claude ne songea même pas à engager quelqu'un qui aurait pu apporter à Léonie les connaissances qu'elle était avide d'acquérir.

Mme Whitfield était partie peu de temps après le départ du régisseur et Léonie avait été malheureuse pendant des semaines. Elle avait perdu non seulement une institutrice mais une amie très chère — chose que grand-père était incapable de comprendre.

Entre Léonie et son grand-père s'étaient établies des relations bizarres. A soixante-sept ans, Claude Saint-André était installé dans ses habitudes et ne faisait aucun effort pour le dissimuler. L'arrogance se reflétait dans toute sa personne et, bien que ses traits aquilins fussent marqués par ses excès en tout genre, il était toujours séduisant. Il avait une belle tête encadrée de cheveux argentés et des yeux qui fixaient le monde avec un regard cynique sous d'épais sourcils bien arqués. Toute sa vie il avait été convaincu que ses moindres caprices devaient se réaliser instantanément et était toujours désagréablement surpris par les réactions imprévisibles de Léonie. Quand elle avait pris en main les livres de comptes, il s'était indigné mais elle l'avait regardé d'un air songeur avant de répliquer :

— Et si ce n'est pas moi qui les tiens, qui le fera, grand-père ? Vous ?

Ainsi la discussion avait pris fin car Claude était affolé à la pensée de faire un travail d'écritures bon pour les gens du commun. Heureusement, Léonie avait une moins haute idée de sa personne et, bien qu'elle possédât une bonne dose de l'orgueil des Saint-André, elle était beaucoup plus pratique que son grand-père. L'épreuve de force concernant la tenue des livres de comptes n'était pas la première et ne serait certainement pas la dernière. Un an plus tôt, quand Claude avait pris la décision de vendre les esclaves des champs, Léonie s'était emportée :

— Non, avait-elle grondé, vous n'avez pas le droit de les vendre. Ils ont vécu ici toute leur vie. Ils sont à nous. Comment pouvez-vous bouleverser ainsi toute leur existence ?

Cet appel à ses sentiments les plus nobles ne pouvait avoir d'effet. Aussi Léonie essaya-t-elle un autre argument.

— Et quand ils seront partis, comment exploiterons-nous les terres ? demanda-t-elle froidement.

Claude resta insensible à ce raisonnement. En désespoir de cause, Léonie eut recours à la prière :

— Pour l'amour de Dieu... Je vous en supplie, ne les vendez pas ! Ils font partie de Saint-André autant que nous.

Voyant que Claude haussait les épaules d'un air dédaigneux, Léonie avait continué :

— Je sais que l'indigo se vend moins bien mais nous pouvons attendre encore une année, juste une.

Essayons la canne à sucre. M. de Bare dit que la canne sera bientôt une denrée intéressante sur le marché. Essayons.

Furieux qu'une fillette de quatorze ans ose le conseiller sur la gestion de ses affaires, Claude avait vendu tous les esclaves sauf ceux de la maison et Léonie les avait regardés partir les yeux remplis de larmes.

En pensant à cet incident, Léonie sentit sa colère monter et, pendant un instant, elle ressembla à une chatte en furie. Puis, apercevant dehors une frêle silhouette assez semblable à la sienne, son visage s'éclaira.

— Holà ! Yvette, bonjour, cria-t-elle en agitant la main.

Yvette s'arrêta.

— Bonjour, Léonie ! répondit-elle. Où donc étais-tu ? Ton grand-père te demande.

— Pourquoi dis-tu toujours *ton* grand-père ? Il est aussi le tien.

Le sourire d'Yvette s'effaça et elle détourna les yeux.

— Tais-toi, Léonie, murmura-t-elle. Il ne me reconnaîtra jamais pour sa petite-fille et tu ne devrais pas non plus... Comment peux-tu oublier que je suis la fille de la maîtresse métisse de son fils ? Et comment peux-tu espérer qu'il l'oubliera lui-même ?

— Ah bah ! rétorqua Léonie. Tu es ma sœur et peu importe ce qu'était ta mère. Elle est morte comme notre père mais nous sommes vivantes, toi et moi. Écoute, Yvette. Tu dois lui tenir tête. Il ne te reconnaîtra jamais, je le sais, mais tu ne dois pas avoir peur de lui. Il est dur et il crie beaucoup mais autant en emporte le vent. Tant que tu raseras les murs chaque fois qu'il apparaît, il te brimera sans pitié. Appelle-le donc grand-père un jour et tu le verras changer de couleur. Il sera moins prompt à te tancer la prochaine fois, je te le promets.

Yvette esquissa un sourire mélancolique.

— Je ne suis pas toi, Léonie. Je ne pourrai jamais.

— Tant pis, grommela Léonie avec dépit.

Elle prit sa demi-sœur par le bras et l'accompagna jusqu'au poulailler.

Elles avaient la même taille et une silhouette fine et élancée mais alors que Léonie, avec sa crinière de lionne, ne serait jamais une beauté conventionnelle, Yvette était la perfection même avec ses cheveux noirs ramenés en chignon sur le haut de la tête, ses yeux veloutés, sa bouche parfaitement dessinée et son teint de pêche.

A première vue, un étranger aurait pu croire qu'Yvette était la fille de la maison. Bien que sa robe de mousseline fût aussi usée que celle de Léonie, elle épousait harmonieusement ses formes, et ses souliers noirs étaient bien cirés. Avec ses boucles rebelles, ses vêtements taillés à la diable et ses pieds nus, Léonie aurait facilement pu passer pour la fille de quelque fermier miséreux — ce qui ne l'aurait pas gênée du tout. Elle savait qui elle était.

Après avoir ramassé les œufs, les deux jeunes filles retournèrent à la maison. A la lumière du soleil, la crinière fauve de Léonie prenait des tons de miel.

Avant d'entrer, Léonie demanda, les yeux brillants d'un plaisir anticipé :

— Veux-tu m'accompagner cet après-midi, Yvette ? Je vais à la pêche aux écrevisses. Tu n'auras pas à les toucher, ajouta-t-elle en voyant Yvette esquisser une grimace de dégoût... même pas l'appât. Dis que tu viendras !

Yvette hésita, désireuse de faire plaisir à Léonie, mais elle détestait voguer sur les eaux sombres et mystérieuses des bayous dans la pirogue que Léonie manœuvrait sans effort à l'aide d'une longue perche.

— Je n'en ai vraiment pas envie, tu sais, dit-elle enfin.

Léonie haussa les épaules sans rancune. L'amitié qui

unissait les deux jeunes filles semblait indiquer qu'elles se connaissaient depuis toujours. Or c'était précisément le contraire. Elles n'avaient fait connaissance que l'année précédente dans des circonstances très particulières.

Sentant que sa mort était proche, Monique, la mère d'Yvette, avait écrit à Claude pour le prier de prendre soin de la fille de son fils. Elle ne lui avait jamais rien demandé et Claude ne s'était jamais soucié de la maîtresse métisse de Damien ni de son enfant. Cependant, inquiète à la pensée de laisser Yvette sans protection, Monique avait ravalé sa fierté et fait appel à M. Saint-André.

Si Claude s'était trouvé au château à l'arrivée de la lettre, l'histoire se serait arrêtée là. Heureusement, il venait de partir pour La Nouvelle-Orléans et la lettre fut remise à Léonie.

Normalement, Léonie n'ouvrait pas la correspondance de son grand-père ; elle la faisait porter par un serviteur à leur hôtel particulier de La Nouvelle-Orléans. Mais l'écriture qu'elle voyait sur l'enveloppe attira particulièrement son attention. Elle hésita, joignit la lettre au reste du courrier à faire suivre puis, sans comprendre pourquoi, elle se ravisa et, prenant une profonde inspiration, elle la reprit et l'ouvrit.

En apprenant qu'elle avait une demi-sœur qui allait bientôt être orpheline et plongée dans la misère, Léonie n'avait pas perdu un instant. Sans consulter personne et sans prendre le temps de réfléchir aux conséquences de son acte, elle était partie sur l'heure pour La Nouvelle-Orléans, accompagnée de deux domestiques.

La Nouvelle-Orléans se trouvait à une demi-journée de voyage du château Saint-André. A la fin de l'après-midi, Léonie frappait impétueusement à la porte de la maisonnette blanche située sur les remparts où vivaient Yvette et sa mère. Léonie s'était bien gardée d'aller chercher son grand-père, sachant intuitivement ce qu'il ferait s'il était au courant de son intervention.

Monique avait attendu jusqu'au dernier instant pour lancer son appel au secours et elle était morte deux jours auparavant, aussi Léonie fut-elle accueillie par une enfant désespérée qui refusait de croire à son malheur.

Avant de comprendre ce qui lui arrivait, Yvette avait été enlevée et installée dans la charrette avec ses maigres bagages par une tornade à la crinière fauve qui lui déclara tout de go qu'elle était sa sœur.

Yvette savait que Damien Saint-André était son père mais elle ignorait que sa mère avait écrit à la famille pour lui demander aide et protection. Et même, si elle l'avait su, elle n'aurait jamais imaginé que la fille de la maison serait venue l'enlever ainsi sans crier gare. Depuis ce moment, un lien indestructible s'était formé entre les deux sœurs.

Les domestiques qui accompagnaient leur jeune et fougueuse maîtresse réprouvaient sérieusement son initiative et, au château, Mammy se montra des plus méfiantes. Léonie balaya énergiquement questions et objections. Les poings sur les hanches, l'œil étincelant, elle fit face à la géante noire et annonça fermement :

— Yvette sera désormais ma compagne. Je l'ai choisie moi-même. C'est une orpheline de très bonne famille. Elle a toujours vécu en Louisiane et tu peux voir qu'elle a plus l'air d'une dame que moi.

Mammy avait levé les yeux au ciel en grommelant :

— Bien sûr, toi tu es un vrai démon.

— Tu as raison, avait susurré Léonie sur un ton suave. C'est pourquoi j'ai besoin d'un exemple. Yvette sera un modèle parfait.

Mammy s'était inclinée non sans marmonner de sombres prédictions sur les réactions de M. Claude.

La confrontation avec Claude à son retour, deux mois plus tard, avait été plus orageuse mais, alors,

Léonie était si heureuse d'avoir une amie de son âge qu'il aurait fallu lui passer sur le corps pour la séparer de sa protégée.

Au début, Claude avait été agréablement surpris, presque content que Léonie se soit trouvé une compagne qui, de toute évidence, était parfaitement bien élevée. Il aurait dû y penser lui-même ! Ce n'est qu'après s'être enquis des origines d'Yvette qu'il avait appris la vérité.

Léonie avait tout d'abord pensé à la lui cacher. La situation risquait d'être inconfortable pour Yvette. Alors pourquoi la révéler ? Seulement le mensonge répugnait à sa nature droite et elle avait raconté franchement toute l'histoire.

— Ma petite fille, comment as-tu pu ? s'était-il écrié. Une bâtarde avec du sang d'esclave dans les veines. Tu n'as donc aucune pudeur ! Tu ne devrais même pas être au courant de ce genre de choses et encore moins t'associer à une telle créature.

Les traits de Léonie s'étaient figés. Avec toute l'arrogance glaciale des Saint-André, elle avait riposté :

— Alors, je dois renier ma propre sœur ! C'est ça que vous voulez ? Vraiment, grand-père, je ne vous croyais pas aussi stupide.

Claude était devenu rouge de fureur, ses yeux lançaient des éclairs.

— Sacrebleu ! Comment oses-tu me parler sur ce ton ? Je devrais te fouetter.

Léonie avait levé le menton d'un air de défi.

— A votre place, je ne le ferais pas, avait-elle grondé d'une voix menaçante.

Claude l'avait examinée furtivement. Cette Léonie ! Et comme c'était un homme faible qui préférait la paix à tout prix, il s'était contenté de hausser les épaules.

— C'est bon, avait-il soupiré, mais ne me demande pas de reconnaître la créature. Je tolérerai sa présence, un point c'est tout. Compris ?

Le visage de Léonie s'était éclairé et, dans un élan spontané qui les avait stupéfiés tous les deux, elle s'était jetée dans les bras de Claude.

Conscient d'être un piètre mentor, il avait éprouvé un sentiment de remords. Allongeant la main, il avait doucement relevé une mèche fauve.

— Tu es une friponne, fillette, et moi un coquin. Peut-être que nous sommes bien assortis, oui !

Léonie avait vigoureusement opiné du bonnet et, pendant tout le reste de son séjour au château, Claude s'était montré relativement accommodant. Pour la première fois, il s'était dit que le moment était venu de songer à l'avenir de Léonie mais sa passion du jeu avait été plus forte que le souci de ses responsabilités et il était reparti pour La Nouvelle-Orléans, laissant à Léonie le soin de diriger la plantation.

Ce matin-là, les perspectives d'avenir paraissaient bien sombres. Léonie se dit qu'il fallait se résoudre à vendre une partie des terres et ce serait la fin du domaine Saint-André. Elle ruminait cette idée dans sa tête tout en se dirigeant vers la chambre de son grand-père.

Assis au milieu de son immense lit à baldaquin, entouré de rideaux cramoisis, Claude envisageait la même possibilité. Appuyé sur une pile d'oreillers, il dégustait tranquillement son café noir mais sa tranquillité n'était qu'apparente.

Ses jours étaient comptés. Son médecin le lui avait dit lors de son dernier séjour à La Nouvelle-Orléans. Confronté à la menace d'une mort imminente, Claude comprit qu'il devait impérativement s'occuper du sort de Léonie. Il n'avait plus assez de lendemains pour reculer.

Il était rentré au château la veille et, dans la voiture qui le ramenait, il avait reconnu en son for intérieur que c'était son insouciance égoïste qui avait causé la ruine de son domaine.

Les yeux fixés sur le tapis de Turquie usé, il se demandait comment il pourrait assurer l'avenir de sa petite-fille.

Le mariage était la seule solution. S'étant arrêté à cette décision, Claude ne perdit pas de temps en regrets stériles. Il entreprit aussitôt de choisir un époux convenable pour Léonie. Aucun des fils de leurs voisins immédiats ne pourrait faire l'affaire. Ils savaient tous que les Saint-André étaient ruinés. Il fallait trouver un étranger, riche de préférence, et assez galant homme pour ne pas en vouloir à Léonie lorsqu'il découvrirait l'état exact de ses finances.

Claude n'avait pas l'intention de duper un mari éventuel. En fait, à l'insu de Léonie, il avait réussi à conserver une assez grosse somme en doublons d'or espagnols qui devait constituer la dot de sa petite-fille. Il avait espéré qu'elle serait plus importante et que les bénéfices du domaine Saint-André viendraient la compléter. Ce n'était pas le cas et il en portait la responsabilité. Pourtant, par ce beau matin de juin, il se dit que cet argent pourrait servir d'appât. Après le mariage... eh bien, Léonie devrait pouvoir convaincre son époux qu'il n'avait pas fait une si mauvaise affaire.

Claude aimait Léonie à sa façon et c'est à sa façon qu'il envisageait les moyens de lui garantir une sorte de sécurité quand il aurait quitté ce monde. Le mariage assurément était la meilleure issue mais il serait difficile de trouver le mari convenable. Cinq mille doublons d'Espagne pouvaient attirer de nombreux prétendants mais Claude était trop fier pour accepter d'acheter n'importe quel mari. Il avait du sang noble dans les veines. Son père, qui avait émigré à La Nouvelle-Orléans quand la ville n'était encore qu'un hameau, était le fils cadet du comte Saint-André, guillotiné pendant la Révolution. Claude avait hérité du titre. Il était le dernier descendant mâle d'une famille jadis illustre.

Il n'était pas question qu'il retourne en France où ce parvenu de général corse commandait l'armée et pourrait bientôt gouverner le pays. D'ailleurs, il était trop vieux et trop fatigué, mais si Léonie avait été un garçon...

A ce stade de ses réflexions, l'objet de ses pensées entra et Claude sourit. Léonie n'était pas un garçon, bien sûr, mais, dans n'importe quel conflit de volontés, il aurait parié pour sa jeune lionne de petite-fille.

Ils s'abordèrent avec circonspection. Claude se reprochait les pertes qu'il avait subies au jeu chez le gouverneur Gayoso et Léonie se demandait pourquoi son grand-père l'avait convoquée. Aucun des deux ne fit allusion à l'argent envolé dans les cercles de jeu.

— Vous vous êtes bien amusé, grand-père ? s'enquit-elle poliment sur un ton détaché. Vous n'êtes pas resté longtemps cette fois-ci.

Il hocha la tête et la regarda avec un mélange d'émotions pendant qu'elle s'asseyait au pied de son lit, les jambes croisées à l'indienne. Il faillit lui faire une réflexion acerbe sur ses pieds nus et sa crinière indisciplinée mais il se contint. Si elle ne mentionnait pas ses dettes de jeu, il serait malvenu de critiquer sa toilette.

Ils parlèrent un moment de choses et d'autres mais Léonie détestait perdre son temps en palabres inutiles, même avec son grand-père ; aussi demanda-t-elle brusquement :

— Yvette m'a dit que vous vouliez me voir. Pourquoi ?

Au nom d'Yvette, Claude se rembrunit mais il répondit sans ambages :

— J'ai décidé de te marier.

Léonie se raidit. Ses paupières se plissèrent.

— Avec qui ? questionna-t-elle sur un ton qui mit Claude mal à l'aise.

Claude fit un geste vague.

— Je n'ai encore rien décidé. J'ai voulu t'en parler d'abord. C'est-à-dire avant que je me mette en quête d'un mari qui te convienne.

Léonie le dévisagea longuement avant de répondre avec une indifférence étudiée :

— Je n'ai pas envie de me marier, grand-père.

Voyant que Claude s'apprêtait à protester, elle ajouta :

— Je ne veux pas me marier. Vous ne pouvez pas me forcer.

Claude s'emporta et ce fut d'une voix vibrante de colère qu'il menaça :

— Tu épouseras le gentilhomme de mon choix ou alors la précieuse bâtarde que tu as le culot d'appeler ta sœur sera enfermée dans le bordel le plus sordide de La Nouvelle-Orléans.

Léonie bondit sur ses pieds. Ses yeux verts lancèrent des éclairs. Le sentiment de rage impuissante qui se reflétait sur son visage triangulaire fit frémir son grand-père. « Il le faut, c'est pour son bien, se répétait-il. Son avenir doit être assuré, qu'elle le veuille ou non. »

— Vous oseriez ? s'écria-t-elle.

— Sans aucun doute, répliqua-t-il froidement.

Elle le mesura du regard. Elle le connaissait bien. Ils s'affrontaient, concluaient des trêves et recommençaient mais c'était là une bataille qu'elle avait peur de perdre. Elle était assez sensée pour savoir qu'elle ne pourrait sans cesse protéger Yvette car son grand-père était incroyablement rusé quand il le voulait. S'il disait qu'Yvette se retrouverait dans un bordel, ce n'était pas un propos en l'air. Comprenant que, pour l'instant, elle n'avait pas d'autre solution, elle s'inclina :

— Eh bien, c'est entendu, articula-t-elle d'une voix sourde.

— Bon ! dit Claude. Nous retournerons à La Nouvelle-Orléans sous peu pour te chercher un mari.

Léonie le regarda avec une expression étrangement docile et, prenant la cafetière en porcelaine, elle proposa sur un ton suave :

— Encore un peu de café ?

Avant que Claude ait pu deviner son intention, elle versa tout le contenu du récipient sur l'élégante chemise de nuit blanche de son grand-père.

Bégayant de fureur, Claude vomit un chapelet de jurons mais Léonie s'était esquivée prestement, un sourire moqueur aux lèvres.

2

Même l'observateur le moins perspicace aurait pu affirmer sans se tromper que le domaine de Bonheur, situé dans le territoire du Mississippi, appartenait à un homme riche. La grande allée bordée d'arbres qui conduisait à la résidence était majestueuse. Les branches des vieux chênes dont la cime s'élançait vers le ciel se touchaient presque. Le sol en terre rouge était parfaitement uni. Entre les troncs massifs décorés de mousse apparaissaient des pans de pelouse bien tondue, autant de signes indiquant que le propriétaire consacrait une fortune à l'entretien de son parc.

L'allée débouchait sur une plate-forme circulaire bordée de magnolias. Au-delà, se dressait le manoir avec ses colonnes en stuc surmontées de colonnettes aux quatre coins. Les murs vert clair formaient un contraste agréable avec les volets vert foncé qui encadraient les longues fenêtres et, de l'étage supérieur, des grappes de glycine mauve retombaient en cascades jusqu'au sol sur un flanc de la maison. Du haut de son toit en pente, au bas des larges marches blanches qui conduisaient à l'entrée, Bonheur était toute grâce et toute élégance.

L'intérieur n'avait rien à envier à l'extérieur. Chaque pièce portait la marque de la richesse et du bon goût : tapis d'Orient, meubles en bois précieux, tapisseries des Gobelins. Cependant, Morgan Slade, l'héritier de toute cette fortune, ne semblait pas attacher d'importance à la beauté de son environnement. Il est vrai qu'il était né dans ce décor et qu'il y avait passé une grande partie de ses vingt-sept ans.

Par ce matin de juin 1799, il lisait une lettre de son oncle d'Angleterre. Un léger pli se creusa sur son front lisse. Assis en face de lui, son jeune frère Dominique remarqua ce pli et l'interrogea :

— Des ennuis, Morgan ? La guerre tourne-t-elle mal pour l'Angleterre ?

Le visage anguleux de Morgan s'éclaira.

— Pas plus mal qu'on ne pouvait le prévoir, répondit-il. L'amiral Nelson est vainqueur sur mer mais, sur terre, les choses ne vont pas pour le mieux. Napoléon pratique l'art de l'attaque-surprise. Notre oncle espère pourtant que l'Angleterre s'en sortira. La possibilité d'une invasion semble écartée pour le moment.

— Alors, pourquoi ce front soucieux ?

Morgan soupira. Il savait que Dominique ne lui ferait pas grâce de ses questions tant que sa curiosité ne serait pas satisfaite.

— D'après ce qu'écrit mon oncle, il semble que notre honorable cousin Ashley lui cause de nouveaux ennuis.

Robert, le second des trois frères, leva vivement la tête. De même que Morgan, il avait été élevé au collège de Harrow en Angleterre et il connaissait le genre d'ennuis qu'Ashley était capable de créer. Il demanda avec son calme habituel :

— Les femmes, la boisson, le jeu... ou les trois ?

Morgan se mit à rire et une lueur d'amusement dansa dans ses yeux bleus.

— Les trois ! Et qui plus est, il paraît que non seulement notre digne cousin n'est plus en Angleterre mais qu'il a débarqué sur nos rivages.

— Dieu du ciel ! Il ne va tout de même pas venir ici ! s'exclama Robert en se rappelant les scandales que provoquait Ashley partout où il passait. Pourtant, après la correction que tu lui as administrée quand tu as découvert qu'il avait contrefait ta signature et usurpé ton identité pour séduire une fille d'auberge, j'espérais bien qu'il aurait le bon sens de laisser la distance d'un océan entre vous. D'ailleurs, tu l'as menacé de lui faire sauter la cervelle si tu le retrouvais sur ton chemin. Un homme prudent aurait tenu compte de cet avertissement.

Morgan haussa les épaules.

— La prudence est la dernière qualité que tu peux attendre d'Ashley, mais ne t'inquiète pas, Bob — il va se retrouver sur le premier bateau en partance pour l'Angleterre. J'y veillerai, tu peux en être sûr. D'ailleurs, c'est précisément ce que mon oncle me demande. Il semble qu'ils aient eu une violente discussion au sujet de ses dettes et de sa vie dissolue. Mon oncle l'a renié... une fois de plus. Maintenant qu'il est calmé, il me prie de le retrouver et de le réexpédier dans sa mère patrie.

Les trois jeunes gens échangèrent un regard entendu. Ils éprouvaient un sentiment de compassion pour leur oncle, le baron de Trevelyan, père de leur abominable cousin. La ressemblance entre les trois frères était frappante, mêmes cheveux noirs comme ceux de leur mère, même menton énergique qu'ils tenaient de leur père ; sourcils épais, yeux profondément enfoncés dans les orbites mais, alors que ceux des deux aînés étaient bleus, ceux de Dominique étaient gris acier.

Morgan était de loin le plus remarquable. Il avait les yeux plus brillants, le teint plus foncé, les pommettes plus saillantes, le nez plus busqué, les lèvres plus charnues. Robert était le plus beau. Il avait les traits si réguliers qu'une de ses admiratrices le comparait à un dieu grec mais, au lieu de le flatter, ce genre de compliment l'embarrassait car il était timide et réservé.

Dominique était aussi distingué que ses frères mais son visage gardait encore la mièvrerie de l'adolescence. Il ne serait jamais aussi beau que Robert. Pourtant, il avait un sourire narquois et une lueur espiègle dans les yeux qui le rendaient particulièrement attrayant pour le sexe opposé.

Outre les trois frères, la famille Slade comprenait deux jumeaux, Alexandre et Cassandre, et une sœur, Alicia, mariée à un planteur du Tennessee.

En apparence, la famille semblait favorisée par le sort. Cependant, la tragédie ne l'avait pas épargnée. Trois ans auparavant, André avait été tué en duel à l'âge de dix-neuf ans et, l'année précédente, Maria était morte de la malaria à douze ans. Enfin, il y avait eu le lamentable mariage de Morgan.

Comme un seul homme, les trois frères se levèrent pour saluer leur mère, pendant que le majordome noir vêtu de blanc lui avançait une chaise. A quarante-cinq ans, Noëlle Slade était encore une très jolie femme, bien en chair il est vrai, mais, après huit grossesses, il était assez normal qu'elle eût un peu d'embonpoint. Elle avait le type même de la beauté créole de La Nouvelle-Orléans — peau satinée, teint doré, yeux marron, visage souriant encadré de cheveux bouclés, noirs comme l'ébène. Sa famille était tout pour elle. Noëlle Slade n'aurait pas hésité à tuer quiconque eût pu causer la moindre peine à son mari ou à l'un des siens. Heureusement — ou peut-être malheureusement — tous ses enfants avaient hérité des mêmes dispositions. Les Slade étaient intensément solidaires. Le matamore qui avait forcé André à se battre s'en était vite aperçu à ses dépens. Vingt-quatre heures plus tard, il trouvait en face de lui un Morgan impitoyable sur le terrain même où André était mort et il ne l'avait pas quitté vivant.

Noëlle entamait son petit déjeuner lorsque le chef de famille entra. Âgé de cinquante-quatre ans, Matthieu Slade était un homme grand et svelte aux cheveux châtains parsemés de fils gris.

Pendant que son père commençait à beurrer ses toasts, Dominique, toujours pressé d'annoncer les nouvelles, mit le sujet d'Ashley sur le tapis.

— Ashley est en Amérique, père, et Morgan va le réexpédier par le premier navire en partance pour l'Angleterre.

En entendant le nom d'Ashley, Noëlle rougit de colère.

— Le porc ! s'écria-t-elle avec une violence surprenante. Si quelqu'un pouvait lui faire sauter la cervelle... au moins son frère hériterait !

Morgan eut un sourire sinistre.

— Si vous le désirez, mère, je suis à votre service.

La réponse était polie mais le ton avait quelque chose d'inquiétant. Noëlle le scruta du regard. Jadis, elle connaissait ses moindres pensées, elle partageait ses rêves et, malgré sa forte personnalité, Morgan était un garçon tendre — surtout avec les femmes —, mais depuis la fin tragique de son mariage, il avait terriblement changé...

Après le déjeuner, Noëlle se retira dans une petite pièce dont les fenêtres donnaient sur les champs de coton. Ses pensées se reportèrent sur son fils aîné.

« Il est si méfiant, si dur, si loin de nous, pensait-elle tristement. On dirait qu'il a dressé une barrière pour se protéger des femmes, même de moi. » Son visage se durcit et prit une expression réellement féroce. « Cette Stéphanie ? Je l'aurais tuée si elle n'était pas morte. Comment a-t-elle pu lui briser le cœur, le déshonorer, lui enlever son enfant et lui inspirer une telle méfiance à l'égard des femmes ? »

Elle se rappela le jour où Morgan était venu lui annoncer, le visage rayonnant de joie, que Stéphanie du Boîse consentait à l'épouser. Noëlle avait accueilli la nouvelle avec réserve. Elle les trouvait trop jeunes — Stéphanie avait juste dix-huit ans et Morgan à peine vingt. Noëlle craignait que Stéphanie n'ait été plus attirée par sa fortune que par sa personne. Bien que de bonne souche, les du Boîse étaient pauvres et chacun savait qu'à Natchez les filles *devaient* épouser un homme riche. Stéphanie était ravissante et, au début, elle paraissait douce et aimante. Morgan avait sûrement été ensorcelé par sa beauté blonde et ses grands yeux verts. Il était incapable de lui refuser quoi que ce soit.

Le jeune couple aurait dû être heureux. Un an après leur mariage, un beau garçon leur était né. En pensant à son petit-fils, Philippe, Noëlle sentit sa gorge se serrer. « Mon Dieu ! la souffrance peut-elle cesser un jour ? » se demanda-t-elle. Derrière son masque de froideur, Morgan souffrait-il aussi ? Noëlle en était convaincue. Elle avait souvent remarqué l'expression de douleur poignante qui creusait ses traits. Elle devinait alors qu'il pensait à son fils. Il adorait cet enfant. Que de fois ne l'avait-elle pas vu abandonner tous ses complexes d'adulte pour jouer avec Philippe comme un gamin...

A quel moment les choses avaient-elles commencé à se détériorer ? Au début, aucun nuage n'apparaissait à l'horizon. Stéphanie semblait heureuse et Morgan baignait dans l'extase.

Alors quand ? Lorsque Morgan avait décidé de construire une maison pour sa petite famille ? Est-ce alors que Stéphanie avait manifesté les premiers signes de mécontentement ? Il est vrai que, cette année-là, Morgan l'avait laissée à Bonheur pour lui éviter l'inconfort que pouvait présenter une maison en construction dans un territoire quasi vierge, éloigné de toute grande ville et des plaisirs mondains auxquels elle était habituée.

Morgan avait fièrement baptisé Mille Chênes le terrain de cinq mille acres que son père lui avait donné. Il était situé à mi-chemin de Natchez au nord et de Baton Rouge au sud. Morgan avait décidé d'en faire un domaine aussi élégant que Bonheur pour sa jeune femme. Est-ce alors que tout avait commencé ? ou Stéphanie s'était-elle détachée de Morgan tout simplement parce qu'il était absent et que Steven Malincourt se trouvait là ?

Serrant les poings, Noëlle maudissait le jour où elle avait présenté Steven à sa belle-fille. Comment aurait-elle pu penser que Stéphanie abandonnerait Morgan qui l'adorait pour un coureur de dot comme Steven Malincourt ! Et quand Morgan était revenu, fou de joie à l'idée de revoir sa femme et son fils après trois mois d'absence, il n'avait trouvé qu'une note brève et cruelle. Stéphanie lui écrivait qu'elle s'était éprise de Steven et qu'elle lui renverrait Philippe dès qu'il lui aurait accordé le divorce avec une pension confortable.

« Jamais je n'oublierai son visage, pensa Noëlle en frémissant. Jamais. » Ses traits s'étaient figés et ses yeux avaient perdu tout éclat. Il s'était lancé à leur poursuite, naturellement — pas pour Stéphanie car elle avait choisi sa voie mais pour son fils. C'est alors que le destin lui avait joué un tour cruel.

Les amants fugitifs étaient partis vers le nord en suivant la célèbre piste Natchez communément appelée l'Échine du Diable. C'était une route dangereuse, peuplée de bandits tapis à tous les tournants et c'est dans un ravin de cette route que Morgan avait retrouvé les corps de Steven, de Stéphanie et de son fils.

Noëlle remerciait le ciel que Morgan n'ait pas été seul pour affronter cette terrible épreuve. Il n'en avait jamais parlé. C'est par Brett Dangermond, l'ami d'enfance de Morgan et de Robert, que la famille avait appris la fin tragique de Stéphanie et de Philippe. Des bandits de grand chemin les avaient dépouillés et tués froidement.

Morgan était complètement différent depuis ces événements. Il ne s'était pas détourné de sa famille mais Noëlle percevait les changements avec les yeux avertis d'une mère. Sa froideur inhabituelle, ses brusques absences, la dureté avec laquelle il accueillait les avances des femmes et son sourire désabusé chaque fois qu'il était question de mariage ou de jeunes filles à marier.

Noëlle pensait bien qu'il n'avait pas complètement éliminé les femmes de sa vie. C'était un beau garçon viril après tout — mais elle n'aurait pas été choquée d'apprendre que ses fréquentations féminines n'étaient pas précisément respectables. Elle était sûre qu'il ne connaissait aucune femme qui fût capable de conquérir son cœur meurtri.

Morgan, en ce moment, était beaucoup trop occupé à essayer de se débarrasser de Dominique pour se soucier des femmes.

— Je te remercie de ton offre, Dom, dit-il, mais je n'ai pas besoin de ton aide. Mon voyage à La Nouvelle-Orléans n'a aucun rapport avec l'arrivée d'Ashley. C'est une simple coïncidence.

— Mais tu as bien l'intention de lui infliger une correction, non ?

— Peut-être, mais je n'ai quand même pas besoin de toi pour témoigner que j'ai agi dans toutes les règles de l'art.

— Je le sais bien, mais je veux assister à l'opération.

— Affreux petit sauvage !

— Pas plus sauvage que toi. Je t'en prie, Morgan, emmène-moi. Je te promets que je ne te gênerai pas. Tu sais que je suis très raisonnable pour mon âge. Papa dit que je me tiens très bien. Emmène-moi !

Morgan hésita. Il était difficile de résister aux prières de Dominique mais, en pensant aux dangers qu'une ville comme La Nouvelle-Orléans présentait pour un garçon aussi curieux que son jeune frère, il secoua la tête.

— La prochaine fois, je te le promets. Ce voyage est organisé depuis des semaines et tu sais que je ne vais pas à La Nouvelle-Orléans pour m'amuser. Je vais rester enfermé avec des agents immobiliers les trois quarts du temps et, le soir, j'aurai affaire à des fonctionnaires espagnols pour discuter de contrats commerciaux. Tu vas t'ennuyer. Quant à Ashley, c'est une affaire qui ne me prendra pas plus de quelques minutes. Que feras-tu le reste du temps ?

— Je trouverai bien de quoi me distraire.

— C'est justement pourquoi je préfère que tu restes ici, murmura Morgan entre ses dents. Tiens, si nous allions voir ce fameux pur-sang que notre voisin met en vente ?

Comme les chevaux étaient la grande passion de Dominique, il s'empressa de suivre son frère aîné et le voyage à La Nouvelle-Orléans s'effaça momentanément de son esprit. Ils passèrent une agréable matinée ensemble et, à la grande joie de son cadet, Morgan décida d'acheter le cheval.

— Je t'avais bien dit qu'il ferait un excellent étalon pour tes écuries, exulta Dominique.

Et il ne fut plus question de La Nouvelle-Orléans jusqu'au soir.

Il était tard. La plupart des membres de la famille s'étaient retirés. Morgan et son père étaient assis sur la véranda et fumaient un dernier cigare avant d'aller se coucher. Matthieu demanda soudain :

— Je sais que tu cherches à conclure un accord commercial avec les Espagnols. Comptes-tu aller voir notre ex-gouverneur Gayoso ?

— Pourquoi pas ? Il connaît notre famille et il sait que je suis sujet espagnol tant que je posséderai Mille Chênes. Nous l'avons reçu à Bonheur quand il était gouverneur de Natchez. Ce n'est pas comme si je le voyais pour la première fois.

Matthieu aspira une bouffée de son cigare avant de répondre :

— Maintenant qu'il est gouverneur de La Nouvelle-Orléans, tu ne crois pas qu'il va essayer de t'inciter à espionner pour le compte des Espagnols ?

— C'est possible si je lui laisse entendre que je serais éventuellement disposé à accepter, ce qui n'est pas le cas. Je ne suis pas un Wilkinson, moi.

— Pour l'amour du ciel, ne dis pas des choses pareilles ! gronda Matthieu. Je sais qu'il court des bruits concernant certaines tractations entre le général Wilkinson et les Espagnols mais personne n'a rien pu prouver. Tu ferais mieux de tenir ta langue, sinon le général pourrait se croire obligé de défendre l'honneur dont il se proclame partout le parangon.

Morgan sourit.

— Je n'ai pas peur de Wilkinson, papa. Je ne le crois même pas homme à me provoquer en duel — il sait que je relèverais le défi et que je l'emporterais. D'ailleurs, si je m'en donne la peine, j'arriverai à prouver que notre général est réellement un espion au service de l'Espagne. Vous oubliez que Philip Nolan est de nos amis.

— Je n'ai jamais aimé ce garçon, pas seulement à cause de ses relations avec Wilkinson mais pour la façon dont il gagne sa vie. Attraper des chevaux sauvages en territoire espagnol, en voilà un métier !

— C'est diantrement plus honnête que la façon dont Wilkinson gagne la sienne, riposta Morgan sèchement.

— Mmm... tu as peut-être raison. Au moins, Gayoso est un homme honorable. Il vaut mieux que tu aies affaire à lui qu'à Wilkinson.

— C'est juste, mais Wilkinson peut être plus accommodant. Il me suffirait de lui offrir une enveloppe suffisamment bien garnie et le tour serait joué. Avec Gayoso, ce système ne marche pas toujours.

— Crois-tu que tu rencontreras des obstacles ? Nous avons absolument besoin de ces quais et de ces entrepôts, faute de quoi les choses seront très difficiles.

Morgan soupira, conscient de l'importance du problème. La Nouvelle-Orléans était le seul port praticable pour l'expédition de leurs marchandises et si les Espagnols ne leur permettaient pas de l'utiliser, leur coton, leur indigo et leurs fourrures perdraient toute valeur. Le traité de San Lorenzo, signé en 1796 entre l'Espagne et les jeunes États-Unis d'Amérique, garantissait aux Américains le droit d'utiliser le Mississippi pendant trois ans mais cette période allait prendre fin.

L'idée que les Espagnols pouvaient révoquer le traité à tout moment était présente à tous les esprits et chaque affaire traitée avec les fonctionnaires en place représentait un vrai cauchemar. Il semblait toujours qu'une nouvelle main se tendait pour empocher une poignée d'or avant que l'autorisation nécessaire soit accordée.

— Si seulement nous pouvions acquérir La Nouvelle-Orléans, murmura Morgan, alors, tous les marchandages cesseraient.

— Autant demander la lune, grommela Matthieu. L'Espagne n'est pas près de céder un autre pouce de terrain. Regarde le temps qu'il a fallu pour que les Dons évacuent le territoire qu'ils nous ont cédé par traité... Des années.

Morgan aspira une dernière bouffée de cigare et jeta le mégot dans un crachoir en cuivre.

— Vous avez sans doute raison, papa. N'empêche que si La Nouvelle-Orléans était à nous, la plupart de nos problèmes seraient résolus. Sur ces bonnes paroles, je vais aller me coucher, ajouta Morgan en se levant.

Matthieu hésita puis il se décida brusquement à aborder un sujet qui lui tenait à cœur.

— Morgan, quand tu vas à La Nouvelle-Orléans, ne t'arrive-t-il pas d'aller voir une jeune fille qui t'intéresse particulièrement ?

Le visage de Morgan refléta une ironie teintée de mépris.

— Si vous voulez parler d'une jeune fille *épousable*, papa, la réponse est non. Il vous faudra compter sur le reste de votre progéniture pour vous donner des petits-enfants.

— Voyons, Morgan..., protesta Matthieu.

Mais Morgan l'interrompit :

— Si vous voulez que nous nous quittions en bons termes, laissez ce sujet.

Sagement, Matthieu renonça à poursuivre. Morgan pouvait être implacable, se dit-il, mi-admiratif mi-fâché. Et il suivit son fils dans la maison.

Morgan eut beaucoup de peine à s'endormir cette nuit-là. Les paroles de son père évoquaient des souvenirs qu'il croyait ensevelis dans le passé. Apparemment, ils ne l'étaient pas, car le ravissant visage de Stéphanie revint le hanter. Il se leva pour aller à la fenêtre.

Le clair de lune mettait des lueurs argentées sur les feuilles vertes des magnolias mais Morgan ne voyait pas la beauté du paysage nocturne. Il frappa du poing contre le mur. « Comment ai-je pu me laisser abuser ainsi par un joli minois ? se demandait-il amèrement. Pourquoi n'ai-je pas compris qu'elle n'en voulait qu'à mon argent ? » Mais alors qu'il pouvait se rappeler l'infidèle, il éprouvait un chagrin trop profond pour penser à la mort de Philippe. Stéphanie était une adulte qui avait suivi son propre destin mais son fils n'avait été qu'un pion. Morgan les avait adorés tous les deux mais son amour pour Stéphanie était mort à l'instant même où il avait lu sa note, cédant la place à une froide colère. « La garce, grinça-t-il avec haine, et papa qui s'imagine qu'une femme m'attend à La Nouvelle-Orléans. Je rôtirai dans les flammes de l'enfer avant de retomber dans le piège de l'amour. Jamais plus je n'aimerai... jamais plus. »

3

Morgan se réveilla en sursaut au milieu d'un cauchemar si réel que, pendant un instant, il se demanda où il était. Il promena son regard autour de lui pour le fixer sur la commode en acajou placée contre le mur, un meuble d'origine espagnole, sans nul doute. Avec cette réflexion, la mémoire lui revint : il se trouvait à La Nouvelle-Orléans, dans la maison du gouverneur.

La veille, Morgan était allé voir Gayoso dès son arrivée. Le gouverneur l'avait accueilli avec chaleur et, en apprenant qu'il comptait rester plusieurs semaines dans sa ville, il l'avait instamment prié de séjourner chez lui. Morgan avait bien essayé de décliner poliment l'invitation, préférant être plus libre de ses mouvements, mais Gayoso s'était montré très pressant. Comme il aurait été stupide de mécontenter l'un des personnages les plus puissants de la Louisiane, Morgan avait fini par accepter. Après tout, il avait à parler affaires avec le gouverneur, alors, peu importait qu'il réside là ou ailleurs.

Sachant qu'il était plus sage de ne pas exposer immédiatement toutes les raisons de son voyage à La Nouvelle-Orléans, Morgan avait décidé de jouir de la généreuse hospitalité du gouverneur et de sa compagnie en attendant que Son Excellence soit disposée à discuter. Gayoso ne brusquait jamais les choses. Il croyait fermement au concept de *mañana*.

Manuel Gayoso de Lemos était un petit homme mince, âgé d'une cinquantaine d'années. Ses cheveux noirs, ses yeux bruns et sa peau basanée révélaient son origine espagnole. Il représentait une curiosité parmi ses compatriotes fonctionnaires, en ce sens qu'il se servait rarement de son pouvoir à des fins de profit personnel. Non que ses actes aient toujours paru irréprochables étalés au grand jour mais il avait un certain sens de l'honneur. Grand buveur, son amour pour la dive bouteille était légendaire mais il supportait la boisson et laissait n'importe quel Natchezien sous la table. Cette capacité, jointe à son absence d'intérêt pour la chasse au profit, lui avait attiré la sympathie de la population de Natchez quand il était son gouverneur. Charmant, débonnaire, généreux, Gayoso se faisait des amis sans effort et il était un hôte parfait.

La soirée avait été agréable, la nourriture, le vin et les convives étaient de la meilleure qualité. Après le dîner, Gayoso et Morgan avaient laissé les dames au salon et s'étaient retirés pour aller boire, fumer et jouer dans une pièce réservée à cet effet.

Quelques autres invités s'étaient joints à eux, tous des inconnus pour Morgan mais de commerce aimable, surtout un vieux gentilhomme français nommé Saint-André. Au début, le Français l'avait charmé par son esprit, puis il s'était mis à boire de plus en plus. Le spectacle de ce vieux monsieur qui se soûlait lui avait déplu. Il avait été encore plus déçu de voir Gayoso accepter reconnaissance de dette sur reconnaissance de dette de la part d'un homme qui, visiblement, ne se rendait pas compte de ce qu'il faisait.

Pourtant, Morgan n'était pas surpris de l'attitude de Gayoso. Le gouverneur était un curieux mélange d'avarice et de générosité et certaines des méthodes qu'il employait pour gagner de l'argent n'étaient ni honnêtes ni convenables. Incapable de supporter la vue du vieillard qui se laissait manifestement dépouiller, Morgan mit fin aux pratiques déloyales de Gayoso en déclarant qu'il allait se coucher. Il persuada adroitement Saint-André, complètement éméché, qu'il devait en faire autant et il lui offrit de l'accompagner chez lui.

Bien que flatté, Saint-André avait décliné sa proposition en expliquant que ses propres serviteurs l'attendaient et le ramèneraient jusqu'à sa maison comme d'habitude. Voyant qu'il ne pouvait rien faire de plus, Morgan s'était incliné. Il avait gagné sa chambre et Saint-André s'était effacé de son esprit.

Morgan avait commencé par s'endormir profondément puis, à l'aube, le cauchemar était revenu le tourmenter. C'était toujours le même rêve qui le hantait depuis qu'il avait vu le corps inerte de son fils gisant dans le sombre ravin de la piste Natchez. Dans son rêve, Morgan savait que l'enfant était en danger et il partait à bride abattue pour voler à son secours. A son grand désespoir, il arrivait juste à temps pour voir un étranger plonger un couteau dans la gorge de Philippe et disparaître dans les profondeurs de la jungle. Alors, comme ce matin-là, Morgan se réveillait, le cœur battant la chamade, le corps trempé de sueur et le cerveau en désarroi.

Si Morgan s'était réveillé en plein cauchemar, il n'en était pas de même pour Claude Saint-André. Certes sa tête résonnait comme un tambour et il avait la bouche pâteuse mais il était rempli de confiance et d'enthousiasme. Il avait trouvé le mari de Léonie. Morgan Slade était l'époux rêvé. Il était beau, riche, honorable.

Claude n'était pas assez ivre la veille pour ne pas comprendre les raisons qui avaient poussé le jeune homme à interrompre brusquement la soirée. Morgan Slade donnait l'impression d'être un garçon fort et décidé qui ne tolérerait aucune sottise de la part d'une petite coquine volontaire et têtue comme Léonie. Le vieillard était aux anges.

L'affaire présenterait quelques difficultés sûrement mais Claude écarta cette pensée. Il trouverait bien un moyen de les aplanir.

Comme il fallait s'y attendre, lorsque Claude annonça à Léonie qu'il lui avait trouvé un mari, elle accueillit fort mal la nouvelle. Elle était déjà furieuse qu'il l'ait obligée à quitter le château Saint-André pour leur vétuste maison de ville à seule fin de la marier au premier homme acceptable qu'il lui trouverait. Ses yeux verts reflétèrent une colère impuissante.

— Et ce M. Slade, il accepte ce mariage ? demanda-t-elle, la gorge serrée.

Claude hésita. Il ne voulait pas lui laisser deviner qu'il n'avait même pas abordé le sujet avec le jeune homme en question.

— Mais oui, répondit-il, nous n'avons pas réglé tous les détails hier mais il est tout à fait d'accord. Je dois le revoir ce soir pour discuter de ta dot et fixer la date du mariage.

— Quelle dot ? demanda Léonie en lui lançant un regard perçant.

Sachant qu'elle apprendrait tôt ou tard l'existence de sa réserve d'or, Claude répondit avec une insouciance feinte :

— Une jolie dot de cinq mille doublons d'or. Nous avons mis cette somme de côté ton père et moi le jour de ta naissance. Tu vois, mon petit, malgré tous mes défauts, j'ai réussi à te conserver ce trésor.

Léonie faillit bondir de joie. Son cher Saint-André était sauvé.

— Mais alors, tous nos problèmes sont résolus ! s'écria-t-elle. Avec tout cet argent, nous allons pouvoir acheter du bétail, des instruments agricoles et même engager de la main-d'œuvre pour cultiver les terres. C'est merveilleux.

Elle se jeta dans les bras de son grand-père et l'étreignit avec force.

— J'ai eu tellement peur que vous ne vouliez réellement me marier, continua-t-elle en riant d'un air soulagé.

Claude se dégagea de son étreinte et se hâta de lui ôter ses illusions.

— Mais je veux réellement te marier, ma chérie, dit-il sur un ton las. Cet argent est ta dot et je ne veux pas le gaspiller pour exploiter des terres qui vont en exiger sans cesse davantage. Non ! cet argent doit servir à t'acheter un époux respectable qui prendra soin de toi.

Léonie n'en croyait pas ses oreilles. « Il est fou, se dit-elle. Il doit être fou. Cet or assurerait le salut du château. Pourquoi le gaspiller pour quelque chose d'aussi inutile qu'un mari ? » Elle avala sa salive avec peine, refoulant une impulsion quasi irrésistible de piquer une crise de rage dont Claude se souviendrait. Avec effort elle tenta de se maîtriser mais, incapable de dominer complètement son émotion, elle tapa du pied et protesta :

— Pourquoi voulez-vous absolument me marier ? Vous allez me forcer à vous haïr pour le reste de mes jours.

— C'est pour ton bien, expliqua Claude. Il te faut quelqu'un qui s'occupe de toi. Je suis trop vieux et trop fatigué pour continuer à assumer cette tâche.

— Je ne vous suis pas du tout sur ce terrain, grommela-t-elle, vous êtes un imbécile !

Claude se contenta de sourire.

— C'est peut-être vrai, mon petit, répliqua-t-il, mais

tu te marieras. Je réglerai la question avec M. Slade dès ce soir.

Voyant que toute discussion était inutile, Léonie passa à un autre sujet non moins explosif.

— Combien de reconnaissances de dettes avez-vous signées hier soir ? demanda-t-elle d'un air sévère. Est-ce devant une table de jeu en buvant force verres que vous avez rencontré ce monsieur ? Est-ce un homme assez méprisable pour prendre de l'argent à un ivrogne ?

Le visage de Claude se durcit :

— Tais-toi, petite sotte, gronda-t-il. Je ne veux pas me laisser dicter ce que j'ai à faire par ma propre petite-fille. Compris ?

— Zut ! riposta Léonie en levant le menton d'un air de défi. Vous disposez de ma vie, de mon avenir et je dois me taire ! C'est ma vie, tout de même, grand-père, et je me bats pour la vivre. Vous en feriez autant à ma place.

Claude reconnut la pertinence de ses remarques même s'il n'admettait pas qu'une femme puisse décider de son avenir. Il avoua à contrecœur :

— Il est vrai que j'ai rencontré M. Slade chez le gouverneur Gayoso hier soir mais c'est un homme respectable. Lorsqu'il a remarqué que j'étais... que je n'étais pas en état de continuer à jouer, il a mis fin à la partie fort adroitement. Je perdais beaucoup et, grâce à son intervention, Gayoso a gagné moins qu'il ne l'espérait. Tu devrais être reconnaissante à M. Slade.

Léonie haussa un sourcil et maugréa avec mépris :

— J'en doute. Il est probablement tout aussi habile que Gayoso. Il a tout simplement voulu vous donner une bonne impression de lui... Surtout si vous avez fait allusion à ma dot. Je vous en supplie, grand-père, oubliez ces absurdités. Dépensez cet argent pour l'entretien du domaine. Ne retournez pas chez le gouverneur ce soir. Vous allez encore perdre. Combien de temps croyez-vous que votre signature sera respectée ? Tôt ou tard il faudra payer. Vous savez que c'est seulement par générosité que vos amis acceptent vos reconnaissances de dettes — ils savent tous que vous n'êtes pas solvable. Que ferez-vous si Gayoso vous réclame l'argent ? Et il peut le faire... sinon cette semaine, la prochaine ou la suivante.

Elle leva sur Claude des yeux implorants et termina sa plaidoirie.

— Grand-père, vous ne pouvez ignorer l'état désastreux de nos finances et continuer à jouer comme si nous avions une source d'argent inépuisable.

Blessé dans son orgueil, Claude réagit violemment :

— Si tu étais un homme, je te tuerais, rugit-il. Comment oses-tu parler de ce que tu ne connais pas ? Ma signature est acceptée partout. Personne ne douterait de la parole de Saint-André ! J'irai où il me plaira ! Personne ne me dira ce que j'ai à faire et certainement pas une gamine de seize ans !

Partagée entre la colère et la compassion, Léonie suivit des yeux son grand-père qui sortit en claquant la porte. Elle poussa un profond soupir et se laissa tomber dans un fauteuil de velours usé. Elle caressa distraitement les bras du siège en laissant ses pensées s'agiter dans sa tête.

Le salon présentait les mêmes signes de décrépitude que le château Saint-André — les tapis, les tentures, le mobilier manifestement élégants étaient vétustes faute d'entretien. Quelques pièces de la maison étaient encore meublées. Claude avait vendu le contenu des autres. Léonie aimait tout particulièrement ce salon. Les murs portaient les traces des tableaux précieux qui les ornaient jadis mais il était quand même agréable avec son tapis de couleur crème, ses fauteuils tapissés de velours bordeaux et les rideaux assortis.

« Quelle absurdité ! pensa Léonie, les yeux fixés sur un point dans l'espace. Grand-père est tellement têtu.

Il faut que je trouve quelque chose au plus vite. Et d'abord réglons la question de ces maudites reconnaissances qui sont entre les mains de M. Gayoso. »

Elle se concentra pour récapituler la situation et la trouva plus désastreuse que jamais. Chose étrange, le mariage en perspective passait à l'arrière-plan de ses soucis. Pour le moment, il s'agissait avant tout de sauver le château et de rattraper les dettes de jeu de son grand-père — ce qui semblait quasiment impossible. Si seulement elle pouvait l'empêcher de signer d'autres reconnaissances ou mettre la main sur les prochaines !

« Mon Dieu, que faire ? se demandait-elle fiévreusement. Et si je suivais grand-père chez le gouverneur ce soir ? Et puis après ? Idiote, oseras-tu prier le gouverneur de ne plus accepter les reconnaissances de Saint-André ? »

Léonie haussa les épaules. Non, c'était impossible. Non seulement son grand-père ne lui pardonnerait jamais cette démarche mais elle s'en voudrait de l'avoir ainsi humilié.

« Si du moins grand-père renonçait à cette stupide idée de mariage... l'argent qu'il va gaspiller pour un mari pourrait être tellement mieux employé. Il suffirait qu'il cesse de jouer et surveille ses terres. » Ils pourraient vendre leur résidence de ville car, malgré leur aspect décrépit, la maison et le terrain qui l'entourait avaient de la valeur. Avec l'argent de la vente, ils pourraient gagner du temps sans même toucher à la dot... et qui sait ce qui peut se passer en deux ou trois ans ? Quelques années de bonnes moissons et d'économies judicieuses et ils seraient sauvés pour un temps. Ce ne serait pas la richesse, même pas l'aisance, mais ils pourraient au moins conserver leurs terres et améliorer leur situation. Enfin, tout valait mieux que l'état actuel des choses.

Elle réfléchit à l'intérêt que pouvait présenter le

mariage que Claude voulait lui imposer. A quoi servirait-il ? Vraiment à rien sinon à jeter davantage d'argent par les fenêtres. « Si grand-père s'imagine que je vais me soumettre à ses ukases... »

Elle se représenta la cérémonie — elle et ce monsieur Slade inconnu devant le prêtre. Grand-père, Yvette, la famille Slade et peut-être quelques sœurs du couvent des Ursulines composeraient l'assistance, mais pour assister à quoi ? Léonie se mit à rire tout bas en pensant à la tête qu'ils feraient tous lorsqu'elle se jetterait aux pieds du prêtre pour le supplier de leur accorder le droit d'asile à Yvette et à elle-même. « Et je le ferai, se jura-t-elle. Si grand-père me force, je le ferai ! »

La question de l'odieux mariage résolue, Léonie reporta son esprit sur son problème le plus pressant. Comment empêcher Claude de jouer ou comment récupérer les reconnaissances qu'il allait signer ?

Un coup timide frappé à la porte interrompit le cours de ses pensées.

— Qui est là ? grommela-t-elle.

La porte s'ouvrit doucement et Yvette s'encadra sur le seuil.

— Ce n'est que moi. Ton grand-père est-il parti ?

— Oui et c'est tant mieux. Il est vraiment impossible aujourd'hui.

— Il est toujours impossible, dit Yvette en souriant. Qu'a-t-il encore fait ?

Léonie s'était bien gardée de lui parler de l'ultimatum de son grand-père. Yvette était si discrète que si elle apprenait que Claude se servait d'elle pour faire chanter Léonie, elle se soustrairait immédiatement à la sphère d'influence de Saint-André. « Et pour faire quoi ? se disait Léonie. Pour se trouver dans la situation que je veux lui éviter. Non, Yvette ne doit pas savoir. Je trouverai bien un moyen. »

Yvette les avait accompagnés à la suite d'un accord

tacite entre Léonie et son grand-père. Ils se méfiaient trop l'un de l'autre pour la laisser au château sans protection. Elle représentait un atout pour Claude et un trésor pour Léonie qui préférait l'avoir sous la main. Si son grand-père entreprenait quoi que ce soit contre sa sœur, elle le saurait immédiatement tandis que si Yvette était restée à Saint-André, Claude aurait très bien pu la faire enlever à son insu.

Yvette s'assit en face de Léonie et s'enquit avec anxiété :

— Qu'y a-t-il, Léonie ? Tu me caches quelque chose. De quoi avez-vous discuté cette fois-ci ?

— D'argent comme d'habitude, répondit vivement Léonie. Je n'arrive pas à lui faire comprendre que, s'il cessait de jouer, la situation serait moins dramatique.

— Et il t'a écoutée ?

Léonie haussa les épaules.

— Il m'a écoutée, oui, puis il est entré dans une fureur noire. Il s'imagine encore qu'un jour il va gagner.

Un silence pesant régna un moment mais comme Léonie ne se laissait jamais abattre plus de quelques minutes, elle bondit brusquement sur ses pieds et reprit gaiement :

— Nous sommes idiotes de rester là à geindre par ce beau temps. Viens dans le patio. En passant par la cuisine, j'essaierai d'amadouer Berthe pour qu'elle nous donne de la limonade et des pralines.

Quelques minutes plus tard, elles étaient installées à l'ombre du vieux pacanier qui étalait son feuillage dans la cour pavée de briques. Elles sirotaient la limonade fraîche et croquaient les pralines qu'elles avaient apportées de la cuisine. Léonie se redressa brusquement :

— Je vais le suivre ce soir, dit-elle sur un ton décidé.

— Ton grand-père ? demanda Yvette. Mais pourquoi ? Que peux-tu faire ?

— Je ne sais pas, avoua-t-elle honnêtement, mais je ne puis continuer à le laisser faire ce qui lui plaît. Il faut que je trouve un moyen pour l'empêcher de gaspiller le peu d'argent qui nous reste.

— Tu ne peux tout de même pas le suivre comme son ombre ! Il peut t'arriver n'importe quoi. Il fréquente des endroits dont tu ne dois même pas connaître l'existence. Il part toute la nuit. Tu ne peux pas traîner dans les rues de La Nouvelle-Orléans toute seule en pleine nuit. C'est dangereux. Enfin, réfléchis. A quoi cette folle équipée peut-elle aboutir ?

— Je trouverai un moyen. Il le faut, répéta Léonie sur un ton sans réplique.

4

Yvette eut beau essayer de la raisonner, Léonie demeura inébranlable. Voyant que rien ne pourrait la dissuader de son projet, Yvette se mit en colère.

— Tu as bien le caractère de ton grand-père, s'écria-t-elle, exaspérée, aussi têtue, aussi égoïste que lui.

— Non, répliqua Léonie. Aussi têtue peut-être, aussi égoïste sûrement pas.

— Eh bien ! Fais-en à ta tête, maugréa Yvette. Après tout, je m'en moque.

Elle se leva et tourna dignement les talons.

Léonie avait conscience des dangers qu'elle allait courir et elle n'en voulait pas à Yvette de son explosion intempestive. « Mais je dois essayer, pensa-t-elle. Nous ne pouvons plus nous permettre d'accumuler les dettes. »

Elle changea de robe. Si elle se dissimulait dans l'ombre de la résidence du gouverneur, une toilette sombre serait plus indiquée. Malheureusement, comme la plupart de ses vêtements, la robe marron qu'elle voulait mettre était trop étriquée et elle avait l'impression que, si elle respirait à fond, sa poitrine jaillirait de son corsage.

Les jeunes filles de La Nouvelle-Orléans avaient l'habitude de marcher pieds nus dans les rues poussiéreuses. Arrivées à destination, les domestiques leur lavaient les pieds et elles enfilaient leurs bas de soie et leurs chaussures de satin pour danser toute la nuit. Léonie n'avait nullement l'intention de danser mais elle trouvait prudent de marcher nu-pieds car, après le violent orage de la veille, les rues étaient couvertes de boue.

Léonie avait deviné qu'à la suite de leur conversation son grand-père irait noyer sa colère dans l'alcool. C'était effectivement ce qu'il avait fait.

Quand il sortit quelques heures après le coucher du soleil, élégamment vêtu comme d'habitude, il était dans un état d'esprit inquiétant. Le cognac lui avait donné de l'audace. Il devait de l'argent partout — les fournisseurs commençaient à lui faire grise mine et même son tailleur dévoué lui avait laissé entendre qu'il ferait bien de payer une partie de sa note. Mais, ce soir, Claude était plein d'assurance — bientôt leurs épreuves seraient terminées. Léonie le guettait de sa fenêtre. Tout son visage exprimait la détermination.

Sachant qu'il se dirigeait vers la maison du gouverneur située rue de Toulouse, à une courte distance de leur domicile, elle attendit plusieurs heures avant de se glisser dehors. Elle avait tout de même un peu peur de déambuler dans les rues sombres. La seule source de lumière venait de faibles lampes à huile accrochées à des poteaux sur l'ordre du baron de Carondelet, le prédécesseur de Gayoso. Heureusement, le quartier était luxueux et fréquenté par des gens respectables. Elle arriva donc chez le gouverneur sans incident.

Contrairement à Claude, Léonie n'entra pas par le grand portail. Elle contourna la maison et chercha une voie d'accès. Elle la trouva dans l'écurie. Se faufilant au milieu des chevaux nerveux, elle poussa une porte qui donnait sur une petite cour.

Arrivée dans la place sans encombre, Léonie poussa un soupir de soulagement. Instinctivement, elle serra dans sa main la croix en or de sa mère. Si quelqu'un la surprenait tapie comme une criminelle dans la cour du gouverneur ! Non, pas de défaitisme. Se ressaisissant, elle s'approcha de la maison en rasant les murs.

La cour du gouverneur n'était pas grande, comparée à celle des Saint-André, mais la demeure proprement dite était bien trois fois plus vaste que la leur. Le bâtiment d'un seul étage ressemblait à une auberge confortable et ses nombreuses portes donnaient sur une longue galerie. Léonie sentit sa gorge se serrer. Comment allait-elle trouver la pièce où son grand-père jouait et, en admettant qu'elle la trouve, que ferait-elle ?

Désemparée, Léonie hésita. Devait-elle poursuivre ou retourner chez elle et s'avouer vaincue ? Non, il n'en était pas question. Elle ne reculerait pas sans avoir au moins tenté quelque chose. Mais quoi ? Voilà le problème.

Elle continua à avancer avec précaution. Elle s'arrêta au coin de la maison et jeta un coup d'œil furtif autour d'elle. Rien en vue. Tout allait bien... Jusque-là.

Elle s'approcha prudemment de la première fenêtre et, regardant par la vitre, elle vit deux femmes confortablement assises qui maniaient l'aiguille.

C'était la troisième fenêtre qui donnait sur la pièce où le maître de maison et ses invités fumaient, buvaient et jouaient aux cartes. Léonie sentit son cœur bondir dans sa poitrine lorsqu'elle repéra son grand-père assis devant une table en acajou, le regard fixé sur son jeu. Bien qu'elle se fût attendue à voir ce spectacle, elle eut un choc et laissa échapper une exclamation.

La fenêtre était ouverte et un homme très grand aux cheveux noirs qui tournait le dos à Léonie leva brusquement la tête et demanda :

— Vous avez entendu ?

Les trois autres joueurs dressèrent l'oreille et, après un instant que Léonie trouva interminable, Gayoso répondit sur un ton léger :

— Vous entendez des voix, amigo, à moins que vous ne vouliez nous distraire de nos cartes.

L'homme se mit à rire.

— Je m'en garderais bien. Vous êtes beaucoup trop malins pour que j'utilise ce genre de stratagème.

Le jeu reprit. Léonie s'accroupit sous le rebord de la fenêtre. Et maintenant, qu'allait-elle faire ? Elle était assez fière d'avoir réussi à découvrir son grand-père dans la résidence du gouverneur. Il s'agissait à présent de passer à l'étape suivante. Elle se redressa doucement et jeta un coup d'œil par la fenêtre juste au moment où Claude poussait une feuille de papier devant Gayoso souriant.

Elle fut prise d'un véritable accès de rage en remarquant le tas de créances qui s'accumulaient à côté du gouverneur et en constatant que son grand-père était complètement ivre. Elle voyait Gayoso de profil et trouva son sourire sinistre. Elle fut prise d'un violent désir de lui jeter quelque chose à la tête.

C'était du vol. Les trois hommes assis avec son grand-père savaient bien qu'il n'était pas en état de jouer pour de l'argent. Pourtant, ils le laissaient faire. Parmi toutes ces reconnaissances de dettes, combien étaient signées de sa main ? Et surtout, comment les récupérer ? « Je vais les voler au gouverneur puisqu'il vole mon grand-père, décida-t-elle. Ce n'est que justice. »

Elle attendit donc dans l'ombre que le jeu prenne fin. Il faudrait alors qu'elle repère l'endroit où le gouverneur cachait ses créances puis elle entrerait dans la maison, les subtiliserait et repartirait sans se faire prendre. Elle reconnut que la tâche n'était pas aisée mais elle était résolue à exécuter son plan jusqu'au bout.

Les heures passaient lentement et elle devait lutter contre le sommeil. Pour se distraire, elle laissa ses pensées suivre un autre cours. M. Slade était-il dans cette pièce ? Elle risqua un coup d'œil et décida que le gros homme assis en face de Gayoso ne pouvait être le mari que son grand-père lui destinait — trop vieux, au moins quarante ans... et trop gros ! Alors serait-ce celui qui lui tournait le dos ?

Il était grand avec de larges épaules, des cheveux noirs, une voix grave et agréable. Elle réfléchit. Non, ce n'était sûrement pas lui. Son grand-père ne lui avait-il pas dit que, la veille, M. Slade avait interrompu la partie quand il avait été manifestement trop ivre pour la poursuivre ? Or, cet homme continuait à le laisser jouer.

Le raisonnement de Léonie était totalement faux car le quatrième joueur était bel et bien Morgan Slade. Normalement, il aurait fait un effort pour veiller à ce que Gayoso ne profitât pas de l'ivresse de Saint-André mais son esprit était ailleurs ou, plutôt, il concentrait ses pensées sur le gros homme aux traits épais que Léonie avait si dédaigneusement écarté quelques instants auparavant — le général James Wilkinson, de l'armée des États-Unis.

L'arrivée de Wilkinson chez le gouverneur l'avait désagréablement surpris. Il ignorait qu'il se trouvait à La Nouvelle-Orléans et, s'il en avait été averti, il n'aurait sûrement pas accepté l'invitation de Gayoso. En effet, le général avait ses entrées chez le gouverneur et Morgan ne tenait pas à le rencontrer. Il le détestait pour de multiples raisons. Si les tractations de Gayoso étaient parfois louches, tous les agissements de Wilkinson dégageaient une odeur nauséabonde.

L'apparition de Wilkinson chez le gouverneur et l'intimité qui existait visiblement entre les deux hommes ne firent qu'accroître la méfiance de Morgan : Wilkinson s'apprêtait à commettre un mauvais coup, à moins que ce ne soit Gayoso ? Morgan ne savait que croire mais, derrière le regard apparemment détaché de ses yeux bleus, son cerveau jugeait la situation, enregistrant chaque geste, chaque regard, chaque nuance de la conversation pour une récapitulation ultérieure.

Gayoso avait paru très surpris de la visite de Wilkinson. Pourtant, Morgan ne pouvait chasser l'idée qu'elle était arrangée d'avance. Alors, pourquoi les deux hommes essayaient-ils de donner le change ?

En dépit de la présence du général, la soirée se déroula agréablement. Wilkinson avait une conversation intéressante et, même ivre, Claude Saint-André était de bonne compagnie. Cependant, à minuit, Morgan se serait volontiers retiré s'il avait pu le faire sans vexer personne. Ses trois compagnons étaient tous plus âgés que lui et il n'avait guère de points communs avec eux.

Il regrettait de ne pas être allé chez son ami Jason Savage, dont le mode de vie lui plaisait davantage. Ils étaient tous deux anciens élèves de Harrow et n'avaient qu'un an de différence. Morgan se serait senti certainement plus à l'aise chez lui. Le lendemain, il invoquerait un prétexte plausible pour prendre congé du gouverneur et il gagnerait la plantation de Jason comme il en avait tout d'abord eu l'intention.

La pendule sonna deux heures. Morgan étouffa un bâillement et jeta un regard de pitié sur Claude Saint-André qui dodelinait de la tête sur ses cartes.

Il se leva brusquement.

— Désolé d'être le premier à mettre fin à la partie, dit-il, mais je vais aller me coucher. Je crois d'ailleurs que M. Saint-André a envie d'en faire autant.

Claude tressaillit en entendant son nom. Il regarda le jeune homme en clignant des yeux. Le cerveau embrumé par l'alcool, il se rappela vaguement qu'il avait quelque chose d'important à lui dire, mais quoi ? Il était incapable de s'en souvenir. Il se leva et se raccrocha à la table pour ne pas tomber. Il marmonna quelques mots de remerciement pour cette charmante soirée en se disant que le lendemain il s'entretiendrait avec M. Slade. Le sujet était important ; c'était tout ce qu'il savait.

Avec un sourire plus suave que jamais, Gayoso sonna. Il ordonna au domestique qui se présenta d'informer les serviteurs de M. Saint-André que leur maître était prêt à rentrer chez lui. Claude sortit encadré des deux Noirs qui le soutenaient comme ils le faisaient si souvent.

— Je me demande comment vous pouvez fréquenter de tels individus, Manuel, dit Wilkinson après le départ de Claude. Vous pouvez tout de même trouver des hommes plus dignes de vous que ce minable.

Le sourire de Gayoso s'accentua.

— Peut-être, amigo, mais M. Saint-André était jadis un joueur de grande classe et il me plaît encore de le défier aux cartes.

Caressant d'une main le tas de créances, le gouverneur ajouta avec ironie :

— Il lui arrive encore de gagner mais... pas souvent.

Wilkinson hocha la tête d'un air entendu et Morgan dissimula une grimace de dégoût.

— Eh bien, messieurs, je vous souhaite une bonne nuit, dit-il poliment. Enchanté de vous avoir revu, général. J'espère que nous nous retrouverons pendant mon séjour à La Nouvelle-Orléans.

— Sûrement, mon garçon, répondit le général. La prochaine fois, vous me donnerez des nouvelles de Natchez.

— La soirée n'a pas dû être bien gaie pour vous,

intervint Gayoso, mais je peux m'arranger pour que le reste de la nuit soit plus agréable, ajouta-t-il avec un clin d'œil complice. Une jolie femme pour réchauffer votre lit, peut-être... ?

Pressé de quitter les deux hommes, Morgan murmura une réponse qui ne signifiait ni oui ni non. Le gouverneur se mit à rire.

— Vous êtes très diplomate, amigo, railla-t-il. Je crois que je vais quand même vous envoyer de quoi égayer votre nuit.

Morgan salua et sortit en se demandant s'il profiterait ou non de l'offre du gouverneur. Bah ! il verrait bien. En attendant, il avait sommeil. Peut-être que la femme le trouverait profondément endormi quand elle viendrait mais on ne savait jamais...

Dans la pièce que Morgan venait de quitter, un silence hostile tomba soudain. Puis Gayoso avala une gorgée de cognac et attaqua :

— Eh bien, amigo, maintenant que nous sommes seuls, il est temps que nous ayons une discussion sérieuse.

— Vous croyez ? demanda Wilkinson d'un air méfiant.

Le sourire poli de Gayoso s'effaça et, sans faire aucun effort pour cacher son mécontentement, il frappa du poing sur la table.

— Vous le savez parfaitement, amigo. Vous oubliez que mon pays vous paie pour les informations que vous nous donnez. Or, vous avez essayé de nous duper en envoyant votre protégé Nolan dans notre territoire pour nous espionner. Expliquez-vous.

Le bruit du coup de poing avait réveillé Léonie, qui somnolait par intermittence. Elle sursauta et jeta un coup d'œil dans la pièce. En constatant que le gouverneur n'avait plus qu'un invité avec lui, elle poussa un soupir de soulagement. Son grand-père et l'autre joueur avaient dû partir pendant qu'elle s'était assoupie. Elle chercha du regard les précieuses reconnaissances. En les voyant empilées à côté du gouverneur, elle sentit les battements de son cœur s'accélérer. Il fallait qu'elle trouve au plus tôt un moyen de se faufiler dans la maison pour les escamoter.

Le gouverneur et Wilkinson se mesuraient du regard. Rouge de fureur et congestionné sous l'effet des énormes doses d'alcool qu'il avait absorbées dans la soirée, Gayoso questionna d'une voix légèrement pâteuse :

— Alors, nierez-vous que Nolan nous espionne pour votre compte ? Oserez-vous prétendre qu'il n'explore pas le pays pour dresser la carte du terrain et vous permettre de nous envahir ?

Une lueur de colère s'alluma dans les yeux de Wilkinson mais elle s'éteignit si vite que Gayoso n'eut pas le temps de la remarquer. Le général se cala sur sa chaise et répondit avec une amabilité forcée :

— Voyons, Manuel, vous ne pouvez pas croire une chose pareille. Je suis un loyal ami de l'Espagne depuis des années. Pourquoi risquerais-je de perdre l'or que votre gouvernement me prodigue si généreusement ? Réfléchissez, mon cher.

Gayoso examina attentivement les traits de son hôte. C'était vrai, Wilkinson avait été un fidèle allié de l'Espagne. Il avait fourni des renseignements précieux sur les effectifs des forts américains qui jalonnaient la zone frontière entre les territoires américain et espagnol. Il avait donné des conseils pertinents concernant la politique à suivre vis-à-vis des Américains. Il avait même essayé de séparer le Kentucky des États-Unis pour que l'Espagne puisse l'annexer. Oui, Wilkinson *avait* été un ami. Mais l'était-il encore ? Gayoso se le demandait.

— Il est vrai que vous avez aidé mon pays pendant des années, dit-il, mais seulement pour en tirer avantage.

Wilkinson protesta.

— Pour qui me prenez-vous, Gayoso ? Je n'ai qu'une parole et j'ai juré de servir l'Espagne. Comment pouvez-vous douter de moi ?

La voix du général avait l'accent de la sincérité. Gayoso resta indécis. Peut-être Wilkinson était-il innocent ? Peut-être que seul Nolan était coupable.

— Niez-vous que Nolan vous a envoyé des renseignements qui peuvent faciliter l'accès de forces importantes dans notre pays ? questionna-t-il sur un ton toujours soupçonneux. Des renseignements qu'une personne intéressée par l'acquisition de grandes étendues de terres espagnoles pourrait trouver utiles ?

Dissimulant son inquiétude, Wilkinson arbora le masque de l'innocence offensée et s'écria avec emphase :

— Mais c'est ignoble ! Qui ose mêler mon nom à une telle infamie ? Mon honneur est au-dessus de tout soupçon. Je le défendrai au prix de ma vie. Quelle est la canaille qui ose ainsi salir ma réputation ? Dites-le-moi, Gayoso, et je vous prouverai qui est le vrai coupable.

Wilkinson était un comédien remarquable. Ses yeux bleus brillaient d'indignation, ses joues étaient empourprées par une sainte colère mais Gayoso n'était pas impressionné. Il avait déjà entendu les mêmes arguments en d'autres circonstances où il s'était avéré que le vertueux général mentait effrontément.

Toujours calée contre le mur, Léonie s'impatientait. La conversation lui parvenait comme un murmure sauf quand les deux hommes élevaient la voix mais ce qu'ils se disaient ne l'intéressait pas. A mesure que le temps passait, son angoisse grandissait. Elle commençait à se demander si son attente n'était pas vaine.

Elle jeta un dernier coup d'œil avant de se décider à abandonner la partie quand elle vit Gayoso ramasser ses créances, ouvrir une porte et disparaître, suivi par son compagnon. Elle se glissa rapidement jusqu'à la fenêtre suivante et, à son grand soulagement, Gayoso et ses précieuses créances se trouvaient sous ses yeux. Apparemment la pièce où il venait d'entrer était son cabinet de travail. Un grand bureau était placé contre le mur du fond. Léonie eut tôt fait de repérer la topographie des lieux. La porte de la salle de jeu donnait sur cette pièce et, à côté du bureau, une autre porte devait donner sur le corridor qui longeait le bâtiment principal.

Pendant qu'elle regardait, le gouverneur posa les créances sur le coin de son bureau et prit un papier qu'il tendit au général d'un air méprisant.

— Nierez-vous que ceci vous était destiné ? fit-il en le scrutant du regard.

Wilkinson jeta un coup d'œil sur le papier et le posa négligemment sur le tas de créances.

— Absolument ! Je ne sais même pas de quoi il s'agit. Je crois que c'est vous, Gayoso, qui me devez des explications, riposta-t-il sur un ton agressif. Je suis un honorable ami de l'Espagne et vous portez contre moi des accusations odieuses. Vous devez me prouver leur bien-fondé ou me faire des excuses.

Gayoso se raidit :

— Je ne vous dois aucune excuse. Nous avons intercepté récemment un messager de Nolan et nous avons découvert qu'il communiquait des informations à quelqu'un des États-Unis.

Il semblait évident que Gayoso soupçonnait Wilkinson d'être ce quelqu'un.

Le général blêmit.

— Et... et vous croyez que... que c'est moi qui... qui reçois ces informations ? bégaya-t-il. Impossible ! Je n'accepte pas ces insinuations.

Gayoso l'observa d'un air songeur et demanda sur un ton suave :

— Vous êtes sûr de ne pas reconnaître la carte que je viens de vous montrer ?

— C'est peut-être l'œuvre de Nolan, mais je n'ai rien à voir là-dedans, répliqua Wilkinson. D'ailleurs, qu'est-ce qui vous porte à croire qu'elle m'était destinée ?

— Tout, mon cher général, chacun sait que vous avez beaucoup d'affection pour Nolan, bien que vous prétendiez le contraire depuis quelque temps. Et maintenant, je vais vous avertir que, depuis trois mois, j'ai un espion dans l'entourage de Nolan. Il m'a appris qu'il l'avait vu faire des relevés. De plus, Nolan parle souvent de son influent ami le général Wilkinson. Il raconte même que cet ami décidera du sort de la partie du territoire espagnol située à l'ouest de la Sabine.

Wilkinson parut près d'éclater. Sa poitrine se gonfla et les boutons de son gilet rayé faillirent sauter. Il avait le visage cramoisi quand il articula d'une voix tremblante de rage :

— Vous ne croyez pas ce fatras de mensonges, Manuel ? Je n'ai jamais rien entendu d'aussi aberrant. C'est insensé.

— Nous verrons bien, répondit Gayoso, impassible.

Visiblement affolé, Wilkinson s'appuya sur le bureau de Gayoso et répéta :

— Je vous jure que je n'ai rien à voir là-dedans, Manuel. Il faut me croire.

— Je ne sais vraiment pas ce que je dois croire, murmura Gayoso. Vous êtes un homme tellement tortueux !

Léonie s'aperçut avec satisfaction que la conversation était sur le point de prendre fin. « Bon. Et maintenant, mon Dieu, implora-t-elle, faites que le gouverneur laisse les reconnaissances à l'endroit où il les a posées ! »

Sa prière fut exaucée. Gayoso s'éloigna du bureau et se dirigea vers la porte qui se trouvait près d'elle.

Elle s'accroupit et se plaqua sous le rebord de la fenêtre. Gayoso s'arrêta sur le seuil.

— Je vais récapituler tous les faits avant de rédiger mon rapport pour le vice-roi, dit-il à Wilkinson, mais je vous préviens que, pour l'instant, je ne pense pas qu'il vous sera favorable.

Wilkinson était toujours appuyé sur le bureau. Il avança subrepticement la main et saisit la carte qu'il enfonça dans sa poche.

— Apportez-moi donc mon verre de cognac, dit Gayoso. Il est sur ma table; et suivez-moi. Vous m'expliquerez peut-être plus clairement pourquoi je dois vous croire.

Wilkinson fixa des yeux le liquide ambré puis, avec un vilain sourire, glissa une main dans la poche de sa veste et en sortit un petit paquet blanc. Jetant un rapide coup d'œil vers la porte, il constata que Gayoso avait disparu. Il vida le contenu du paquet dans le cognac et suivit lentement le gouverneur. Ah, il allait écrire au vice-roi, il allait détruire sa réputation en Espagne ! Eh bien, il apprendrait bientôt que personne ne pouvait s'attaquer impunément à Wilkinson.

N'entendant plus aucun bruit de voix, Léonie se redressa et vit que la pièce était vide. Enfin, son heure était venue. Les reconnaissances que son grand-père avait signées ce soir-là étaient à sa portée.

Retenant son souffle, elle se hissa sur le rebord de la fenêtre entrouverte. Elle la poussa et sauta dans le bureau. Elle se rendit compte alors que le gouverneur et le général discutaient encore dans l'autre pièce et il fallait qu'elle passe devant la porte ouverte sans être vue. Elle observa les deux hommes. Le gouverneur avait un comportement étrange. Son visage était décomposé comme s'il souffrait terriblement mais le général semblait indifférent.

Détournant les yeux de la scène qui se passait à côté, elle croisa les doigts et se glissa devant la porte, pareille à une ombre. Les jambes tremblantes, elle s'approcha du bureau, saisit le tas de papiers et l'enfouit dans son réticule.

Frémissant de joie, elle s'apprêtait à repartir comme elle était venue quand, à sa grande consternation, elle entendit des pas du côté de la porte qui se trouvait entre elle et la fenêtre.

Terrifiée, elle chercha des yeux une cachette et, prise de panique, elle ouvrit la porte du fond qui donnait sur le couloir principal.

La gorge serrée, elle longea le corridor qui lui parut interminable. Elle passa devant des portes fermées mais elle n'osait regarder ce qui se trouvait de l'autre côté. Le bruit d'une porte qui s'ouvrait derrière elle régla la question. Elle entra sans réfléchir dans la chambre la plus proche. « Mon Dieu, faites qu'elle soit vide ! » pria-t-elle.

5

La chambre n'était pas vide mais Léonie ne le savait pas. Adossée à la porte, elle attendit un moment que les battements de son cœur reprennent leur rythme normal.

La pièce était plongée dans une ombre épaisse. Léonie poussa un long soupir et remercia le ciel. S'accoutumant à l'obscurité, ses yeux distinguèrent une porte-fenêtre qui devait offrir une possibilité de fuite. Elle s'apprêtait à faire un pas vers cette issue lorsqu'une voix d'homme la figea sur place.

— Je me demandais si Gayoso m'avait oublié, murmura Morgan en allongeant la main pour toucher Léonie.

En entrant dans sa chambre, Morgan n'avait pensé

qu'à dormir. Il s'était déshabillé et couché mais le sommeil l'avait fui. Le souvenir de Stéphanie s'imposa à son esprit. Il revoyait son visage au sourire moqueur et son corps voluptueux puis le petit cadavre de Philippe flotta devant ses yeux. Il s'était levé brusquement et avait enfilé sa robe de chambre en velours rouge.

Sur la petite table placée devant la porte-fenêtre était posée une carafe pleine de cognac. Pensant que l'alcool l'aiderait à chasser les images qui le hantaient, il s'en était versé une bonne dose.

Le sommeil ne venait toujours pas. Aussi avait-il souhaité ardemment que Gayoso lui envoie une jeune personne qui pourrait changer le cours de ses pensées. Une femme avait causé son malheur, une autre femme pourrait lui apporter un moment d'oubli.

Il venait de reposer son verre et se disposait à se rhabiller pour se mettre en quête de compagnie quand Léonie était entrée. Dans l'ombre il ne distinguait que sa silhouette menue et les contours de sa poitrine. Dans son état d'esprit, c'était suffisant. « Les putains ont leur utilité », se dit-il en s'avançant vers Léonie. C'était alors qu'il avait prononcé les mots qui l'avaient pétrifiée.

Elle ne comprenait pas ce qu'ils signifiaient mais une chose était certaine : elle devait sortir de cette chambre et de la maison du gouverneur au plus vite. Serrant son réticule dans sa main, elle fit un effort désespéré pour courir à la fenêtre.

— Oh, m... monsieur, bégaya-t-elle, v... vous m'avez fait p... peur. J'ai dû me tromper de porte. Je... je m'en vais tout de suite.

Morgan lui posa la main sur l'épaule et elle eut un mouvement de recul. Il se mit à rire.

— N'aie pas peur, petite. Je ne te ferai aucun mal et, si c'est Gayoso qui t'envoie, tu peux être sûre que tu ne t'es pas trompée de chambre. Je vais allumer une bougie pour que nous puissions voir à qui nous avons affaire.

— Non, articula Léonie d'une voix étranglée.

— C'est bon, dit Morgan. Si tu préfères le mystère, je n'y vois pas d'inconvénient.

Léonie avala sa salive.

— Merci, monsieur, et, maintenant, permettez-moi...

Elle allait lui dire qu'elle voulait partir mais Morgan n'avait nullement envie de parler et sa bouche s'écrasa sur la sienne. Elle secoua violemment la tête et s'exclama avec indignation :

— Mais, monsieur, vous êtes fou !

Si Morgan n'avait pas eu le cerveau embrumé par les vapeurs de l'alcool et si Gayoso ne lui avait pas laissé entendre qu'il enverrait une femme dans sa chambre, Morgan aurait trouvé que celle-ci se comportait étrangement pour une prostituée, mais, étant donné les circonstances, il crut qu'elle voulait tout simplement faire durer le plaisir. Il la saisit dans ses bras et murmura :

— Nous avons perdu assez de temps. Reste un mystère si tu veux, mais, bon Dieu, cesse de faire la sainte nitouche.

Léonie n'eut pas le temps de protester. Morgan lui desserrait les lèvres avec sa langue et explorait avidement sa bouche. Stupéfiée par la violence de ce baiser, Léonie resta paralysée. Elle ignorait tout des jeux de l'amour et n'avait jamais eu de contact aussi intime avec un homme. Pendant qu'il prenait ainsi possession de sa bouche, l'étranger lui posa une main autour de la taille et, de l'autre, il détacha les épingles qui retenaient la crinière fauve. Les beaux cheveux, libérés, ruisselèrent en cascade et, lâchant un moment sa bouche, Morgan enfouit sa tête dans les boucles parfumées.

— Ravissant, murmura-t-il en lui caressant doucement le cou. Dieu, quelle bonne idée Gayoso a eue de t'envoyer. Viens, nous allons voir tous les plaisirs que nous pourrons goûter le reste de la nuit.

Léonie ne comprenait pas grand-chose à ce que disait cet inconnu. Elle était tellement terrifiée qu'elle avait le cerveau engourdi et incapable de réflexes. Cependant, quand elle se sentit brusquement soulevée dans des bras puissants, elle retrouva brusquement toute son énergie.

— Non, lâchez-moi ! s'écria-t-elle avec colère. Il y a certainement une erreur.

— L'erreur ce serait justement que je te lâche, dit Morgan en riant. Je ne comprends pas pourquoi tu t'obstines à jouer ce jeu mais continue si ça te chante.

L'obscurité cachait leurs traits. Léonie savait que l'homme était grand et musclé, qu'il avait la peau douce et la voix grave et distinguée. Quant à Morgan, il se rendait compte qu'elle avait des cheveux superbes et un joli corps terriblement désirable.

Il glissa une main dans l'échancrure de son corsage et ses doigts effleurèrent les pointes de ses seins. Léonie eut un haut-le-corps. Le contact d'une main d'homme sur sa poitrine lui fit l'effet d'une décharge électrique.

— Mon Dieu ! suffoqua-t-elle, qu'est-ce qui vous prend ?

Morgan retira sa main de son corsage et chercha à tâtons les agrafes de sa robe. Avant que Léonie ait pu comprendre ses intentions, elle se trouva prestement dépouillée de ses vêtements.

Tout se passait si vite qu'elle était totalement désemparée. La peur, la colère, la répulsion se mêlaient à des émotions qu'elle n'avait jamais ressenties. Elle réagit à sa façon, en se débattant.

Malheureusement, le désir de son adversaire devenait trop impérieux pour qu'il s'étonne de cette résistance et il était trop fort pour se laisser arrêter par les coups de poing qui lui martelaient les épaules. En un tournemain, la robe de chambre en velours rouge eut rejoint le tas de vêtements qui gisaient sur le sol.

Pour Léonie, l'expérience était traumatisante. Personne n'avait jamais fait allusion au genre de rapports qui unissaient un homme et une femme. D'ailleurs, qui aurait pu le faire ? La cuisinière du château Saint-André ? Son grand-père ? Bien sûr, elle en avait quelque idée. Elle avait vu les accouplements des animaux qui peuplaient les marécages boisés et assisté aux saillies du bétail de la plantation mais ces vagues notions ne suffisaient pas à la préparer à ce que cet étranger était en train de faire subir à son corps.

Elle sentait les lèvres de l'homme la parcourir tandis que ses mains s'enhardissaient. Les efforts qu'elle faisait pour se libérer semblaient lui plaire. Il se plaquait contre elle et elle sentit avec stupéfaction un bâton de chair tiède qui se durcissait contre son ventre. Malgré les émotions tumultueuses qui l'agitaient, elle éprouva une étrange volupté. « Que m'arrive-t-il ? » se demanda-t-elle dans une sorte d'état second. Brusquement, elle se raidit au contact d'une main qui se glissait entre ses cuisses.

Morgan était expert en amour. Pendant que ses doigts caressaient et exploraient la partie la plus intime de son corps, Léonie laissa échapper un gémissement de plaisir. Morgan sut alors qu'il ne pouvait plus attendre. Ses genoux écartèrent les siens. Ses mains lui enlacèrent la taille et il la pénétra.

Léonie sentit une douleur fulgurante qui passa aussitôt pour céder la place à une sensation indéfinissable pendant qu'il prenait possession de son corps. Complètement anéantie, elle restait passive, si épouvantée par ce qui lui arrivait qu'elle était incapable de se révolter contre l'inconnu qui venait de la déflorer.

Morgan n'était pas surpris que la femme ne partage pas son plaisir — la plupart des putains se contentaient de prêter leur corps et, sans doute, celle-là faisait-elle comme les autres. Pourtant, elle était si différente qu'il refusait de croire qu'elle fût aussi vénale. Ses lèvres se pressèrent passionnément sur les siennes et ses mains se serrèrent autour des hanches fermes.

L'effet de choc était passé. Léonie s'était ressaisie. Elle recommença à lutter. Elle essaya frénétiquement de dégager sa bouche en remuant la tête d'un côté et de l'autre mais en vain. Puis elle le bourra de coups de poing sans plus de succès.

Enfin, avec un long frémissement, Morgan projeta sa semence dans le corps de la femme. Son désir assouvi et pourtant étrangement insatisfait, il se détacha d'elle en se demandant s'il ressentirait jamais la merveilleuse sensation de bien-être qu'il avait connue pendant les premières années de son mariage. Puis il serra les mâchoires et jura intérieurement. Bon Dieu ! Ne cesserait-il jamais de penser à Stéphanie ?

Furieux contre lui-même, il ordonna d'une voix dure :

— Va-t'en maintenant. J'ai laissé de l'or sur la commode à côté de la porte. Tu peux tout prendre.

Léonie n'avait pas attendu sa permission. Elle cherchait déjà ses vêtements dans l'ombre et les enfila sans perdre de temps. Saisissant le réticule qui contenait les précieuses reconnaissances, elle se dirigea vers la commode, prit une poignée d'or avec une lueur de rage dans ses yeux verts et revint vers le lit d'un pas saccadé.

— Gardez votre or, hurla-t-elle en lui lançant les pièces à la figure de toutes ses forces. Vous n'en avez pas assez pour payer ce que vous m'avez fait.

Puis, tournant les talons, elle ouvrit la porte-fenêtre et s'enfuit dans la nuit.

Ivre de colère, il sauta du lit et courut vers la fenêtre. Il chercha des yeux la femme qui venait de lui faire cet affront mais elle avait disparu. Secouant la tête, il regagna lentement son lit. Qui comprendrait jamais les femmes ? se demanda-t-il, intrigué. Le tas d'or qu'il avait laissé sur la commode était plus que suffisant. Ce n'était donc pas parce qu'elle pouvait s'estimer lésée. Alors, pourquoi ?

Machinalement, il alluma la bougie posée sur la table de chevet et examina la pièce. A côté de sa robe de chambre qui gisait sur le sol, un objet métallique attira son attention. Il se pencha pour le ramasser et découvrit une chaîne en or avec une croix finement ciselée.

Il se rappela la résistance de la petite prostituée. Elle l'avait sûrement perdue en se débattant, se dit-il, étonné. Les prostituées n'ont pas l'habitude de refuser l'argent qu'elles ont gagné et elles ne portent généralement pas de croix en or. Décidément, il serait curieux de connaître les traits de la créature qui avait brièvement partagé sa couche.

Il se disposait à éteindre la bougie quand son regard se posa sur le lit. Il écarquilla des yeux ahuris en apercevant quelques traces de sang révélatrices.

— Une vierge, maugréa-t-il. Pas étonnant qu'elle n'ait pas pris les pièces.

Il était fou, ce Gayoso, de fournir des filles vierges à ses hôtes de passage. Et pourquoi avait-elle accepté, si c'était uniquement pour lui jeter son or à la tête ?

A la pensée qu'il l'avait prise avec autant de désinvolture, Morgan éprouva un vague remords. Il n'avait pas été particulièrement brutal mais, s'il avait su, il se serait moins préoccupé de son propre plaisir. D'ailleurs, s'il avait su, il ne l'aurait sans doute pas prise du tout. Dans son esprit, les vierges étaient étroitement associées au mariage. Il n'était pas homme à courir le pays en quête de filles à déflorer. Une femme d'expérience causait moins de tracas et promettait des nuits plus agréables. Non, décidément, il n'avait aucun goût pour les pucelles. La seule qu'il ait possédée jusqu'à ce jour était sa femme et il aurait été parfaitement satisfait d'en rester là.

Morgan se recoucha et souffla la bougie avec un sentiment de malaise. « Seigneur, je serai content de partir d'ici, pensa-t-il. Demain j'irai chez Jason mais Gayoso me doit quelques explications. »

Le lendemain, Morgan apprit que Gayoso n'expliquerait plus jamais rien à personne. Il était mort dans la nuit.

Bouleversé par cette nouvelle inattendue, il oublia complètement l'apprentie prostituée. Il présenta ses condoléances à la veuve, fit ses bagages et se rendit immédiatement chez Jason pour le cas où il serait descendu en ville. Il ne s'y trouvait pas mais Morgan ne se troubla pas pour autant. Il savait qu'il le trouverait à la plantation Beauvais. Il loua une voiture, donna des ordres pour que ses bagages le suivent et se mit en route.

A son arrivée devant la grande bâtisse blanche ornée de colonnes, Morgan vit accourir un négrillon qui saisit les rênes de son cheval.

— M. Savage est-il à la maison ? demanda-t-il en lui lançant une pièce.

Avant que l'enfant ait eu le temps de répondre, une voix s'éleva :

— Eh bien ! Tu as pris le chemin des écoliers pour venir jusqu'ici.

Jason se tenait en haut des marches qui montaient à la terrasse. Morgan hocha la tête.

— Je sais, je sais, je regrette de n'avoir pas pu venir plus tôt. J'ai commis l'erreur d'aller voir le gouverneur dès mon arrivée et il a insisté pour que je passe quelques jours chez lui. Il a dû boire plus que de raison, cette nuit, car il est mort. Je t'assure que la nouvelle m'a produit un choc.

— Quoi ? s'écria Jason. Impossible, je l'ai encore vu la semaine dernière.

— C'est pourtant la vérité, dit Morgan lentement. Hier soir j'ai joué aux cartes avec lui et il semblait en forme. Notre ami Wilkinson était là aussi.

Jason fronça les sourcils.

— Wilkinson ? Je me demande ce qu'il combine.

Morgan haussa les épaules et changea de sujet.

— Est-ce que tu m'invites à entrer ou comptes-tu me laisser mourir de chaleur ? demanda-t-il en feignant l'inquiétude.

Un éclat de rire accueillit ces paroles. Jason le serra dans ses bras et répondit affectueusement :

— Ah, mon ami ! Quelle joie de te voir ! Ta famille se porte bien ?

Les deux jeunes gens se ressemblaient à bien des égards. Ils étaient grands, légèrement basanés et séduisants sans être des modèles de beauté classique. Ils descendaient tous les deux de familles de riches planteurs originaires de La Nouvelle-Orléans.

Cependant, ils présentaient quelques différences. Jason était fils unique et ses parents ne s'entendaient pas. Sa mère, Antonia, vivait à La Nouvelle-Orléans et son père, Guy, dans son domaine de Greenwood en Virginie. Jason avait aussi de la famille en Angleterre. Son oncle était le duc de Roxbury. Morgan l'avait connu à Harrow et, depuis, leur amitié était indissoluble.

Occupés par leurs propres affaires, leurs routes se croisaient rarement mais chaque fois que l'un des deux se trouvait dans les parages de l'autre, il était entendu qu'il devait descendre chez lui. Jason avait échappé au piège du mariage. L'exemple de ses parents l'avait immunisé, disait-il. C'était lui qui avait présenté Nolan à Morgan, aussi était-il inévitable qu'ils en viennent à parler du protégé de Wilkinson.

— As-tu des nouvelles de Nolan ? demanda Morgan au cours de la conversation.

— Non, répondit Jason, mais cela ne signifie rien. Philip est un garçon énigmatique et, bien que je l'admire, il a des secrets que je préfère ne pas connaître.

Morgan hocha la tête. C'était vrai. Nolan avait quelque chose qui incitait les gens à se tenir sur leurs gardes. Pourtant, Jason entretenait avec lui des relations d'amitié et, connaissant les aventures qu'ils avaient partagées, Morgan le questionna :

— Tu l'as accompagné dans l'une de ses premières expéditions... Il s'agissait... de commerce de chevaux, je crois ?

Jason répondit avec une expression bizarre :

— Oui. J'avais dix-sept ans ; tu te souviens de mon ami indien, Buveur de Sang ? Il est venu avec nous pour traiter de l'affaire avec les Comanches. Je peux te dire que je n'ai jamais assisté à rien de pareil et... Buveur de Sang n'a pas voulu faire de commentaires.

Morgan demanda des nouvelles de l'Indien. Ils continuèrent à bavarder ainsi toute la journée.

Armand, le grand-père de Jason, vint les rejoindre à la tombée de la nuit. Il souhaita affectueusement la bienvenue à Morgan et demanda si les deux amis comptaient rester enfermés indéfiniment et l'ignorer complètement.

Les jeunes gens se récrièrent en riant et la soirée se poursuivit agréablement.

C'est avant de se mettre au lit que Morgan se rappela son aventure avec la fille aux cheveux fauves. Il avait ôté sa veste et vérifiait le contenu de ses poches lorsque ses doigts rencontrèrent la croix accrochée à la chaîne en or.

Il ne pourrait sans doute jamais la restituer à sa propriétaire. Pourtant, il lui répugnait étrangement de s'en séparer. Souvenir d'une nuit de passion, se dit-il avec un sourire cynique. Peut-être, après tout. Sans savoir pourquoi, il décida que l'objet lui servirait de talisman. En tout cas, chaque fois qu'il le verrait, il se rappellerait que toutes les femmes sont perfides — même les putains.

A peine rentrée chez elle, Léonie s'aperçut que sa croix avait disparu. En se faufilant par la porte qu'Yvette avait laissée ouverte à son intention, elle porta instinctivement la main à sa poitrine pour toucher la croix dans un geste de gratitude, tant elle était soulagée d'être arrivée à bon port. C'est alors qu'elle constata son absence.

Après cette soirée, la disparition du seul souvenir tangible qui lui restait de sa mère lui parut le dernier coup du sort. Elle ne sut jamais si elle pleurait sur la perte de sa virginité ou sur celle du bijou.

Elle se dirigea à tâtons vers sa chambre en se demandant si ces fameuses reconnaissances valaient toutes les souffrances qu'elle venait d'endurer.

Elle se jeta sur son lit et conclut que le jeu n'en valait pas la chandelle. Grand-père pouvait très bien recommencer le lendemain et signer de nouveaux papiers. Pour la première fois, elle pensa à la vie sombre que l'avenir lui réservait. Grand-père les menait tout droit à la ruine ; il allait la forcer à épouser un homme qu'elle n'avait jamais vu. Tout ce qu'elle avait fait était donc inutile.

Le corps meurtri, la bouche encore imprégnée des baisers avides de l'inconnu, elle sentait entre ses cuisses une douleur sourde et persistante. Elle ôta lentement sa robe et la vue des taches de sang lui arracha un gémissement. Elle s'était perdue ! « Et pour quoi ? pensa-t-elle avec un violent accès de colère. Pour les dettes de jeu de grand-père ! » Elle jeta un regard de haine sur le vieux réticule qui contenait les papiers. Quelle sottise !

Léonie était une fille énergique. Certes, le viol qu'elle avait subi lui laisserait une cicatrice profonde mais elle retrouva vite son dynamisme. En fait, l'inconnu n'avait été ni brutal ni cruel et elle dut admettre à contrecœur qu'il ne savait pas ce qu'il faisait. Elle n'en était pas moins furieuse mais elle était assez honnête pour s'avouer qu'elle portait en partie la responsabilité de ce qui s'était passé. Si elle ne s'était pas introduite chez le gouverneur comme une criminelle, l'homme ne l'aurait jamais confondue avec la prostituée que Gayoso avait apparemment promis de lui envoyer.

Était-il possible que des femmes offrent ainsi leur corps à de parfaits étrangers, à des hommes qu'elles n'avaient jamais vus et ne reverraient jamais ? En pensant à celui qui l'avait possédée cette nuit, elle frissonna. En tout cas, elle ne voulait le revoir pour rien au monde. A l'idée de se trouver en face de l'homme qui avait exploré son corps aussi intimement, elle sentit ses joues s'empourprer.

Un grattement à la porte la fit sursauter. Elle alla ouvrir. Vêtue d'une longue chemise de nuit, Yvette s'encadrait sur le seuil, le visage blême d'anxiété.

— Ah, te voilà enfin, chuchota-t-elle. J'étais folle d'inquiétude.

Léonie jeta un coup d'œil du côté de la chambre de son grand-père et tira Yvette dans la pièce.

— Je viens de rentrer, dit-elle.

— Je sais, murmura Yvette. Je suis venue voir toutes les demi-heures. J'avais l'intention de t'attendre mais, en rentrant, ton grand-père m'a ordonné d'aller me coucher. As-tu récupéré les reconnaissances ?

— Mais oui ! répondit Léonie en feignant l'insouciance. Je n'ai pas eu de difficulté.

— Tu as l'air bizarre, observa Yvette qui perçut une certaine tension dans sa voix. Tu me jures que tout va bien ?

— Tu te fais vraiment trop de soucis, railla Léonie. Tout va très bien et j'ai au moins la satisfaction de savoir que la soirée d'hier ne nous aura pas créé de nouvelles dettes.

— Combien de fois penses-tu pouvoir renouveler ce genre d'opération ? Tu ne peux tout de même pas suivre ton grand-père tous les soirs ! Tu as eu beaucoup de chance pour cette fois mais tu n'en auras peut-être pas toujours autant.

Léonie retint un éclat de rire amer. De la chance... si seulement elle savait ! Mais, après lui avoir posé quelques questions, Yvette se retira satisfaite et Léonie se remit au lit épuisée. A peine eut-elle posé la tête sur l'oreiller qu'elle fut plongée dans un profond sommeil.

Elle ne se réveilla qu'au milieu de l'après-midi. Bien qu'elle fût encore sous l'effet des incidents de la veille, elle avait retrouvé une partie de son ressort naturel. Elle s'efforça de ne pas penser aux moments passés dans les bras de l'inconnu. Ce qui était fait était fait. Inutile de revenir en arrière. Elle mit la robe marron en boule et déchira le jupon en menus morceaux puis elle enveloppa le tout dans un sac qu'elle alla déposer dans la fosse à ordures.

Elle se mit en quête d'Yvette, l'esprit préoccupé par les reconnaissances qui se trouvaient toujours dans son réticule. Qu'allait-elle en faire ? Devait-elle les détruire ? Il valait mieux qu'elle ne les ait pas en sa possession quand le vol serait découvert.

Yvette remarqua une différence dans le comportement de sa sœur. C'était indéfinissable. Elle avait l'impression que quelque chose s'était éteint en elle. Elle se demanda si Léonie lui avait bien tout dit. Elle s'étonnait de ne pas l'entendre chanter victoire car, en général, quand elle avait atteint un but qu'elle s'était fixé, elle n'avait pas le triomphe modeste.

Quant à Claude, il ne s'aperçut de rien mais c'était normal. Il avait mal à la tête comme d'habitude, ce qui n'était pas fait pour le rendre perspicace. Cependant, vers quatre heures, il se sentit beaucoup mieux et décida de demander un entretien à M. Slade avant de se remettre à boire et il se rendit chez le gouverneur. La nouvelle du décès de Gayoso le bouleversa mais il s'avoua que le départ de M. Slade le chagrinait beaucoup plus. Il s'enquit de son adresse mais le domestique ne la connaissait pas. M. Slade avait fait ses condoléances à la famille puis il était parti, suivi de ses bagages. Le serviteur ne savait rien de plus.

Claude s'éloigna, désemparé. M. Slade aurait été tellement parfait ! Secouant tristement la tête, il prit le chemin de son café favori à l'angle des rues Rampart et Toulouse, dans l'intention de noyer sa déception dans l'alcool.

Il n'avait pas fait cent pas qu'il aperçut un jeune homme grand aux cheveux noirs qui marchait dans la direction de la rue Royale. M. Slade ! Accélérant le pas, Claude se lança à sa poursuite et le rattrapa au moment où il allait entrer dans l'un des nombreux cafés publics qui abondaient dans la rue Royale.

— Monsieur Slade ! appela-t-il. Morgan Slade ! Attendez !

Le jeune homme s'arrêta et jeta un coup d'œil par-dessus son épaule sans avoir l'air de le reconnaître.

— Oui ? demanda poliment Ashley Slade sans se donner la peine d'informer Claude qu'il n'était pas son cousin Morgan.

Ses yeux bleus, identiques à ceux de Morgan, évaluèrent à un penny près le prix du costume bien coupé que portait l'aristocratique gentilhomme et il ajouta sur un ton plus chaleureux :

— Que puis-je faire pour vous ?

6

A aucun moment, Claude n'eut l'impression qu'il n'avait pas affaire à Morgan Slade. Ashley aurait pu facilement passer pour le jumeau de son cousin auprès de quelqu'un qui ne les connaissait pas bien. Malheureusement, Claude n'avait vu Morgan que deux fois, et encore, sous l'effet de l'alcool. Ashley décida de cacher son identité en attendant de savoir si ce malentendu pourrait lui être utile.

Son incursion dans le Nouveau Monde ne lui avait rapporté que des déboires. Il maudissait l'idée saugrenue qui l'avait poussé à quitter l'Angleterre pour le continent nord-américain. L'argent ne venait que si l'on était disposé à travailler. Or Ashley abhorrait le travail. Il était allé de ville frontière en ville frontière, vivant à crédit quand il le pouvait et trichant au jeu quand il ne le pouvait pas.

Pensant que la colère de son père était apaisée, il avait décidé de repartir pour l'Angleterre. Il espérait trouver l'argent du voyage et échapper à une situation qui devenait de plus en plus dangereuse.

Il avait évité Natchez à dessein car il savait que son oncle et ses fils le recevraient comme un chien. Il avait passé quelques mois dans la petite ville de Baton Rouge et c'est de là qu'il avait écrit à son père qu'il comptait se rendre à La Nouvelle-Orléans. En réalité, il espérait bien que l'indication de son lieu de résidence inciterait le baron à lui porter secours d'une manière ou d'une autre.

Ashley aurait pu rester indéfiniment à Baton Rouge car il s'était introduit dans les bonnes grâces d'une veuve très riche qui aurait été toute disposée à l'entretenir s'il ne s'était attiré les foudres de la famille. Sa liaison était devenue un objet de scandale et les proches de la dame avaient décidé d'y mettre fin. Désireux de protéger son revenu confortable, Ashley avait provoqué l'un des neveux en duel et l'avait tué. Naturellement, tous les parents de la malheureuse victime voulaient sa peau et Ashley s'était hâté de prendre la fuite mais non sans faire main basse sur une partie des bijoux de sa conquête.

L'argent obtenu par la vente des bijoux lui avait procuré un moment de répit mais, entre les mains d'Ashley, l'argent filait vite. A son arrivée à La Nouvelle-Orléans, il ne lui en restait guère. De plus, ses allées et venues dans la ville ne tarderaient pas à être remarquées par ceux qui s'étaient mis en tête de venger sa victime.

Toujours à l'affût d'une bonne affaire, Ashley se garda bien de détromper Claude tant qu'il ne savait pas s'il pourrait tirer un avantage quelconque de son erreur.

Les deux hommes s'attablèrent devant un café copieusement arrosé de rhum et de cognac. Claude cherchait une façon diplomatique d'aborder le sujet qui lui tenait à cœur et il commença par parler de la mort subite du gouverneur. Ashley se tenait sur ses gardes. Grâce à quelques questions adroitement posées il apprit que M. Saint-André n'avait rencontré son cousin que deux fois et il se détendit un peu. La pensée que Morgan se trouvait en ville n'était pas faite pour le réjouir. Cependant, son penchant pour l'intrigue l'incitait à jouer le jeu et il se coula assez habilement dans la peau de son personnage.

Après quelques minutes de conversation mondaine, Claude avala une gorgée de café pour se donner du courage et il prit le taureau par les cornes.

— Monsieur Slade, je ne vous ai pas accosté uniquement par politesse... J'ai une proposition à vous soumettre.

Ashley dressa vivement l'oreille. S'il y avait de l'argent à la clé, l'affaire était du plus haut intérêt.

— Oui ? fit-il d'un air nonchalant. Et de quoi s'agit-il ?

Claude hésita : Ashley avait beau ressembler à Morgan, il n'était pas Morgan et Claude faisait quelques réserves au sujet du jeune homme. Dégagé des effets de l'alcool, il le voyait avec un esprit plus lucide et commençait à se demander si sa première impression était bien correcte. Il lui trouvait *quelque chose* qu'il n'avait pas remarqué à première vue... Le regard était dur, calculateur. Cependant, il écarta ces idées absurdes et déclara sans ambages :

— J'ai une petite-fille que je voudrais marier et il me plairait que vous l'épousiez.

Ashley faillit pousser un juron de colère. Quel avantage lui apporterait ce mariage ? Il aurait pu se marier plusieurs fois au cours des dernières années — même avec des héritières. Pourquoi se serait-il décidé à présent ?

Claude lui fournit la réponse. Les yeux fixés sur son café noir, il enchaîna :

— Elle a une grosse dot et quand je mourrai, ce qui, d'après mon médecin, ne saurait tarder, elle héritera de plusieurs hectares de terres fertiles en bordure du fleuve, à quelques kilomètres d'ici. Je sais que vous êtes riche vous-même mais je sais aussi que la plupart des hommes préfèrent une épouse qui leur apporte autre chose que sa personne. Cinq mille doublons d'or vous suffiraient-ils ?

Ashley prit une profonde inspiration. Il exultait intérieurement. « Cinq mille doublons d'or ! Dieu du ciel ! une sacrée fortune ! Mais comment puis-je la toucher sans me mettre la corde au cou ? Ou plutôt, comment Morgan peut-il la toucher ? »

Pour se donner le temps de réfléchir pendant que son cerveau travaillait fiévreusement, il prit un cigarillo et en tira quelques bouffées d'un air absent. Il ne voulait pas paraître trop intéressé ; pourtant, il ne tenait pas à laisser échapper cette aubaine inattendue.

— Il faut que je réfléchisse, dit-il enfin. Naturellement tout dépend de votre petite-fille. Il serait peut-être bon que je puisse me faire une idée de la femme que je pourrais éventuellement épouser.

Soulagé, bien que cette conversation lui parût singulièrement déplaisante, Claude entreprit d'esquisser une description de Léonie. Bien entendu, il passa sous silence le véritable état des finances des Saint-André et insista sur les multiples qualités de sa petite-fille, sa jeunesse, sa beauté, sa docilité. Sur ce dernier point, il mentait effrontément.

Ashley était intrigué malgré lui mais avait assez de bon sens pour penser que si la fille possédait tant de charmes et de fortune, les prétendants devaient se battre pour obtenir sa main. Alors, pourquoi son grand-père avait-il jeté son dévolu sur Morgan ?

Laissant momentanément cette question de côté, Ashley voulut essayer de savoir dans quelle mesure cette rencontre pourrait lui être utile.

— Supposez que nous nous mettions d'accord, dans quelles conditions souhaitez-vous que ce mariage ait lieu ? Voulez-vous de longues fiançailles ou avez-vous une raison de précipiter les événements ? Et quand comptez-vous remettre la dot ?

Claude était décontenancé. Quelque chose dans cette affaire lui déplaisait mais il ne pouvait mettre le doigt dessus. Au cours de leurs précédentes rencontres, M. Slade ne lui avait paru ni insensible ni cupide et il commençait à se demander s'il ne s'était pas complètement trompé sur le compte de ce jeune homme. Cependant, comme s'il sentait qu'il ne jouait pas son rôle à la perfection, Ashley murmura avec un sourire charmant :

— Il me semble que cette discussion est un peu trop sordide. D'ailleurs, je ne suis pas aussi matérialiste. Il est vrai que, jusqu'à présent, aucun grand-père ne m'a offert sa petite-fille en mariage.

Les appréhensions de Claude s'effacèrent en partie.

— Et moi, je n'ai encore jamais joué les agences matrimoniales, répliqua-t-il. Alors, nous sommes à égalité. Je veux être franc avec vous, monsieur. Si nous pouvions organiser le mariage pour demain je le ferais et la dot vous serait remise le jour même où vous épouseriez ma Léonie.

Ashley laissa échapper un sifflement de surprise.

— Pourquoi êtes-vous si pressé, monsieur ? questionna-t-il.

Le visage de Claude se crispa et il expliqua sèchement :

— Mes jours sont comptés. Après ma mort, Léonie restera seule au monde. Je ne voudrais pas partir sans être certain que son avenir est assuré.

— Je vois, fit Ashley, l'esprit occupé à chercher un moyen de tirer le meilleur parti de cette information. Il faut quand même que je prenne le temps de réfléchir. On n'engage pas sa liberté à la légère. Donnez-moi quelques heures. Vous plairait-il que je passe vous rendre visite dans la soirée ?

Claude fit un signe de tête affirmatif. Il n'était pas aussi enchanté qu'il l'avait prévu. Les réactions de M. Slade ne correspondaient pas tout à fait à ce qu'il attendait. « Je dois me faire vieux », se dit-il. Certes le jeune homme était beau, d'une beauté un peu arrogante, ses yeux bleu foncé brillaient dans un visage aux traits réguliers, mais Claude l'avait trouvé plus sympathique quand ils avaient joué aux cartes chez le gouverneur. Déçu par son propre manque d'enthousiasme, il proposa :

— Si vous pouviez passer... disons... à neuf heures ? Au cas où votre réponse serait... favorable, je vous présenterais à ma petite-fille.

Ashley s'inclina avec une sorte de jubilation. « Pardieu, si je sais me débrouiller, l'or sera à moi avant la fin de la semaine, se promit-il, et en route pour l'Angleterre ! »

Les deux hommes se séparèrent. Claude rentra chez lui et Ashley alla mener sa petite enquête. Il en apprit assez pour comprendre la raison qui poussait Saint-André à choisir un étranger. Personne ne semblait disposé à se charger des dettes qu'il avait accumulées dans toute la ville et personne n'avait jamais entendu parler des cinq mille doublons d'or.

Quand Léonie sut qu'elle ferait la connaissance de son futur mari dans la soirée, elle fut partagée entre la crise de larmes et l'explosion de fureur. La journée ne lui avait apporté aucun réconfort. Son corps et son esprit ne s'étaient pas encore remis du choc qu'elle avait subi dans la nuit. Après le viol dont elle avait été victime, la perspective d'affronter un mari éventuel lui était insupportable. Dans un moment d'affolement, elle envisagea de prendre la fuite mais elle se ressaisit vite. Elle n'était pas femme à refuser une bataille. Elle ferait face à cet homme et trouverait bien un moyen de les sauver tous, elle-même, Yvette et son grand-père malgré lui.

Elle permit à Yvette de lui faire un chignon de nattes puis elle passa la robe abricot qu'elle portait la veille quand elle s'était disputée avec son grand-père. C'était la seule qui fût à peu près élégante et elle mettait sa jolie silhouette en valeur. Elle enfila des chaussures en satin blanc et Yvette épingla une branche de jasmin sur les cheveux fauves.

Se plaçant devant le miroir de sa chambre, Léonie tira la langue à son reflet.

— Bah ! mon apparence n'a aucune importance. C'est ma dot qui intéresse M. Slade.

Rien n'était plus vrai, mais ni Claude ni elle-même ne le savaient. Ashley était attiré par la dot comme un requin par le sang. Après avoir décidé que, si la dot existait, elle serait aussi bien dans ses mains que dans celles de Morgan, il se présenta chez les Saint-André à neuf heures précises. Peu lui importait que Saint-André ait une montagne de dettes. Il aurait pris le large quand le pot aux roses serait découvert. En revanche, Morgan serait là. C'était lui qui devrait régler le problème.

Après son enquête, Ashley était allé se renseigner sur les dates de départ des navires à destination de l'Angleterre et il avait appris que le *Scarlet Angel* devait appareiller le vendredi suivant, à une semaine de là. Il avait l'intention de monter à son bord — avec un coffre plein d'or.

En conséquence, Ashley se présenta sous son plus beau jour et Claude, conquis par son charme, oublia ses appréhensions. Les deux hommes s'entretenaient dans la seule pièce luxueuse de la maison. A la lumière tamisée des bougies, ses lacunes, visibles en plein jour, étaient imperceptibles.

Après les préliminaires d'usage, Ashley déclara que si M. Saint-André était d'accord, il serait très honoré d'épouser sa petite-fille à la date qui lui conviendrait. Claude sortit une bouteille d'excellent cognac qu'il tenait en réserve pour célébrer un événement important. Tous deux étaient ravis de ce marché.

Léonie, en revanche, ne l'était pas. Elle entra quelques minutes plus tard, une lueur de défi dans le regard, bien décidée à ne pas se laisser piéger.

Ashley fut fasciné par l'image qu'elle offrait dans sa robe abricot, avec cette couronne de cheveux rutilants à la lumière des bougies. Quel dommage qu'il n'ait pas le temps de la séduire ! Il envisagea un instant la possibilité d'emmener sa prétendue épouse en Angleterre avec lui mais il rejeta vite cette idée. Il avait conscience des risques que présentait un tel projet. Il avait déjà commis assez d'imprudences. Inutile d'en commettre davantage.

Léonie détesta Ashley à première vue. Déjà indisposée contre lui pour la simple raison qu'elle était forcée de l'épouser, elle décela plus nettement que Claude les stigmates qui marquaient son visage. Les yeux bleus qui la jaugeaient ne la séduisaient pas et la bouche sensuelle ne lui donnait aucun désir de connaître le goût de ses lèvres. Après la nuit dernière, elle n'aurait plus jamais envie de sentir le contact d'une bouche d'homme sur la sienne, elle en était bien certaine. Il était beau, oui, mais il n'avait rien qui pût l'inciter à l'épouser.

Claude rayonnait. Soucieuse de maîtriser ses réactions, Léonie permit à M. Slade de prendre sa main dans la sienne et de l'effleurer de ses lèvres. Interrogeant Claude du regard, Ashley demanda avec une déférence affectée :

— Puis-je garder cette charmante main, monsieur ?

En dépit de la gravité de la situation, Léonie détourna vivement les yeux et se mordit les lèvres pour réprimer un éclat de rire.

Claude sourit au jeune homme et répondit avec chaleur :

— Rien ne saurait me plaire davantage, monsieur Slade.

Ashley se tourna vers Léonie et ses yeux bleus la dévisagèrent dans une sorte de prise de possession.

— Et vous, ma chère, m'acceptez-vous comme époux ?

Question de pure forme, pensait-il. La fille ferait ce que son grand-père désirait — et il sentait déjà les pièces d'or dans ses mains. Naturellement, il n'attendait pas une réponse précise. Une rougeur, un regard timide ou un léger signe de tête, il n'en espérait pas plus. Seulement, il ne connaissait pas la personnalité de la jeune fille qui se tenait devant lui et sa réponse lui produisit un choc désagréable.

Refusant de se soumettre docilement au destin, Léonie répliqua froidement :

— Non, pourquoi voulez-vous que j'accepte ?

Ashley était visiblement déconfit et Claude était furieux.

— Léonie, rugit-il, as-tu oublié nos conventions à propos d'Yvette ?

Léonie perdit un peu de son assurance mais elle releva le menton et répondit sans se troubler :

— Non, grand-père, mais, avant d'accepter l'offre de M. Slade, je veux avoir une conversation avec lui en privé. C'est mon droit, non ?

Les deux hommes parurent gênés pour des raisons totalement différentes. Claude comprenait que Léonie allait lutter pied à pied sur tout le trajet qui devait la mener à l'autel. Quant à Ashley, il était furibond. Comment cette donzelle osait-elle se mettre en travers de ses projets ? Il comptait empocher cet argent et s'octroyer le plaisir de coucher avec son innocente épouse avant son départ. Aussi était-il désagréablement surpris à la pensée qu'un obstacle pourrait anéantir tous ses espoirs.

Connaissant l'entêtement de sa petite-fille, Claude accéda à contrecœur à sa requête.

— C'est bon, grommela-t-il. Il est juste que tu aies quelques minutes de conversation privée avec ton futur mari mais n'oublie pas ce que je t'ai promis et tu sais que je le ferai si tu vas à l'encontre de ma volonté.

— Naturellement, répondit Léonie, le visage crispé. Et maintenant, pouvez-vous me laisser seule avec M. Slade ?

Claude serra les poings mais céda. Il jeta un regard résigné à Ashley et murmura :

— Elle fait parfois la forte tête, vous comprenez ? Il vaut peut-être mieux qu'elle bavarde un instant avec vous hors de ma présence. Je reviens dans un moment.

Léonie ne savait pas au juste ce qu'elle allait faire de ces quelques minutes, mais c'était une façon de gagner du temps. Nourrissant encore l'espoir d'inciter Ashley à retirer son offre, elle le regarda droit dans les yeux :

— Monsieur, je n'ai aucune intention de vous offenser, commença-t-elle, mais je n'ai pas la moindre envie de vous épouser. Voulez-vous dire à mon grand-père que vous ne pensez pas que nous puissions nous convenir ? Je vous en prie. C'est très important pour moi...

Ashley l'observa d'un air songeur. Manifestement, Léonie n'était pas la créature docile que son grand-père lui avait décrite. Manifestement aussi Claude laissait peser une menace sur elle. Comment allait-il tirer parti de cette situation ? Curieux d'en savoir davantage, il demanda à brûle-pourpoint :

— En aimez-vous un autre ? Quelqu'un qui ne plaît pas à votre grand-père ?

Léonie esquissa un vague sourire.

— Non, monsieur. Je ne souhaite pas me marier, c'est tout. Comprenez-vous ?

Non, Ashley ne comprenait pas, mais il se sentit un peu soulagé. En tout cas, si elle disait vrai, il ne risquait pas de voir un roquet surgir dans le tableau. En somme, c'était simplement l'idée du mariage qui lui répugnait. Dans ces conditions, pourquoi ne pourrait-il mettre la main sur le magot ? Il prit sa voix la plus caressante pour exposer son propre point de vue.

— Je n'exigerai rien de vous, ma chère. Votre vie ne sera pas changée. Vous porterez mon nom et moi j'aurai votre dot. Ce sera la seule différence. Vous pourrez continuer à vivre en Louisiane et moi je passerai mon temps à Natchez. En somme, un mariage d'affaires.

— Alors, pourquoi voulez-vous vous marier ? demanda-t-elle.

Ashley comprit qu'une certaine dose d'honnêteté pouvait être parfois utile. Il prit un risque et admit sur un ton suave :

— Eh bien, voyez-vous, je ne tiens pas tellement à me marier, moi non plus.

— Dans ce cas, pourquoi cette proposition ? Seriez-vous obligé de vous marier, vous aussi ? s'enquit-elle avec une lueur de sympathie dans le regard.

Saisissant la balle au bond et jouant sur le sentiment

de compassion qui se reflétait sur son visage, il prit un air à la fois embarrassé et implorant.

— Vous avez deviné, ma chère, murmura-t-il. Mon père m'a coupé les vivres et me refuse tout soutien tant que je ne serai pas retourné à Natchez avec une épouse.

— Mais si nous ne vivons pas ensemble, comment notre mariage pourrait-il le satisfaire ?

Conscient de sa bévue, Ashley se hâta de la réparer :

— En réalité, il n'est pas nécessaire que je vous présente à la famille, expliqua-t-il. J'informe mon père de mon mariage... et il se contentera de la copie du certificat de mariage. Il n'a jamais spécifié que je devais vivre avec ma femme, ajouta-t-il avec un clin d'œil complice. Il a simplement exigé que j'en prenne une qui me convienne.

— Et vous trouvez que je vous conviens ? demanda Léonie sèchement.

— Pourquoi pas ? Vous avez une dot substantielle et... vous êtes belle, répondit Ashley avec une lueur de désir. Je dois admettre que c'est votre dot qui m'a séduit tout d'abord mais maintenant que je peux apprécier votre charme, je crois que je...

— Bah ! coupa Léonie, je vous aimais mieux quand vous parliez franchement. Pas de fadaises, s'il vous plaît.

Ashley refréna un violent désir de la gifler. La petite garce ! Pour qui se prenait-elle ? Craignant de voir le magot lui échapper, il grommela :

— Alors, que suggérez-vous ?

Léonie hésita. Une idée commençait à germer dans sa tête. Elle pouvait aboutir à un compromis si M. Slade pensait réellement tout ce qu'il lui avait dit. Enfin, comme elle n'avait rien à perdre et beaucoup à gagner, elle décida de jouer cartes sur table.

— Monsieur, nous ne voulons nous marier ni l'un ni l'autre... Mais, pour diverses raisons, nous avons intérêt à le faire. C'est bien ça ?

Ashley se demanda où elle voulait en venir. Il fit un signe affirmatif et attendit.

— Alors, je vous propose un marché. Nous nous marierons comme le souhaite mon grand-père, mais... ce sera un mariage de pure forme. Vous devez me promettre que vous n'exigerez absolument rien de moi et que nous vivrons séparés.

Ashley haussa les épaules. Pourquoi pas ? Puisqu'il partirait quand il aurait empoché la dot.

— Mais certainement, ma chère. Dès que nous serons mariés, je retournerai à Natchez pour en informer mon père. Nous dirons à votre grand-père que je pars devant pour veiller à ce que tout soit prêt à l'arrivée de ma femme et que je reviendrai vous chercher le plus tôt possible. Qu'en pensez-vous ?

— Ce plan me paraît bon, approuva-t-elle, mais il y a encore un sujet que je veux aborder avec vous. C'est un peu délicat...

Elle s'interrompit, prit une profonde inspiration et reprit avec un certain embarras :

— J'aurai un jour besoin de ma dot et je ne trouve pas très juste que vous la gardiez indéfiniment, simplement en échange de votre nom. Après tout, vous êtes riche et vous avez autant besoin de moi que j'ai besoin de vous. Pourquoi vous abandonnerais-je ma dot ?

Mécontent du tour que prenaient les événements, Ashley fronça les sourcils.

— Que proposez-vous exactement ? questionna-t-il.

— Je propose que vous considériez ma dot comme un prêt. Vous pourrez la garder pendant une période déterminée mais, à la fin de cette période, vous me la rendrez. C'est juste, non ? Je n'exigerai rien de vous et vous pourrez disposer de mon argent un certain temps.

Léonie trouvait son offre plus que généreuse. A son avis, il n'avait même pas droit à cette dot mais elle admettait qu'il allait lui fournir un moyen de se soustraire à la menace de son grand-père et elle lui devait une compensation pour sa peine. Bien sûr, il en profitait aussi mais, sachant qu'il pouvait s'adresser à d'autres filles à marier, elle voulait que le marché paraisse aussi attrayant que possible.

Ashley ricanait intérieurement. Quelle idiote! S'imaginait-elle vraiment qu'il lui restituerait son argent ?

Seulement, Léonie n'était pas stupide. Après avoir jaugé Ashley du regard, elle ajouta sur un ton suave :

— Bien entendu, toutes ces modalités seront spécifiées sur un contrat que vous voudrez bien signer.

Ashley faillit s'étrangler de surprise. La petite garce avait une cervelle. Il ne l'en appréciait pas davantage pour autant et, s'il n'avait eu un si pressant besoin de son or, il l'aurait plantée là avec ses exigences. Mais l'or était un appât trop puissant ! Il se maîtrisa et répondit poliment :

— Naturellement. C'est ce que doit faire tout homme d'honneur.

— Bien. Le sort en est jeté. Nous pourrons informer mon grand-père que nous consentons tous deux à ce mariage. Je vous laisse le soin de chercher un notaire pour qu'il rédige le contrat. Mais, monsieur, si jamais les clauses ne correspondaient pas exactement à ce que nous avons décidé, soyez sûr que je ne donnerai pas suite à ce projet de mariage et, rappelez-vous... je tiens toujours parole.

Ashley s'inclina froidement.

— Entendu, j'irai voir un notaire demain.

Léonie perçut une nuance qui lui déplut dans le ton de cette voix. Le regard dur des yeux bleus ne lui plaisait pas non plus. Elle était brusquement soulagée de n'avoir pas conclu un mariage normal avec M. Slade. Elle ne l'aimait pas mais il lui offrait sa seule chance de contourner les ordres de son grand-père.

Quand Claude revint, il découvrit à sa grande surprise que Léonie et M. Slade s'étaient mis d'accord. Il se sentit déchargé d'un poids énorme. Il voulut arroser l'événement et même Léonie eut droit à un verre de sherry pour la circonstance.

Ashley prit congé un peu plus tard, très content de lui. Après tout il pouvait bien prendre tous les engagements qu'elle voulait. C'était le nom de Morgan qui figurerait sur les documents. Quand Léonie s'aviserait de réclamer son dû, il serait en Angleterre et personne ne pourrait établir de lien entre lui et ce qu'il considérait comme le clou de ses exploits. Il ne pouvait se dissimuler qu'il aurait quelques obstacles à surmonter. Il devait d'abord s'assurer que l'arrivée inopinée de Morgan n'allait pas bouleverser ses beaux projets.

Apparemment, son cousin se trouvait dans les environs de La Nouvelle-Orléans mais, tout aussi apparemment, il avait déménagé sans en informer M. Saint-André. Que se passerait-il si Morgan se trouvait en présence de Claude ? Joueur dans l'âme, Ashley décida de courir ce risque. D'ailleurs, il serait amusant de voir comment Morgan se sortirait de cet imbroglio.

Le mariage lui-même représentait l'obstacle majeur. La cérémonie devait avoir lieu le jeudi au plus tard. Il s'agissait de faire admettre à M. Saint-André cette hâte indécente.

Le contrat ne le dérangerait pas le moins du monde. Il aurait souscrit à toutes les exigences de Léonie pour la simple raison qu'il n'avait pas l'intention de tenir sa parole. Il imitait déjà très bien l'écriture de Morgan et il allait passer quelques heures à perfectionner son talent de faussaire.

Il n'avait pas encore résolu le problème de la nuit de noces. Léonie devait savoir que son grand-père insisterait pour que les jeunes gens passent une nuit ensemble. Il était impensable qu'ils se séparent immédiatement après la cérémonie.

Léonie avait eu la même pensée; aussi, lorsque M. Slade vint dîner le dimanche soir, elle s'arrangea pour le voir seul un instant et lui faire part de sa solution. Ashley devait dire à son grand-père qu'ils désireraient passer leur première nuit ensemble dans l'un des meilleurs hôtels de La Nouvelle-Orléans. Ils prendraient des chambres séparées, naturellement. Ashley approuva.

La chance semblait lui sourire décidément car ce fut M. Saint-André lui-même qui le délivra de son souci majeur.

Le soir des fiançailles, Claude s'était couché tard après avoir bu force verres d'alcool. Le lendemain matin, il avait été réveillé par une douleur atroce au niveau de la poitrine. Il respirait avec effort et les objets de la pièce semblaient flotter devant ses yeux. Saisi par la terreur de la mort, il décida de précipiter les événements. Il expliqua à M. Slade ce qu'il avait ressenti et le pria de comprendre sa hâte. Il désirait voir Léonie mariée pendant qu'il était encore en vie.

Ashley jubilait. Rien ne pouvait le satisfaire davantage. Il proposa aussitôt le jeudi pour la cérémonie. Claude lui fut infiniment reconnaissant de se rendre aussi facilement à ses prières.

Ashley fit établir sans peine le contrat exigé par Léonie et, la veille du mariage, il lui remit les documents authentifiés et signés en bonne et due forme.

Léonie était soulagée car, jusqu'alors, elle n'était pas tout à fait certaine que M. Slade tiendrait parole. Elle commença à lire attentivement les documents et, soudain, elle blêmit de rage.

Ashley avait bien fait rédiger le contrat comme convenu mais la clause concernant la restitution de la dot ne correspondait pas du tout à ce qu'elle avait envisagé. En lui disant qu'il pourrait disposer de sa dot pendant un certain temps, elle avait pensé un an et non cinq comme l'indiquait le document.

Il était très malin, se disait-elle, allongée dans son lit, les yeux levés au plafond. Le mariage était fixé au lendemain ; aussi savait-il qu'elle n'allait pas tout bouleverser parce que la date de la restitution ne lui convenait pas. En tout cas, cette astuce indiquait qu'elle ne pouvait se fier à lui et qu'il était capable de toutes les ruses.

Après avoir remué cette pensée dans sa tête, elle se leva et se dirigea à pas de loup vers le bureau de son grand-père.

La plupart des meubles de la pièce avaient été vendus mais le grand bureau massif était toujours là et, dans le second tiroir, se trouvait le coffret qui contenait les deux pistolets de duel. Léonie ne savait pas manier ce genre d'armes mais M. Slade l'ignorait. Si jamais il s'avisait de faire valoir ses droits conjugaux le lendemain soir, il trouverait à qui parler.

Elle enfouit un pistolet dans le réticule neuf que son grand-père lui avait acheté et alla se recoucher un peu rassurée.

Claude ne s'était pas contenté de lui offrir un réticule. Avec le produit de la vente de l'un des deux magnifiques hongres dont il s'était séparé la mort dans l'âme, il lui avait acheté trois robes et d'autres articles de toilette assortis. Il ne voulait pas la donner à son mari sans un trousseau décent. Sa conscience le chatouillait bien un peu lorsqu'il pensait à l'état lamentable du château Saint-André mais M. Slade était un homme riche, il entrait en possession d'une dot confortable et, qui plus est, il épousait Léonie. Que pouvait-il désirer de plus ?

En effet, Ashley ne voyait rien de plus à désirer. M. Saint-André était toujours convaincu qu'il avait affaire à Morgan et, grâce au ciel, celui-ci ne s'était pas montré.

Dans l'après-midi du jeudi 26 juillet 1799, Léonie Saint-André fut unie par les liens du mariage à un homme qui se faisait passer pour Morgan Slade de Natchez, Mississippi. Pendant ce temps, le vrai Morgan pêchait allégrement le poisson-chat en compagnie de son ami Jason Savage, l'esprit à cent lieues de son cousin et du vieux gentilhomme français.

7

La cérémonie eut lieu dans la plus stricte intimité. Aucun des membres de la famille Slade n'était présent, et pour cause. Léonie était ravissante dans sa robe de satin rose pâle et Ashley suprêmement élégant dans un habit bleu marine bien coupé. Claude, Yvette et deux religieuses du couvent des Ursulines étaient les seuls témoins de l'événement.

Ashley avait fait part à Claude de son intention de retourner immédiatement à Natchez pour préparer ses parents à l'arrivée de la jeune mariée. Claude était un peu troublé qu'il n'ait pas envisagé d'emmener sa femme avec lui mais, compte tenu des circonstances, il ne fit aucune objection.

Satisfait d'avoir accompli son devoir vis-à-vis de sa petite-fille, Claude porta plusieurs toasts au jeune couple et rentra chez lui. « Voilà qui est fait, se dit-il, la conscience tranquille. Léonie est en sécurité. »

Léonie était loin d'être en sécurité. Ils avaient dîné dans la suite qu'Ashley avait réservée. Pour des raisons évidentes, il ne tenait pas à se mêler à la foule des gens riches et distingués qui occupaient la salle à manger et Léonie ne désirait pas être vue. Pendant le repas, le regard d'Ashley s'était posé avec convoitise sur les épaules rondes. Les boucles fauves encadraient un petit visage aux yeux de chat et la forme des seins se dessinait sous le tissu de satin rose.

Elle était sa femme, après tout. Pourquoi se refuser

une nuit de noces ? D'ailleurs, il voulait prouver à cette pure petite garce qu'il n'était pas prudent de refuser à un mari les droits que lui conférait la loi. Quand ils seraient seuls dans la chambre nuptiale, son maudit contrat n'aurait plus que la valeur du papier.

Léonie avait remarqué son regard concupiscent et frémit. Heureusement qu'elle s'était méfiée ! Ils avaient à peine échangé quelques mots et, aussitôt après le dessert, elle se leva et disparut dans sa chambre.

La pièce était luxueuse. Un épais tapis bleu et beige couvrait entièrement le sol. Un fauteuil en tapisserie rose trônait dans un coin entre deux petites tables en chêne poli. Le lit à baldaquin était enveloppé d'une fine moustiquaire transparente et les rideaux des fenêtres étaient en chintz de couleurs vives.

Léonie regarda autour d'elle avec un plaisir enfantin. Jamais elle n'avait rien vu d'aussi beau. Elle caressa le couvre-lit de soie avec une sorte de volupté puis elle haussa les épaules. Demain elle retournerait dans la maison de ville et le jour suivant au château Saint-André.

Mais, pour le moment, c'était cette nuit qui comptait. Sans prendre la peine de sonner la servante que son grand-père avait détachée à son service, elle était allée inspecter l'armoire. Elle y trouva la chemise de nuit neuve que Claude avait voulu qu'elle emporte. Après l'avoir enfilée, Léonie se regarda dans la glace et fut prise d'un rire nerveux. Comment pouvait-on porter une chose pareille pour se mettre au lit ?

La chemise vert d'eau était faite d'un tissu si léger qu'il laissait entrevoir les pointes roses de ses seins et toutes les courbes de son corps.

Pensant qu'elle se sentirait infiniment moins impudique sous les draps, elle se dirigeait vers le lit quand la porte qui communiquait avec la chambre de M. Slade s'ouvrit brusquement et Ashley surgit.

Il s'immobilisa un instant, les yeux luisants devant le tableau captivant que présentait Léonie dans sa chemise affriolante. Il sentit une douce chaleur se répandre dans ses reins. Se passant la langue sur les lèvres comme pour savourer d'avance son plaisir, il fit un pas en avant.

Léonie ne fut pas prise au dépourvu. Sans la moindre hésitation, elle saisit le réticule qui était à sa portée, en sortit le pistolet de son grand-père et le braqua sur Ashley. Son cœur battait à se rompre mais elle réussit à maîtriser son émotion et articula froidement :

— Monsieur, si j'ai bonne mémoire, nous avons conclu un marché, n'est-ce pas ? Vous vous êtes engagé à ne rien exiger de moi. Je suppose que vous avez l'intention de tenir vos engagements.

Le visage déformé par la rage, Ashley n'était pas beau à voir. Cependant, comme il n'était pas téméraire au point de se livrer à une tentative de viol sur une femme qui le menaçait d'une arme, il tourna les talons en sifflant entre ses dents :

— Petite salope, tu me paieras ça.

Léonie se laissa tomber sur le lit en tremblant de tous ses membres. « Il faut que j'apprenne à tirer, décida-t-elle, et la prochaine fois, je ne blufferai pas. »

Le lendemain, au petit déjeuner, Léonie toisa son prétendu mari avec un souverain mépris. Quant à Ashley, il ne parvenait pas à encaisser sa défaite. A l'exception de son cousin Morgan, personne ne l'avait jamais humilié. Il ne pouvait tolérer qu'une simple gamine l'ait battu sur son propre terrain. Sa fureur était telle que son attitude frisait la grossièreté.

— Nous n'avons plus que quelques heures à nous supporter, dit enfin Léonie. Je crois qu'il serait plus sage que nous nous traitions poliment. Je n'apprécie pas du tout la vulgarité.

Ashley proféra un juron mais suivit le conseil. Tant qu'il n'avait pas quitté le port de La Nouvelle-Orléans, il ne prendrait plus de risques. En conséquence, lorsqu'ils arrivèrent à l'hôtel Saint-André, personne n'aurait pu soupçonner la véritable nature de leurs sentiments. Claude remarqua des cernes violets sous les yeux de Léonie et les mit sur le compte de la nuit de noces.

Ashley joua son rôle à la perfection. Il souriait à sa jeune femme d'un air amoureux et déplorait son départ imminent pour Natchez. Au moment des adieux, il prit Léonie dans ses bras et chuchota méchamment :

— Vous me devez au moins ça.

Au même moment il écrasait sa bouche contre la sienne et glissait sa langue entre ses lèvres.

En présence de son grand-père, Léonie fut bien obligée de se résigner, mais elle se jura qu'il n'aurait plus jamais l'occasion de recommencer. Quand il l'eut enfin libérée, elle gronda d'une voix sourde :

— Si jamais je vous revois ce sera une fois de trop.

Ashley se contenta de sourire. Le goût de sa bouche lui avait plu et il lui en voulait davantage encore de l'avoir frustré. Bah, sa dot lui permettait de s'acheter autant de femmes qu'il en voudrait ! Il savourerait l'ironie de la situation. Pendant un moment il se représenta la tête que ferait Morgan quand elle viendrait lui réclamer sa dot. Réprimant une envie de rire, Ashley prit enfin congé des Saint-André. Quand la nuit tomba, il était confortablement installé dans sa cabine du *Scarlet Angel* et buvait à sa bonne étoile pendant que le navire quittait lentement le port.

Le même soir, Léonie s'étira avec soulagement dans son lit et s'endormit dès qu'elle eut posé la tête sur l'oreiller. Les dernières vingt-quatre heures avaient été pénibles mais l'épreuve était terminée. Elle était mariée et Yvette était en sécurité. De plus, elle avait en main le précieux contrat qui la protégerait contre son mari. La restitution de la dot l'inquiétait un peu.

M. Slade lui avait prouvé qu'il n'était pas un homme d'honneur et, bien qu'il eût apposé sa signature au bas du contrat, elle était à peu près certaine qu'elle serait obligée de se battre le moment venu. En tout cas, pour l'instant, elle ne voulait pas s'appesantir sur les problèmes qui pourraient surgir dans l'avenir.

Claude se reposa ce soir-là aussi. Le lendemain, quand Léonie insista pour qu'ils retournent au château Saint-André, il ne souleva aucune objection. Il se sentait très fatigué et les plaisirs de la ville n'avaient plus d'attraits pour lui.

Le jour suivant, tous reprirent le chemin de la campagne. Comme la plupart des créoles évitaient la ville en été, Claude, contrairement à son habitude, ne parut pas pressé d'y retourner. La mort de Gayoso l'avait secoué. Pour la première fois, il devait accepter l'éventualité de sa propre fin.

Libéré de l'emprise du jeu, il s'intéressait davantage à la plantation. Léonie était aux anges. Leurs liens se resserraient et le grand-père regrettait de n'avoir pas mieux su profiter de la présence de sa petite-fille.

Il avait bien remarqué qu'elle ne parlait jamais de son époux absent, mais il ne s'en inquiétait pas. « Sans doute m'en veut-elle encore de lui avoir forcé la main, se disait-il, et elle n'est pas près de reconnaître qu'elle le trouve séduisant. »

Si Léonie avait connu le véritable Morgan Slade, elle l'aurait sans doute trouvé effectivement séduisant. C'était en tout cas l'avis de la jeune femme qui dansait avec lui au bal qu'Armand Beauvais donnait la veille de son départ pour Natchez. Fascinée par ses yeux bleus bordés de longs cils noirs, Raquel Damond murmura d'une voix suave :

— Faut-il vraiment que vous partiez demain ? Ne pouvez-vous rester encore quelques jours ?

— Pour que vous ayez le temps de m'ensorceler un peu plus, ma chère ? demanda Morgan avec un sourire moqueur.

Raquel rougit, ne sachant si elle devait rire ou taper du pied. Le rire l'emporta.

— Peut-être, riposta-t-elle, on ne sait jamais ce que l'avenir vous réserve.

— En ce qui me concerne, il me réserve un voyage de retour à Natchez... demain, déclara Morgan, qui n'était pas ensorcelé par son charme créole au point de ne pouvoir s'en passer.

Il avait trouvé sa compagnie agréable pendant quelques soirées mais, à présent, il était pressé de repartir et peu disposé à jouer les amoureux.

Malgré la mort subite de Gayoso, le voyage de Morgan avait été fructueux. Il avait réussi à obtenir l'autorisation d'utiliser les quais et les entrepôts qui étaient tellement importants pour la plantation familiale. L'appui de Jason Savage avait été aussi efficace que l'or qui passait discrètement d'une main espagnole dans l'autre.

Sur les instances de Jason, il avait établi son quartier général à Beauvais et n'était allé en ville que pour affaires. Son séjour avait été des plus agréables mais, maintenant, il aspirait à retrouver Bonheur.

Il ne s'était rappelé la lettre de son oncle que quelques jours avant son départ. Après avoir fouillé la ville en compagnie de Jason, il avait appris qu'Ashley s'était embarqué sur le *Scarlet Angel* à la fin juillet. Tranquillisé de ce côté, Morgan n'avait plus pensé qu'aux préparatifs de son voyage de retour.

A la date fixée, Jason observa quelques signes d'orage à l'horizon.

— Tu devrais retarder ton départ, lui conseilla-t-il.

— Je ne suis pas en sucre, répliqua Morgan en riant, et ce n'est pas un petit orage qui me fera fondre.

Enfourchant le pur-sang qui venait des écuries

Beauvais, il avait pris la direction de Natchez. Accrochée à sa chaîne de montre, pendait la petite croix en or.

Il s'était souvent posé des questions sur sa propriétaire en maudissant l'obscurité qui lui avait caché ses traits. Il était dépité qu'elle soit sortie de sa vie aussi vite qu'elle y était entrée, agacé de ne pouvoir effacer le souvenir de cette nuit, exaspéré de ne pouvoir oublier que c'était lui qui l'avait initiée à son métier. Si son enquête auprès des serviteurs de Gayoso n'avait pas été vaine, il l'aurait emmenée à Natchez avec lui.

Si elle avait décidé de se vendre, pourquoi n'en aurait-il pas profité ? Elle aurait trouvé en lui un protecteur généreux. Une maison discrète, une voiture avec un bel attelage, des toilettes élégantes, des bijoux, des domestiques, il l'aurait comblée et, sous la protection de Morgan Slade, elle aurait été en sécurité.

Ce n'était pas la sécurité qu'elle cherchait. Scrutant le ciel qui s'obscurcissait, il essaya de la chasser de son esprit, mais en vain. Une heure plus tard il se demandait où elle était, ce qu'elle faisait et pourquoi diable elle lui avait jeté son argent à la figure.

Quand l'orage éclata, Léonie eut l'impression que le ciel pleurait avec elle. Depuis deux semaines elle essayait d'ignorer ce qui se passait dans son corps mais, ce matin-là, lorsqu'elle fut reprise de nausées comme les autres jours, elle comprit qu'elle ne pouvait plus se faire d'illusions. Elle attendait un enfant... Un enfant conçu dans les ténèbres par un homme dont le nom et le visage lui étaient inconnus.

DEUXIÈME PARTIE

PROMESSE DE FORTUNE

Quoi ! Tu voudrais qu'un serpent te morde
[deux fois ?

Le Marchand de Venise,
SHAKESPEARE

8

Le cimetière de la famille Saint-André était niché dans un terrain ombragé à quelque cinq cents mètres de la maison. Chaque fois que Léonie s'y rendait, elle était remplie d'un sentiment de sérénité et de nostalgie. Une atmosphère intemporelle régnait sur le petit cimetière comme s'il avait toujours existé et devait durer toujours, même lorsque le souvenir de ses habitants se serait à jamais effacé des mémoires.

S'imprégnant de la paix du lieu, Léonie promena son regard autour d'elle. Là-bas, sous le séraphin de marbre aux ailes déployées, reposait son arrière-grand-père qui était venu de France et, à côté de lui, sa femme. A gauche se trouvaient les trois petites tombes de leurs enfants morts en bas âge. La sépulture de ses parents était marquée par deux anges qui pleuraient et celle de sa grand-mère Saint-André par un obélisque de marbre blanc... Toutes les tombes étaient anciennes sauf une... celle de son grand-père, qui commençait à porter les traces des cinq années passées.

Léonie s'approcha lentement de la pierre tombale de Claude et déposa dessus la branche de chèvrefeuille embaumée qu'elle avait apportée.

Il était mort subitement en octobre 1799, et elle venait le voir souvent. Elle trouvait plus facile de se confier à lui depuis qu'il dormait dans sa tombe. Elle lui racontait ce qui se passait et lui faisait part de ses difficultés.

Les cimes des grands chênes qui entouraient l'enclos formaient un parasol de feuilles et les roses qui s'accrochaient à la petite clôture blanche remplissaient l'air de leur parfum. Machinalement, elle en cueillit une et l'effeuilla sur la tombe de Claude.

— Justin a cinq ans aujourd'hui, grand-père, murmura-t-elle. Vous seriez fier de lui. C'est un vrai Saint-André — fier, têtu. Il sait bien ce qu'il veut.

Claude n'avait pas vécu assez longtemps pour connaître son arrière-petit-fils, né en 1800.

A l'idée de porter l'enfant de cet inconnu, Léonie avait eu des moments de révolte. Pourquoi était-elle seule à supporter les conséquences d'une nuit qu'elle aurait voulu effacer de sa vie à n'importe quel prix ? Pendant les premiers mois de sa grossesse, elle avait cru devenir folle puis, à mesure que l'enfant se développait dans son sein, sa colère s'était atténuée. Quand enfin elle l'avait tenu dans ses bras, son cœur s'était rempli d'un tel torrent d'amour qu'elle avait cru qu'il allait éclater dans sa poitrine.

Le mariage de Léonie était passé quasi inaperçu à La Nouvelle-Orléans. Les Saint-André ne fréquentaient plus la société ; aussi seuls leurs voisins immédiats étaient-ils au courant. La mort de Claude, survenue peu de temps après son retour, avait mis fin à tous les commentaires.

Après le décès de son grand-père, elle avait connu une période difficile. Elle s'était battue pour conserver la maison et la centaine d'arpents qui l'entouraient. Elle avait dû vendre tout le reste pour payer les dettes — la maison de ville, les terres fertiles de la plantation et même la voiture et le dernier hongre de grand-père.

Mais ce n'était pas encore suffisant. Certains créanciers avaient eu la générosité de brûler les reconnaissances de dettes. D'autres s'étaient montrés moins complaisants et, avec le produit des ventes, Léonie avait dédommagé les plus récalcitrants.

Malheureusement, elle devait encore une somme considérable. Léonie se voyait déjà à la rue et dépouillée de tout lorsqu'un des vieux amis de son grand-père vint à son secours. Étienne de La Fontaine était leur plus proche voisin. Il lui offrit de payer la totalité de ses dettes et ce qui restait du domaine lui servirait de caution. Léonie accepta avec reconnaissance. C'était un marché unilatéral car le montant des dettes de Claude dépassait de beaucoup la valeur du château et du terrain.

Justin, Yvette, Léonie et la demi-douzaine d'esclaves qui s'accrochaient obstinément à ses jupes avaient vécu au jour le jour pendant les années qui suivirent. Ils s'étaient tués à la tâche pour exploiter le sol au maximum, se nourrissant de ses produits et vendant la récolte de canne à sucre pour acheter les denrées qu'ils ne pouvaient se procurer par le travail de leurs mains — sel, épices, tissu, chaussures. Ils avaient survécu tant bien que mal. Seulement M. de La Fontaine était mort le mois dernier et son héritier, Maurice, exigeait soit le remboursement du prêt, soit la caution, autrement dit le château et les terres.

Il n'était pas question qu'elle rembourse l'argent. Ils devaient donc tous quitter le domaine avant le 15 mai. Maurice de La Fontaine s'était montré inflexible sur ce point.

Jamais elle n'avait connu une situation plus tragique. Le château Saint-André était son réconfort, son refuge, sa forteresse. Or, dans quelques semaines, cette partie d'elle-même lui serait arrachée.

Les doigts crispés sur la rose mutilée, elle pensa avec colère que si M. Slade lui avait restitué sa dot comme convenu, tout aurait pu s'arranger.

Bien sûr, il avait respecté l'autre partie du contrat

puisqu'il n'avait jamais reparu et elle devait encore se féliciter d'être légalement mariée ; au moins personne ne pouvait traiter Justin de bâtard.

Léonie avait envisagé l'éventualité de faire appel à son mari mais sa propre fierté et la méfiance que lui inspirait M. Slade l'en avaient toujours empêchée. Elle aurait préféré mourir que de recourir à son aide mais il lui *devait* sa dot et les circonstances l'obligeaient à la lui réclamer.

Si seulement elle pouvait trouver un autre moyen de faire vivre sa famille... mais elle n'en voyait aucun. Les travaux d'aiguille d'Yvette rapportaient peu. Quant à elle, à l'exception de la gestion d'un domaine, elle ne connaissait aucun métier. M. Maurice avait bien insinué qu'il pourrait se laisser fléchir si elle se montrait plus accommodante. Pour des raisons évidentes, elle avait carrément repoussé sa proposition. Non, ils iraient tous à Natchez et elle réclamerait la restitution de sa dot comme le prévoyait le contrat.

Le chant d'un oiseau moqueur retentit dans l'air tiède d'avril. Léonie leva vivement la tête et, repérant le petit musicien parmi les branches, elle esquissa un sourire. En entendant les notes joyeuses, elle se sentit rassérénée. Elle réussirait !

Léonie se leva, jeta un dernier regard autour d'elle et, avec un geste d'adieu, elle murmura :

— Au revoir, vous tous qui dormez ici... Peut-être que je reviendrai un jour.

Elle quitta le cimetière et suivit l'allée bordée de chênes qui menait au château. Elle s'apprêtait à monter les marches quand une minuscule tornade se précipita sur elle en criant :

— Maman, maman, venez vite, la chatte vient d'avoir ses petits. Elle en a quatre. Je les ai trouvés.

A la vue de Justin, son visage s'éclaira.

— C'est bon, dit-elle gaiement, nous les emmènerons avec nous.

Justin était un bel enfant de cinq ans, très grand pour son âge. Il avait les cheveux noirs comme du jais, un menton volontaire et un nez déjà bien dessiné. Léonie se demandait souvent à quoi pouvait bien ressembler son père. Était-il beau ? En tout cas, il lui avait paru grand. Justin devait tenir de lui le bas du visage car ni la bouche ni la forme carrée des mâchoires ne lui rappelaient les traits des Saint-André.

Elle ne pensait jamais au viol dont elle avait été victime. Pourtant, elle se posait parfois des questions sur l'homme qui l'avait rendue mère. Quel genre d'individu était-il ? Bon ou cruel ? Aussi malhonnête que Morgan Slade ou généreux et délicat comme le vieux M. de La Fontaine ? S'ils s'étaient connus dans d'autres circonstances, aurait-elle été attirée par lui ? Si elle n'était pas allée chez le gouverneur, ce soir fatal, ils auraient pu se rencontrer et, qui sait, peut-être s'aimer. Alors Justin aurait eu un père qui existerait vraiment et pas seulement sur un document légal.

Sentant le regard de Justin posé sur elle, Léonie lui sourit. Elle ne pouvait plus maudire cette fameuse nuit mais elle en avait enfoui le souvenir si profondément dans sa mémoire qu'elle avait l'impression d'avoir conçu Justin toute seule. Il était son fils et n'appartenait à personne d'autre.

Justin la tirait par la main avec impatience. Comme il lui ressemblait ! Toujours pressé, toujours en mouvement. Il l'entraîna en courant vers les écuries délabrées pour aller admirer la maman chatte et ses nouveau-nés.

Quiconque les aurait vus courir ensemble les aurait pris pour frère et sœur. Avec sa crinière fauve flottant au vent, son corps svelte et ses pieds nus, elle ne faisait pas ses vingt-deux ans. Seul un examen plus attentif aurait révélé la différence qui existait entre la Léonie de 1805 et celle de 1799.

Cinq ou six ans auparavant, Léonie était encore une

enfant mais elle avait mûri. Certes, son corps était toujours mince et souple mais sa poitrine s'était épanouie et, en marchant, elle ondulait légèrement des hanches. Son visage surtout avait changé. Ses traits enfantins s'étaient personnalisés. En un mot, l'enfant était devenue femme.

Ses grands yeux verts reflétaient une sorte de sagesse moqueuse et une lueur ironique dansait au fond de ses prunelles. La courbe des lèvres charnues excitait irrésistiblement le désir.

A vingt-deux ans, elle présentait un curieux mélange d'innocence et de cynisme. Elle avait subi les effets de la passion, elle avait mis au monde un enfant et, pourtant, elle avait mené une vie de nonne. Ses rapports avec les hommes n'étaient pas faits pour lui donner une haute idée du sexe fort. Son grand-père était un égoïste qui jetait l'argent par les fenêtres, le mari qu'il lui avait imposé était certainement un escroc et elle avait été violée par un inconnu. Il n'était donc pas étonnant qu'elle soit devenue méfiante. Même la générosité d'Étienne de La Fontaine se trouvait effacée par le comportement de son fils.

Depuis la mort de Claude, Léonie assumait le rôle de chef de famille. C'était elle qui prenait les décisions, c'était elle qui donnait les ordres et qui s'ingéniait à organiser la vie de toute la maisonnée.

Quand son grand-père était mort, Léonie avait affranchi les esclaves. Elle s'était armée de courage, pensant qu'ils allaient partir et la laisser seule avec Yvette pour affronter un avenir sombre. Cependant, bien qu'ils aient pris avec empressement les documents qui les libéraient, aucun n'avait paru enclin à quitter le château Saint-André et la vie avait continué. Comme l'avait déclaré Mammy :

— Qu'irions-nous faire ailleurs ? Nous sommes chez nous ici.

L'argument était irréfutable. Comme Léonie avait

désespérément besoin d'eux, elle n'avait pas insisté ! Et même quand elle s'était vue acculée au départ, Mammy et les autres avaient décidé de la suivre. Ils formaient tous une famille.

— Vous ne pouvez pas aller traîner toute seule sur les routes, s'était écriée Mammy avec indignation. Votre grand-père nous écorcherait vifs s'il savait qu'on vous laisse faire une sottise pareille. On est une famille, et une famille reste ensemble !

En conséquence, trois semaines plus tard, par une belle journée de mai 1805, Léonie, Justin, Yvette, Mammy et les autres s'étaient mis en route pour Natchez dans deux vieux chariots tirés par quatre mulets. La chatte et ses petits nichés dans un panier étaient installés aux pieds de Justin. L'intérêt que lui inspiraient les chatons atténuait un peu la tristesse qu'il éprouvait à quitter sa maison natale.

Léonie ne jeta pas un regard en arrière. Elle était entièrement tendue vers le Nord. Elle se jurait intérieurement que M. Slade lui restituerait sa dot comme promis sinon elle lui rendrait la vie si intenable qu'il maudirait le jour où il l'avait rencontrée.

A ce même moment, Morgan Slade buvait nonchalamment son café sur la véranda de Bonheur. Il se demandait pourquoi il était revenu. « Rien ne change, se disait-il... Les champs se couvrent, les récoltes mûrissent... Papa grisonne davantage, maman s'arrondit un peu plus... La vie continue, toujours pareille. »

Réflexions désabusées, mais Morgan était devenu plus tourmenté au cours des années. Sans cesse en quête de nouveaux horizons, il ne pouvait jamais rester en place. Pourtant il éprouvait toujours le besoin de rentrer au bercail mais, au bout d'un moment, il n'aspirait plus qu'à repartir. Noëlle ne manquait jamais de lui répéter que, s'il fondait une autre famille, il se rangerait et trouverait la vie plus intéressante. « Peut-être que si ma mère me harcelait moins, je finirais par me rendre à ses raisons », songea-t-il.

La première fois qu'il était parti en quête de quelque chose qu'il aurait été bien incapable de définir, il avait eu une violente discussion avec ses parents — discussion d'autant plus sérieuse que, jusqu'alors, Morgan avait été un fils exemplaire. Bien sûr, il vivait sa vie comme il l'entendait mais il ne les avait jamais vraiment chagrinés... jusqu'au jour où il s'était mis en tête de suivre Philip Nolan dans le Texas espagnol.

Les yeux fixés sur sa tasse, Morgan récapitulait les changements qui s'étaient produits dans le monde depuis cette époque. Les territoires espagnols de la Louisiane avaient été cédés à la France puis aux États-Unis. Le président Jefferson commençait son second mandat et, l'été dernier, le vice-président, Adam Burr, avait tué en duel le fondateur du parti fédéraliste, Alexander Hamilton. En Europe, Napoléon s'était fait couronner empereur et la guerre faisait rage sur tous les fronts. Les Français étaient victorieux sur terre et les Anglais restaient maîtres des mers.

Morgan songea un moment à s'engager dans l'armée britannique. La vie de soldat pourrait satisfaire son goût du risque et de l'aventure mais, en pensant au piège dont il s'était tiré de justesse en Europe au début de l'année, il chassa cette idée. Son séjour en Europe avait-il été plus dangereux que son expédition de l'hiver 1800 ? Probablement pas. Nolan était revenu du Texas espagnol en novembre 1799 et, pendant un moment, il avait paru disposé à se ranger. Son mariage avec Fannie Lintot avait fait sensation à Natchez. Les Lintot étaient riches et honorablement connus. Cependant, ni sa jeune femme ni l'enfant qu'elle portait n'avaient su retenir Philip et, bien qu'il n'eût pas obtenu l'autorisation de retourner au Texas espagnol, il avait traversé la Sabine pour pénétrer en territoire interdit à la tête d'un petit groupe.

Morgan qui l'accompagnait n'avait dû son salut qu'à son humeur vagabonde. Nolan et sa petite équipe étaient passés en terrain découvert au-delà de la Trinité, où ils avaient installé leur campement et commencé à capturer des chevaux sauvages. Au début, tout s'était bien passé. Si Morgan s'était demandé combien de temps les Espagnols laisseraient leurs activités impunies, il avait gardé ses réflexions pour lui. Finalement, il s'était lassé d'attraper tous les jours des bêtes sauvages et il avait quitté le groupe pour suivre une tribu de Comanches venus pour troquer leurs chevaux contre les marchandises que Nolan avait apportées.

Morgan était resté deux ans avec les Comanches, vivant comme eux, participant à leurs chasses et à leurs combats. Cette expérience l'avait aguerri. A son retour à Natchez, il avait appris que Nolan était mort en 1801, tué par les Espagnols, et il avait été saisi d'une peur rétrospective. S'il était resté avec Nolan...

Comme rien de passionnant ne le retenait à Natchez, il voulut profiter de la paix d'Amiens pour se rendre en Europe. Il débarqua en mai sur la côte anglaise; quelques jours après son arrivée, l'Angleterre et la France étaient de nouveau en guerre.

Incapable de rester désœuvré au milieu des dandys et des jeunes filles à marier qui fréquentaient la maison de Trevelyan, il était allé voir le duc de Roxbury, l'oncle de Jason Savage, dans l'espoir que celui-ci pourrait lui obtenir une commission dans l'armée.

Morgan avait rencontré le duc à plusieurs reprises dans sa jeunesse mais il était toujours sur ses gardes avec lui. Il était d'accord avec Jason qui pensait que, malgré son regard somnolent, son oncle n'était pas aussi endormi qu'il en avait l'air. En tout cas, dans cette circonstance précise, leur opinion s'avéra. En fait de commission, le duc le chargea de porter des messages aux espions anglais qui opéraient en France et, au besoin, de faire un peu d'espionnage lui-même. Il était tout indiqué pour ce genre d'opération — il parlait un français impeccable et sa mère avait probablement des parents en France. Ils pourraient lui fournir des renseignements utiles. D'ailleurs, sa vie serait certainement plus passionnante que dans l'armée. A cet égard, le duc ne s'était pas trompé. Ses dangereuses activités avaient brusquement cessé le jour où il avait découvert que son cousin Ashley travaillait en Angleterre pour le compte de Napoléon. Un officier français l'avait interpellé sous le nom d'Ashley pour lui demander s'il avait de nouveaux renseignements à communiquer à l'empereur. Morgan s'était dit alors que sa ressemblance avec son cousin risquait de lui jouer un vilain tour. Il s'était empressé d'envoyer un message chiffré à Roxbury pour le prévenir qu'il allait essayer de sortir de France avant que la méprise soit découverte. En fait, il avait bien failli être pris et fusillé. Quand il était monté à bord du vaisseau corsaire qui l'avait ramené en Amérique, une compagnie de dragons était lancée à ses trousses.

Cependant, après avoir frôlé la mort, il s'était quelque peu assagi. Bien que l'idée de mariage lui déplût, ce jour-là, il songeait sérieusement que cette solution l'aiderait peut-être à trouver la paix de l'esprit.

Pourtant ni sa femme ni son enfant n'avaient empêché Nolan de courir au-devant de son destin. Cette pensée le refroidit singulièrement.

Ce soir-là, la famille Marshall vint dîner à Bonheur. Melinda Marshall était une ravissante créature aux yeux bleus. Noëlle Slade prononçait souvent son nom quand elle abordait la question du mariage. Comme la propriété des Marshall jouxtait Bonheur et que Melinda était une riche héritière, il semblait évident qu'elle représentait un excellent parti.

Morgan examinait discrètement la jeune fille assise en face de lui. Elle avait un joli visage encadré de boucles blondes mais aucune cervelle dans cette tête charmante. Sa conversation consistait en regards admiratifs et en exclamations d'étonnement, le tout très agréable à voir et certains hommes s'en seraient contentés. Malheureusement, ces mimiques l'agaçaient. Mais une épouse devait-elle nécessairement avoir une cervelle ? C'était sa vivacité d'esprit et sa conversation intelligente qui l'avaient attiré le plus chez Stéphanie et pour aboutir à quoi, grands dieux !

Melinda lui adressa un sourire timide et Morgan lui répondit, ce qui ne l'empêcha pas de remarquer le coup d'œil complice qu'échangeaient ses parents. Décidément, ils avaient en tête l'idée de mariage. Reportant son regard sur Melinda, il remarqua la bouche voluptueuse, les épaules d'albâtre, le teint de pêche. « Après tout, pourquoi pas ? décida-t-il. Eh oui, pourquoi pas ? »

9

Si Morgan avait pu voir Melinda trois heures plus tard, il n'aurait certainement pas envisagé la possibilité d'une union avec elle. Emprisonnée dans les bras de Gaylord Easton, Melinda n'était que vaguement consciente de l'effet qu'elle produisait sur le jeune homme. En réalité, son esprit s'attardait avec complaisance sur les événements de la soirée.

Gaylord Easton était un beau garçon avec d'ardents yeux bruns qui causaient des ravages chez les jeunes femmes du voisinage. Fils cadet d'un planteur assez riche du district de Natchez, il avait toujours été gâté par des parents qui ne lui refusaient rien. Cependant, son père lui avait déclaré fermement qu'il devait commencer à songer à son avenir. Il voulait bien lui verser une somme mensuelle pour qu'il ne manque de rien à condition qu'il cesse de jouer les dilettantes et se mette au travail. N'était-il pas temps qu'il s'intéresse activement au petit domaine qu'il avait reçu à sa majorité ? Pensait-il que son père allait l'entretenir toute sa vie à ne rien faire ? Gaylord devait apprendre en quoi consistait une rude journée de travail. Plus de grasses matinées, plus de courses de chevaux, plus de beuveries. Finie la recherche de plaisirs factices.

Gaylord avait accueilli ce discours avec effroi. La seule idée du travail lui donnait la nausée, même si ce travail consistait à superviser la douzaine d'esclaves qui lui appartenaient depuis sa majorité. Il s'était immédiatement mis en quête d'un autre moyen de se remplir les poches. Son beau regard sombre était tombé sur Melinda Marshall pour de multiples raisons. Il l'admirait depuis toujours et la perspective d'une belle dot la rendait encore plus attrayante à ses yeux.

Gaylord avait commencé sa cour intéressée quelques mois auparavant mais, à une certaine étape, il avait commis l'erreur de tomber follement amoureux de Melinda. Jusqu'au retour de Morgan Slade, il était convaincu qu'il avait conquis le cœur capricieux de la jeune fille. L'entrée en scène de Morgan portait un coup rude à ses espoirs. Pendant toutes ces dernières semaines, il avait dû ronger son frein et, en voyant l'objet de ses amours se plier docilement à l'ukase de ses parents, son cœur s'emplissait de rage et de jalousie.

Si Gaylord ne s'était pas épris de Melinda, il se serait contenté de regarder autour de lui pour chercher une autre héritière. Il n'avait que l'embarras du choix mais Melinda l'avait ensorcelé. Sa fureur ne l'empêchait pas de comprendre que les parents de la jeune fille veuillent la marier à Morgan Slade. Morgan était beaucoup plus riche que lui et Gaylord avait une réputation de violence et d'inconstance que la plupart des parents pouvaient considérer d'un œil inquiet. Naturellement, personne ne savait que Gaylord et Melinda entretenaient des relations qui dépassaient les limites acceptables. Ce rendez-vous de minuit n'était pas le premier et, au cours de leurs rencontres nocturnes, Gaylord ne se privait pas d'embrasser sa bien-aimée ni même de caresser sa gorge ronde et ferme. Il avait pris son consentement à ces privautés comme un signe positif mais, si elle les acceptait, elle restait toujours réticente chaque fois qu'il lui proposait d'aller demander sa main à son père.

Malheureusement pour le jeune Easton, Melinda ne faisait qu'essayer ses griffes sur lui. Bien qu'elle eût trouvé ces rendez-vous clandestins excitants au début, depuis l'arrivée de M. Slade, les déclarations d'amour de Gaylord commençaient à l'agacer.

— Melinda, tu n'as pas écouté un mot de ce que je viens de dire, grommela-t-il.

— Si, je t'ai écouté, répondit-elle avec douceur, mais qu'est-ce que ça change ? M. Slade doit aller voir mon père demain matin et, s'il lui demande ma main, je n'ai pas l'intention de dire non.

— Écoute, Melinda... ! s'écria Gaylord avec désespoir.

Ils étaient dans la roseraie à l'angle du manoir des Marshall et la voix de Gaylord retentit dans l'air calme de la nuit.

— Tais-toi donc, chuchota Melinda. Quelqu'un pourrait nous entendre.

Gaylord jeta un coup d'œil vers la majestueuse maison blanche dont les énormes piliers se détachaient au clair de lune. Aucun son ne rompait le silence. Il murmura d'une voix rauque :

— Tu ne peux pas l'épouser. Laisse-moi parler à ton père d'abord.

Melinda leva sur lui des yeux pleins de reproche.

— Tu veux donc que je sois malheureuse ?

— Bien sûr que non, protesta-t-il.

— Pourrais-tu m'emmener à Paris ? Pourrais-tu me donner une maison aussi belle que Bonheur ?

— Non, pas au début, mais...

— Tu voudrais me voir vivre dans cette affreuse baraque sur le petit lopin de terre que tu possèdes ?

Décontenancé, Gaylord détourna les yeux. Il n'avait pas imaginé qu'ils habiteraient là-bas — il pensait qu'avec l'argent de M. Marshall ils achèteraient une maison infiniment plus confortable mais il ne pouvait décemment le lui dire.

— Non, mais..., marmonna-t-il.

— Avec M. Slade, je voyagerai, j'aurai des tas de belles toilettes. J'aurai tous les domestiques que je veux. J'aurai aussi des bébés... et la plus merveilleuse maison du pays. Pourrais-tu m'offrir tout cela ?

— Non, mais...

— Alors, comment peux-tu dire que tu m'aimes et que tu veux me voir heureuse ?

— Melinda, *je t'aime*. Je croyais que tu m'aimais aussi. Comment de simples avantages matériels pourraient-ils compenser notre séparation ?

Melinda poussa un soupir.

— Je ne sais pas, Gaylord... Je sais simplement que mes parents veulent que j'épouse M. Slade et qu'il peut me donner tout ce qui me rendra heureuse. Bien sûr, tu me manqueras et je pleurerai la nuit en pensant à tes baisers... mais il vaut mieux que j'épouse M. Slade.

— Melinda, hurla-t-il, tu ne comprends donc pas que je t'aime ?

— Eh bien, si tu m'aimes, tu veux que je sois heureuse, n'est-ce pas ? Tu devrais donc être content que j'épouse M. Slade qui est un homme riche. Je ne pourrais pas supporter la pauvreté.

Gaylord était à court d'arguments. Elle s'éloigna et il la suivit des yeux avec un mélange d'amour, de chagrin et de fureur. Il se détourna, le cœur brisé, en pensant à l'ironie de la situation: la femme qu'il aimait voulait en épouser un autre pour sa fortune et lui-même n'avait-il pas commencé à lui faire la cour pour son argent ? Juste retour des choses. Il n'avait même pas la consolation de se dire qu'elle était contrainte à ce mariage. Elle lui avait suffisamment laissé entendre que cette perspective ne lui déplaisait pas.

Melinda n'était pas tout à fait aussi vénale qu'elle le paraissait. En revanche, Morgan n'avait pas tort de penser qu'elle manquait de cervelle. Melinda avait l'intelligence d'une enfant gâtée de dix ans et ne poursuivait que son propre bonheur mais elle n'avait pas pour deux sous de malice. Gaylord lui plaisait et, s'il avait été riche, elle l'aurait volontiers épousé mais elle tenait aussi à son confort. D'ailleurs, si les yeux sombres de Gaylord l'avaient attirée au début, les yeux bleus de Morgan la séduisaient à présent. Complètement inconsciente de la blessure qu'elle venait d'infliger à son amoureux, elle se coucha et s'endormit d'un profond sommeil peuplé de rêves dominés par l'image fascinante de Morgan.

Le lendemain matin, à sa grande satisfaction, M. Slade vint voir son père. L'après-midi, dans le jardin même où Gaylord avait vu ses espoirs anéantis, elle accepta la demande de Morgan. Elle était ravissante sous la lumière dorée du soleil. Sa robe bleue garnie de dentelle mettait en valeur son visage sans défauts. Morgan sourit en pensant que la vie pourrait être agréable avec cette douce enfant sans exigences et il chassa l'idée qu'elle pourrait être aussi très ennuyeuse.

Les deux familles jubilaient. Les fiançailles furent célébrées le soir même au cours d'un petit dîner intime. Le mariage fut fixé au mois d'août. Morgan écoutait avec un singulier détachement la conversation axée sur les détails de la cérémonie. Après le repas, il étoufffa un bâillement, pria les convives de l'excuser et sortit.

Il fit lentement le tour de la véranda blanche du manoir des Marshall, laissant son regard errer sur les jardins parfaitement entretenus mais son esprit vagabondait loin de la douceur paisible de cette nuit. Soudain assailli par la nostalgie des immenses plaines du Texas balayées par le vent, il regarda la pleine lune. « Une lueur comanche, se dit-il avec un pincement de regret. Pourquoi ai-je toujours envie d'être ailleurs ? »

Le temps avait un peu apaisé la douleur que lui causait la mort de Philippe mais son mépris pour les femmes qui quémandaient des attentions n'avait nullement diminué. Il effleura légèrement des doigts la petite croix en or qui était toujours accrochée à sa chaîne de montre après tant d'années. Elle lui rappelait que les femmes étaient trompeuses. Et pour la première fois depuis longtemps, il pensa à la prostituée qu'il avait prise un soir chez le gouverneur de La Nouvelle-Orléans. Était-elle toujours aussi désirable ou le temps et le genre de vie qu'elle devait mener l'avaient-ils ravagée ? Cette pensée le perturba d'autant plus qu'il gardait le souvenir très net des sensations qu'il avait éprouvées en la serrant dans ses bras. C'était sans doute le mystère de l'inconnue, l'énigme qu'elle représentait qui l'imposaient à sa mémoire. Il ne voyait aucune autre raison. Une fois le mystère éclairci, il n'aurait plus été obsédé. D'ailleurs, qui sait ? Il aurait pu faire d'elle une honnête femme. Pourquoi pas ? Elle était venue à lui vierge, il n'aurait pu douter de sa pureté. Elle était jeune, très jeune, et il aurait pu la modeler à son gré. Morgan ricana entre ses dents. Oui, voilà ce qu'il aurait dû faire — épouser sa putain vierge et l'emmener à Natchez.

Un éclat de rire interrompit le cours de ses pensées. Il aspira une dernière bouffée de son cigare et s'apprêta à rentrer dans la maison. Il s'arrêta brusquement à la vue de son jeune frère qui le regardait, nonchalamment adossé à un pilier.

— Je t'observe depuis quelques minutes, dit Dominique, et Dieu me damne si tu donnes l'impression d'un homme qui va s'embarquer pour Cythère. Tu as plutôt l'air d'un condamné à mort.

Morgan sourit.

— Et tu as poussé très loin ton analyse ?

— Non, mais, en dépit de tes longues absences, je te connais. Je vois bien que ton moral n'est pas brillant en ce moment... et je me demande pourquoi.

Dominique avait vingt-trois ans. Sans être beau, son visage aux yeux gris et à la bouche rieuse avait du charme. Il marcha lentement à côté de son frère.

— Ce qui m'intrigue le plus, c'est qu'entre toutes les belles du district tu aies choisi cette petite gourde.

Une lueur amusée dans les yeux, Morgan répliqua sur un ton suave :

— Je pense surtout qu'elle n'aura aucune exigence. Je lui ferai un enfant tous les deux ou trois ans. Je lui achèterai des robes, je l'emmènerai à Paris de temps en temps et elle sera parfaitement satisfaite.

Dominique fronça les sourcils. Ni l'expression de Morgan ni le ton de sa voix ne lui plaisaient. Les yeux fixés sur la pointe de ses souliers impeccablement cirés, il dit d'une voix mal assurée :

— Écoute, Morgan, j'hésite un peu à te poser cette question mais... es-tu sûr de ne pas faire une bêtise ?

Morgan haussa les épaules avec lassitude.

— Dieu le sait ! Mais je suis fatigué d'errer comme les juifs dans le désert. Le mariage est un moyen de mettre un terme à cette vie sans but.

Dominique se tut un moment, puis murmura sur un ton détaché :

— Savais-tu qu'avant ton arrivée Gaylord Easton faisait une cour assidue à Melinda ?

Morgan lui jeta un regard de côté. Il sortit de sa poche un autre cigare, prit le temps de l'allumer et demanda d'un air indifférent :

— Le benjamin de Lloyd Easton ?

— Hmm. Exactement. D'après la rumeur publique, Gaylord voulait épouser une femme riche et il avait jeté son dévolu sur Melinda. Certains prétendent même que Melinda accueillait ses avances sans déplaisir.

— Voudrais-tu me mettre en garde, Dom ? demanda Morgan sur un ton neutre.

— Moi ? Bien sûr que non ! Je pensais simplement que le renseignement pourrait t'intéresser... Méfie-toi quand même de Gaylord, Morgan. Il n'a pas très bonne presse et je gage qu'il n'encaissera pas les fiançailles de Melinda si facilement.

Dominique rentra dans la maison, abandonnant son frère à ses réflexions. Morgan n'était pas jaloux et, s'il s'était agi d'une ancienne amourette, il ne s'en serait pas préoccupé mais Dominique avait manifestement éprouvé le besoin de l'avertir. Or, comme il n'était pas enclin aux commérages, Morgan tint compte de ses paroles. Melinda était-elle éprise d'Easton et ses parents la poussaient-ils vers une union plus avantageuse ?

C'est ce qu'il tenta de découvrir pendant les jours qui précédèrent l'annonce officielle du mariage. Mais à toutes ses questions, Melinda répondait par un sourire suave et détournait la conversation. Elle insistait pour que Morgan l'emmène à Paris quand cette horrible guerre serait terminée et Morgan commençait à se demander si le mariage était vraiment la solution qui mettrait fin à ses tourments.

Les prévisions de Dominique se révélèrent exactes. Gaylord racontait à qui voulait l'entendre que Morgan avait usé de tactiques déloyales pour conquérir Melinda, et si la plupart des gens l'engageaient à se taire, d'autres le poussaient à se ridiculiser. Morgan était partagé entre l'envie de rire et le désir de donner au bouillant jeune homme la leçon qu'il cherchait. La situation atteignit un point critique deux jours avant le grand bal donné en l'honneur des fiancés.

Désireux d'échapper aux assommants préparatifs des festivités, Morgan s'était réfugié dans une taverne nichée sur une petite colline à la périphérie de la ville. L'endroit n'était pas particulièrement élégant mais Morgan aimait son confort simple et sa bonne chère.

Située au bout de la piste Natchez, la taverne était fréquentée par de nombreux voyageurs et il y régnait toujours une activité incessante. La grande salle, avec ses poutres massives, ses fenêtres étroites, ses odeurs de bière et de viande rôtie, évoquait l'ambiance des cabarets français ou anglais. Morgan repéra quelques personnes de la ville mais la plupart des clients lui étaient inconnus. Il s'installa à une table un peu à l'écart et se prépara à observer ses compagnons. Il commanda un bourbon, alluma un cigare et regarda autour de lui, examinant d'un œil exercé les voyageurs, les marchands et les jeunes dandys qui préféraient l'atmosphère bon enfant de la taverne à celle des établissements sélects de la ville.

Il entamait son whisky lorsque Gaylord entra en compagnie de deux autres jeunes gens. Sa démarche mal assurée indiquait qu'il était déjà passablement éméché. Morgan jura entre ses dents. Gaylord était certainement la dernière personne qu'il souhaitait rencontrer ce soir-là. Il avait réussi à éviter une bagarre jusqu'alors mais, à en juger par son état d'ébriété, il savait qu'une confrontation serait inévitable si ce jeune bravache décelait sa présence.

Au début, Gaylord ne le vit pas au milieu du nuage de fumée qui envahissait la salle. Morgan eut un moment l'espoir d'échapper à son regard, d'autant plus qu'il s'était assis à une table du fond et lui tournait le dos. D'ailleurs, il paraissait surtout occupé à noyer son chagrin dans l'alcool et buvait force verres.

Malheureusement, l'un de ses deux compagnons l'aperçut. Il se pencha sur la table et chuchota quelques mots à l'oreille de Gaylord qui se retourna brusquement et bondit sur ses pieds.

Morgan réfléchit promptement et conclut qu'il valait mieux qu'il se laisse provoquer pour éviter toute effusion de sang. En tant qu'offensé, il aurait le choix des armes, du moment et du lieu. Si la chance était avec lui, il pourrait transformer cette situation dangereuse en farce grotesque.

Gaylord s'avança vers lui en titubant et, posant ses deux mains à plat sur sa table, il l'interpella d'une voix pâteuse :

— Canaille ! Fripouille !

Les yeux rivés sur le visage congestionné de l'adversaire, Morgan but une gorgée de whisky et répliqua sans s'émouvoir :

— Tiens ? Et pourquoi donc ?

Décontenancé, Gaylord se mit à bégayer :

— Eh bien... p... parce que...

Il était complètement ivre, il avait les idées confuses mais il était certain d'avoir gravement insulté son rival. Pourquoi cet homme ne réagissait-il pas ? Supposant qu'il ne s'était pas bien fait comprendre, il bafouilla :

— Vous m'avez... volé le cœur de... la femme que j'aime, vous êtes le dernier des lâches !

Morgan soupira. Que faire avec un pareil écervelé ? Même si ses sentiments n'étaient nullement en cause, il ne pouvait laisser un ivrogne clamer le nom de Melinda dans un lieu public. Il riposta froidement :

— Si je suis une canaille et une fripouille, qu'est-ce que vous êtes, vous ? Un matamore sans cervelle ou tout simplement un pauvre idiot ?

La réponse était brutale mais elle eut l'effet désiré. Gaylord se redressa comme sous l'effet d'une gifle et rugit :

— Je ne me laisserai pas insulter. Vous allez m'envoyer vos témoins.

Morgan s'appuya sur le dossier de sa chaise, prit le temps de secouer la cendre de son cigare et rétorqua sur un ton nonchalant :

— Oh, je ne crois pas que des témoins puissent arranger les choses.

— Pardieu, non ! gronda Gaylord.

— Alors, puis-je faire une suggestion ?

Gaylord fit un signe de tête affirmatif.

— En ma qualité d'offensé j'ai le choix des armes, du moment et du lieu... Pourquoi pas ici et maintenant ?

— Ici ? Dans cette taverne ? questionna Gaylord, ahuri.

— Peut-être pas dans cette salle, répondit Morgan avec une lueur d'ironie dans les yeux. Le jardin d'à côté fera très bien l'affaire. Qu'en pensez-vous ?

— D'accord. Choisissez vos armes, dit Gaylord, qui commençait à reprendre ses esprits devant le danger que comportait un duel.

— Les poings, déclara Morgan doucement.

— Les poings ? répéta Gaylord, incrédule. Qui êtes-vous donc ? Un manant ? Un gentilhomme ne se bat pas avec ses poings.

— Vous avez dit que je n'étais pas un gentilhomme.

Gaylord avala sa salive, maudissant l'alcool qui l'avait entraîné dans cette situation fâcheuse. Il ne pouvait plus reculer. Prenant une profonde inspiration, il essaya de crâner :

— C'est parfait. Je ne pouvais pas attendre autre chose d'un individu comme vous.

Morgan avait été très patient et, dans une certaine mesure, il avait pitié de l'amoureux éconduit — un cœur blessé ne s'apaise pas aisément — mais la moutarde commençait à lui monter au nez. Il mit son adversaire en garde :

— Un mot de plus et je serai obligé de vous tuer au lieu de vous donner simplement la leçon que vous méritez.

Gaylord ne semblait pas disposé à pousser plus loin la querelle. Quelques secondes plus tard, les deux hommes sortirent, suivis par les deux compagnons de Gaylord. La nuit était tombée mais les fenêtres de la taverne laissaient passer assez de lumière pour éclairer la scène. L'un des deux jeunes gens qui accompagnaient Gaylord s'approcha de Morgan.

— Si vous le voulez bien, monsieur, je vous servirai de second, dit-il poliment. Je m'appelle Blanchard, Evan Blanchard.

— C'est très aimable à vous, répondit Morgan. Et maintenant que cette petite formalité est réglée, nous pouvons commencer.

Gaylord tripota nerveusement sa cravate et questionna :

— Quelles sont exactement vos intentions ?

Morgan jeta un coup d'œil sur le terrain. Il était plat et dégagé.

— Je propose que nous nous battions ici avec nos poings, expliqua-t-il. Blanchard et votre ami seront nos témoins et nos seconds. Le premier qui fera couler le sang de l'autre s'estimera satisfait. C'est assez correct ?

Gaylord approuva d'un signe de tête. Le premier choc passé, il prenait de l'assurance.

— J'ai la réputation d'être très adroit de mes mains, dit-il avec une note de condescendance. Et vous avez au moins dix ans de plus que moi, monsieur. Tenez-vous vraiment à une confrontation *physique* de ce genre ?

Morgan étouffa un éclat de rire moqueur et répondit sans broncher :

— Je crois que je me débrouillerai. Ne vous inquiétez pas pour moi.

Si ce jeune idiot le croyait vieux à trente-trois ans, il comprendrait vite son erreur. Avec la vie dangereuse qu'il avait menée toutes ces dernières années, il ne manquait ni d'exercice ni d'entraînement.

Les deux adversaires étaient assez bien assortis. Morgan était un peu plus grand mais Gaylord avait une carrure plus puissante. Ils se préparèrent dans un silence tendu. Morgan ôta calmement sa veste et sa montre avec la chaîne qui retenait toujours la petite croix en or. Il remit les objets à Blanchard et commença à défaire sa cravate empesée nouée avec art.

Morgan avait des gestes sûrs et précis tandis que Gaylord accomplissait les mêmes rites avec des mouvements brusques et saccadés. Sa colère croissait à chaque instant et, quand ils furent prêts à engager le combat, elle avait atteint son paroxysme. Faisant face à l'ennemi, il lança d'un air menaçant :

— Vous n'épouserez pas Melinda. Elle m'a donné son cœur et vous ne me l'enlèverez pas.

Un peu exaspéré, Morgan fut tenté de lui répondre qu'il pouvait garder sa Melinda. S'il avait eu le moindre désir d'épouser la jeune fille, la futilité, la niaiserie et la frivolité de cette tête sans cervelle le lui avaient fait passer. Seulement, comme il était galant homme, il ne pouvait revenir sur sa demande en mariage. Mais il s'en mordait les doigts.

— Permettez-moi de vous rappeler que la jeune fille dont vous prononcez si légèrement le nom a accepté ma demande, dit-il froidement.

Gaylord grinça des dents.

— Mais elle ne vous épousera pas, ricana-t-il. Vous pouvez chanter victoire pour le moment. Vous verrez bien qui sera son mari en définitive.

Morgan haussa les épaules.

— Si vous en avez fini avec vos discours, nous pourrions peut-être commencer, proposa-t-il.

— Oh oui, bon Dieu, oui !

Le combat se révéla inégal dès le début. Si Gaylord avait pour lui sa juste colère qui décuplait ses forces et son corps juvénile, il n'était pas de taille à lutter contre un rival aux muscles d'acier, aux réflexes rapides. Morgan avait aussi des poings comme des massues et, pendant que Gaylord réussissait à lui loger un coup sur la joue, son adversaire mit fin à ce duel insolite par un direct du droit à la mâchoire. Gaylord perdit l'équilibre et alla mordre la poussière, le menton maculé de sang.

— Je crois être responsable de la première effusion de sang, constata sèchement Morgan.

Gaylord le foudroya du regard.

— Vous ne l'épouserez quand même pas, grogna-t-il. Je mettrai tout en œuvre pour vous en empêcher.

Morgan eut un sourire de pitié. Il se demanda s'il avait jamais été aussi jeune et aussi passionné. Puis ses traits se durcirent. Oui, il avait connu un amour aussi intense jusqu'au jour où une femme perfide lui avait ôté ses illusions. En enfilant la veste que lui tendait respectueusement Evan Blanchard admiratif, il répliqua sans se troubler :

— Dans ce cas, je vais me tenir sur mes gardes.

Gaylord se redressa, essuya le sang qui coulait de ses lèvres et lui lança un regard menaçant :

— Vous croyez que je bluffe, grommela-t-il, mais je vous en empêcherai ! Je trouverai un moyen, vous verrez.

10

La journée du bal s'annonçait radieuse. Debout devant la fenêtre, Morgan regardait le ciel sans nuages qui, décidément, ne reflétait pas du tout ses sentiments intimes. Son duel ridicule lui donnait matière à réflexion et il était sûr qu'il n'avait jamais eu la moindre envie d'épouser Melinda. Non, même son corps charmant ne le tentait pas le moins du monde. En tout cas, il ne compenserait pas l'ennui qu'il éprouverait à être enchaîné à une femme qui n'aspirait qu'à avoir de belles robes et des bébés... à condition qu'ils n'abîment pas sa taille de guêpe.

« Gaylord, mon jeune hurluberlu, si tu pouvais trouver un moyen de conquérir l'élue de ton cœur, je te donnerais ma bénédiction. Au besoin, je t'aiderais. »

Léonie et sa petite escorte arrivèrent à Natchez ce jour-là. La nuit commençait à tomber et, bien qu'elle ne sût où trouver son mari, elle ne s'était même pas mise en quête d'un endroit où passer la nuit. Elle essayait d'économiser ses faibles ressources ; aussi était-elle passée sans s'arrêter devant les auberges des quartiers élégants pour échouer en fin de compte à *La Taverne du Roi.*

Le voyage s'était déroulé sans incidents mais il avait été épuisant pour tous. Aucun des membres du petit groupe n'était jamais allé plus loin que La Nouvelle-Orléans et le simple fait de coucher plusieurs nuits de suite à la belle étoile en territoire inconnu représentait une véritable épreuve.

Quand ils avaient atteint Natchez, leur soulagement était presque palpable. Le visage luisant de joie à la pensée qu'ils étaient arrivés à destination sains et saufs, Mammy déclara fermement :

— C'est bien la dernière fois que je m'en vais de la maison.

Léonie s'était contentée de sourire, trop fatiguée pour discuter. Pour le moment, elle n'aspirait qu'à prendre un bain et à dormir dans un vrai lit.

Cependant, après son bain, quand tout son monde fut installé, elle retrouva toute son énergie et décida de partir à la recherche de M. Slade. Elle commencerait par demander au tavernier s'il le connaissait et, si tel était le cas, elle se mettrait en route aussitôt.

— Si je te quitte un moment, tu prendras soin de Justin, dit-elle à Yvette.

— Tu ne vas tout de même pas commencer ton enquête ce soir ?

— Si ! Nous n'avons pas de temps à perdre. Le peu d'argent qui nous reste ne va pas faire long feu... Il faut que je voie M. Slade au plus tôt.

Justin, qui jouait avec les chatons, leva vivement la tête.

— Vous allez voir mon papa ? Je veux venir avec vous.

Léonie se mordit les lèvres. La présence de Justin allait créer des problèmes. Elle n'avait jamais parlé à personne du secret de sa naissance et tous étaient convaincus que l'enfant était le fils de son mari. Pour des raisons évidentes, elle n'avait pas jugé bon de les détromper. Justin avait grandi dans l'idée que M. Slade était son père. Or, Léonie n'avait pas envisagé la possibilité d'une rencontre entre son fils et son mari. Maintenant que le moment approchait, elle était terrifiée à la pensée que la vérité allait éclater. Elle ne pourrait supporter que Justin porte l'étiquette de bâtard. Elle ne savait pas encore comment mais elle s'arrangerait pour lui éviter cette honte.

Slade était très ivre pendant leur nuit de noces. S'il découvrait l'existence de Justin, elle pourrait peut-être le persuader qu'il avait conçu l'enfant. C'était tout de même improbable. Il se rappellerait sûrement qu'elle l'avait menacé d'un revolver pour l'empêcher de l'approcher. « Tant pis, je prendrai le risque, décida-t-elle. Je soutiendrai mordicus que Justin est son fils. »

Elle se pencha pour embrasser l'enfant.

— Bonne nuit, mon chéri, sois sage avec tante Yvette et couche-toi dès qu'elle te le dira.

Justin fit la grimace mais, comme c'était un petit garçon docile, il ne protesta pas.

— Oui, maman. Vous ne partirez pas longtemps ?

Léonie répondit honnêtement.

— Le temps qu'il faudra, mais je te promets de me dépêcher.

Elle portait l'une des robes que son grand-père lui avait achetées avant son mariage et, bien qu'elle datât de six ans, elle était encore très élégante. Léonie la trouvait un peu trop décolletée. Pour résoudre le problème elle s'était enveloppé les épaules d'une écharpe qu'elle avait attachée au centre avec un camée qui lui venait de sa grand-mère.

Un réticule en satin blanc parsemé d'étoiles d'argent complétait sa toilette. Il contenait les importants documents que M. Slade avait signés en juillet 1799. En descendant l'escalier qui conduisait au petit jardin attenant à la taverne elle avait le pénible sentiment qu'il ferait des difficultés pour honorer sa signature.

C'était dans ce jardin que, deux jours plus tôt, Morgan et Gaylord s'étaient livrés à un duel ridicule. Le hasard voulut qu'au moment même où elle mettait le pied dans ce jardin, Gaylord sortît de la taverne pour méditer sur sa défaite. A la vue du jeune homme, elle s'arrêta, hésitante. Elle allait rebrousser chemin lorsque Gaylord l'aperçut.

Il n'était pas ivre au point de ne pas reconnaître une silhouette de femme. Toujours courtois, il salua poliment.

— Bonsoir, madame. Belle soirée, n'est-ce pas ?

Légèrement rassurée, Léonie répondit tout aussi poliment :

— En effet, monsieur.

Son accent français attira son attention. Il s'approcha d'elle.

— Vous n'êtes pas de Natchez.

— Non, monsieur. Nous venons d'arriver, ma famille et moi.

Éclairée par les lumières de la taverne, Léonie avait

l'air d'une apparition irréelle avec ses yeux en amande, ses pommettes hautes, sa bouche voluptueuse et sa crinière fauve. A cet instant, Gaylord pensa que Melinda n'était peut-être pas la plus belle fille du monde.

— J'espère sincèrement que vous resterez longtemps à Natchez, dit-il avec son sourire le plus séduisant. Me trouveriez-vous très audacieux si je vous demandais de me compter au nombre de vos premières relations dans cette ville ?

Peu habituée aux complexités du flirt, Léonie haussa les épaules.

— Pourquoi pas ? répondit-elle avec indifférence. Au fait, connaissez-vous les habitants de Natchez ? reprit-elle après réflexion.

Un peu déconcerté par la froideur avec laquelle elle accueillait ses avances, il marmonna :

— Sans doute. J'ai vécu ici toute ma vie.

— Alors, vous pouvez peut-être m'indiquer la demeure d'un certain Morgan Slade.

A ces mots, Gaylord se raidit et son sourire charmeur s'effaça. Il serra les poings et articula d'une voix rauque :

— Et que lui voulez-vous, à Morgan Slade ?

Léonie haussa les sourcils et le toisa d'un air hautain.

— Ce n'est pas votre affaire, mais si vous tenez à le savoir, Morgan Slade est mon mari et j'ai besoin de le voir.

— Vous mentez, s'écria Gaylord, les yeux exorbités. Il n'est pas marié.

Léonie n'était pas réputée pour son égalité d'humeur. Elle rougit de colère.

— Vous m'insultez, je crois, fulmina-t-elle. Comment osez-vous me traiter de menteuse !

Elle tourna les talons, bien décidée à remonter dans sa chambre mais Gaylord ne voulait pas la laisser échapper. Il l'empoigna par le bras et la força à lui faire face.

— Une minute, s'écria-t-il. Il faut que je vous parle.

Furieuse qu'un étranger ose porter la main sur elle, Léonie le gifla.

Abraham, que Mammy avait chargé de veiller sur sa jeune maîtresse, apparut à l'angle de la taverne. Jamais Léonie n'avait été aussi heureuse de voir son bon visage noir.

— Abraham ! s'écria-t-elle, tu arrives à point. Cet individu m'a attaquée.

— Non, non, attendez, protesta Gaylord. Je ne voulais pas vous offenser. Je tiens beaucoup à vous parler de... euh... votre mari.

Partagée entre la curiosité et la colère, Léonie revint sur ses pas. Abraham la suivit, ne sachant trop s'il devait aller chercher de l'aide ou rester pour la protéger. Gaylord jeta un coup d'œil de son côté.

— Je ne veux pas de mal à ta maîtresse, lui dit-il. Excusez mon geste un peu vif, ajouta-t-il en se tournant vers Léonie, mais vous m'avez tellement abasourdi...

— Moi, je vous ai abasourdi, monsieur ?

— Oui. Êtes-vous bien certaine que Morgan Slade soit votre mari ?

Léonie aspira une gorgée d'air pour prendre le temps de se calmer. Comment un inconnu pouvait-il douter de sa parole ? Plongeant la main dans son réticule, elle en sortit son certificat de mariage et le lui mit sous les yeux.

— Tenez, monsieur.

S'approchant de la lumière qui filtrait de la fenêtre, Gaylord lut le document. Le regard fixé sur la signature caractéristique de Morgan Slade, il s'exclama avec indignation :

— Quel monstre ! Ma pauvre Melinda qui allait être complice de bigamie !

— Qu'est-ce que vous racontez ? questionna-t-elle. Qui est ce monstre ?

Gaylord fut saisi de pitié pour cette adorable petite créature... Dire que Morgan Slade l'avait abandonnée et annonçait en ce moment même ses fiançailles avec une autre !

— Je crains que ce ne soit votre mari, madame, répondit-il sans ménagement.

— Mais qui est cette Melinda et qu'est-ce que cette histoire de bigamie ?

— Melinda est la femme que j'aime, expliqua Gaylord, et votre mari me l'a volée. A l'heure qu'il est, ils annoncent leurs fiançailles.

Léonie savait que Slade n'était pas un honnête homme mais elle n'aurait jamais imaginé qu'il fût capable de cela.

Oubliant leur altercation, Léonie et Gaylord se hâtèrent de gagner la ville dans un cabriolet de location. Gaylord conduisait pendant qu'Abraham était installé à l'arrière. Léonie avait beau être en parfait accord avec M. Easton pour le moment, elle se méfiait trop des prétendus gentilshommes pour se priver de protection.

Il était près de neuf heures quand le cabriolet s'engagea dans l'allée qui conduisait au manoir Marshall. Gaylord frémissait d'impatience et son cœur chantait dans sa poitrine car sa chère Melinda n'épouserait jamais cette crapule de Morgan Slade. Il le dénoncerait pour crime de bigamie.

L'indignation de Léonie était allée croissant avec les kilomètres. Lorsque le cabriolet s'arrêta devant le manoir, elle était folle de rage. Comment Slade pouvait-il profiter de l'innocence d'une autre jeune fille ? Peut-être se faisait-il une pratique d'épouser les filles sans méfiance pour l'argent qu'il pouvait en tirer. C'était une idée inquiétante, compte tenu des circonstances mais, pour l'instant, il fallait qu'elle arrache Melinda Marshall au sort affreux qui l'attendait.

L'élégance imposante de la grande maison ne la détourna pas de son projet, pas plus que la vue des innombrables voitures et le bruit des conversations et des rires dont les échos lui parvenaient par les fenêtres ouvertes. Elle savait qu'elle allait au-devant d'une situation embarrassante mais elle n'éprouvait ni peur ni honte. Serrant le réticule qui contenait la preuve de la perfidie de Slade, elle monta vivement les marches blanches, escortée par Gaylord.

Un majordome en uniforme de satin noir les toisa avec un mépris évident pour leurs vêtements déplacés dans une réception aussi somptueuse. Il demanda d'une voix chargée de réprobation :

— Votre invitation, monsieur ?

Tremblant d'énervement à la pensée de ce qu'il allait faire, Gaylord bredouilla :

— Nous n'en avons pas, mais... il faut à tout prix que... je parle à M. Marshall. C'est une question de la plus haute importance.

— Si vous voulez me faire part de la nature de votre affaire, dit le majordome avec un regard de dédain, je verrai si M. Marshall est disposé à vous recevoir.

Léonie décida de prendre le taureau par les cornes. Elle se glissa vivement devant le majordome en maugréant :

— Quand vous en aurez fini avec vos cérémonies, il sera trop tard.

Le majordome fit une tentative pour l'intercepter mais personne n'aurait pu empêcher Léonie d'aller de l'avant. Suivi de Gaylord hésitant, le majordome émettait des protestations indignées. Léonie traversa rapidement l'immense hall blanc et or, et ne s'arrêta que sur le seuil de la salle de bal.

La pièce baignait dans la lumière dorée déversée par les flammes des centaines de bougies plantées dans des candélabres de cristal. Vêtus de soie et de satin, les hommes et les femmes dansaient au son d'une musique douce. L'air était imprégné d'un parfum de rose et de chèvrefeuille. Des laquais en livrée de velours évoluaient discrètement avec d'énormes plateaux de rafraîchissements.

Léonie resta un moment dans l'encadrement de la porte, scrutant la salle. Comment le repérer au milieu de cette foule ? Mais elle n'eut pas à chercher Slade, car Slade la découvrit.

Pour Morgan, cette soirée était d'un ennui mortel. S'il avait nourri le moindre espoir que la vie avec Melinda ne serait peut-être pas tout à fait aussi insipide qu'il le craignait, la promenade qu'il venait de faire en sa compagnie lui aurait ôté ses illusions. Certes, Melinda formait un tableau qui ne pouvait manquer de faire vibrer les hommes. Malheureusement, Morgan ne vibrait pas. Comment avait-il pu s'imaginer qu'un mariage avec cette bécasse pouvait résoudre quoi que ce soit ?

Tout en marchant, Melinda déplorait que la guerre qui sévissait en Europe les empêche de passer leur lune de miel à Paris.

— Cet affreux Napoléon ! Il gâche tout. Si seulement cette horrible guerre prenait fin ! J'ai tellement envie de visiter Paris !

Oubliant les limites intellectuelles de sa fiancée, Morgan plaisanta :

— Je devrais peut-être lui écrire d'interrompre les hostilités pendant notre voyage de noces.

Les yeux bleus étincelèrent de plaisir.

— Vraiment, vous pourriez ? s'exclama-t-elle avec admiration. Ce serait vraiment magnifique !

Voyant qu'elle l'avait pris au mot, Morgan la dévisagea, incrédule. Puis refoulant une furieuse envie de rire, il lui avait proposé de rentrer dans la maison, partagé entre l'amusement et l'exaspération.

A mesure que la soirée avançait, il dut se rendre à

l'évidence : cette tête de poupée était vide. Quand vint l'heure d'annoncer les fiançailles, il était si las de ses bavardages qu'il comprit qu'il ne pourrait supporter de passer le reste de sa vie avec Melinda. Mais comment rompre sans causer de scandale ?

Problème épineux, en vérité, d'autant plus qu'il répugnait à plonger ses parents et les Marshall dans l'embarras. Ce n'était pas leur faute si Melinda était aussi idiote. « Il faut que je trouve un moyen pour que ce soit elle qui prenne la décision de rompre. Je n'aurai qu'à me montrer parfaitement odieux. »

Morgan aurait volontiers mis son projet à exécution le soir même mais il ne pouvait décemment se comporter comme une brute dans l'heure qui précédait l'annonce officielle des fiançailles. « Demain, il sera bien assez tôt pour que je me révèle sous un jour détestable. » Il sourit en imaginant la tête que ferait Melinda lorsqu'il l'informerait de son intention d'habiter dans un coin perdu en bordure de la piste Natchez. Cette seule perspective devrait la refroidir.

Satisfait de sa décision, Morgan se détendit un peu et se résigna à jouer son rôle jusqu'à la fin de la soirée. Arborant un sourire affable, il se montra à la hauteur des circonstances.

Enfin, M. Marshall demanda un instant de silence. Morgan et Melinda se placèrent à une extrémité de la salle, flanqués des deux familles radieuses. Les musiciens posèrent leurs instruments, le murmure des voix s'éteignit. Chacun attendit l'annonce officielle des fiançailles. C'est à ce moment que Morgan Slade aperçut pour la première fois Léonie Saint-André.

Pourquoi ne pouvait-il détacher son regard de la silhouette qui se tenait dans l'encadrement de la porte ?

Il serra les mâchoires, furieux contre lui-même. Peu importait qui elle était, il devait l'éviter à tout prix. Toute femme capable d'éveiller en lui des sensations aussi intenses à première vue était forcément dangereuse. Pourtant, il continuait à la fixer des yeux, toutes les fibres de son corps tendues vers elle.

Comme attirée par un aimant, Léonie tourna la tête dans sa direction. Le temps parut s'arrêter, le reste du monde s'effaça pendant que leurs regards s'accrochaient. C'est alors qu'elle reconnut — ou crut reconnaître — l'homme qu'elle avait épousé six ans plus tôt. Saisie d'une sainte colère, elle s'élança vers lui.

Gaylord était derrière elle. Il recula à l'idée de la scène embarrassante qui se préparait. Il essaya de retenir Léonie par le bras dans une vaine tentative pour retarder la confrontation.

Mais Léonie était lancée et rien n'aurait pu l'arrêter. Toute l'assistance commençait à se rendre compte que l'atmosphère tournait à l'orage. Morgan n'avait pas quitté des yeux la petite personne décidée qui se frayait un chemin vers lui et, naturellement, les invités se retournèrent pour voir qui pouvait bien capter son attention à un moment aussi inopportun. Déjà la présence de Gaylord suscitait un mouvement de curiosité. Melinda se mit à taper du pied avec impatience. Elle examina Léonie d'un air dédaigneux. « Quelle robe démodée ! » pensa-t-elle au moment où la jeune femme se plantait devant Morgan.

Gaylord l'avait suivie. En le voyant, Morgan comprit que les choses allaient mal tourner. Qu'avait bien pu combiner ce jeune hurluberlu ? Et quel rôle jouait cette superbe créature dans cette machination ?

Son attention se concentrait sur Léonie mais il n'en était pas moins conscient de ce qui se passait autour de lui. La main de Melinda se crispait sur son bras et M. Marshall protestait contre cette intrusion au milieu du silence pesant qui s'était abattu sur la salle.

Quant à Léonie, elle n'avait d'yeux que pour l'homme qui se tenait devant elle. En le voyant de près pour la première fois depuis six ans, elle s'étonnait de le trouver si différent de l'individu lâche et sans scrupules dont elle gardait le souvenir. C'était bien le Morgan Slade qu'elle avait connu à La Nouvelle-Orléans et, pourtant, ce n'était pas tout à fait lui. Après tout ce temps, il était bien normal que sa mémoire ait quelques défaillances. D'ailleurs, elle ne l'avait vu que trois ou quatre fois. Tant d'eau avait coulé sous les ponts depuis... Elle avait beaucoup changé elle-même, pourquoi le temps l'aurait-il épargné ? Cet homme était Morgan Slade, c'est-à-dire une crapule.

Elle l'invectiva d'un air de défi.

— Je vois, monsieur, que j'arrive juste à temps pour vous empêcher d'exécuter votre odieux projet. Je ne pouvais imaginer que vous étiez une pareille canaille !

Sans s'arrêter pour reprendre haleine, elle se tourna vers Melinda qui regardait la scène bouche bée.

— Mademoiselle, je suis désolée de la peine que je vous cause mais vous ne pouvez épouser cet homme. Un jour, vous me remercierez d'avoir déjoué ses plans.

Applaudissant intérieurement à ce qu'il prenait pour une habile mise en scène, Morgan admirait le talent de la comédienne que Gaylord avait engagée. Il mettrait fin à cette farce absurde en temps voulu mais, pour le moment, sa curiosité et son sens de l'humour l'incitaient à retarder son intervention.

Les paroles de Léonie avaient provoqué des murmures dans la salle. Les invités se tournaient vers Morgan, attendant sa réaction. Une lueur d'ironie dans les yeux, il restait impassible, bien qu'il eût toutes les peines du monde à réprimer une furieuse envie de rire.

Ce fut Melinda qui rompit le silence. Elle s'adressa à Gaylord d'une voix étranglée par la colère :

— Comment as-tu osé ?... Tu m'as gâché ma soirée. Je te déteste, tu m'entends, je te déteste.

Leonie était stupéfaite. Pourquoi Melinda s'en prenait-elle à Gaylord ? Peut-être n'avait-elle rien compris ? Sans doute fallait-il lui faire toucher du doigt la perfidie de Slade.

— Il ne faut pas en vouloir à M. Easton, mademoiselle, dit-elle gravement. Il n'a agi que dans votre intérêt. Vous ne pouvez épouser M. Slade. Il est mon...

— Vous, taisez-vous ! interrompit Melinda. D'abord vous n'êtes pas invitée et Gaylord Easton non plus. Sortez immédiatement, tous les deux. Vous m'entendez ? Immédiatement !

— Melinda, écoute-la, implora Gaylord. Elle a une révélation de la plus haute importance à te faire. Écoute-la.

— Je ne veux pas, cria Melinda en serrant plus étroitement le bras de Morgan. Je vais épouser M. Slade et rien ne pourra m'en empêcher.

Gaylord se redressa, exaspéré par son entêtement. Perdant toute retenue, il lança :

— Triple buse ! Tu ne peux pas l'épouser... Il est déjà marié ! Voici sa femme.

11

La stupeur se peignit sur tous les visages. Trouvant que la plaisanterie dépassait les bornes, Morgan décida d'y mettre un terme.

— Il suffit, jeune homme, dit-il sèchement. Je compatis à ce que vous prenez pour un chagrin d'amour mais votre dépit n'excuse pas cette bouffonnerie. Faites-nous le plaisir de prendre votre petite amie par la main et d'aller faire vos pitreries ailleurs.

Melinda lui lança un regard admiratif.

— Bravo ! J'adore les hommes autoritaires ! s'exclama-t-elle.

Une lueur d'irritation s'alluma dans les yeux de Morgan mais seule Léonie la remarqua parce qu'elle le dévisageait. Quelle audace ! Elle avait prévu qu'il refuserait de lui rendre sa dot mais pas qu'il feindrait d'ignorer son existence. Hors d'elle, elle sortit de son réticule son certificat de mariage et le lui jeta au visage.

— Non! nous ne partirons pas, décréta-t-elle. Reniez votre signature, monsieur, si vous l'osez.

Assez agacé, Morgan regarda négligemment le papier. A la vue de la signature qui s'étalait sur le document officiel, il fronça les sourcils et esquissa une moue méprisante.

— Alors, à tous vos talents vous ajoutez celui de faussaire, dit-il à Gaylord. Mais ce genre de stratagème ne prend pas. Et, maintenant, emmenez cette petite harpie et sortez d'ici.

Matthieu Slade, qui était resté sans mot dire à côté de son fils, demanda calmement :

— Puis-je voir ce papier ?

Morgan le lui tendit machinalement.

Léonie se tourna vers l'homme qui tenait en main son certificat de mariage.

— Monsieur, je ne sais pas qui vous êtes et vous ne me connaissez pas, mais je ne suis pas une menteuse, dit-elle avec un accent de sincérité indéniable. Le papier n'est pas un faux. Il est parfaitement authentique. Je suis mariée à cet homme. Je l'ai épousé à La Nouvelle-Orléans il y a six ans. C'est la vérité.

Matthieu fut impressionné par ces paroles et par le document. Pourtant, il ne pouvait croire que Morgan fût capable d'une telle perfidie mais il était difficile de résoudre ce problème sur-le-champ. Il s'éclaircit la voix et répondit calmement :

— Il vaudrait peut-être mieux discuter de cette affaire dans un endroit discret. Je suis désolé, ajouta-t-il à l'adresse de M. Marshall, mais je crois préférable de ne pas poursuivre ces festivités tant que cette histoire n'est pas élucidée.

Si les manœuvres de Gaylord avaient diverti Morgan

au début, il ne les trouvait plus amusantes du tout. Bien que la rupture de ses fiançailles correspondît à son souhait le plus cher, il ne goûtait pas le tour qu'avaient pris les événements. D'abord, il *savait* qu'il ne pouvait être le mari de cette petite intrigante; ensuite, l'idée de passer pour un scélérat qui épousait les jeunes filles chaque fois que la fantaisie l'en prenait lui déplaisait profondément. La pensée que son père ait pu croire même un instant que ce papier était authentique l'exaspérait. Quant à la sorcière aux yeux verts qui se prétendait sa femme, il éprouvait une violente envie de l'étrangler... ou de la violer.

Il accéda à contrecœur à la demande de son père et suivit M. Marshall dans le petit salon vert. Léonie était la seule femme présente à la discussion — Mme Marshall et Mme Slade étaient trop occupées à calmer Melinda en proie à une crise de nerfs.

Le bal avait pris fin brusquement. Les invités étaient partis sans avoir pu satisfaire leur curiosité; aussi les langues allaient-elles bon train. Voilà une soirée qu'ils n'étaient pas près d'oublier.

Morgan aurait dû être content. Il n'était plus question qu'il épouse Melinda mais il ne pouvait supporter qu'on lui force la main. Pour rien au monde, il n'accepterait d'être lié à une épouse dont il ne voulait pas.

La situation était pénible. Léonie le ressentait plus que les autres. Avec Gaylord pour tout champion et confrontée à l'hostilité croissante des hommes qui l'entouraient, elle commençait à perdre courage. Plusieurs choses l'empêchaient de prendre la fuite: elle savait qu'elle disait la vérité, elle détenait le contrat par lequel Morgan promettait de lui restituer sa dot et elle avait trop de personnes à charge pour se permettre de déserter.

Outre M. Marshall, Morgan et son père, un autre homme se trouvait dans le salon vert. Il la scrutait d'un regard perçant et soupçonneux. Quant à Gaylord, il était assez disposé à faire marche arrière. Que savait-il de cette femme, après tout ? Peut-être avait-elle menti ? Et dans sa hâte à confondre Slade, il s'était peut-être laissé entraîner à commettre une erreur terrible. Il prit les devants :

— Hum ! Je crois que je dois vous expliquer comment j'ai fait la connaissance de cette jeune femme...

— Inutile, coupa Morgan. Elle a une langue... et elle s'en est servie fort habilement ce soir. Je suis sûr qu'elle est très capable de tout expliquer elle-même. D'ailleurs, je ne vois aucune raison pour que vous participiez à cet entretien. Vous avez joué votre rôle, alors, allez voir ailleurs ce qui se passe.

Les autres approuvèrent d'un signe de tête et, avant qu'il ait eu le temps de protester, Gaylord se retrouva sur le seuil de la porte.

— N'attendez pas madame, ajouta Morgan sur un ton mi-figue mi-raisin. Je m'occuperai d'elle.

Soulagé d'avoir tiré son épingle du jeu, Gaylord ne traîna pas. Il dit à Abraham d'attendre sa maîtresse et s'éloigna vivement, partagé entre la joie d'avoir empêché le mariage de Melinda et la crainte de s'être mis dans une situation qui risquait de lui causer plus de mal que de bien. Il était possible que Melinda ne lui pardonne jamais le rôle qu'il avait joué dans cette affaire.

Dans l'élégant salon que Gaylord venait de quitter, Léonie respira à fond et commença d'une voix tremblante d'émotion :

— Messieurs, je regrette d'être arrivée à un moment inopportun mais rien ne peut changer les faits. Vous tenez entre vos mains la preuve que j'ai dit la vérité. C'est la signature de M. Morgan Slade ; il m'a bien épousée il y a six ans à La Nouvelle-Orléans.

Morgan haussa un sourcil.

— Dans ce cas, comment se fait-il que je ne m'en souvienne pas ? ricana-t-il.

Léonie vivait l'un des moments les plus difficiles de sa vie. Elle savait qu'elle disait la vérité et, pourtant, confrontée au démenti catégorique de Slade et à l'incrédulité manifeste des autres gentilshommes, elle était à la fois folle de rage et terrifiée. Morgan allait apparemment soutenir qu'ils ne s'étaient jamais vus. Sa seule chance était donc de convaincre les témoins de cette scène. Elle se tourna vers Matthieu Slade et l'implora du regard :

— Monsieur, croyez-moi, plaida-t-elle. Je n'ai aucune raison de mentir.

Matthieu était mal à l'aise. Il gardait les yeux fixés sur le document. Il avait vu trop souvent la signature de son fils pour ne pas la reconnaître. La jeune femme qui se tenait devant lui avait vraiment l'air d'une dame et ses paroles avaient l'accent de la sincérité. Il observa pensivement son fils aîné. Était-il possible qu'il ait épousé une innocente jeune fille pour l'abandonner ensuite ? Il fut un temps où il aurait répondu sans hésitation qu'aucun de ses fils n'était capable d'un pareil méfait... mais aujourd'hui ? Morgan avait tellement changé depuis la mort de Philippe ! Il aurait pu épouser cette charmante créature avec l'idée machiavélique de se venger sur elle du mal que lui avait fait Stéphanie. Il ne savait pas... En tout cas, une chose était sûre : le document paraissait authentique... et la bonne foi de la jeune femme aussi.

— Voulez-vous nous raconter comment vous avez fait la connaissance de mon fils et la suite de circonstances qui auraient abouti au mariage dont vous parlez ? demanda-t-il.

Un peu réconfortée par le ton courtois de Matthieu, Léonie relata les faits d'une voix vibrante d'émotion.

Le silence qui accueillit son récit fut brusquement rompu par Morgan :

— Quelle histoire touchante ! railla-t-il, mais aussi un tissu de mensonges. Je n'ai jamais épousé cette fille, bon Dieu ! ajouta-t-il à l'adresse de Matthieu qui semblait ébranlé. Je ne l'ai pas épousée, pas même en état d'ivresse ! Je m'en souviendrais !

— Tu étais pourtant à La Nouvelle-Orléans cet été-là, intervint Dominique, qui contemplait la pointe de ses souliers. Et tu as joué aux cartes avec Gayoso. C'est toi qui me l'as dit. N'aurais-tu pas rencontré un gentilhomme du nom de Saint-André, à l'époque ?

— Comment veux-tu que je m'en souvienne ? riposta Morgan. Il y a six ans de cela et, à l'exception de la mort subite de Gayoso, c'était un séjour sans histoire. Je me suis installé chez Jason et c'est de Beauvais que j'ai traité toutes nos affaires. Et je n'ai épousé personne, nom de Dieu !

Il semblait évident que les rôles étaient intervertis et que Morgan se trouvait à présent sur la sellette.

— Vous ne la croyez tout de même pas ? reprit-il.

Voyant que ni son père ni son frère n'ouvraient la bouche pour répondre, il se tourna vers Léonie :

— Et pourquoi surgissez-vous maintenant ? *Si* je vous ai épousée il y a six ans, pourquoi avez-vous tant tardé à vous faire connaître ?

— Parce que nous avons conclu un marché, monsieur, répliqua Léonie. Nous nous sommes promis de ne rien exiger l'un de l'autre et, au bout de cinq ans, vous deviez me restituer ma dot. C'est pour ma dot que je suis venue — pas pour vous.

— Oh, je vois ! ricana Morgan. Je me disais aussi qu'il y avait une histoire d'argent quelque part. Et combien vous dois-je, belle sorcière ?

Léonie se raidit, deux taches rouges fleurirent sur ses pommettes saillantes.

— Ne m'appelez pas ainsi, ordonna-t-elle. Vous me devez ma dot. Lisez, ajouta-t-elle, en sortant un papier froissé de son réticule. Voilà la promesse, signée de votre main, spécifiant que vous me rendrez la dot dans un délai de cinq ans. Oserez-vous la renier ?

Morgan saisit le papier. Sa signature lui sauta aux yeux comme si elle le défiait.

— Dieu du ciel ! Quelle astucieuse petite garce ! s'exclama-t-il. J'aimerais bien savoir où et quand Gaylord vous a dénichée si à propos... A moins que vous n'ayez attendu le moment opportun pour frapper ?

Piquée au vif, Léonie se précipita sur lui la main levée. Le bruit de la gifle retentit comme une détonation. Morgan réagit instinctivement. L'agrippant par le poignet, il lui tordit le bras, la forçant à se courber devant lui.

— Ne recommencez jamais, dit-il d'une voix menaçante, ou je vous casse la figure.

— Morgan ! protesta Matthieu, scandalisé.

La violence qui émanait des deux antagonistes était presque palpable et Matthieu se sentait désemparé. C'était un homme doux et courtois, fermement convaincu que les femmes ne méritaient que des prévenances. Le comportement de son fils dépassait son entendement.

L'accent indigné de Matthieu rappela Morgan aux réalités de la situation. Il lâcha Léonie.

— Dois-je présenter mes excuses à cette dame, père ? gronda-t-il. Elle m'accuse des plus noires vilenies, par-dessus le marché elle me gifle, et je dois tout encaisser avec le sourire ? Non, fichtre, non !

Bien que mortifié, M. Marshall s'était borné au rôle de spectateur muet. Incapable de se contenir davantage, il intervint avec un air de dignité outragée :

— Matthieu, je ne veux pas vous offenser, mais, après la scène dont votre fils vient de nous gratifier, il ne saurait plus être question qu'il épouse ma douce Melinda, même s'il apparaît que cette jeune femme a menti... ce dont je doute... Je n'ai jamais été aussi humilié de ma vie et, quoi que vous puissiez dire, c'est votre fils qui est responsable de tout. Enfin, cette soirée aura quand même eu l'avantage d'éviter à ma fille une union déplorable. Comment ai-je pu me tromper à ce point ?

Matthieu n'apprécia pas du tout cette sortie.

— Je ne saurais assez vous dire combien je regrette ce fâcheux incident, dit-il sèchement, mais tant que la culpabilité de Morgan n'est pas établie, j'aimerais que vous vous absteniez de le calomnier.

— Très bien, grommela M. Marshall, mais je ne sais comment je vais pouvoir garder la tête haute après ce scandale. Ma pauvre Melinda n'osera plus se trouver en présence d'aucun de nos invités de ce soir sans mourir de honte... Sans compter tous ces préparatifs gâchés ! Mon Dieu...

— Quant à cela, envoyez-moi les factures, rétorqua Matthieu avec dédain. Mettez toute cette affaire sur mon compte. C'est ce que vous commencez à faire, non ? Je suis convaincu que, malgré une amitié de longue date, dès demain vous allez hurler avec les loups.

M. Marshall se raidit devant l'expression méprisante de Matthieu puis il se dit qu'un homme qui possédait une propriété comme Bonheur et une fortune en rapport méritait certains égards.

— Voyons, voyons, dit-il sur un ton conciliant, nous sommes tous énervés. Il vaudrait mieux que nous reprenions cette discussion demain, après une bonne nuit de sommeil.

Voyant que Morgan se préparait à riposter vertement, Matthieu se hâta de prendre les devants.

— Excellente idée, approuva-t-il. Demain, nous y verrons plus clair. Voudriez-vous sonner pour demander à nos domestiques d'avancer la voiture ?

Léonie n'entendait pas se laisser oublier ;

— Et moi, qu'est-ce que je deviens ? demanda-t-elle. Dois-je disparaître pour que votre vie continue comme s'il ne s'était rien passé ?

Morgan s'approcha d'elle et lui souleva le menton.

— Vous, ma chère, dit-il avec un sourire inquiétant,

vous nous accompagnez à Bonheur naturellement. Toutes ces questions ne peuvent rester en suspens, n'est-ce pas ?

— Non, bien sûr, répliqua Léonie en le défiant du regard.

Toujours souriant, Morgan reprit sur un ton suave :

— Parfait. Dans ce cas, vous allez monter dans ma calèche. Je suis certain que nous trouverons des sujets de conversation chemin faisant.

Léonie sentit les battements de son cœur se précipiter.

— Ce n'est pas nécessaire, articula-t-elle. J'ai pris une chambre dans une auberge et j'y passerai la nuit.

— Jamais de la vie, protesta Morgan avec une feinte douceur. Une dame qui se prétend ma femme ne peut passer la nuit dans une auberge.

Léonie le préférait encore brutal. Le gentilhomme courtois dont la bouche prononçait des paroles aimables et les yeux exprimaient des sentiments totalement différents ne lui disait rien qui vaille. Il se tenait trop près d'elle et l'aspect menaçant de son corps puissant la terrifiait. Non, pour rien au monde elle ne ferait le trajet en sa compagnie dans la nuit.

— Merci, monsieur, mais je préfère m'en tenir à mes propres arrangements, dit-elle résolument. Si quelqu'un veut bien me procurer un moyen de transport jusqu'à *La Taverne du Roi*, j'en serai bien aise.

— Mais pas moi, se récria Morgan. Après six ans de séparation, je ne peux plus supporter de vous quitter une seconde !

— Ma chère enfant, je crois que Morgan a raison, intervint Matthieu. Vous devez rester à Bonheur jusqu'à ce que nous ayons éclairci cette situation embrouillée. C'est la meilleure solution.

Léonie hésita. Elle n'avait jamais eu l'intention de s'introduire dans la vie de Morgan Slade et encore moins de s'installer dans sa maison ou de revendiquer sa place d'épouse légitime. Elle sentait que Matthieu penchait de plus en plus en sa faveur mais, au lieu de la réjouir, cette pensée l'inquiétait. Matthieu n'était pas homme à admettre que sa belle-fille reprenne sa dot et disparaisse. S'il décidait qu'elle était effectivement la femme de Morgan, il insisterait pour qu'elle reste à Bonheur comme membre de la famille à part entière — ce que Léonie ne voulait à aucun prix.

Elle n'avait pas voulu de Morgan six ans auparavant et elle n'en voulait pas davantage à présent, surtout pas après ce qui s'était passé ce soir. Même le papier par lequel il renonçait à ses droits conjugaux ne le gênerait pas s'il décidait d'être son mari de fait comme de nom.

Pendant qu'elle cherchait désespérément une porte de sortie, Morgan, qui l'observait attentivement, se méprit sur les raisons de son hésitation.

— Ça ne marche pas tout à fait comme vous l'aviez prévu ? ricana-t-il.

Léonie le foudroya du regard.

— Non, pas tout à fait, avoua-t-elle. Je ne prévoyais pas que vous oseriez prétendre que vous ne m'aviez jamais vue.

Morgan plissa les paupières mais, avant qu'il n'ait eu le temps de protester, Léonie se tourna vers Matthieu.

— Monsieur, il est inutile que vous m'emmeniez chez vous, dit-elle. Je ne suis pas seule. D'autres personnes m'accompagnent en dehors de mes domestiques.

Elle avait espéré qu'elle pourrait régler la question de sa dot et éliminer Morgan Slade de sa vie sans qu'il apprenne l'existence de Justin. Mais rien ne se passait selon ses prévisions. Et voilà qu'elle allait être forcée de donner des informations qu'elle ne souhaitait pas divulguer.

— Tiens, s'étonna Matthieu. Je croyais que votre

grand-père était mort et que vous n'aviez pas d'autres parents.

— Oui, appuya Morgan en la prenant par le bras. Vous avez bien dit que vous étiez seule au monde, non ? Auriez-vous oublié quelqu'un ? Un amant, par exemple ?

Léonie rougit de colère et se dégagea brusquement.

— Je n'ai pas d'amant, dit-elle sèchement.

— Alors ? questionna Morgan d'une voix doucereuse.

— J'ai une demi-sœur, avoua-t-elle à contrecœur. Nous avons grandi ensemble. Deux familles de Noirs nous accompagnent. Ce sont des esclaves affranchis mais ils ne veulent pas me quitter.

Le visage de Matthieu s'éclaira d'un sourire. Il était soulagé de savoir qu'elle avait une compagne et de vieux serviteurs. Une aventurière ne voyagerait pas avec ce genre d'escorte.

— Je ne vois pas pourquoi ils nous gêneraient, dit-il en consultant sa montre. Il n'est que dix heures et demie. Si nous ne perdons pas de temps, vous serez tous à Bonheur d'ici une heure.

— Monsieur, balbutia Léonie, je... j'aimerais mieux ne pas loger à Bonheur. Il reste encore quelques doutes dans votre esprit à propos de ce que je vous ai révélé ce soir et tant que la situation n'est pas claire je préfère ne pas accepter votre offre...

Matthieu n'aurait pu affirmer qu'elle avait dit la vérité mais les preuves étaient là et, tout en espérant qu'une explication logique était encore possible, il trouvait son histoire de plus en plus crédible.

— Je comprends vos scrupules, mon enfant, dit-il, mais je persiste à croire qu'il vaut mieux que vous veniez à Bonheur. Demain, nous reprendrons cette discussion.

— Mais, se récria Léonie, vous ne comprenez donc pas...

— Qu'est-ce qu'il ne comprend pas ? interrompit Morgan. Que vous n'aviez pas l'intention de pousser le jeu aussi loin ou que c'est uniquement l'argent qui vous intéresse et non la chaleur et la sécurité d'une famille ?

— *Non !*

— Alors pourquoi cette hésitation ? Que vouliez-vous exactement ?

— Ma dot uniquement. Ce que je veux, c'est ce que vous avez promis de me rendre... Rien de plus...

— C'est facile à dire maintenant que vous vous êtes imposée à ma famille ! Vous croyez réellement qu'un homme honorable comme mon père va accepter ce marché, qu'il me permettra de vous payer et de vous laisser prendre congé ? Si tel était votre projet, vous avez fait un mauvais calcul !

— Morgan a raison, mon enfant, bien qu'il s'exprime de façon détestable. Je ne suis pas sûr que vous ne disiez pas la vérité. Si votre histoire se révèle exacte, nous vous montrerons que, à part le nom, nous n'avons pas grand-chose de commun avec votre mari.

Matthieu avait prononcé ces paroles sévères avec répugnance mais elles reflétaient ses sentiments. L'attitude de Morgan le choquait profondément. Il n'avait jamais imaginé qu'un de ses fils pourrait ainsi malmener une femme.

— Vous devez nous permettre de prendre soin de vous jusqu'à ce que nous ayons réglé cette affaire, ajouta-t-il avec un faible sourire.

— N'est-ce pas mon rôle ? demanda Morgan. Tout le monde semble persuadé que cette dame est ma femme. C'est donc moi qui dois prendre soin d'elle.

— C'est ce que tu n'as pas fait jusqu'à présent, n'est-ce pas ? rétorqua Matthieu.

Le visage de Morgan s'empourpra. Il avait beau se savoir innocent, sa bonne conscience ne lui apportait aucun réconfort. Ils étaient donc tous devenus fous ?

Les paroles de son père le laissaient sans voix. Voyant que toute discussion serait vaine, il lâcha le bras de Léonie et s'éloigna en haussant les épaules.

— Maintenant que cette question est réglée, reprit Matthieu, je pense que nous devons nous mettre en route. Je vais donner des ordres pour que les compagnons de Léonie soient amenés à Bonheur.

Léonie avala péniblement sa salive. Le sort en était jeté. Elle ne pouvait plus cacher l'existence de Justin. Prenant une profonde inspiration, elle se décida :

— Monsieur, il y a une autre personne dont je ne vous ai pas parlé.

— Oh ? Et de qui s'agit-il ? demanda Matthieu.

La gorge serrée, elle jeta un coup d'œil du côté de Morgan et murmura :

— Notre fils.

12

Morgan se retourna comme si une vipère l'avait mordu.

— Quoi ? rugit-il en écarquillant les yeux. Un enfant ! Mais, bon Dieu, si j'avais couché avec vous, je m'en souviendrais ! Et je sais fichtre bien que ce n'est pas vrai ! Je ne vous avais jamais vue avant ce soir. Prenez garde : vous avez peut-être convaincu mon père que vous étiez ma femme, mais vous ne me ferez pas encaisser le bâtard d'un autre.

— Retirez ce mot. C'est votre fils et vous ne le renierez pas. Traitez-moi de tous les noms qu'il vous plaira, mais je ne vous laisserai pas décharger votre fiel sur Justin.

Morgan croyait vivre un cauchemar. Mais il se contint :

— Je prends note, dit-il. Qui que vous puissiez être, votre enfant, si tant est qu'il le soit, n'en est pas responsable. En tout cas, une chose est certaine : il n'est pas le mien.

Léonie se redressa de toute sa petite taille.

— Il l'est, affirma-t-elle. Il est né près de neuf mois après le jour de notre mariage. Il est votre fils.

— J'en ai oublié, des choses, décidément, railla-t-il. Notre mariage, notre nuit de noces, tout, quoi. Comment est-ce possible ?

— Parce que vous ne vous intéressiez qu'à ma dot, pas à moi.

De plus en plus mal à l'aise, Matthieu se racla bruyamment la gorge. Les deux adversaires avaient l'air de croire qu'ils étaient seuls dans la pièce et Matthieu avait hâte de mettre fin à cet échange venimeux. La nouvelle de l'existence de Justin lui avait causé un choc. Bien que cet enfant vînt compliquer une situation déjà embrouillée, il pouvait représenter la clé du dilemme. Un enfant qui porterait la marque indéniable des Slade constituerait la preuve irréfutable qui lui manquait.

Impatient de le voir, Matthieu déclara fermement :

— Nous avons assez épilogué sur ce sujet. Allons chercher votre fils et les autres. Toi, Morgan, raccompagne ta mère à la maison. Léonie, Dominique et moi, nous irons à la taverne.

Comprenant que toute objection serait malvenue, Morgan quitta la pièce avec une grimace de dégoût. Sa mère attendait dans le hall.

— Je crains que vous ne soyez condamnée à supporter la présence du paria, dit-il sur un ton persifleur. Partons-nous, mère, ou ne suis-je pas digne de vous tenir compagnie ?

— Assez, mon fils, ordonna sèchement Noëlle. Tu vas me dire ce qui s'est passé. Est-ce vrai ? Cette jeune personne est-elle ta femme ? Est-elle la mère de ton enfant ?

Une heure auparavant, Morgan aurait tout nié énergiquement. Mais, après avoir essuyé la réprobation de son père, il n'était plus d'humeur à protester de son innocence.

— Elle le prétend, répondit-il avec une sorte de fatalisme, et elle a des documents légaux qui portent ma signature, ce qui tend à prouver qu'elle dit la vérité.

Le retour fut pénible. Noëlle voulait croire que son fils n'était pas coupable mais l'attitude hostile de Morgan ne lui facilitait pas la tâche. Il avait dressé un mur entre eux et il répondait à toutes ses questions par des sarcasmes qui lui donnaient une furieuse envie de lui donner des claques comme au gamin qu'il était jadis.

Sur le trajet de *La Taverne du Roi* Matthieu s'efforçait de mettre Léonie à l'aise et, bien que toujours réservé, Dominique se montrait courtois. Il était évident qu'il n'avait pas pris parti. Il assimilait les faits et pesait le pour et le contre.

— J'espère que vous vous adapterez à notre famille, dit Matthieu, nous sommes si nombreux que vous serez peut-être un peu effarouchée au début.

— Oh ? Vous avez d'autres enfants à part Dominique et Morgan ? s'enquit Léonie.

— Mais oui ! Il y a Robert, mon second fils, et les jumeaux Cassandre et Alexandre qui étaient là ce soir. Mais Robert les a ramenés après votre arrivée. Vous ferez leur connaissance demain. J'ai aussi une fille mariée dans le Tennessee. S'il se confirme que vous êtes réellement la femme de Morgan, vous la verrez sûrement avant la fin de l'année avec toute sa petite famille.

Quand ils eurent atteint la taverne, Léonie connaissait les noms et âges de tous les Slade. En d'autres circonstances, le trajet lui aurait paru agréable mais elle était épuisée au physique comme au moral. Le voyage de Saint-André à Natchez avait été long et pénible et elle n'avait pas eu le temps de reprendre ses forces avant de se trouver entraînée dans une situation tout à fait imprévue. Elle répondit honnêtement aux questions que lui posaient Matthieu et Dominique mais elle restait sur ses gardes. Peut-être faisaient-ils semblant d'être ses amis pour mieux la berner.

Elle appréhendait son installation à Bonheur mais elle ne pouvait l'éviter. Elle avait si longtemps dirigé sa vie et celle de son petit monde qu'elle craignait d'être absorbée et étouffée par la famille Slade. Au moins, à *La Taverne du Roi*, elle continuerait à tenir les rênes mais, à mesure que les secondes passaient, ils étaient tous inexorablement aspirés par les Slade. Malheureusement, elle était trop bouleversée par les événements de la nuit pour trouver une porte de sortie. « Demain », se promit-elle en entrant dans la taverne.

Yvette n'était pas encore couchée. Matthieu et Dominique furent éblouis par sa radieuse beauté. Son charme, sa distinction contribuèrent à faire pencher la balance en faveur de Léonie. Il était inconcevable que ces deux adorables jeunes femmes soient des aventurières sans scrupules. D'ailleurs, si Matthieu avait conservé le moindre doute concernant l'origine de Justin, la vue de l'enfant endormi l'avait effacé. Il l'aurait reconnu pour un Slade n'importe où. Justin était le vivant portrait de Morgan au même âge.

Dominique avait suivi son père mais, comme il n'était pas né quand Morgan avait cinq ans, il ne fut pas frappé par la ressemblance. Il admit que le petit garçon *pouvait* être le fils de son frère, mais... Il haussa les épaules. Que savait-il des enfants ?

Matthieu était affirmatif Il resta quelques minutes en contemplation devant Justin puis il se tourna vers Léonie et murmura avec douceur :

— Pardonnez-moi d'avoir douté de vous, mon enfant. Il me suffit de regarder Justin pour être convaincu de votre sincérité.

Léonie dut faire appel à toute sa force de volonté pour cacher sa stupéfaction. M. Slade était-il fou ? N'importe qui pouvait voir que son bel enfant n'avait aucun trait commun avec l'individu aux yeux de faucon, aux traits durs qui l'avait insultée toute la soirée. Matthieu Slade devait être le type d'homme qui prend ses désirs pour des réalités. Elle fit une réponse évasive mais, en observant l'expression de tendresse qui se répandait sur le visage de Matthieu, elle eut un pincement de remords. C'était mal de lui laisser croire que Justin était son petit-fils. Mais, à ce stade, il lui était assez difficile de déclarer qu'elle ne connaissait pas le père de l'enfant.

Elle était soulagée que Matthieu reconnaisse Justin pour son petit-fils mais devait-elle permettre que cet homme s'attache à Justin alors qu'elle n'avait nullement l'intention de rester à Natchez ? Pouvait-elle lui laisser croire que l'enfant était son petit-fils quand elle savait pertinemment que c'était faux ? Il lui paraissait cruel d'abuser Matthieu et encore plus de tromper Justin. Et s'il se prenait d'affection pour Matthieu et Noëlle Slade en pensant qu'ils étaient ses grands-parents, serait-il juste qu'elle l'arrache ensuite à cette famille ? Pour le moment, elle se tourmentait tellement pour son fils que Morgan et les problèmes qu'il posait passèrent au second plan.

Cependant, une fois installée dans la voiture qui la transportait à Bonheur, elle récapitula les événements de la soirée et la haine que lui inspirait Morgan se renforça. C'était vraiment un scélérat ! Comment son grand-père avait-il pu se tromper à ce point sur cet individu ? Elle se demandait aussi comment sa propre mémoire avait pu lui jouer des tours. Elle avait gardé le souvenir d'un homme mou ; pourtant, son visage sombre aux traits durs ne reflétait pas la mollesse.

Certes, elle le méprisait mais si elle n'avait pas connu sa véritable personnalité, elle aurait pu le trouver séduisant. Quand il lui avait serré le bras, quelque chose en elle avait réagi au contact de ses mains puissantes. Cette constatation la révolta. Elle ne pouvait tout de même pas être attirée par ce monstre! Irritée contre elle-même, elle chassa cette pensée absurde de son esprit.

Noëlle les attendait dans l'élégant vestibule. Elle accueillit Léonie et Yvette avec une politesse glaciale. Même si cette jeune personne disait la vérité, elle n'en avait pas moins causé de graves embarras à son fils et elle ne l'oublierait pas facilement. En fait, Noëlle ne savait trop que croire. Morgan n'avait pas essayé de démentir les accusations de la jeune femme mais elle le connaissait bien — quand il était offensé ou accusé à tort, il se repliait sur lui-même et renonçait à se défendre.

Derrière Léonie et Yvette, Matthieu apparut avec Justin dans ses bras. Répondant à l'interrogation muette de sa femme, il dit simplement:

— Voyez par vous-même.

Noëlle s'approcha. Elle dévisagea avidement l'enfant endormi et sentit son cœur se serrer. Elle crut revoir Morgan au même âge.

Elle se tourna vers Léonie.

— Vous devez être morte de fatigue, dit-elle sur un ton plus amène. Venez avec moi. J'ai fait préparer plusieurs chambres à votre intention. Notre majordome va conduire vos serviteurs dans leurs quartiers. Vous n'avez donc pas à vous inquiéter pour eux.

Quelques minutes plus tard, Léonie dormait profondément dans le lit le plus confortable qu'elle ait jamais connu dans sa vie. Yvette était dans la pièce à côté. Elle avait tenu à prendre Justin avec elle.

— Demain, il se réveillera tôt et je m'occuperai de lui jusqu'à ce que tu sois tout à fait reposée, avait-elle décrété.

Trop fatiguée pour protester, Léonie avait capitulé

et, bien qu'elle eût décidé de se lever de bonne heure, elle ne s'était réveillée qu'au milieu de la journée. Or, bien des choses s'étaient passées pendant son sommeil. Morgan en avait profité pour exécuter un plan qui ne devait pas être du goût de Léonie.

Si elle avait dormi tout d'une traite, Morgan n'avait pas fermé l'œil. Couché dans une chambre située à plusieurs mètres de la sienne, il avait passé sa nuit à ruminer sa rancune contre elle, à cause de ses mensonges éhontés, et contre son père, qui se laissait leurrer par ses beaux yeux. Jamais il n'avait été en proie à une telle colère ni à un tel désarroi. Il se savait innocent et elle avait réussi à persuader sa famille qu'il était coupable.

Trop furieux pour dormir, il se leva et se mit à marcher de long en large mais sans réussir à se calmer. Finalement, il s'habilla et se rendit à l'écurie. Quelques minutes plus tard, il enfourchait son cheval favori, un superbe étalon aux jambes longues et nerveuses nommé Tempête.

Morgan ne prit pas le temps de seller sa monture. En galopant à cru, il évoquait des souvenirs de ses équipées. Sa chevauchée lui procura une sensation de paix. Quand les premières lueurs de l'aube apparurent à l'horizon, il était capable de considérer avec lucidité le problème créé par l'arrivée intempestive de Léonie dans sa vie. Il devait essayer de battre cette petite intrigante sur son propre terrain. Il fallait que les documents apparemment si authentiques qu'elle détenait puissent être utilisés contre elle. Mais comment ?

Quel rôle Gaylord Easton avait-il joué dans le complot ? Peut-être était-ce lui qui avait tout combiné et n'était-elle que son instrument. Morgan en doutait. Léonie Saint-André ne lui donnait pas l'impression d'être femme à accepter le rôle de simple instrument.

Si c'était de l'argent qu'elle voulait, la solution la

plus facile serait de lui donner la somme qu'elle réclamerait et de la laisser repartir mais cette solution lui répugnait. Il n'avait pas épousé cette garce et il n'allait pas se plier à ses exigences. D'ailleurs, le problème ne serait pas résolu pour autant. Quand elle serait partie, il faudrait encore qu'il persuade son entourage qu'elle avait menti et monté toute cette mise en scène pour lui extorquer de l'argent.

Non, elle allait bientôt comprendre que Morgan Slade n'était pas la proie qu'elle imaginait. Il la mènerait en bateau jusqu'au jour où il aurait la preuve de son imposture.

Il s'engagea sur un chemin qui bordait une large clairière au milieu de laquelle se dressait un modèle réduit de Bonheur. Morgan crispa sa main sur les rênes, un plan commença à s'ébaucher dans sa tête.

Matthieu avait fait construire le Petit Bonheur trois ans plus tôt dans l'espoir que cette maison indépendante du domaine principal inciterait l'un de ses fils célibataires à fonder un foyer. Robert avait trente et un ans, et Dominique vingt-trois, Alexandre et Cassandre près de dix-sept. Matthieu envisageait l'avenir avec optimisme. Il voyait déjà plusieurs maisons disséminées sur les milliers d'hectares de Bonheur, abritant chacune les nombreuses familles de ses fils et le Petit Bonheur était le point de départ de ce projet. Malheureusement, jusqu'alors, aucun n'avait paru disposé à profiter de l'élégante petite maison. « Mais... bientôt... », se dit Morgan.

13

Morgan contempla la maison d'un air pensif. Elle était deux fois plus petite que Bonheur. Bien que leur architecture fût en tout point semblable, elle avait un charme qui lui était propre.

Morgan fit lentement le tour du petit domaine. A droite de l'habitation principale se trouvait le pavillon d'été et, au-delà, coulait le fleuve qui formait une crique à cet endroit. Il revint sur ses pas, s'arrêta et embrassa l'ensemble du regard. « Une maison de conte de fées dans un décor de conte de fées, pensa-t-il. Je me demande si elle va plaire à ma nouvelle épouse. »

Le Petit Bonheur lui suggéra une solution partielle : s'il y installait Léonie, elle serait isolée du reste de la famille et, partant, elle aurait moins d'occasions d'exercer ses artifices sur ses parents. Elle se prétendait sa femme, chacun semblait la croire, alors pourquoi ne feindrait-il pas de s'incliner de bonne grâce ? Il ne savait pas encore quelle explication il inventerait pour justifier ses énergiques dénégations de la veille mais une chose était certaine : Léonie Saint-André allait découvrir qu'elle n'était pas seule à savoir mentir effrontément. D'ailleurs, il n'avait pas le choix. Tant qu'il démentirait ses accusations, elle s'attirerait la compassion des siens. Mais s'il s'avouait vaincu et renonçait à nier son histoire, sa charmante petite femme serait-elle décontenancée ? Il le croyait. C'était l'argent qui l'intéressait, pas la situation sociale et encore moins un mari qui ne la laisserait pas en repos. Or c'était justement ce mari encombrant qu'elle allait trouver en face d'elle.

Pendant qu'il l'occuperait, il ferait faire sa petite enquête sur cette intrigante. S'il la reconnaissait pour sa femme légitime, il lui retirait l'avantage de l'offensive et c'était elle qui devrait trouver un moyen de sortir du piège dans lequel elle serait tombée.

Toute sa colère s'était dissipée. Il se moquait du scandale. La semaine prochaine, les habitants de Natchez auraient d'autres sujets de conversation. L'apparition intempestive de la femme de Morgan Slade à son bal de fiançailles serait reléguée dans les événements du passé.

Quand il arriva à Bonheur, la maison commençait à s'éveiller. Jérémy, le palefrenier, vint à sa rencontre. Morgan lui tendit les rênes, mit pied à terre et se dirigea vers sa chambre en sifflotant à la grande surprise des domestiques qu'il rencontra sur son passage.

Il appela le valet qu'il avait ramené d'Angleterre bien des années auparavant.

— Litchfield, faites-moi préparer un bain, s'il vous plaît. Je viens de faire une promenade à cheval et je ne peux me présenter au petit déjeuner imprégné d'une odeur d'écurie.

— C'est bien ce que j'avais supposé, monsieur, dit Litchfield d'un air réprobateur. C'est pourquoi j'ai pris la liberté de commander des bassines d'eau chaude il y a quelques minutes. Votre bain sera prêt dans un instant.

— Peut-on savoir ce qui vous a conduit à faire cette supposition ?

— Certainement, monsieur. Comme vous le savez, je connais parfaitement tous les vêtements de votre garde-robe. Après avoir découvert celui qui manquait, je suis allé à l'écurie. Comme il manquait aussi un cheval, la conclusion était facile.

— Je vois. Et vous avez aussi préparé les vêtements que je vais porter ce matin ?

— Naturellement, monsieur ! Je les ai posés sur votre lit.

Les domestiques apportèrent l'eau chaude qu'ils versèrent dans la baignoire de cuivre installée dans le cabinet de toilette. Morgan se plongea dedans avec délices.

Il se frictionna énergiquement tout en regardant du coin de l'œil le visage impassible de son valet qui feignait de mettre de l'ordre, déplaçant un objet pour le replacer au même endroit.

— Vous êtes au courant des nouvelles ? lui demanda-t-il.

Litchfield interrompit ses rangements et se tourna vers Morgan. Il était à son service depuis plus de dix ans. Les deux hommes s'entendaient parfaitement. Morgan s'ingéniait à choquer son serviteur dans l'espoir de lui voir perdre son attitude compassée et Litchfield s'efforçait d'accueillir les facéties déplacées de son maître sans manifester d'autre sentiment qu'un dédain poli.

Litchfield avait une cinquantaine d'années et, comme il aimait à en informer Morgan en toute occasion, il avait servi chez le duc de Leighford. Il faisait bien son métier et daignait même accomplir certaines besognes que Morgan ne voulait confier à personne d'autre. Cependant, chaque fois que son maître lui demandait de sortir de ses attributions, il s'exécutait avec un air de dignité offensée pour bien marquer son mécontentement.

Litchfield n'avait rien d'imposant. De taille moyenne, il était enclin à l'embonpoint et son crâne commençait à se dégarnir. Il avait les yeux ronds, un long nez, une petite bouche aux lèvres pincées — bref un visage parfaitement insignifiant s'il n'avait été aussi expressif. Comme le remarquait Dominique, Lichtfield était capable de faire tourner du lait d'un simple coup d'œil.

Sur le moment, le visage de Litchfield exprimait un profond dégoût.

— Il m'aurait été difficile de ne pas être au courant, dit-il. Les potins vont bon train dans la maison.

— Et vous les croyez ?

— Non, fit Litchfield sur un ton méprisant.

— Eh bien, mon ami, vous êtes à peu près le seul.

— Vraiment, monsieur ?

— Mais oui, Litchfield, et vous allez bientôt voir que vous êtes dans l'erreur. Je crois que nous allons nous trouver avec une famille sur les bras, c'est-à-dire non seulement ma femme mais... apparemment mon fils.

— Vraiment, monsieur ? répéta Litchfield, impassible.

— Oui, vraiment, et vous feriez bien de commencer à préparer mes bagages. Nous allons emménager au Petit Bonheur dès ce soir.

— Entendu, monsieur, dit Litchfield toujours imperturbable, je veillerai à ce que tout soit prêt.

Satisfait d'avoir mis son projet en route, Morgan ne s'attarda pas dans son bain. Un quart d'heure plus tard, vêtu d'un élégant costume vert olive, il se dirigea résolument vers la chambre de Dominique et entra sans se donner la peine de frapper. Son frère dormait encore. Morgan tira brusquement les épais rideaux pour laisser les rayons du soleil inonder la pièce.

La lumière tomba sur le visage de Dominique qui se retourna sur le ventre en grognant mais Morgan ne l'entendait pas de cette oreille. Il l'empoigna à bras-le-corps et le remit sur le dos.

— Réveille-toi, petit frère, j'ai besoin de toi.

Dominique ouvrit des yeux embués de sommeil.

— Morgan, tu te rends compte de l'heure qu'il est ?

— Un peu plus de huit heures, je crois.

Dominique grommela un juron et voulut se cacher la tête sous l'oreiller mais Morgan n'avait pas l'intention de le laisser faire.

— Dom, réveille-toi, insista-t-il. J'ai quelques questions à te poser sur la soirée d'hier. Je suis pressé.

Sachant qu'il ne pourrait se rendormir si Morgan en avait décidé autrement, Dominique capitula. Il se frotta les yeux, lissa ses cheveux ébouriffés et marmonna sur un ton résigné :

— C'est bon ! Qu'est-ce que tu veux savoir ?

Morgan s'assit sur le bord du lit.

— Je voudrais connaître ton impression sur... euh... ma femme.

Dominique lui jeta un coup d'œil soupçonneux.

— Pourquoi ? Qu'as-tu dans la tête ? Qu'est-ce que tu comptes faire ?

— Mais rien, mon cher frère, répondit Morgan d'un air innocent. Je vais la reconnaître pour ma femme. Que veux-tu que je fasse d'autre ?

Dominique fronça les sourcils.

— Je croyais que tu ne l'avais jamais vue. En tout cas, *si* tu l'as épousée, tu dois la connaître mieux que moi.

— *Si* ? Tu as des doutes ?

— Son histoire est convaincante. Pourtant, il m'est difficile de croire que tu as agi comme elle le prétend. Je ne sais à qui me fier et, pour le moment, je vous accorde à tous les deux le bénéfice du doute.

— Généreux Dominique !

— Mets-toi à ma place. Elle a tout de même ces sacrés papiers qui portent ta signature. Et puis ce n'est pas n'importe qui. Elle a de la classe jusqu'au bout des ongles. Enfin, père trouve que l'enfant est tout ton portrait quand tu avais le même âge.

Morgan haussa les épaules.

— Bien sûr, s'il s'est mis dans la tête qu'elle est ma femme.

— Tu as peut-être raison à ce sujet mais cela n'explique pas le certificat de mariage ni la promesse de restitution de la dot.

— C'est juste. Que sais-tu d'autre sur elle... à part qu'elle a de la classe jusqu'au bout des ongles ?

— Pas grand-chose. D'après ce que j'ai compris, son grand-père a arrangé le mariage quand il a su qu'il n'avait plus longtemps à vivre. Elle dit qu'il t'a rencontré chez Gayoso et qu'il a décidé que tu serais un mari idéal pour sa petite-fille. En réalité, elle n'avait aucune envie de t'épouser... C'est son grand-père qui lui a plus ou moins forcé la main... Mais après tout, tu étais là... Tu l'as entendue comme moi.

— J'espérais qu'après mon départ ma chère... femme avait mentionné d'autres détails qu'elle aurait omis en ma présence.

— Par exemple ?

— Par exemple, pourquoi elle a attendu tant d'années pour se manifester. Pourquoi elle n'est pas venue me trouver après la naissance de l'enfant. Pourquoi c'est seulement maintenant qu'elle veut prendre sa place d'épouse légitime.

Dominique le scruta du regard.

— Elle ne veut pas prendre sa place d'épouse légitime, dit-il lentement. Même moi je l'ai compris. Elle tient uniquement à récupérer la dot que t'a donnée son grand-père. D'après elle, c'est la seule raison qui l'a poussée à venir ici.

— L'argent ? murmura Morgan en prenant un air aussi ingénu que possible. Tu crois que si je la payais, elle sortirait de ma vie comme elle y est entrée ?... Toute cette histoire a une odeur de chantage, tu ne trouves pas ?

— Voyons, Morgan, elle a un enfant à élever et elle va perdre sa maison. Sois un peu humain, que diable ! Elle a charge d'âmes et cette dot reste son seul espoir de salut. Non, je ne crois pas au chantage mais je ne puis m'empêcher de me poser des questions à ton sujet.

Morgan serra les mâchoires.

— Merci, mon frère, dit-il sur un ton glacial. Voilà tout ce que je voulais savoir. Je suis surpris que tu aies condescendu à me parler.

— Morgan, je suis... navré, murmura Dominique, désemparé. La situation est tellement embrouillée que je m'y perds. Personne ne peut se résoudre à croire que tu as agi comme elle le dit. Pourtant, elle détient des preuves irréfutables.

— Une signature peut être contrefaite.

— C'est vrai mais Léonie elle-même est crédible. De

plus, tu te trouvais bien à La Nouvelle-Orléans à l'époque où le mariage aurait eu lieu...

— C'est bon. Il ne me reste plus qu'une solution. Salut, Dominique !

— Que vas-tu faire ?

— Eh bien, je vais tout avouer. Si tu veux assister à la confession du vil félon, dépêche-toi de t'habiller et rejoins le cercle de famille dans la salle à manger.

— Attends ! s'écria Dominique.

Mais Morgan était déjà sorti. Toute sa colère rentrée remontait à la surface. Il fit un violent effort pour se dominer tout en se reprochant son emportement. « Si tu commences à monter sur tes grands chevaux dès que quelqu'un se permet la moindre critique, tu vas contrarier tes propres plans. » En aucun cas, il ne devait oublier le rôle qu'il s'était prescrit. Tout de même, un homme capable de donner le change aux agents de Napoléon devait être à la hauteur de cette petite garce. Pourtant, il lui fallait quelques minutes pour se ressaisir avant d'affronter les autres membres de la famille. Il alla faire quelques pas dehors et respira à fond pour s'imprégner du calme de l'air ambiant et laisser refluer le sentiment de révolte qui l'avait envahi.

Morgan n'était pas homme à perdre son sang-froid et, alors qu'il était généralement insensible à l'opinion d'autrui, il se rendait compte que la défection de sa famille le blessait profondément.

Il essaya d'oublier momentanément ses idées de vengeance pour faire le vide dans son cerveau. Quand il eut retrouvé son sang-froid, il retourna dans la maison, le sourire aux lèvres. Devant la porte de la salle à manger, il hésita un instant. Existait-il une autre solution ? Décidément non. Plus il continuerait à démentir les allégations de Léonie, plus elle aurait d'alliés dans son camp mais, s'il lui ôtait ses armes, elle serait à sa merci. Il se réjouissait d'avance en imaginant la tête qu'elle allait faire en se trouvant prise à son propre piège. Prêt à livrer bataille, il poussa la porte et entra d'un pas alerte.

Il était encore trop tôt pour que toute la famille soit réunie, surtout après la soirée agitée de la veille. Seuls Matthieu et Robert étaient à table. Morgan feignit de ne pas remarquer le brusque silence qui accueillait son arrivée.

— Bonjour, dit-il d'un air détaché. J'espère que vous avez bien dormi après les incidents de cette nuit.

— En tout cas, toi, tu as l'air bien reposé, grommela Matthieu dont les yeux cernés indiquaient qu'il avait passé une nuit blanche.

— En fait, je n'ai pas fermé l'œil, avoua Morgan en se servant une tranche de bacon et une ration d'œufs brouillés. Seulement je me suis aperçu qu'une promenade à cheval et un bain chaud font merveille pour remettre les idées en place... Vous devriez essayer.

— Je suis heureux que tu puisses récupérer aussi vite, répliqua sèchement Matthieu.

— J'admets que l'apparition de Léonie m'a produit un choc, reprit Morgan, mais, après réflexion, j'ai pensé qu'une épouse pouvait m'être bénéfique. Après tout j'étais sur le point de m'enchaîner à Melinda. Je ne suis donc pas opposé au mariage.

Matthieu resta sans voix et Robert s'indigna.

— Comment oses-tu plaisanter sur un sujet aussi grave ?

— Écoute, le mariage n'est tout de même pas une tragédie, rétorqua Morgan.

— Ce n'est pas ce que je voulais dire...

— Je sais ce que tu voulais dire, Bob, interrompit Morgan.

Matthieu s'était ressaisi. Il scruta le visage de son fils et demanda durement :

— Alors, tu admets que Léonie a dit la vérité ? Tu

reconnais qu'elle est ta femme et que tu as menti en affirmant que tu ne l'avais jamais vue ?

— J'admets qu'elle détient tous les documents qui lui permettent de faire valoir ses droits au titre d'épouse légitime de Morgan Slade et que si elle veut être ma femme... je n'y vois aucune objection.

La réponse n'était guère satisfaisante. Matthieu le regarda droit dans les yeux et insista :

— Léonie est-elle ta femme, oui ou non ?

Le visage de Morgan refléta la surprise.

— Je croyais tout le monde d'accord là-dessus, dit-il d'une voix suave.

Matthieu frappa du poing sur la table.

— Trêve de sottises, Morgan ! J'ai vu ton fils, j'ai vu les documents portant ta signature. Je crois Léonie mais il m'est difficile de t'attribuer la responsabilité des actes répréhensibles qui ont créé cette situation. Tu n'as rien à dire pour ta défense ?

Morgan joua un moment avec sa cuiller, envisageant de nouveau la possibilité de proclamer son innocence. Non, c'était inutile. Il valait mieux qu'il s'en tienne à son projet.

— Je peux simplement dire à ma décharge que je l'avais réellement oubliée... Et, après toutes ces années, je pensais que le mariage était rompu. J'ignorais l'existence de l'enfant.

— Que veux-tu dire ? questionna vivement Matthieu sans quitter son fils du regard.

— Pour autant que je m'en souvienne, le vieux M. Saint-André m'a entrepris à un moment où j'étais prêt à faire n'importe quoi et je me suis trouvé marié à cette fille sans même m'en rendre compte. Ce n'est que le lendemain de la cérémonie que j'ai compris l'étendue de ma sottise. J'ai décidé alors qu'un divorce discret serait la meilleure solution. Je suis allé voir un avocat de La Nouvelle-Orléans. Je lui ai laissé des instructions pour qu'il entame une procédure de divorce au plus tôt. Il devait le notifier à Léonie aussitôt qu'il aurait reçu tous les documents légaux. Apparemment, il a empoché l'argent que je lui ai laissé et n'a rien fait.

A mesure que Morgan s'expliquait, le visage de Robert se rassérénait. Quand son frère se tut, il se tourna vers Matthieu.

— Vous voyez ! s'exclama-t-il. Je savais que Morgan ne pouvait être aussi coupable qu'il le paraissait. Je vous avais bien dit qu'il avait sûrement une explication valable !

— C'est vrai, reconnut Matthieu moins disposé que Robert à accepter les explications de son fils aîné.

Cette histoire de divorce le laissait sceptique. De plus, la voix de Morgan avait des intonations qui lui déplaisaient. Cette plate énumération de faits le gênait. Mais que voulait-il au juste ? Qu'il continue à nier l'évidence ?

— Et la dot ? demanda-t-il. Pourquoi ne l'as-tu pas restituée ?

— Ma mauvaise mémoire, voyez-vous, répondit Morgan d'un air confus. C'est long cinq ans et cet argent m'est sorti de l'esprit.

— Il me semble que beaucoup de choses te sont sorties de l'esprit.

Sans se laisser intimider par le ton incrédule de son père, Morgan répliqua, imperturbable :

— Je sais. C'est très ennuyeux, mais maintenant que j'ai une épouse, tout ira mieux. Les femmes ont tendance à nous rappeler ce que nous sommes enclins à oublier, n'est-ce pas ?

Matthieu fixa sur Morgan un regard pénétrant.

— Et hier soir ? Pourquoi as-tu prétendu que tu n'avais jamais vu Léonie, que tu ignorais tout de ce mariage ?

— J'étais sous l'effet du choc, reconnut Morgan, et, sincèrement, j'avais relégué aux oubliettes tout ce qui s'était passé à La Nouvelle-Orléans. J'étais certain que le divorce était un fait acquis et que j'étais libre. Ce n'est que cette nuit, après m'être creusé la cervelle, que j'ai compris qui était Léonie.

— Et maintenant que tu le sais, que comptes-tu faire exactement ? s'enquit Matthieu.

Si la situation avait été moins grave, Morgan se serait follement amusé. Il lui semblait évident que son père ne croyait pas un mot de ses explications. Il répondit avec une lueur d'ironie dans les yeux :

— Je pensais que nous pourrions peut-être nous installer au Petit Bonheur, Léonie et moi.

Matthieu but une gorgée de café et le dévisagea un long moment.

— En ce qui me concerne, je n'y vois pas d'objection, dit-il enfin, mais je ne crois pas que Léonie acceptera.

— Comme elle est ma femme, elle n'a pas le choix, n'est-ce pas ? répliqua Morgan avec un sourire angélique.

14

Fort du consentement qu'il venait d'arracher à son père, Morgan laissa Matthieu et Robert à leurs réflexions et se mit immédiatement en devoir de préparer le Petit Bonheur.

Heureusement, Matthieu avait donné des ordres pour que la maison soit aérée et nettoyée régulièrement. Elle était en excellent état. Il ne lui manquait que le linge, la vaisselle et les provisions pour être prête à recevoir des occupants.

Litchfield était déjà en train de ranger les vêtements de son maître. Morgan était allé voir les serviteurs de Léonie. Abraham, Mammy et les autres commençaient à défaire leurs bagages dans deux des maisonnettes en brique où Morgan les avait logés.

Mammy avait bien précisé qu'ils étaient au service de Léonie et affranchis, mais Morgan savait être charmant quand il le voulait et Mammy n'avait pas hésité longtemps à accepter de travailler pour le nouveau maître. Les autres l'avaient suivie. Bien sûr, le Petit Bonheur n'était pas le château Saint-André mais ils s'en accommoderaient.

Ce matin-là, une activité intense régnait au Petit Bonheur mais Morgan était bien organisé. Avec la douzaine de domestiques qui exécutaient ses ordres, le Petit Bonheur prenait rapidement l'ambiance d'une maison habitée. Plusieurs chevaux, dont Tempête, occupaient les écuries. Assistée de deux aides, Mammy s'affairait à la cuisine. Des enfants noirs jouaient devant la rangée de maisonnettes en brique. A l'intérieur, le Petit Bonheur bourdonnait comme une ruche pendant que les autres domestiques de Morgan se hâtaient de mettre en ordre ce qu'ils apportaient de Bonheur.

Lorsque Léonie se réveilla, elle apprit avec horreur que sa nouvelle maison n'attendait plus que sa présence et celle de Justin et d'Yvette pour être complète. Ce fut Justin qui vint lui annoncer joyeusement la nouvelle.

— Maman ! maman ! Réveillez-vous. Nous allons habiter dans une nouvelle maison avec papa.

Yvette avait réussi à l'occuper une partie de la matinée dans leur chambre mais Justin était un petit garçon exubérant qui mourait d'envie d'explorer le monde extérieur. Au début, il s'était contenté d'admirer le paysage de la fenêtre et de guetter les multiples allées et venues mais il s'était vite lassé. Yvette se demandait ce qu'elle allait pouvoir inventer pour le distraire quand il avait été convié à venir voir ses grands-parents.

Prise de panique, Yvette avait failli se précipiter dans la chambre de Léonie pour la réveiller mais elle s'était vite ressaisie. Rassemblant tout son courage, elle avait pris Justin par la main et suivi le domestique dans le petit salon.

L'épreuve ne fut pas aussi terrible qu'elle l'avait craint. Matthieu et Noëlle étaient seuls dans la pièce bleu et or. Ils se montrèrent aimables et courtois avec elle mais toute leur attention était concentrée sur Justin.

Comme tous les enfants, Justin était ravi de l'intérêt dont il était l'objet. Grand-mère lui avait donné un fruit confit et grand-père l'avait fait sauter dans ses bras. Décidément, c'était bien agréable d'avoir des grands-parents.

Ce fut grand-père qui leur annonça qu'ils allaient s'installer au Petit Bonheur et, alors qu'Yvette se préoccupait de la réaction de Léonie, Justin débordait de joie.

— Nous allons habiter avec mon papa, s'était-il écrié. Nous aurons notre maison à nous ? Et papa m'achètera un poney ?

Matthieu avait répondu en riant :

— C'est une chose qui pourra s'arranger.

En revoyant l'enfant, ses derniers doutes s'étaient envolés. Il n'ajoutait pas entièrement foi à l'histoire que son fils lui avait racontée mais il préférait croire qu'il avait péché par inconséquence. Il avait mal agi, c'était sûr, mais tout de même pas comme une de ces canailles qui séduisent une jeune fille innocente pour l'abandonner ensuite avec un enfant.

Quant à Noëlle, elle avait tout admis en bloc. Oui, Morgan s'était mal conduit mais il avait essayé d'arranger la situation. Ce n'était pas sa faute si l'avocat n'avait pas suivi ses instructions. D'ailleurs, n'était-ce pas mieux ? Si l'homme de loi avait fait son travail, ils n'auraient pas connu l'existence de Justin.

Et puis, tout compte fait, elle trouvait Léonie plus sympathique que Melinda.

Finalement, tout le monde semblait satisfait de ce dénouement même si certains émettaient des réserves. Dominique par exemple ne croyait pas un mot des explications de Morgan mais gardait son opinion pour lui. Quant à M. Marshall, qui était venu à dix heures du matin pour essayer de réparer les dégâts, il était reparti furieux en apprenant que Morgan avait eu une défaillance de mémoire.

La colère de M. Marshall fut bientôt oubliée dans le remue-ménage des préparatifs du Petit Bonheur. Justin était sûrement le plus excité de tous. Il tirait Yvette par la main pour l'entraîner.

— Dépêchons-nous. Il faut prévenir maman. Elle va être si contente !

Naturellement, rien n'était plus éloigné de la vérité. Léonie ne perçut pas immédiatement tout le sens du joyeux babillage de son fils. Elle venait de se réveiller et commençait à se demander ce que lui réservait la journée lorsque Justin était entré en coup de vent dans sa chambre pour bondir sur son lit.

La joie de tenir son fils dans ses bras lui fit oublier tout le reste. Il sauta brusquement sur ses pieds et l'entraîna dans une bataille de polochons en règle. C'était un rite quotidien. La crinière fauve de Léonie retombait en cascade sur ses épaules. Ses yeux verts brillaient d'excitation. Elle avait dormi dans une vieille chemise en coton qui ne tenait que par des bretelles et laissait deviner les formes de son corps — les seins impudents, la taille fine, les hanches étroites. Assise sur ses talons, elle évita adroitement l'oreiller que Justin lui lançait à la tête.

— En voilà une façon de traiter sa mère ! plaisanta-t-elle. Tu vas voir... Je vais t'enfermer dans la grange pour te punir mais avant, je vais te manger de baisers.

Justin se précipita vers elle et s'accrocha à son cou.

— Ah, maman, je vous adore, s'écria-t-il impétueusement.

— Moi aussi, je t'aime, dit-elle en l'étreignant.

— Papa nous aimera tous les deux ? demanda-t-il avec une note d'anxiété dans la voix.

Léonie hésita, cherchant ses mots, mais Morgan, qui observait la scène sur le seuil de la porte depuis un moment, répondit à sa place.

— Je ne vois pas comment il pourrait s'en empêcher.

Léonie se redressa. Toute sa gaieté s'envola. Appuyé contre le montant de la porte, les bras croisés sur la poitrine, Morgan nota le changement qui s'opérait en elle. En une fraction de seconde, l'adorable créature qui jouait si joyeusement avec son fils avait cédé la place à une jeune femme farouchement hostile. Il était venu dans l'intention d'annoncer à sa femme que leur nouvelle maison les attendait quand le spectacle que lui offrait Léonie jouant avec son fils l'avait immobilisé. Il se rappelait avec un serrement de cœur que Stéphanie n'aimait pas que Philippe vienne la déranger dans sa chambre. Il contempla le tableau avec une sorte d'envie. Quelque chose se réveilla dans le fond de son être, une émotion qu'il croyait ne plus jamais ressentir. S'il en avait eu conscience, il l'aurait énergiquement chassée car il s'était soigneusement armé contre ce genre de faiblesse.

Justin ouvrit de grands yeux étonnés.

— C'est vous, mon papa ? demanda-t-il, le souffle coupé.

Le regard anxieux de Léonie et sa propre répugnance à peiner le petit garçon lui dictèrent sa réplique :

— Il paraît. Veux-tu être mon fils ?

Inconscient de la tension qui régnait entre les deux adultes, Justin inclina la tête de côté et répondit avec prudence :

— Peut-être que j'aimerais, oui.

Morgan sourit et ébouriffa gentiment les cheveux indisciplinés de l'enfant.

— Si nous essayions ?

Justin n'était pas timide et n'avait pas appris à se méfier des étrangers ; aussi accepta-t-il sans hésiter.

— Oh oui ! dit-il. Je n'ai jamais eu de papa.

Quoi que Morgan ait pu penser de sa mère, il ne pouvait résister à la personnalité de Justin. Philippe n'était pas tellement plus jeune quand il l'avait perdu et, bien qu'il se fût cuirassé contre toute sorte d'émotion, il ne pouvait s'empêcher d'être attendri par la vue d'un petit garçon vigoureux, aux cheveux noirs, ayant approximativement l'âge de Philippe.

Justin trouvait ce grand étranger à son goût et, sans se rendre compte de la froideur soudaine de sa mère, il lui proposa ingénument :

— Voulez-vous jouer avec nous ? Nous étions en pleine bataille d'oreillers. Ils sont bien rembourrés, pas comme les nôtres à la maison.

Léonie réagit aussitôt.

— Non ! intervint-elle. Ton père a du travail et je dois m'habiller.

Morgan s'assit calmement sur le lit.

— Pas du tout, protesta-t-il avec une pointe d'ironie. Je serai très content de prendre part à vos jeux.

Léonie pinça les lèvres.

— Pas ce matin, dit-elle sèchement.

Elle espérait que son détestable mari sortirait et la laisserait à sa toilette. Jamais elle n'avait été aussi consciente de son corps et le regard qui la déshabillait la gênait horriblement.

Morgan jouissait de son embarras, sachant que la présence de l'enfant l'obligeait à se contenir. Profitant de son avantage, il s'allongea sur le lit, les mains derrière la nuque.

— Oh, mais je proteste, ma chérie ! Pourquoi nous refuser ce plaisir, à Justin et à moi ?

Léonie réprima une violente envie de l'étouffer sous un oreiller mais Justin, qui n'avait pas de complexes, prit un coussin et le lança sur la tête de Morgan, qui le lui renvoya en riant. Pendant la bruyante bataille qui suivit, Justin ne remarqua pas que sa mère s'abstenait de participer au jeu mais, tout en parant les attaques de l'enfant, Morgan sentait qu'elle essayait d'éviter son contact.

Une lueur dans les yeux, Morgan s'approcha de Léonie et, avant qu'elle ait eu le temps de deviner son intention, il la saisit par la taille et la serra contre lui. Il se pencha sur elle et l'embrassa à pleine bouche, le corps brusquement parcouru par une onde de désir.

Léonie était trop stupéfaite pour réagir instantanément. Avant de commencer à se débattre, elle avait constaté que non seulement ce baiser ne lui déplaisait pas mais que son propre corps avait répondu. Horrifiée, elle le repoussa frénétiquement.

Il la libéra aussitôt. Comme un animal apeuré, elle se recroquevilla sur elle-même. Le souffle coupé, la poitrine haletante, elle articula avec peine :

— Vous n'avez pas le droit !

— Et pourquoi pas ? demanda Morgan ingénument. Vous êtes ma femme, non ?

La réponse de Léonie fut étouffée par les éclats de rire de Justin qui se précipitait sur Morgan en criant :

— Je vous tiens, papa ! J'ai gagné !

Morgan se détourna de Léonie pour reporter son attention sur Justin.

— Je vois, bonhomme. Alors, qu'exiges-tu comme tribut ?

Justin fronça les sourcils :

— Tribut, qu'est-ce que c'est ?

— Un tribut est la récompense de la victoire. Comme tu as gagné, tu peux me demander tout ce que tu veux.

Justin le dévisagea un moment puis risqua :

— Un poney ?

Morgan sourit.

— Ça peut peut-être s'arranger.

— Noir comme le tonnerre ?

— Le tonnerre est un son, pas une couleur.

— Mais c'est un son très noir.

Morgan éclata de rire.

— Oui, un son très noir.

— On va le chercher tout de suite ?

— Non, pas tout de suite. Nous devons d'abord emménager dans notre nouvelle maison, ta mère et moi.

— Quoi ? suffoqua Léonie.

Morgan se tourna vers elle.

— Mais oui, notre maison. Vous ne pensiez tout de même pas que nous allions habiter chez mes parents !

— Mais c'est un malentendu ! Nous n'avons pas l'intention de rester ici. Je ne suis venue que pour ma dot. Nous étions convenus de ne pas intervenir dans nos vies respectives...

— Mais vous êtes intervenue dans la mienne...

Léonie rougit et, avant qu'elle ait pu répliquer, Yvette entra pour chercher Justin. A la vue de l'homme assis sur le bord du lit avec Justin dans ses bras, elle s'arrêta, gênée. Morgan l'examina avec curiosité.

Personne n'avait pensé à lui parler de la merveilleuse beauté d'Yvette et, de même que Dominique, il resta un moment ébloui par la perfection de ses traits.

— Par tous les saints ! s'exclama-t-il. Qui donc êtes-vous ?

Léonie eut un pincement au cœur. Elle n'avait jamais été envieuse d'Yvette mais l'admiration visible de Morgan éveilla en elle un sentiment voisin de l'envie. Il lui déplaisait infiniment que son mari fût attiré par sa demi-sœur.

— C'est ma compagne, Yvette Fournier.

— Ah, oui, la compagne, murmura Morgan sur un ton bizarre.

Si Léonie avait su donner d'elle-même l'image d'une jeune femme en détresse, Morgan ne s'était pas attendu à trouver chez sa compagne l'indéniable cachet de la distinction. C'était troublant. Il commençait à comprendre que son père et Dominique se soient laissé prendre aux mensonges de Léonie. « Elle ne fait pas un faux pas », pensa-t-il avec irritation.

Justin, qui était toujours dans ses bras, sentit le changement imperceptible qui s'opérait en lui. Il tira sur les revers de sa veste pour attirer son attention.

— Vous n'aimez pas tante Yvette ? demanda-t-il. Elle est très gentille. C'est elle que je préfère, tout de suite après maman.

Morgan se reprit immédiatement.

— Je ne vois pas pourquoi je ne l'aimerais pas, surtout si tu la trouves si gentille.

Justin sauta à terre et alla prendre Yvette par la main. Il la tira vers Morgan.

— Venez faire la connaissance de mon papa, tante Yvette. Il va me donner un poney.

Yvette s'approcha un peu intimidée.

— Enchantée de vous connaître, monsieur, murmura-t-elle.

Morgan salua poliment. Certes, elle était ravissante mais il préférait tout de même la petite panthère aux yeux verts.

— Eh bien, il semble que je vais être bien entouré. Après toutes mes années de célibat, cette expérience sera sûrement des plus plaisantes.

Il remarqua avec amusement que Léonie serrait les poings.

— Je regrette de devoir prendre congé de vous, reprit-il, mais je me fais une joie de vous revoir au Petit Bonheur. A bientôt.

Il s'inclina en lançant à Léonie un regard narquois et sortit.

A peine Morgan eut-il quitté la pièce que Justin se précipita sur Léonie.

— Dépêchez-vous, maman, implora-t-il. J'ai tellement envie de voir notre nouvelle maison... et de m'assurer que papa va me chercher mon poney.

Léonie eut un sourire contraint. Elle se sentait prise dans un engrenage. Elle ne pouvait éviter d'emménager dans la nouvelle maison de son mari, pas plus qu'elle n'avait pu éviter de se laisser conduire à Bonheur la veille. En proie à un profond désarroi, elle ôta sa chemise de coton, fit une toilette rapide et enfila la robe qu'elle portait la veille.

De même que Justin, Yvette semblait conquise par Morgan et, pendant qu'elle brossait sa crinière rebelle, ils ne tarissaient pas d'éloges sur son mari. C'était d'autant plus exaspérant qu'elle ne pouvait leur ôter leurs illusions sur cet individu.

Cependant, elle lui savait gré de son comportement à l'égard de Justin. Ce Morgan Slade ne réagissait pas comme prévu. Pire encore, ses propres réactions la déconcertaient.

Mercy vint lui dire que Morgan l'envoyait l'aider à faire ses bagages. Mercy ne cessait de chanter les louanges de Morgan : il était si beau, si bon, si séduisant ! Le Petit Bonheur était une maison adorable et la petite madame était bien heureuse d'avoir un aussi excellent mari ! Léonie grinçait des dents et refoulait difficilement les répliques qui lui montaient aux lèvres.

Cependant, en dépit de sa colère rentrée, Léonie ne pouvait s'empêcher d'être intriguée. La veille encore, il s'était énergiquement défendu de connaître son existence et, ce matin, il semblait non seulement résigné mais décidé à la considérer comme sa femme. Le Morgan Slade qu'elle avait connu à La Nouvelle-Orléans s'était pourtant montré allergique au mariage et, après leur nuit de noces manquée, elle était convaincue que ce n'était pas elle qu'il aurait choisie. Peut-être avait-il perdu l'esprit... A moins que ce brusque revirement ne cachât un dessein de vengeance.

En désespoir de cause, Morgan était allé chercher refuge dans la pièce dont il comptait faire son bureau. Deux grandes fenêtres donnaient sur les bois et deux autres sur le jardin. Un long canapé de cuir était placé contre un mur et entre deux bibliothèques en acajou se trouvait une immense table de travail en chêne. Une porte-fenêtre ouvrait sur une cour intérieure où le maître de céans pouvait prendre l'air quand il en éprouvait le besoin. Sur le sol s'étalait un tapis moelleux. Les fenêtres étaient encadrées d'épais rideaux en velours rouille. En toute autre circonstance, Morgan aurait trouvé la pièce à son goût.

Assis à sa table de travail, il joua avec la plume d'oie tout en méditant sur ce qu'il avait appris dans la matinée. Peu de choses, en vérité, constata-t-il avec dépit. Tous confirmaient l'histoire de Léonie. Décidément, elle n'avait rien laissé au hasard et chacun jouait son rôle à la perfection.

Mieux encore, chacun était le personnage de son rôle des pieds à la tête. Pendant qu'il interrogeait les serviteurs, il avait noté le triste état des deux chariots et des mulets. Les vêtements des Noirs étaient propres et présentables mais usés jusqu'à la trame. Quant à la chemise de nuit de Léonie, elle ne ressemblait sûrement pas à celle qu'aurait portée une ambitieuse intrigante. Justin n'était guère mieux vêtu que les Noirs. Même la robe d'Yvette, qui témoignait d'un certain souci d'élégance, était taillée dans un tissu bon marché. Morgan s'y connaissait en matière de toilettes féminines. Il avait payé trop de factures de couturières pour ne pas être au courant de ces détails.

Alors, que devait-il déduire de cet ensemble de données ? Que sa petite épouse avait habilement manigancé son coup, que tous les propos qui sortaient de sa bouche étaient corroborés par ses compagnons ? Et maintenant il était bien avancé, encombré d'une femme dont il ne voulait pas et d'un enfant qui n'était pas le sien.

Il comprenait très bien que ses parents aient cru déceler une ressemblance entre Justin et lui, mais cette tignasse de cheveux noirs et ce menton volontaire n'étaient pas l'apanage de la famille Slade. Bien d'autres hommes avaient des traits semblables.

Pour le moment, il faudrait qu'il joue le jeu avec les cartes qu'il tenait en main. Quant à Mme Léonie, il lui lâcherait la corde mais il serait là pour serrer le nœud quand elle serait au bout de son rouleau.

Entre-temps, il enverrait quelqu'un à La Nouvelle-Orléans pour enquêter sur ses antécédents, sur les sources de son histoire. Peut-être aurait-il la chance de découvrir une petite lacune qui lui permettrait de démontrer sa savante machination. En attendant, il allait profiter de tous les droits et avantages auxquels un époux peut prétendre.

15

Cinq jours s'écoulèrent, cinq jours paisibles en apparence mais, sous la surface, un torrent bouillonnait.

Justin était aux anges. Le lendemain de leur installation au Petit Bonheur, il avait reçu un poney « noir comme le tonnerre » et, depuis, il était en adoration devant Morgan. Tout ce que faisait celui-ci avait sa pleine et entière approbation. Morgan ne pouvait faire un pas sans avoir Justin accroché à ses basques.

La vue de Justin trottinant dans le sillage de Morgan mettait Léonie au supplice et la méfiance que lui inspirait son mari ne faisait que croître. Ils étaient tous deux seuls à connaître la vérité au sujet de leur nuit de noces et elle s'était demandé plus d'une fois pourquoi il avait si facilement accepté l'enfant. Il devait savoir que Justin n'était pas son fils ; pourtant, il semblait l'aimer. En tout cas, il ne cherchait jamais à le dissuader de l'accompagner. Combien de fois Léonie avait vu Justin courir derrière lui en criant : « Papa, papa, attendez-moi ! » et Morgan s'arrêtait, le soulevait dans ses bras et le hissait sur ses épaules. Parfois, ils allaient se promener à cheval ensemble, Morgan sur l'impétueux Tempête et Justin à califourchon sur son nouveau poney baptisé Tonnerre.

Yvette et les serviteurs de Saint-André s'étaient installés au Petit Bonheur comme s'ils comptaient y rester indéfiniment. A mesure que les jours passaient, Léonie sentait qu'ils lui échappaient. Elle avait l'impression qu'ils étaient tous passés dans le camp de l'adversaire. Aucun ne paraissait songer à l'éventualité d'un retour au château Saint-André et elle-même devait admettre que son ancien domaine était sans doute à jamais perdu pour elle.

A la vérité, Léonie ne pouvait dire qu'elle était malheureuse. D'ailleurs, il aurait été difficile d'avoir l'esprit chagrin dans ce décor de rêve et, comme Morgan s'abstenait de lui faire des avances, elle se laissait presque aller au plaisir de vivre... presque. Pour quelqu'un qui avait grandi dans la misère dorée du château Saint-André, l'élégance raffinée du Petit Bonheur était particulièrement appréciable. Elle occupait un vaste appartement lumineux, comprenant une chambre à coucher, un salon, un cabinet de toilette et une véranda. Ses larges fenêtres donnaient sur la serre et les jardins. Les murs étaient tapissés de soie rose ; le sol était couvert de tapis moelleux aux tons délicats et des rideaux de velours crème habillaient les fenêtres et les portes vitrées. Le lit à baldaquin en bois sculpté était enveloppé d'immenses draperies de satin rouge.

Cependant, si elle prenait plaisir à évoluer dans ce cadre ravissant, elle n'oubliait pas un instant qu'elle habitait chez Morgan Slade. C'était son argent qui payait ses domestiques. C'étaient ses écuries qui abritaient ses mulets. Elle savait aussi qu'elle *devrait* quitter le Petit Bonheur avec Justin, même si les autres ne voulaient pas la suivre.

Quant à l'effet que lui produisait Morgan Slade, elle n'osait y penser. Il était trop fort, trop mâle, trop viril et trop séduisant pour une jeune femme qui avait vécu si longtemps loin des hommes. Elle s'efforçait de retrouver la haine qu'il lui avait inspirée à La Nouvelle-Orléans mais des images plus récentes se superposaient à celles du passé — son sourire au petit déjeuner, l'expression du regard qu'il avait posé sur elle. « Il est trop aimable, se disait-elle. Beaucoup trop. Il manigance quelque chose. »

Léonie ne se trompait pas. Il la traquait froidement mais se retenait de forcer sa porte pour faire durer le plaisir de la chasse. Il jouait au chat et à la souris. Il ne savait pas encore quand le jeu cesserait d'être un jeu. Il avait hésité par exemple un matin au petit déjeuner en la voyant dévorer ses croissants croustillants ou encore le soir où il avait entendu tinter son rire argentin après une plaisanterie de Dominique. Morgan n'aurait su dire à quel moment précis c'était arrivé mais, au cours de ces cinq jours, il avait brusquement retrouvé l'émotion intense qu'il avait ressentie quand elle lui était apparue au bal. Cette émotion prenait racine et commençait à croître. Il se disait simplement qu'à force de la voir tous les jours il était naturel qu'elle occupe constamment ses pensées.

Morgan gardait néanmoins l'esprit assez lucide pour se décider à écrire la lettre dont il avait remis la rédaction trop longtemps. Après réflexion, il s'était dit qu'au lieu d'envoyer quelqu'un à La Nouvelle-Orléans il demanderait à Jason Savage de se charger de son enquête sur place. Une fois la lettre expédiée, il se sentit singulièrement déprimé. Peut-être ne voulait-il pas connaître la vérité sur Léonie Saint-André. Il ne pouvait nier l'évidence : Léonie était une menteuse qui s'était embarquée dans une aventure dangereuse. Il était temps qu'elle apprenne que leur prétendu mariage ne se bornait pas au partage d'une maison.

Léonie perçut immédiatement un changement dans son attitude. Voyant que son décevant mari ne cherchait pas à s'imposer à elle, la jeune femme s'était bercée d'illusions. Peut-être acceptait-il de s'en tenir aux clauses de l'accord qu'il avait signé — le seul dont elle n'avait pas fait état — et, dans ce cas, il respecterait peut-être aussi son engagement de lui restituer sa dot. Léonie priait ardemment le ciel pour qu'il en fût ainsi. Aussitôt qu'elle serait rentrée en possession de son dû, elle reprendrait le chemin de sa maison avec Justin et les autres, ce qui les soustrairait tous à l'influence de Morgan.

Cet espoir fut bientôt déçu. Ce jour-là, Léonie et Justin jouaient seuls en bordure de la crique. Heureux d'être ensemble, ils étaient si absorbés par leurs activités qu'ils ne remarquèrent pas que Morgan les épiait.

Léonie avait retroussé ses jupes. Des gouttelettes d'eau perlaient sur ses jambes nues pendant qu'elle pataugeait dans la crique avec Justin. Sa crinière fauve retombait en cascade sur ses épaules et ses yeux verts étincelaient. Morgan pensait qu'il n'avait jamais rien vu d'aussi joli. C'était une nymphe de la forêt qu'il avait la chance d'apercevoir par surprise. Inconsciemment, il immobilisa Tempête et retint son souffle de crainte que le moindre bruit ne la fasse disparaître comme un mirage.

L'endroit était isolé, caché par un rideau d'arbres. Pendant qu'il la contemplait, la chevelure rutilante accrocha un rayon de soleil et Morgan perçut la sensualité presque palpable qui se dégageait de toute sa personne. Il eut aussitôt conscience de la sensation aiguë et délicieuse qui se répandait brusquement dans le creux de ses reins. Seule la présence de Justin l'empêcha de lancer Tempête dans la crique et de la soulever pour l'emporter dans ses bras. Ses yeux bleus exprimaient un violent désir qu'il ne chercha pas à dissimuler quand Léonie sentit son regard et leva la tête.

C'était un cavalier superbe. Ses épais cheveux noirs frôlaient le col de sa chemise négligemment ouverte jusqu'à la taille et une boucle rebelle lui barrait le front. Il avait les pieds nus, chose insolite, mais il se dirigeait vers la crique dans l'intention de faire un plongeon quand il avait aperçu Léonie et Justin. En voyant son air arrogant et son regard chargé de désir, Léonie recula, effrayée. Elle détacha les pans de sa jupe retenus à la taille et les laissa retomber sur ses jambes.

— Vous nous cherchiez, monsieur ? demanda-t-elle, un peu oppressée.

Le « monsieur » le fit sourire. Bien qu'elle se prétendît sa femme et vécût sous son toit, elle continuait à l'appeler « monsieur ». C'était sa façon de maintenir une barrière entre eux. Il allait se faire un plaisir de démolir cet obstacle.

— Pas exactement, répondit-il. Pars devant, Justin, ajouta-t-il. J'ai à parler à ta maman.

Avant que Léonie ait pu le retenir, Justin filait déjà dans la direction de la maison.

— C'est vous seule que je cherchais, reprit-il, les yeux luisants de convoitise.

— Non ! cria Léonie, vous ne me toucherez pas. J'ai votre promesse écrite.

— Vraiment, mon cœur ? dit Morgan sur un ton persifleur. Vous me montrerez cela un de ces jours mais pas maintenant.

Léonie ramassa ses jupes et s'élança dans les bois, rapide comme une biche. Alors seulement elle se rendit compte de son erreur: elle aurait dû courir vers la maison au lieu de s'en éloigner.

Elle entendait derrière elle le martèlement des sabots de Tempête et le rire moqueur du cavalier. Elle n'en continuait pas moins à avancer le cœur battant, hors d'haleine. Bien qu'elle essayât toutes les feintes possibles pour semer ses poursuivants, elle n'était pas de force à lutter avec Morgan et sa monture. Brusquement Morgan éperonna Tempête qui partit au galop. En passant au niveau de Léonie, il se pencha, l'enlaça et la hissa devant lui. Elle se débattit de toutes ses forces.

— Non, monsieur, criait-elle, haletante de colère. Je vous dis que non.

— Et moi je vous dis que si, murmura Morgan, dont la bouche s'écrasa sur la sienne.

Léonie se raidit désespérément pour le repousser mais il resserra son étreinte et sa langue prit des libertés qui rappelaient singulièrement la nuit où elle avait perdu sa virginité.

Bien qu'il fût généralement maître de ses émotions, Morgan ne put contenir l'intensité de son désir. Dans une sorte d'état second, il guida Tempête de plus en plus loin de la maison et plus avant dans la forêt.

Ce fut une chevauchée singulièrement érotique pour l'un comme pour l'autre. Morgan sentait les muscles puissants de son cheval qui ondulaient sous lui et le corps voluptueux de Léonie contre le sien. Au contact des seins contre son torse nu, des lèvres contre les siennes, il crut devenir fou d'impatience.

Les sensations de Léonie n'étaient pas moins tumultueuses. L'étreinte de l'homme qui la retenait captive, ses baisers passionnés la grisaient étrangement. Elle continuait à se débattre mais elle savait qu'elle se défendait autant contre elle-même que contre lui.

Pas un instant les lèvres de Morgan ne s'écartèrent des siennes. Il l'embrassait si ardemment qu'elle se sentit inondée par une vague de plaisir. Une délicieuse langueur l'envahissait et, au lieu de le gifler, elle avait une folle envie de plonger ses mains dans les cheveux noirs, de prendre ce visage entre ses paumes. Presque à son insu, elle entrouvrit la bouche et répondit à ses baisers.

Quand Tempête s'arrêta de son propre chef, Morgan mit quelques instants à s'apercevoir que l'étalon ne bougeait plus. Levant la tête, il regarda autour de lui avec surprise. Tout son être était tellement captivé par le corps qu'il tenait dans ses bras que rien d'autre n'existait plus pour lui.

La vue qu'il avait sous les yeux fit naître un sourire sur ses lèvres. Sans lâcher Léonie, il se laissa glisser à bas de son cheval.

— Le bosquet de madame attend son bon plaisir, dit-il d'une voix rauque.

Le regard voilé comme si elle sortait d'un rêve, elle vit l'eau pure de la rivière qui bondissait de palier en palier à une extrémité mais elle était trop absorbée par l'expérience qu'elle vivait pour prêter attention à son environnement. Elle avait simplement conscience de se trouver dans une clairière entourée d'arbres que la cascade et la rivière transformaient en jardin d'Éden.

Morgan la reprit dans ses bras et chercha de nouveau ses lèvres. Léonie avait complètement oublié la réalité. C'était son mari qui l'étreignait, son mari qu'elle avait cru mépriser. Pourtant, tout au fond d'elle-même, quelque chose luttait désespérément pour se libérer. Ce n'était pas de la haine mais une émotion bien plus forte et plus persistante.

La soulevant dans ses bras, il l'emporta et la déposa doucement au pied d'un énorme sycomore dont la cime s'étalait pour former un parasol. Se couchant à côté d'elle, il promena ses lèvres sur sa peau satinée.

La robe était une barrière fragile. Il dégagea prestement les épaules et découvrit la poitrine parfaite. Ses doigts effleurèrent les pointes roses des seins qui se dressèrent sous ses caresses. Alors, incapable de se contenir davantage, il se pencha et sa bouche aspira un bouton de rose tentateur.

Bouleversée, tous ses sens en émoi, Léonie cambra instinctivement les reins comme pour s'offrir. Elle vivait une sorte de rêve, transportée dans le monde sensuel où Morgan l'entraînait.

Pour Morgan rien ne comptait plus que ce corps harmonieux qui vibrait si merveilleusement à son contact. Il ôta brusquement sa chemise et plaqua son torse nu contre ses seins. Elle poussa un gémissement, quêtant ses caresses, aspirant inconsciemment au plaisir qu'il pouvait lui donner. Pour la première fois de sa vie, toute la passion qui couvait en elle se réveillait irrésistiblement, la plongeant dans l'ivresse.

Les réactions de Léonie dépassaient tous les espoirs de Morgan et, poussé par la violence de ses propres sensations, il la dépouilla de ses vêtements. Il ôta les siens et leurs corps nus s'enlacèrent.

— Qu'importe qui tu es et ce que tu as pu faire, murmura-t-il, j'ai faim de toi...

Ces paroles n'avaient guère de sens pour Léonie. Elle était sous le choc de l'explosion de sa nature sensuelle. Seules comptaient les exigences impérieuses de son corps. Les doigts plongés dans l'épaisse chevelure noire, elle approcha son visage du sien et lui tendit ses lèvres, avide de goûter encore l'ardeur de ses baisers.

Morgan répondit à son attente pendant que sa main glissait sournoisement de ses seins sur son ventre vers le triangle doré et cherchait la partie la plus intime de son être.

Léonie se raidit, envahie par une sensation de plaisir mêlé d'effroi. La dernière fois qu'un homme s'était permis de telles privautés, elle avait ressenti une douleur fulgurante. Avec un gémissement de frayeur, elle fit un effort pour se libérer. Mais Morgan n'entendait pas en rester là. Il était trop excité pour reculer. Il se disait simplement qu'il était allé trop vite pour elle. Il murmura d'une voix étranglée :

— Ne crains rien, Léonie. Je ne te ferai pas de mal.

Inconsciemment, Morgan avait choisi les mots qu'il fallait pour apaiser les craintes de Léonie. D'ailleurs, il la tenait prisonnière et elle aurait été bien incapable de lui échapper. Elle s'abandonna.

Ses caresses l'emplissaient d'une telle sensation de volupté qu'elle laissa échapper un cri, mais ce n'était pas assez, elle voulait davantage et, instinctivement, ses hanches se mirent à onduler dans une sorte de danse aussi vieille que le genre humain. Tout son corps tremblait, secoué par la force des émotions qu'il avait déchaînées.

Morgan se contenait délibérément, luttant contre la tentation de la prendre, de se perdre dans le fourreau de soie qui l'attendait. C'était une torture exquise et, pourtant, il retardait à dessein le moment de la fusion que leurs corps réclamaient. Il voulait qu'elle connaisse d'abord la merveilleuse sensation de jouissance que ses mains pouvaient lui procurer.

Les nerfs tendus à craquer, Léonie se tordait comme une flamme sous ses caresses. Au moment où elle crut qu'elle ne pourrait en supporter davantage, elle sentit dans tout son être une telle explosion de plaisir qu'elle ne put retenir un long gémissement.

Bouleversée par ce qui lui arrivait, elle gisait immobile sur l'herbe épaisse, le regard fixé sur le visage de Morgan.

Elle avait la bouche entrouverte et un air satisfait qui attisa la passion de l'homme. Incapable de se contenir plus longtemps, il se plaqua sur elle et lui écarta les cuisses avec ses genoux. Il glissa les mains sous ses reins pour la souder à lui pendant qu'il se fondait en elle. Leurs deux corps n'en formaient plus qu'un et, dans un tumulte d'émotions confuses, Léonie sentit de nouveau tous ses sens s'embraser.

Perdu dans un monde au-delà du réel, Morgan éprouvait le besoin de libérer le désir contenu qui montait comme une houle. Quand Léonie frémit convulsivement, il accéléra son mouvement et plongea à son tour dans une extase émerveillée.

Le temps semblait s'être arrêté pendant qu'ils gisaient côte à côte dans la clairière où l'eau de la rivière étincelait à la lumière du soleil qui filtrait entre les branches. Encore éblouie, Léonie scrutait du regard le visage de Morgan comme si elle le voyait pour la première fois.

Brusquement, elle se rendit compte qu'elle était tombée amoureuse de son mari.

16

Léonie vécut le reste de l'après-midi dans un rêve. Elle se rappelait vaguement que Morgan l'avait portée jusqu'à la rivière pour la baigner dans l'eau revivifiante puis qu'il l'avait aidée à remettre ses vêtements avec des mains caressantes. Au retour elle s'était laissé emporter dans une sorte d'état second. Assise devant lui sur le superbe étalon, elle sentait ses bras autour de sa taille et sa bouche sur ses lèvres mais tout l'épisode avait pris une qualité irréelle.

Plus tard, dans l'intimité de sa chambre, elle avait observé son corps nu dans le miroir, étonnée de ne voir aucun changement révélant la métamorphose qu'elle avait subie dans les bras de son mari. Elle avait déjà connu la passion de l'homme une fois dans sa vie et, pourtant, elle n'était pas préparée au plaisir exquis que lui avait donné cette expérience. La réaction de son corps la stupéfiait et plus encore la découverte qu'elle était tombée amoureuse de Morgan Slade.

La toison fauve retombait en boucles sur ses épaules et une longue mèche s'était égarée sur un sein. Elle rougit en se rappelant que la bouche de Morgan avait aspiré les pointes de ses seins. Elle se caressa timidement la poitrine, consciente de la douceur satinée de sa peau, et se demanda avec un chatouillement au creux de l'estomac si Morgan aurait de nouveau envie d'elle. Elle s'aperçut que la seule pensée de Morgan provoquait en elle une réaction intense; une onde de désir la parcourut pendant que ses seins se durcissaient.

Soudain honteuse de ce qu'elle ressentait, elle se rhabilla vivement et enfila la robe lavande qu'elle portait le fameux soir du bal des fiançailles. Les limites de sa garde-robe commençaient à devenir par trop évidentes. Les moyens de déguiser que l'on portait la même robe jour après jour ne pouvaient varier à l'infini. Yvette et elle se trouvaient dans la même position et elles avaient beau changer de châle ou d'accessoire elles ne pouvaient faire illusion que dans une certaine mesure.

Léonie n'avait jamais accordé qu'un minimum d'intérêt à sa toilette, mais, ce soir-là, en se préparant pour rejoindre Morgan dans la salle à manger, elle regretta désespérément de n'avoir rien d'élégant à se mettre. Aucun de ses vêtements de tous les jours ne convenait et elle n'avait jamais voulu remettre la robe en satin rose qu'elle portait le jour de son mariage. Yvette s'était toujours défendue de l'accepter. En conséquence, la jolie robe reposait, dédaignée, dans le fond de l'armoire.

D'habitude, Mercy essayait d'aider Léonie à s'habiller. Après avoir toujours tout fait par elle-même, y compris quelques durs travaux, Léonie trouvait amusant d'avoir à sa disposition une servante dont la seule tâche consistait à vérifier si sa maîtresse était convenablement vêtue. Compte tenu de la pauvreté de sa garde-robe, Léonie jugeait un peu absurde que Mercy l'assiste comme si elle avait la possibilité de choisir ce qu'elle porterait pour dîner. D'ailleurs, ce soir-là, elle n'avait même pas attendu Mercy et s'était habillée sans son aide. Elle se brossait les cheveux quand la jeune servante entra.

Mercy jeta un coup d'œil réprobateur sur la robe lavande mais, au lieu de lui demander comme d'habitude pourquoi elle dédaignait systématiquement la robe de satin rose, elle lui reprocha amèrement de ne pas l'avoir attendue. Elle prédit les pires calamités aux jeunes femmes qui s'entêtaient à ne pas suivre les conseils de leurs fidèles soubrettes. Léonie lui sourit, lui envoya un baiser du bout des doigts et quitta le cabinet de toilette.

L'heure du dîner n'était pas encore sonnée. Léonie sortit sur la véranda. Elle contempla rêveusement le tapis d'herbe fraîchement coupé et les massifs bien taillés du Petit Bonheur. Saisie d'une nostalgie soudaine, elle évoqua le parc sauvage du château Saint-André avec ses herbes folles, ses taillis et ses arbres aux branches enchevêtrées. Le Petit Bonheur correspondait à tout ce qu'une femme pouvait souhaiter et, pourtant, Léonie regrettait souvent son domaine délabré. Peut-être était-il compréhensible que sa nostalgie fût plus intense ce soir-là que tout autre.

Le château Saint-André avait été son rempart contre le reste du monde et, dans une période de trouble et d'insécurité, il lui avait apporté la paix et la consolation nécessaires. Ce soir, en particulier, elle aurait beaucoup donné pour se retrouver chez elle, dans la réalité de son passé, pour se rappeler qui elle était et ce qui l'avait poussée à entreprendre ce voyage à Natchez.

Certes, ce n'était pas l'amour ni le désir de s'introduire dans la famille Slade. Jour après jour, elle se sentait de plus en plus assimilée et cette impression l'inquiétait presque autant que son inclination pour Morgan Slade.

Des pensées confuses se bousculaient dans son esprit et les images se succédaient en désordre. Morgan, Justin, le château Saint-André, sa dot. Comment avait-elle pu oublier un instant le véritable but de son voyage ?

Le château Saint-André était son patrimoine, l'héritage de Justin, et sa dot leur permettrait de rentrer en possession de leur bien, de rendre à leur domaine sa splendeur passée et d'en faire une propriété aussi belle, peut-être plus belle encore que Bonheur.

Mais comment pourrait-elle s'arracher à l'homme qui commençait à représenter tellement pour elle ? Elle devait aussi tenir compte des sentiments de Justin et de l'affection croissante que l'enfant portait à celui qu'il prenait pour son père. Léonie était accablée de remords... Jamais elle n'aurait dû ainsi tromper son fils.

Alors, que pouvait-elle faire ? Elle n'accepterait jamais que Justin soit traité de bâtard.

Depuis qu'elle vivait sous le même toit que Morgan, elle se sentait désarmée. L'affection qu'il témoignait à son fils semblait sincère ; ses domestiques étaient totalement conquis par lui et même Yvette l'admirait. Léonie elle aussi lui trouvait un charme irrésistible. Elle aimait la lueur amusée qui dansait dans ses yeux bleus, le son de ses éclats de rire quand il jouait avec Justin et la courtoisie dont il faisait preuve à l'égard de tous.

Il était certainement très différent de l'homme qu'elle avait épousé et cette différence la gênait. Celui-ci lui plaisait, elle commençait peut-être à l'aimer... mais l'individu qu'elle avait connu à La Nouvelle-Orléans ne lui avait inspiré que du mépris.

Elle avait admis les explications concernant son

refus de la reconnaître au bal mais cette histoire de prétendu divorce la laissait sceptique. En admettant qu'il se soit cru divorcé, pourquoi ne lui avait-il pas rendu sa dot ? Elle doutait qu'il ait pu avoir une défaillance de mémoire. Et pourquoi avait-il accepté de loger chez lui non seulement un enfant qu'il savait ne pas être de lui mais encore tout l'entourage de Léonie ?

Il était nettement convenu entre eux qu'ils n'exigeraient rien l'un de l'autre. Pourtant ils étaient tous installés chez lui et profitaient de sa généreuse hospitalité. Or, le Morgan Slade de La Nouvelle-Orléans ne lui avait jamais donné l'impression d'être généreux.

Cependant, indépendamment de toutes les questions qu'elle se posait, il en était une autre qui la tourmentait plus encore : l'épisode de cet après-midi avait-il vraiment changé quelque chose à la situation ? Leur mariage allait-il devenir un fait accompli au lieu d'être une simple affaire de convenance ? Et Justin ? Tôt ou tard, Morgan exigerait la vérité. Et la dot ? Allait-elle la lui abandonner et se laisser entretenir ?

Non, Léonie avait trop longtemps dirigé sa vie pour accepter de renoncer à son indépendance. C'était plus une question de principe qu'une question d'argent. D'ailleurs, si elle avait des enfants avec Morgan, leur père se chargerait d'assurer leur avenir mais c'était à elle qu'il appartenait d'assurer l'avenir de Justin.

L'idée qu'elle pourrait porter l'enfant de Morgan l'exalta. Elle comprit qu'elle envisageait de vivre à Natchez en qualité d'épouse légitime de Morgan Slade.

Elle parlerait de cette histoire de dot à Morgan et lui expliquerait pourquoi elle avait besoin de l'argent au plus tôt. La date fatidique du 1er juillet arriverait dans moins d'un mois et Maurice de La Fontaine n'attendrait sûrement pas son argent un jour de plus.

Satisfaite de sa résolution, elle savoura d'avance

le plaisir de revoir son mari, quitta la véranda et se dirigea vers la salle à manger.

Robert et Dominique s'étaient invités à dîner et l'ambiance du repas fut agréable. Bien que la conversation entre les trois frères fût animée, le regard de Morgan se posait sans cesse sur Léonie, comme attiré par un aimant. Il se rappelait le goût de sa bouche, la douceur de sa peau, la tiédeur de son corps mais ses souvenirs n'étaient pas uniquement sensuels. Il la revoyait jouant avec Justin au bord de la rivière, courant dans l'eau les jupes retroussées, éclaboussée de lumière. Morgan commençait à se demander s'il n'était pas en train d'oublier les raisons qui l'avaient poussé à se prêter à cette comédie.

En moins d'une semaine, Léonie et son fils s'étaient intégrés si naturellement à sa vie qu'il en était stupéfait. Il devait faire un effort pour se rappeler que, sous ces apparences aimables destinées à tromper le monde, se livrait un duel à mort... et qu'ils étaient ennemis jurés.

Il récapitula mentalement tous ses méfaits : elle se prétendait sa femme alors qu'il savait très bien que c'était faux ; elle réclamait la restitution d'une dot qu'il n'avait jamais reçue et lui mettait sur le dos un enfant dont il n'était pas le père. Une belle liste d'impostures, en vérité, se dit-il pendant que Léonie et Yvette se disposaient à quitter la pièce pour laisser les messieurs savourer leur cognac et leurs cigares.

Les trois frères ne s'attardèrent pas longtemps à table ; ils rejoignirent bientôt les deux jeunes femmes dans le salon.

L'idée qu'un autre avait possédé ce jeune corps voluptueux lui était extrêmement pénible. Il essaya de l'écarter mais ne put s'empêcher de penser que cet autre était peut-être le cerveau de toute cette machination. Bien sûr, c'était un homme qui avait tout manigancé, qui avait fabriqué les faux et mené toutes les enquêtes nécessaires pour s'assurer que cette histoire inventée de toutes pièces ne comportait aucune faille. Peut-être le grand-père n'était-il pas mort et avait-il ourdi le complot dont Morgan lui-même faisait les frais.

D'ailleurs, ils étaient tous complices, décida-t-il. Les vieux serviteurs de famille étaient notoirement loyaux. S'ils étaient réellement des serviteurs de famille et s'accrochaient à leur récit, il serait impossible de réfuter leurs affirmations.

Il était à peu près certain d'avoir découvert la vérité. Léonie n'avait jamais caché qu'elle voulait uniquement récupérer sa dot. La plupart des dupes d'un plan aussi odieux auraient trouvé plus simple de donner l'argent pour se débarrasser de la fille. Après quoi, les poches bien garnies, Léonie et son associé se seraient mis en quête d'une autre victime.

Mais oui, c'était d'une simplicité enfantine. L'enfant, les domestiques et même la ravissante Yvette, tous faisaient partie de la mise en scène. Ils inspiraient une telle confiance qu'il était pratiquement impossible de ne pas les croire.

Le stratagème leur avait sans doute réussi dans le passé... Mais cette fois ils ne seraient pas les plus forts... Non, pas cette fois !

Cependant, tant qu'il n'aurait pas reçu la réponse de Jason, il devait se contenter d'attendre. Inutile d'interroger les domestiques. Quant à cette petite garce de Léonie, elle était trop habile pour commettre le moindre faux pas.

Il ne s'endormit que très tard ce jour-là. Il avait bien pensé rejoindre Léonie dans sa chambre pour profiter des plaisirs de son corps mais il s'était hâté d'écarter cette idée. Dans son état d'esprit, il était plus disposé à l'étrangler qu'à lui faire l'amour.

Ne le voyant pas venir, Léonie resta partagée entre des sentiments contradictoires. D'une part, elle était soulagée de ne pas être entraînée trop tôt dans l'engrenage de ces relations, mais d'autre part, en évoquant les baisers passionnés de Morgan, elle sentait tous ses sens en émoi.

Après avoir triomphé de ses fantasmes, Léonie se concentra résolument sur la question de sa dot et s'endormit en réfléchissant à la conversation qu'elle aurait avec Morgan le lendemain. Elle était peut-être capable de dominer son esprit conscient mais elle n'avait aucune prise sur son subconscient. Pendant son sommeil, elle se revit en rêve dans la clairière avec Morgan. Elle se réveilla avec le souvenir de sa bouche sur la sienne, de ses bras la serrant contre lui.

Tout en mettant sa robe de lin jaune, Léonie décida de parler à Morgan au plus tôt. Cette histoire de dot devait être réglée d'urgence. D'ailleurs, les réactions qu'il aurait l'aideraient probablement à éclaircir certains points qui restaient obscurs. Elle était peut-être assez sotte pour se croire amoureuse de lui mais elle sentait aussi confusément que sous l'amant merveilleux et le père charmant qu'il prétendait être depuis une semaine se cachait un autre homme.

Le souvenir de la méfiance qu'il lui avait inspirée à La Nouvelle-Orléans lui revenait parfois, trop vivace pour être éliminé.

Pendant qu'elle descendait l'escalier, l'ambiguïté de la situation la frappa. Ils étaient convenus de mener des vies séparées : or, elle habitait chez lui en qualité d'épouse légitime. Son fils n'était pas l'enfant de son mari mais celui-ci l'avait accepté sans protester.

La façon dont il réglerait la question de la dot lui révélerait ce qu'il était réellement. S'il payait comme convenu, il lui fournirait la preuve de son honnêteté. Dans le cas contraire... eh bien, elle saurait qu'il était tel qu'elle l'avait supposé au début, à savoir un scélérat.

17

Morgan examinait les livres de comptes que Matthieu lui avait demandé de mettre à jour quand Léonie frappa à la porte de son bureau. Elle s'arrêta sur le seuil, hésitant à pénétrer dans cet antre essentiellement masculin. Ils se dévisagèrent longuement sans mot dire. Maintenant qu'elle se trouvait seule avec cet homme qui avait su éveiller ses sens, elle se sentait singulièrement intimidée et ne trouvait plus les mots qu'elle avait préparés. Elle regretta brusquement d'être allée le chercher dans son sanctuaire. Elle aurait mieux fait de lui parler en présence d'un tiers ou, en tout cas, dans un endroit moins privé. Il lui semblait changé. Il avait un regard dur et un pli amer à la bouche qu'elle était sûre de n'avoir pas remarqué la veille. Elle rougit brusquement. Non, certainement, il n'avait pas ce visage rébarbatif, hier dans la clairière.

Morgan nota la rougeur et plissa les paupières. Fermant son livre de comptes avec un bruit sec, il demanda sur un ton revêche :

— Vous désirez me parler ?

— Oui, monsieur, répondit-elle d'une voix mal assurée. Nous avons certaines questions à régler.

« Mon Dieu ! pensa-t-elle, je me conduis comme une écolière. »

— Nous ne pouvons continuer ainsi, ajouta-t-elle plus fermement.

Morgan resta imperturbable, bien qu'il ne pût s'empêcher d'admirer le tableau charmant qu'elle présentait dans sa robe de lin jaune qui faisait ressortir la couleur dorée de sa peau et l'or roux de ses cheveux. Ses yeux verts pailletés d'or avaient une expression implorante et résolue.

L'arrivée de Léonie dans son territoire personnel l'avait déconcerté mais, le premier effet de surprise passé, les pensées qui l'avaient empêché de dormir s'imposèrent de nouveau à son esprit. Il fut pris d'un désir farouche de la confondre et, avec elle, le responsable de toute l'opération. Sous son masque d'impassibilité, il bouillonnait intérieurement, furieux contre elle, furieux contre lui-même. Il s'en voulait d'avoir cédé aux impératifs de ses sens et surtout d'avoir failli succomber pour la seconde fois aux charmes d'une créature perverse. Cette pensée lui fit le même effet que la friction d'une poignée de sel sur une plaie à vif.

Hier, il avait été assez stupide pour ne pas voir le piège qui lui était tendu. Aujourd'hui, il avait éventé la mèche et il s'était maudit toute la matinée pour avoir laissé les exigences de son corps prendre le pas sur sa raison. Sa triste expérience avec Stéphanie s'était presque effacée de son esprit, mais, à présent, ses défenses étaient en place et il n'aurait garde d'oublier que cette ensorceleuse n'en voulait qu'à son argent.

Comment allait-il réparer le tort qu'il s'était causé à lui-même en la reconnaissant pour sa femme ? Il ne le savait pas encore mais il était certain qu'il trouverait un moyen tôt ou tard. Entre-temps, il prenait un certain plaisir à savoir que s'il s'était laissé prendre aux mailles de leur filet, le plan de ses adversaires ne fonctionnait pas comme ils le souhaitaient.

La pensée que Léonie était venue le relancer dans son bureau lui procura un étrange sentiment de satisfaction. Son préambule le confirmait dans l'idée qu'ils allaient enfin pouvoir s'expliquer nettement. Cependant, il était déchiré entre le désir de voir clair dans son jeu et le sentiment irritant qu'il n'était pas encore prêt à la rayer de son existence.

Il la déshabilla du regard avec insolence. Non, pas encore. Elle lui devait quelque chose pour tout le tort qu'elle lui avait causé et il comptait bien le lui faire payer avant de se débarrasser d'elle. Même si cette affaire devait lui coûter cher, il tenait à en avoir pour son argent.

— Je crains de ne pas comprendre, dit-il enfin. Personnellement, je trouve que les choses vont pour le mieux, surtout quand je pense à hier après-midi.

Léonie devint écarlate.

— Je ne suis pas venue pour épiloguer sur ce qui s'est passé hier, rétorqua-t-elle. C'était une faute, je m'en rends compte, une faute qui ne se renouvellera pas, je vous en réponds, monsieur.

— Ne suis-je donc pas votre mari, ma chère ? demanda Morgan sur un ton suave qui démentait l'expression menaçante de son regard. Vous n'avez tout de même pas l'intention de me dénier mes droits conjugaux ?

Léonie essaya de contenir sa fureur. Elle avait été bien sotte de s'imaginer qu'elle était amoureuse de lui. En fait, il était tout aussi détestable qu'à l'époque de leur mariage.

— Voilà justement ce qui motive ma démarche, monsieur, répondit-elle d'une voix vibrante de colère. Je n'ai jamais eu l'intention de rester ici en qualité d'épouse légitime. Je ne suis venue à Natchez que pour récupérer l'argent que vous me devez... et pour rien d'autre.

— Ah oui, bien sûr, l'argent, grommela Morgan. Je me demandais quand vous vous décideriez à amener cette question sur le tapis.

Léonie eut l'impression que son sang se figeait dans ses veines. Elle fit un violent effort sur elle-même pour répondre d'une voix blanche :

— Si vous trouvez que j'ai abusé de votre hospitalité, croyez bien que je le regrette mais je me permets de vous rappeler que j'ai abordé la question le jour même de mon arrivée à Natchez.

— Exact, admit Morgan, qui voyait ses prévisions pessimistes se réaliser. Je suis vraiment stupide de l'avoir oublié. Votre réclamation était pourtant nette.

Il avait dérangé leurs plans, il en était certain à présent. Chacune des paroles de Léonie le confirmait. Ils avaient décidé de ne pas perdre davantage de temps et de lui soutirer au plus tôt la somme qu'ils s'étaient fixée. Il se demandait combien d'hommes ils avaient fait chanter. Les autres avaient-ils essayé de les prendre à leur propre piège ? Il ne le croyait pas. Mais cette fois ils auraient affaire à quelqu'un qui ne jouerait pas le jeu comme ils l'entendaient.

— Oui, monsieur, très nette, dit Léonie avec impatience. Je n'avais pas d'autre raison de venir ici. Souvenez-vous que nous nous étions promis de ne pas nous immiscer dans nos vies respectives.

Morgan ne broncha pas mais son attitude était tellement méprisante que Léonie sentit qu'ils en étaient revenus à leur point de départ, c'est-à-dire à leur affrontement le soir du bal. Tout le reste était effacé. Hier n'avait jamais existé. Elle s'attendait même à ce que Morgan recommence à prétendre qu'ils n'avaient jamais été mariés.

Mais Morgan n'avait pas cette intention. Il pensait même que l'idée de l'avoir reconnue pour sa femme n'était pas tellement mauvaise. Il poussait ainsi la petite garce dans ses derniers retranchements et la forçait à annoncer la couleur.

— Et si je vous rends votre dot, que se passera-t-il ? demanda-t-il à brûle-pourpoint.

— Nous partirons tous, répondit Léonie, la gorge serrée.

N'était-ce pas ce qu'elle avait si ardemment souhaité ? Pourtant, à l'idée de ne plus jamais le revoir, elle se sentait défaillir.

— Je vois, ricana-t-il. En somme, un contrat d'affaires. Je vous donne vos cinq mille doublons d'or et vous disparaissez. Les vœux que vous avez prononcés au moment du mariage n'ont aucun sens pour vous, n'est-ce pas ?

Léonie redressa fièrement la tête.

— Absolument aucun, monsieur. Ils n'ont jamais eu de sens pour moi et il fut un temps où ils n'en avaient pas pour vous non plus. Vous étiez certainement disposé à accepter toutes mes conditions. Vous admettiez même que vous ne teniez pas à ce mariage. C'était une affaire conclue pour notre avantage mutuel mais, jusqu'à présent, c'est vous qui en avez tiré tout l'avantage et si vous ne me rendez pas cet argent avant la fin de la semaine, je serai forcée de faire appel à la justice.

— Quoi ! explosa Morgan en l'agrippant par le poignet. Ne dépassez pas les bornes, madame. Si vous me poussez trop, vous en obtiendrez bien plus que vous ne l'auriez désiré.

— Je ne veux rien de vous, rugit Léonie en griffant la main qui lui paralysait le bras. Je veux simplement ce qui m'est dû et je ferai n'importe quoi pour l'obtenir.

Il sentait la chaleur de son corps contre le sien pendant qu'elle se débattait pour lui échapper et, à son grand étonnement, ses sens réagirent instantanément en dépit du mépris qu'elle lui inspirait. Elle était rouge de colère mais Morgan la trouvait plus désirable que jamais.

— N'importe quoi ? murmura-t-il. Vous iriez jusqu'à subir les étreintes de votre mari ?

— Non ! hurla Léonie en se tordant pour libérer son poignet. Je ne suis pas une prostituée qu'on achète. Cet argent est à moi et vous devez me le rendre. *Vous le devez.*

— Je vous le rendrai peut-être... un jour. Mais je veux d'abord me rendre compte de ce que je vais payer.

Lisant ses intentions dans son regard ardent, Léonie se débattit encore plus farouchement, le frappant de sa main libre, mais Morgan était trop décidé à goûter encore la saveur de sa bouche pour la lâcher.

Plongeant sa main libre dans les boucles fauves, il lui immobilisa brutalement la tête et chercha sa bouche. Au contact de ces lèvres sur les siennes, elle frémit de tout son corps mais elle se raidit et refusa de répondre à son baiser.

— Ouvre la bouche, laisse-toi aller, murmura-t-il. Je te veux toute. Je veux te goûter, te humer...

Ses lèvres glissèrent le long de sa gorge et sa langue plongea doucement dans le creux entre les artères. Il la sentit haleter et cette réaction s'ajoutant à celle de son propre corps décupla son désir.

— Il y a un instant, nous étions prêts à nous déchirer, chuchota-t-il, et maintenant que je te tiens dans mes bras je ne pense qu'à me fondre en toi.

Léonie se mit à trembler. Les paroles qu'il prononçait évoquaient des images trop suggestives pour qu'elle puisse continuer à résister. Avec un soupir, elle s'abandonna à ses baisers.

Un coup frappé à la porte leur produisit l'effet d'une douche glacée. Léonie se figea dans les bras de Morgan ; celui-ci poussa un juron et la libéra en entendant la voix de Dominique qui demandait la permission d'entrer.

— Mon frère arrive juste à temps, railla-t-il. Cinq minutes de plus et il aurait interrompu une scène beaucoup plus embarrassante.

Rouge de honte, Léonie détourna les yeux et articula avec difficulté :

— Cet intermède ne change rien entre nous, monsieur. Le moment n'est plus à la discussion mais nous devons régler nos affaires au plus tôt.

— Je ne crois pas qu'une simple discussion suffise pour régler notre situation, répliqua-t-il. Alors, résignez-vous à rester ma femme quelques semaines de plus, ma chère.

Léonie ouvrit la bouche pour protester mais Dominique entra et elle se tut. Foudroyant Morgan du regard, elle se dirigea rapidement vers la porte et sortit.

Dominique la suivit des yeux d'un air songeur puis se tourna vers son frère.

— Tu en as mis du temps à me dire d'entrer, constata-t-il. Mon arrivée serait-elle inopportune ?

— Oh, boucle-la, veux-tu. Je ne suis pas d'humeur à supporter tes plaisanteries.

— Excuse-moi. Je reviendrai quand Ton Altesse sera mieux disposée.

Morgan se mit à rire.

— J'avoue que je ne suis pas à prendre avec des pincettes, reconnut-il, mais tu n'y es pour rien et j'ai tort de m'en prendre à toi. Pardonne-moi.

— Bah, laisse tomber mais si j'arrive à un mauvais moment, je peux repasser.

— Pas du tout. Il est vrai que si tu étais arrivé cinq minutes plus tard, je t'aurais allégrement étranglé.

— A ce point-là ?

— Oui, à ce point-là. Alors, que puis-je faire pour toi ?

— Rien... ou plutôt si. J'aimerais avoir une conversation avec toi... au sujet de ton mariage.

Morgan haussa un sourcil.

— Ah ?

Évitant son regard interrogateur, Dominique se dirigea vers la porte-fenêtre qui donnait sur la cour intérieure et reprit :

— J'ai beaucoup réfléchi ces jours-ci. J'ai regroupé tout ce que je sais de toi et deux choses m'ont sauté aux yeux.

Il s'interrompit pour chercher ses mots. Morgan le pressa de continuer :

— Et qu'est-ce qui t'a sauté aux yeux ?

— Je ne t'ai jamais entendu dire le moindre mensonge, même pas une demi-vérité. Alors, j'ai pensé que peut-être tu n'avais pas menti le soir du bal mais que tu mentais sûrement depuis quelques jours. Ne me demande pas comment je le sais ni pourquoi je crois à présent que tu n'as pas épousé Léonie, mais j'ai le sentiment que tu mijotes quelque chose pour gagner du temps ou pour une autre raison...

— Eh bien, Dominique, tu m'as positivement percé à jour, dit Morgan en feignant l'admiration.

— Ne joue pas au plus fin avec moi, grommela Dominique. J'ai pu me laisser abuser au début. Tout est arrivé si vite ! Mais le premier choc passé, j'ai récapitulé les événements de la soirée et je suis prêt à jurer sur ma vie que tu n'avais jamais vu Léonie avant le bal.

— Et alors ?

— Alors, morbleu, je veux que tu me pardonnes de ne pas t'avoir cru. Je tiens aussi à te dire que, quel que soit le jeu que tu joues, je veux y prendre part. Un allié peut toujours servir quand on est au pied du mur.

Morgan le dévisagea longuement.

— Tu as raison, dit-il enfin. Un allié peut m'être utile. Dieu sait qu'il m'est difficile de feindre la satisfaction ! Je te donne ma parole que je n'avais jamais vu Léonie Saint-André avant que Gaylord Easton nous l'ait amenée. Bien entendu, je ne l'ai jamais épousée et je ne suis pas le père de Justin.

— Il faut bien que quelqu'un le soit.

— Précisément.

— Oh, je crois que je commence à avoir une petite idée de ce qui se passe.

— Eh bien, tu as l'esprit plus vif que moi. Je ne me suis aperçu que cette nuit qu'il manquait au moins une pièce au puzzle : le père de Justin.

Dominique hocha la tête. Morgan lui fit part de ses soupçons et Dominique trouva que son raisonnement se tenait. Ils écartèrent tous deux l'idée que Léonie ait pu monter cette machination toute seule. Non, ils étaient convaincus qu'un homme était là-dessous. Peut-être Claude Saint-André était-il encore vivant mais ce plan diabolique portait plutôt la marque d'un homme jeune, un amant ou un souteneur. En tout cas, c'était un individu machiavélique qui avait fabriqué les faux et choisi Morgan comme victime.

— Si nous le trouvions nous pourrions dévoiler le pot aux roses, dit Morgan.

— Yvette et les domestiques racontent tous la même histoire ? demanda Dominique.

— Absolument. Je les ai tous questionnés. J'ai essayé par tous les moyens de les prendre en flagrant délit de contradiction sans éveiller leurs soupçons mais sans succès. Il faut croire qu'ils sont plus malins que moi.

— Ce que je ne comprends pas, c'est pourquoi tu l'as reconnue pour ta femme alors que tu sais pertinemment qu'elle ne l'est pas.

Morgan leva les bras au ciel.

— Que pouvais-je faire d'autre, grands dieux ? Léonie brandissait ces documents portant ma signature et tout le monde la croyait. Par-dessus le marché, nos parents affirmait que Justin est mon portrait vivant au même âge. D'ailleurs, si tu t'es donné la peine de bien regarder ma petite femme, tu comprendras aisément pourquoi il ne me déplaît pas tellement de faire valoir mes droits conjugaux.

— C'est une idée qui m'est venue, figure-toi. Elle est diantrement attirante, je te l'accorde. Et maintenant qu'allons-nous faire pour te sortir de cette situation ?

— Pour le moment, je n'en sais rien, avoua Morgan. J'ai écrit à Jason dans l'espoir qu'il trouvera un indice qui me permettra de la démasquer. J'ai l'impression que la vérité, quelle qu'elle soit, se trouve à La Nouvelle-Orléans. Je ne me suis jamais senti aussi désemparé de ma vie. Je sais qu'elle ment et, en confirmant son histoire, je suis tombé dans un piège pire que celui qu'elle m'avait tendu. Mon seul espoir est de trouver cet homme, si tant est qu'il existe — parfois je me le demande —, et de lui arracher la vérité.

— Et si c'était Gaylord Easton ? suggéra Dominique.

— J'y ai bien pensé, Dom, mais... C'est possible, après tout. C'est Gaylord qui l'a accompagnée au bal et si quelqu'un avait des raisons de souhaiter ma déconfiture c'était bien lui.

— Mais bien sûr que c'est lui ! dit vivement Dominique, dont les yeux gris pétillaient d'excitation. Il est possible que Léonie soit sa maîtresse depuis des années et tout le monde sait qu'il a besoin d'argent. Il l'aura cachée avec l'enfant. Pourquoi ne serait-il pas l'homme qui est derrière toute cette affaire ?

— Il n'est peut-être pas le cerveau qui l'a organisée. Mais je crois qu'une longue conversation avec ce jeune homme pourrait être utile. N'est-ce pas ton avis ?

— Mordieu oui !

Malheureusement, lorsque Morgan se présenta chez les Easton, il apprit que Gaylord était parti pour Baton Rouge et ne reviendrait pas avant plusieurs mois. En fait, très ennuyés par le rôle que leur fils avait joué au bal des Marshall, les parents Easton lui avaient ordonné de s'éloigner de la région.

— Alors, que faisons-nous ? demanda Dominique.

— Toi, tu vas rester ici pour t'assurer que ma chère petite femme ne disparaît pas subitement. Pendant ce temps, je vais faire un tour à Baton Rouge.

TROISIÈME PARTIE

MURMURES DANS LE VENT

Personne n'a jamais pu échapper totalement à l'amour. Et personne ne lui échappera jamais tant que la beauté existera, tant qu'il y aura des yeux pour voir.

Daphnis et Chloé, LONGUS

18

Dominique avait insisté pour que Litchfield accompagne son maître à Baton Rouge. Ne sachant pas ce que Gaylord faisait dans cette ville, il craignait qu'il ne soit allé retrouver l'un des artisans du complot, peut-être même le cerveau. Dans ce cas, Morgan aurait peut-être besoin d'un compagnon capable de le protéger.

Morgan était doublement pressé : d'une part il était impatient de connaître la vérité, d'autre part il avait peur que Léonie n'échappe à la surveillance de Dominique et ne disparaisse aussi brusquement qu'elle était apparue. Il avait été convenu que personne ne serait mis au courant de son voyage avant son départ pour que Léonie n'ait pas le temps d'avertir Gaylord. Naturellement, la véritable raison de ce déplacement inopiné fut passée sous silence. Dominique prétendit que Morgan avait décidé d'aller s'installer avec sa nouvelle famille dans sa propriété de Mille Chênes et qu'il était parti en inspection pour voir si la maison était en état de recevoir sa jeune femme. Matthieu et Noëlle avaient accueilli cette nouvelle sans plaisir mais sans commentaires.

Quant à Léonie, elle resta d'abord muette de stupeur puis elle demanda d'une voix blanche :

— Vous voulez dire qu'il est déjà parti ? Pour Baton Rouge ?

Dominique s'inclina avec un sourire ironique :

— Mais oui, madame. Il voulait vous en informer lui-même, mais le bateau levait l'ancre à l'aube et il était sûr que vous le comprendriez.

Contenant la colère qu'elle sentait monter, Léonie prit une profonde inspiration et questionna :

— Quand reviendra-t-il ?

Dominique haussa les épaules :

— Je ne saurais le dire. Cela dépend du temps qu'il lui faudra pour mettre de l'ordre à Mille Chênes... Peut-être une semaine, peut-être un mois.

Léonie explosa :

— Un mois ! C'est impossible ! Il ne peut rester parti aussi longtemps.

Elle était épouvantée à l'idée que si Morgan ne revenait pas avant un mois, tous ses espoirs de reconquérir le château Saint-André seraient anéantis.

A la vue du désespoir qui se peignait sur son visage, Dominique se sentit mal à l'aise.

— Ça ne va pas ? demanda-t-il.

Léonie se redressa fièrement. Pour rien au monde elle ne voulait laisser deviner son angoisse à l'un de ces maudits Slade.

— Tout va très bien. Qu'est-ce qui vous permet de supposer le contraire ?

Décontenancé, Dominique balbutia :

— Je ne sais pas... vous semblez... ennuyée.

Incapable de se maîtriser davantage, Léonie riposta :

— Et alors ? Que vous importe ? Que vous importe que je perde ma maison parce que votre frère est un homme malhonnête ? Je n'ai jamais voulu être sa femme, jamais ! Je ne suis pas venue à Natchez pour occuper la place d'épouse légitime. Je veux mon dû, c'est tout, et ce n'est même pas pour moi. C'est pour sauver ma maison, la maison que mon arrière-grand-père a fait surgir des marais, la maison où mon grand-père est né, où mon père est né, où nous sommes nés, mon fils et moi. Notre maison. Vous pouvez comprendre ce que c'est ? Le château Saint-André m'est plus cher peut-être que Bonheur ne l'est pour votre famille. J'avais jusqu'au 1er juillet pour rembourser la caution et, maintenant, en fuyant lâchement, en refusant de me restituer ma dot, votre frère m'ôte la seule chance que j'avais de le racheter. Et vous osez dire que j'ai l'air ennuyée !

Honteuse de son éclat, refoulant les larmes qui menaçaient de déborder, elle tourna les talons et sortit.

— Dieu du ciel ! murmura Dominique, je me demande si Morgan est au courant.

Naturellement, Morgan avait vaguement entendu parler de la situation par les domestiques mais cette histoire de date limite n'avait pas particulièrement retenu son attention. D'ailleurs, il aurait probablement considéré l'émouvant aveu de Léonie comme une manœuvre de plus pour lui extorquer son argent.

Le voyage se passa sans incident. Morgan l'aurait trouvé agréable en d'autres circonstances mais, à sa grande fureur, il s'aperçut que l'absence ne diminuait en rien l'emprise que Léonie exerçait sur lui. Elle se glissait dans toutes ses pensées comme un démon tentateur ; sa silhouette menue semblait danser dans chaque courbe du puissant Mississippi et son rire argentin retentissait à ses oreilles. Cependant, c'était la nuit qu'elle le hantait le plus. Il se réveillait brusquement avec la sensation si réelle de la tenir dans ses bras qu'il lui fallait quelques secondes pour s'apercevoir qu'il avait encore rêvé et, quand il replongeait dans le sommeil, le même rire insidieux se tissait dans son subconscient.

Morgan découvrit aussi que Léonie n'était pas seule à s'insinuer dans ses pensées. Justin aussi lui manquait terriblement. Il avait commencé à s'habituer aux démonstrations d'affection de l'enfant, à leurs promenades matinales à pied ou à cheval. Justin était tellement attachant que Morgan se sentait enclin à l'aimer comme il avait aimé Philippe.

« En moins d'une semaine ils ont pris possession de moi », se disait-il avec colère. Sa vie était associée à celle des Saint-André et ses fantasmes nocturnes prouvaient à quel point Léonie avait envahi tout son être.

Au moins, à Baton Rouge, il recueillerait des informations qui pourraient lui fournir la clé de l'énigme et, partant, lui permettre d'en finir avec ce prétendu mariage. Il restait à vérifier si Gaylord Easton était le véritable auteur de toute cette comédie. Morgan répugnait à croire qu'il fût le père de Justin mais il se reprochait de l'avoir renvoyé aussi brutalement au lieu d'entendre ses explications.

Baton Rouge était l'un des premiers comptoirs français de la Louisiane mais, à l'époque, la ville faisait partie de la Floride occidentale. Contrôlée par les Espagnols, c'était un port animé situé sur la rive gauche du Mississippi. Morgan trouva sans difficulté un hôtel confortable et acheta deux chevaux pour le voyage de retour. Laissant ensuite à Litchfield le soin de défaire ses bagages, il se mit en quête du jeune Gaylord.

Il apprit bientôt qu'une famille Easton habitait à quelques lieues au nord de Baton Rouge. Il déduisit des renseignements recueillis que Gaylord avait dû élire domicile dans sa maison.

Le lendemain matin, malgré son impatience, Morgan se retint de courir chez Michael Easton avant dix heures. Il fut reçu par le maître de maison, un homme d'une cinquantaine d'années, jovial et bon vivant.

— Vous voulez voir mon neveu ? demanda-t-il. Eh bien, j'espère que vous pourrez le détourner de la voie sur laquelle il s'est engagé. Depuis son arrivée, il ne fait que pleurer sur une certaine Melinda et il noie son chagrin dans mon meilleur whisky. Il dit que si c'était à refaire, il la laisserait épouser un bigame, qu'il n'aurait jamais cru qu'elle lui reprocherait la rupture de ses fiançailles. Pour ma part, je trouve qu'il a eu raison et je ne vois pas pourquoi cette Melinda lui en veut... En somme, il lui a évité une sottise monumentale.

— Je doute que quiconque puisse empêcher Melinda de faire des sottises, dit-il.

Michael Easton haussa un sourcil.

— Tiens, tiens, marmonna-t-il. Après tout, je n'en suis pas tellement surpris. Vous trouverez Gaylord dans la garçonnière.

Après avoir pris congé de Michael, Morgan était passablement intrigué. S'il devait en croire les propos de l'oncle, Gaylord était plongé dans son désespoir d'amour et sûrement pas occupé à ourdir des complots avec Léonie.

Morgan entra dans la garçonnière, une réplique très réduite de la maison principale, et trouva Gaylord dans sa chambre au second étage.

Le jeune Easton cuvait son alcool, affalé dans un fauteuil de cuir, les yeux rouges, le menton hérissé de poils de barbe, un verre plein de whisky dans la main. En voyant Morgan sur le seuil de la porte, il lâcha le verre qui se brisa en éclats.

— Vous ! gronda-t-il, à la fois stupéfait et indigné. Il ne vous suffit donc pas de m'avoir pris le seul amour de ma vie ? Il faut encore que vous veniez me narguer. Melinda ne veut même plus m'adresser la parole ! Et savez-vous pourquoi ? Parce que je l'ai sauvée de vous et, maintenant, elle me hait. J'ai eu beau la supplier de me pardonner, lui expliquer que mon seul but était de la protéger, elle n'a rien voulu entendre. Quand j'ai rencontré votre femme à la taverne, je n'en croyais pas ma chance. J'étais tellement surexcité que je ne pensais qu'à arracher Melinda à vos griffes. Quelle idiotie ! Ma rencontre avec votre femme est ce qui pouvait m'arriver de pire. Je maudis le jour où je l'ai connue.

Morgan se tut un long moment. A son grand soulagement, il constatait que Gaylord n'avait aucun point commun avec Justin. D'autre part, il pensait qu'il avait dû être fou pour imaginer que cette pauvre loque était capable d'avoir conçu le plan diabolique qui devait lui ôter une parcelle de sa fortune. Il semblait évident que Gaylord était en proie à un violent chagrin d'amour et qu'il s'en voulait d'avoir amené Léonie chez les Marshall le soir du bal. Néanmoins il pouvait aussi jouer la comédie. Morgan décida d'en avoir le cœur net.

— Je comprends votre rancœur, dit-il, mais j'aimerais bien que vous m'expliquiez comment vous avez découvert Léonie aussi opportunément. C'est une question qui n'a cessé de me tourmenter ces derniers temps.

Après un échange de paroles aigre et bref, Morgan acquit une certitude : si Gaylord était un idiot capable de se laisser aller au désespoir pour une petite sotte qui ne valait pas l'ombre d'un regret, ses relations avec Léonie n'étaient dues qu'à une rencontre purement fortuite.

Sa mission accomplie, il repartit le jour même mais il n'était qu'à moitié satisfait. S'il était sûr que Gaylord n'avait rien à voir dans un éventuel complot, l'idée qu'un autre homme tirait les ficelles se renforçait dans son esprit. Il en était donc au même point qu'avant son départ — encombré d'une menteuse qui se prétendait sa femme.

Morgan et Litchfield arrivèrent au Petit Bonheur vers minuit, au milieu de juin. La maison était plongée dans l'obscurité. Après avoir dessellé et bouchonné leurs chevaux fourbus, ils entrèrent sans faire de bruit pour ne réveiller personne. Ils auraient pu gagner la chambre de Morgan à l'insu de la maisonnée endormie si Litchfield n'avait buté sur un obstacle et laissé tomber la valise qu'il portait.

— Le jeune Justin a oublié son cheval de bois dans l'entrée, grommela-t-il sur un ton réprobateur.

Morgan savait que jamais un incident aussi déplorable ne se serait produit si Litchfield avait eu en main les commandes de la maison en l'absence de son maître. Il s'apprêtait à le taquiner à ce sujet lorsque la porte du bureau s'ouvrit brusquement. Dominique parut, un pistolet dans une main et un bougeoir dans l'autre.

— Haut les mains ! cria-t-il, un pas de plus et vous êtes morts.

— Dom ! s'exclama Morgan. Que diable fais-tu ici à cette heure de la nuit ?

En reconnaissant la voix de son frère, Dominique baissa son arme.

— Ah, c'est toi ! dit-il avec un soupir de soulagement.

— Qui veux-tu que ce soit à une heure pareille ?

— Des voleurs. Pendant ton absence, plusieurs maisons de la région ont été cambriolées et maman s'est inquiétée pour le Petit Bonheur où il n'y avait aucun homme. Quand maman se met martel en tête, elle prend aussitôt des mesures qui peuvent la rassurer. Tu le sais aussi bien que moi.

Morgan sourit d'un air entendu.

— D'accord, mais pourquoi n'es-tu pas couché ? Il y a tout de même ici des chambres plus confortables que mon bureau.

— Oui, bien sûr... Seulement, si maman avait décidé qu'il fallait un homme dans la maison, Léonie n'en voulait pas. Il y a de l'orage dans l'air depuis ton départ. Léonie est indépendante et têtue. Elle a informé maman qu'elle avait vécu pendant cinq ans sans aucune protection masculine et qu'elle ne voyait pas pourquoi elle devrait s'encombrer de quelqu'un qui ne tirait sûrement pas aussi bien qu'elle. Maman s'est vexée, je t'en réponds. Elle a compris que Léonie critiquait mes capacités de tireur et, pendant quelques minutes, j'ai eu peur de devoir être témoin d'un pugilat.

Morgan imagina la scène. Il se mit à rire et demanda :

— Alors, que s'est-il passé ?

Litchfield prévint la réponse de Dominique.

— Si ces messieurs désirent poursuivre leur conversation dans le hall à la lueur d'une bougie, voudront-ils m'excuser si je termine la nuit dans un endroit plus confortable ? suggéra-t-il.

— Je vous en prie, Litchfield, retirez-vous, dit Morgan, amusé. Je vous verrai demain matin... à moins que vous n'ayez d'autres projets.

Litchfield lui lança un regard éloquent et sortit sans rien ajouter.

— Il a raison, reprit Morgan. Nous serions peut-être plus à l'aise ailleurs.

— Si tu veux me suivre, dit Dominique avec un salut moqueur.

Quelques minutes plus tard, ils étaient tous deux assis dans le bureau devant un verre de whisky. Morgan fit part à son frère du décevant résultat de son voyage et de sa rencontre avec Gaylord. Bien calé dans un moelleux fauteuil de cuir, Morgan poussa un long soupir de soulagement et déclara :

— Dieu ! que c'est bon de se sentir chez soi !

— Tiens, tiens, railla Dominique, voilà qui est nouveau ! Penses-tu réellement qu'on n'est bien que chez soi ?

Morgan fronça les sourcils.

— Je ne sais pas. Je sais simplement que je suis heureux d'être ici... Heureux aussi que ma chère petite menteuse de femme n'ait pas disparu pendant que j'avais le dos tourné.

— Je ne crois pas qu'elle ait eu la possibilité matérielle de disparaître, dit-il. Je suis prêt à parier que, si elle n'avait pas dépensé jusqu'à son dernier sou pour venir ici, elle serait partie en dépit de tous mes efforts pour la retenir.

Morgan but une gorgée de whisky.

— Comment sais-tu qu'elle a tout dépensé pour venir ici ? demanda-t-il. Comment sais-tu qu'ils sont tous venus de La Nouvelle-Orléans ? Après tout, c'est elle qui le dit.

— Tu vas me trouver versatile, Morgan, mais, à certains moments, je crois ce qu'elle raconte, tout au moins en partie. Toute cette histoire est tellement embrouillée que je ne sais plus que penser. Tu dis que tu ne l'as pas épousée et je suis sûr que c'est vrai. D'autre part, je crois qu'elle dit la vérité pour certaines choses.

— Par exemple ?

— Par exemple en ce qui concerne cette vieille plantation inculte dont elle parle. As-tu accordé une attention particulière à ses vêtements et à ses mains avant ton départ ?

Morgan fit un effort pour se rappeler les robes qu'elle portait. Évidemment, elles étaient usées. Léonie n'en changeait pas souvent.

— Bah ! répliqua-t-il, les vêtements ne signifient rien. Elle est trop habile pour porter autre chose que de vieilles fringues si elle veut que son histoire tienne debout. Quant à ses mains, ma foi non, je n'y ai pas prêté attention. Je ne m'intéresse généralement pas aux mains des femmes. Elles ont d'autres aspects tellement plus intéressants...

— D'accord. D'habitude, je ne remarque pas leurs mains, moi non plus. Mais, cette fois, je n'ai pu faire autrement. Si tu t'étais donné la peine d'observer les siennes avant d'entreprendre ton voyage, je suis sûr que tu aurais vu qu'elles étaient couvertes de cals. Maintenant, c'est moins visible mais, au début, il était facile de constater qu'elle avait fourni un travail de fermier. D'ailleurs, quand papa parle de semailles et de plantations, elle n'a aucune difficulté à le suivre. Aucune des femmes que je connais, y compris maman, n'entend rien aux travaux de ferme. Léonie, si. Elle a même proposé quelques suggestions sur l'assolement des cultures qui ont impressionné papa. Je veux bien que ce soit une aventurière mais je crois qu'elle a réellement fait tout ce qu'elle a dit.

Morgan réfléchit longuement avant de répliquer :

— Pourtant, tu ne peux nier qu'elle est motivée par l'argent ?

— Je ne le nie pas, mais je ne suis pas sûr que ce soit la cupidité qui la motive. Quand je lui ai annoncé que tu ne reviendrais peut-être pas avant un mois, elle était sincèrement désespérée, pas parce que tu ne lui avais pas donné l'argent mais parce qu'elle ne l'aurait pas à temps pour sauver Saint-André.

— Le sauver ? Je croyais que le domaine était déjà perdu... Ou aurait-elle modifié son histoire ?

— Je crois plutôt qu'elle a mieux exposé les faits. Il semble que l'un de ses vieux voisins lui ait prêté de l'argent sur le château et, qu'après sa mort, son héritier ait exigé le remboursement du prêt. Or elle n'a que le château pour tout bien et cette vieille demeure lui tient à cœur. Je me demande comment je réagirais si Bonheur était vendu à un étranger.

— Rien ne prouve qu'elle dise la vérité, Dom.

— Je ne prétends pas qu'elle n'essaie pas de te soutirer de l'argent, répliqua Dominique. Je pense simplement qu'elle n'est peut-être pas aussi noire qu'il y paraît à première vue.

— Tu as peut-être raison, admit Morgan. Il est possible que son histoire soit à moitié vraie. C'est pourquoi il est si difficile de la prendre en flagrant délit de mensonge.

— Si nous partions du principe que tout n'est pas faux dans ce qu'elle raconte, notre tâche en serait simplifiée, non ? Nous aurions des éléments de base.

— Je n'en sais rien, mordieu ! Peut-être que oui, peut-être que non. Je projette un voyage à La Nouvelle-Orléans. C'est le point de départ de toute l'affaire et c'est là qu'il faut que j'aille pour essayer de la démêler. Pour l'instant, je suis dans le brouillard. En somme, mon expédition à Baton Rouge n'a servi à rien.

La porte du bureau s'ouvrit : Litchfield entra et déposa un énorme plateau garni de victuailles à côté d'eux. Morgan lui jeta un regard reconnaissant.

— Litchfield, vous ai-je jamais dit que je vendrais mon dernier cheval avant de vous laisser quitter mon service ?

— Souvent, monsieur, mais seulement quand vous êtes dans les vignes du Seigneur.

Il sortit dignement, laissant les deux frères donner libre cours à leur hilarité.

— Je comprends pourquoi tu chantes ses louanges, dit enfin Dominique. N'empêche qu'il me terrifie.

— Question d'habitude ! répliqua Morgan. En tout cas, c'est vrai que je ne pourrais pas me passer de lui. Mais tu ne m'as toujours pas dit pourquoi je t'ai trouvé endormi dans mon bureau.

19

— J'avais commencé à te dire que maman voulait que je m'installe au Petit Bonheur à cause des cambrioleurs, répondit Dominique. Seulement, Léonie ne le voulait pas. Alors, pour leur donner satisfaction à toutes les deux, je me glissais ici quand tout le monde était couché et je somnolais jusqu'à l'aube avant de retourner à Bonheur. Je suis tout de même content que tu sois revenu parce que je commence à manquer de sommeil. D'ailleurs, Léonie aurait fini par découvrir mon manège et, dans ce cas, je n'aurais pas donné cher de ma peau.

— Tu veux dire qu'elle n'est pas au courant ? demanda Morgan.

— Je ne sais pas. Je m'introduis si furtivement dans la maison que je suis sûr de ne pas être entendu, pourtant, quand Léonie me regarde d'un certain air, je pense qu'elle sait et qu'elle se tait pour éviter une guerre ouverte avec maman.

— Ça va tellement mal ?

— Non, pas tellement. Je crois qu'après quelques escarmouches elles ont compris l'une et l'autre qu'elles luttaient à armes égales. Maman ne veut pas l'admettre, mais au fond elle aime bien Léonie. Quant à Léonie, elle est si renfermée qu'il est difficile de savoir ce qu'elle a dans la tête. Pour l'instant, elle se méfie tellement de nous tous qu'elle se refuse à nous aimer.

— Pourquoi se méfierait-elle ?

— Elle croit que nous te couvrons. Si la situation n'était pas aussi grave, je m'amuserais beaucoup. Léonie est de loin la meilleure comédienne que j'aie jamais vue. Si je ne te connaissais pas aussi bien, je jurerais qu'elle dit la vérité.

— En tout cas, *moi*, je dis la vérité, gronda Morgan. Je ne l'ai jamais épousée et Justin n'est pas mon fils et je ne céderai sûrement pas à son chantage !

— Tu y seras peut-être obligé. Elle a déposé l'affaire entre les mains du juge.

— Quoi ? s'écria Morgan.

— C'est vrai. Père a essayé de l'en dissuader et nous nous sommes tous employés à la détourner de son projet. Peine perdue. Lundi, elle est descendue en ville à dos de mulet et elle a vu le juge Dangermond. Elle lui a remis les documents en déclarant qu'elle voulait que justice soit faite.

— Elle a pris un de ses mulets pour aller en ville ? demanda Morgan, une lueur d'amusement dans les yeux.

— Oui ! Fière petite bonne femme ! Elle nous a déclaré qu'elle avait son propre moyen de transport et qu'elle n'avait pas besoin de l'aide des Slade. Elle répète qu'elle veut uniquement sa dot. Elle se moque bien du reste.

Morgan fronça les sourcils.

— Père a-t-il parlé au juge ? demanda-t-il, soucieux.

— Oui, le même jour. Le juge dit que si tu ne peux pas prouver que les documents sont faux et qu'elle est décidée à te poursuivre, tu seras obligé de payer. Entre-temps, il va essayer de faire traîner les choses. Heureusement que Dangermond est un ami de la famille.

— Elle le sait ?

— Pas encore mais elle est subtile, je t'en réponds. Elle ne va pas tarder à comprendre que le juge est dans notre camp et qu'il cherche à gagner du temps.

— Elle est beaucoup trop subtile ! fulmina Morgan. Ah, elle est allée voir le juge ? Elle ne perd rien pour attendre !

— Que comptes-tu faire ?

— Les hommes ont affaire à des épouses récalcitrantes depuis des siècles, Dom, et ils en viennent à bout.

— Tu ne vas tout de même pas lui faire de mal ?

— Je vais me gêner, peut-être ! Pour le moment, je lui tordrais le cou avec délices.

— Je ne crois pas qu'elle se laissera faire si facilement.

— Tu as raison. D'ailleurs, bien que l'idée soit fort

séduisante, je ne serai pas assez stupide pour me laisser entraîner à cette extrémité.

Au bout d'un moment, Dominique reprit :

— Elle est bien décidée à ne rien nous devoir. Si elle a accepté quelques cadeaux pour Justin, elle a précisé qu'elle ne voulait pas qu'il soit trop gâté et qu'il ne fallait plus rien lui donner.

Morgan écoutait, les yeux fixés sur son verre.

— Évidemment, ce n'est pas tout à fait le comportement que l'on attend d'une aventurière, murmura-t-il.

— C'est ce que je me tue à te dire, répliqua Dominique. Elle veut cette sacrée dot, c'est vrai, mais elle ne veut rien d'autre. Que diable, elle a une calèche à sa disposition et une demi-douzaine de chevaux qui s'ennuient dans l'écurie, eh bien non, madame prend un de ses mulets pour descendre en ville.

— Cette attitude fait peut-être partie de la comédie. En se limitant strictement à sa demande de dot, elle ne fait que renforcer sa position. Ainsi, tu commences déjà à la croire. Ensuite, en se comportant comme toute dame de qualité est censée le faire, elle donne plus de crédibilité à son histoire.

— Je n'avais pas vu les choses sous cet angle, murmura Dominique.

— Réfléchis : si elle acceptait tout ce qu'on lui offre, elle aurait l'air intéressée, ce qui tendrait à confirmer qu'elle n'est qu'une aventurière décidée à me faire chanter. Tandis qu'en refusant les cadeaux et tout le reste elle paraît au-dessus de tout soupçon. Est-ce que tu n'admires pas toi-même la dignité dont elle fait preuve ?

Dominique était embarrassé. Le tableau que brossait son frère lui déplaisait. Pourtant, la logique de son raisonnement l'impressionnait.

La conversation s'arrêta là. Dominique retourna à Bonheur et Morgan monta dans sa chambre. Litchfield était passé par là avant lui, comme le prouvaient la bougie allumée sur la table de toilette, le broc d'eau chaude préparé près de la cuvette, la robe de chambre en brocart bleu étalée sur le lit, et le plateau garni d'un verre et d'une bouteille de cognac posé sur la table de chevet.

Morgan ôta ses vêtements poussiéreux, fit une toilette sommaire et se glissa entre ses draps avec un soupir de satisfaction.

Malgré sa fatigue, le sommeil s'obstina à le fuir. Sa conversation avec Dominique lui revenait par bribes. Convaincu de la pertinence de ses propres conclusions, il se refusait à laisser le moindre doute s'insinuer dans son cerveau. Léonie était incontestablement une intrigante. Et pourtant, il se surprenait à lui chercher des excuses, ce qui le mettait en rage.

La pensée qu'elle avait porté toute l'affaire devant le juge le révoltait. Il n'aurait jamais cru qu'elle irait aussi loin. Cette action lui prouvait en tout cas qu'elle et ses complices savaient que ses allégations étaient quasi irréfutables.

Incapable de trouver le sommeil, Morgan se leva, versa une dose de cognac dans son verre, alla à la fenêtre et contempla la nuit.

Le cognac lui produisit un effet calmant mais il était trop fatigué pour dormir. Il récapitula les faits pour la millième fois et, quand il eut fini, il n'était pas plus avancé. Il sentait qu'un élément restait tapi dans l'ombre, un incident survenu six ans auparavant qui lui donnerait la solution du problème.

Quand il eut enfin regagné son lit, Morgan n'était certain que d'une chose : un homme tirait les ficelles, ne serait-ce qu'à cause de l'existence de Justin. Léonie était peut-être capable d'imiter sa signature mais une sorte d'instinct l'avertissait que c'était un homme qui avait fabriqué les faux. Et dans ce cas, où diable se cachait-il ?

Morgan n'allait pas tarder à le rencontrer. Au moment précis où il se posait cette question, Ashley Slade se trouvait au milieu de l'Atlantique à bord d'un navire français en route pour La Nouvelle-Orléans. Il avait entrepris ce voyage à seule fin de retrouver la jeune femme qu'il avait épousée six ans auparavant sous le nom de Morgan.

Sa réconciliation avec son père, le baron de Trevelyan, n'avait pas duré longtemps. Une semaine après son retour, il avait blessé le magnifique étalon qui faisait l'orgueil des écuries du baron. Ensuite, il s'était sauvagement battu avec son frère Miles, qui avait failli rester aveugle sous ses coups. Le baron avait essayé de lui trouver des excuses mais, trois mois plus tard, Ashley avait séduit délibérément la fiancée de Miles. Ce dernier méfait fut la goutte d'eau qui fit déborder le vase. Le baron avait définitivement renié son fils aîné.

Ashley était resté plusieurs mois à Londres, où il avait mené la grande vie en dépensant sans compter la dot de Léonie. Quand l'argent fut épuisé, il découvrit que non seulement son père lui interdisait sa porte mais qu'il n'avait nullement l'intention de payer ses dettes ni de l'entretenir.

Il réussit à éviter ses créanciers pendant quelques mois et tenta même de forcer la chance en trichant aux cartes, mais, en fin de compte, il n'eut plus le choix qu'entre la prison et la fuite.

Décidant qu'un riche mariage résoudrait tous ses problèmes, Ashley se mit en quête d'une héritière. Malheureusement pour lui, sa réputation le devançait ; les héritières étaient vivement éloignées chaque fois que son élégante personne se profilait à l'horizon. Ashley aboutit à la conclusion que ce n'était pas en Angleterre qu'il devait chercher fortune.

L'étoile de Napoléon montait au firmament. Ashley

pensa qu'une nation où un parvenu corse pouvait occuper les plus hautes fonctions présentait des possibilités. En conséquence, pendant l'été de 1801, deux ans après son pseudo-mariage avec Léonie, Ashley débarquait sur le territoire français.

Compte tenu des conflits qui opposaient l'Angleterre et la France, la traversée avait été assez pénible mais la conversation avec le passeur, un certain Garrett Penryn, s'était révélée profitable. Alternativement contrebandier et espion à la solde des Français, Penryn descendait d'une famille noble et son histoire ressemblait en bien des points à celle de son passager. Avant la fin du voyage, Ashley était décidé à se lancer dans une nouvelle carrière.

Garrett l'introduisit auprès du maître espion, Joseph Fouché, ministre de la Police. Après plusieurs entretiens avec cet homme calculateur et insensible, Ashley accepta de lui servir d'agent de renseignements. Six semaines plus tard, il retournait en Angleterre, manifestement transformé.

Au lieu de mener une vie scandaleuse, il dirigeait ses affaires avec discrétion. Il avait de l'argent qu'il se vantait d'avoir gagné en France mais, mieux encore, il semblait fasciné par les militaires. Il se faisait un point d'honneur de se lier d'amitié avec l'élite de l'armée et, pendant plusieurs mois, il se révéla extrêmement habile dans sa nouvelle profession. Il fournissait des renseignements d'ordre stratégique à Garrett qui les transmettait à Fouché.

La paix d'Amiens signée au printemps de 1802 vint interrompre ces activités lucratives. Après la destitution de Fouché, Ashley décida d'aller voir sur place si sa source de revenus était tarie.

A Paris, il apprit que, loin d'être compromis, son avenir s'annonçait brillant car Napoléon était au courant des services qu'il avait rendus à la France.

Beau, élégant, séduisant, Ashley réussit à s'insinuer

dans les bonnes grâces de l'empereur. Il continua aussi à renseigner le gouvernement français sur les faits et gestes des Anglais qui profitaient de la période de paix pour affluer en France.

En mai 1803, les hostilités reprirent, à la grande satisfaction d'Ashley, qui retourna en Angleterre les poches pleines. La chance était avec lui. Il jouissait de la faveur de Napoléon et il possédait une grosse provision d'or, avec la perspective d'en gagner davantage.

L'idée qu'il trahissait son propre pays ne le gênait pas le moins du monde. Il fréquentait ses anciens compagnons et continuait à être reçu dans la bonne société. Il jouait et courait les filles comme d'habitude mais il ne dépendait plus du baron pour payer ses dettes. Bref, il vivait comme il l'avait toujours fait, avec cette différence qu'il passait de temps en temps des renseignements aux Français.

Le voyage de Morgan en Angleterre aurait pu mettre fin à cet intéressant état de choses si le hasard les avait mis en présence. Heureusement pour Ashley, il se trouvait à Paris pendant que Morgan était à Londres et il était retourné en Angleterre quand Morgan était parti pour la France. Seulement si Morgan avait échappé de justesse aux dragons qui le poursuivaient, trois semaines après, Ashley avait failli se faire prendre par les douaniers envoyés pour l'arrêter au cours de l'une de ses rencontres clandestines avec le contrebandier Garrett. Les douaniers ne réussirent pas mieux que les dragons à capturer leur gibier et, au printemps de 1805, Ashley se retrouva en France. Mais, cette fois, les portes de l'Angleterre lui étaient fermées.

Il alla aussitôt offrir ses services à Fouché, qui avait retrouvé ses importantes fonctions. Il lui proposa de repérer les espions anglais opérant en France. Toujours cynique, Fouché accepta.

Ashley aurait probablement perdu toute utilité et

terminé sa vie avec un couteau entre les omoplates si deux événements heureux n'étaient opportunément intervenus.

Le premier se produisit par hasard. Un jour qu'il suivait un informateur anglais dans la vallée de la Loire, il se rendit compte que l'homme en question allait rendre visite à des amis qui possédaient un domaine niché dans une terre vallonnée. Ashley se renseigna sur ses propriétaires. C'est alors que l'idée de s'approprier légalement une fortune se fit jour dans son esprit. Il apprit que ce domaine se nommait le château Saint-André et ce nom réveilla un souvenir dans sa mémoire. Une enquête plus approfondie lui révéla que tous les membres de la famille étaient morts pendant la Terreur mais une vieille femme se rappela vaguement qu'une branche cadette s'était exilée en Louisiane.

Dans son effort pour attirer ce qui restait de la noblesse et faire revenir les émigrés qui avaient fui en Angleterre, Napoléon avait restitué à leurs anciens propriétaires un grand nombre de domaines confisqués pendant la Terreur. Peut-être le grand homme en ferait-il autant pour les nobles exilés en Amérique, surtout s'il s'agissait de l'épouse d'un homme ayant donné des preuves de son loyalisme à l'égard de la France nouvelle de Napoléon.

Oubliant l'espion qu'il avait pris en filature, Ashley questionna les habitants du petit village voisin du château Saint-André pour vérifier si ses suppositions étaient exactes. Une vieille bible de famille lui fournit la preuve qu'il cherchait.

La bible avait survécu par miracle grâce au valet du comte de Saint-André. Le jour où ses maîtres étaient montés sur l'échafaud, il avait réussi à sauver certains objets ayant une valeur sentimentale, dont cette bible où étaient inscrits les noms des Saint-André avec leurs dates de naissance et de décès au cours des cent dernières années.

Les dernières inscriptions retinrent son attention, celles qui se rapportaient à la branche émigrée en Amérique. Les yeux fixés sur la feuille où le nom et la date de naissance de Léonie se détachaient à l'encre noire, Ashley sentit son pouls s'accélérer.

La petite garce était la dernière descendante des Saint-André ! Et il l'avait épousée sous le nom de Morgan, il est vrai, mais il n'en était pas moins son mari.

Il lui fallait s'emparer de la bible mais le vieux valet qui avait bien voulu la lui montrer refusa énergiquement de s'en dessaisir. Ashley essaya tour à tour le charme, la corruption et la menace, mais sans succès. Aussi la vola-t-il purement et simplement.

Une fois en possession de la bible, Ashley s'intéressa à la famille qui occupait les lieux. Il faudrait qu'elle déménage pour éliminer l'obstacle qui pourrait s'opposer aux revendications de Léonie.

L'espion repartit le lendemain pour Paris. Ashley fut bien obligé de le suivre. Il annonça qu'il rentrait bredouille de sa mission et Fouché l'accueillit plutôt froidement. Sa mauvaise humeur s'accrut encore quand Ashley aborda la question qui lui tenait à cœur.

— Vous vous imaginez que je vais ajouter foi à votre histoire de mariage ? maugréa-t-il. D'ailleurs, en admettant que vous ayez épousé cette Léonie, pensez-vous que Napoléon va vous donner un domaine qu'il a déjà attribué à quelqu'un d'autre ? Surtout à vous, un Anglais qui a trahi sa patrie...

— Napoléon a une haute opinion de moi, riposta-t-il. Et si je peux prouver que Léonie Saint-André est ma femme et l'héritière légitime de la propriété, pourquoi ne la lui restituerait-il pas ? Il a rendu plusieurs domaines à leurs héritiers.

— Mais pas ceux qui avaient déjà été attribués ! Oubliez cela et occupez-vous de nos affaires. Sinon, je pourrais m'apercevoir que je n'ai plus besoin de vos services.

Ashley insista :

— Supposez que les occupants actuels du château soient des espions, qu'ils travaillent pour les Anglais avec le suspect que j'ai suivi ?

Fouché grimaça un sourire :

— Dans ce cas, l'affaire prendrait une tout autre coloration.

C'est alors que la chance le favorisa pour la seconde fois. Il découvrit que la famille Cloutier, qui occupait le château Saint-André, faisait partie d'un groupe de conjurés dont le but était d'assassiner Napoléon.

Il déposa ses preuves sur le bureau de Fouché et demanda sur un ton triomphant :

— Et maintenant, que répondez-vous aux revendications de ma femme ?

Fouché le dévisagea froidement.

— Eh bien, monsieur, *si* vous pouvez nous présenter votre épouse ici, en France, avec la preuve qu'elle est bien la dernière descendante des Saint-André, il est possible que notre glorieux empereur accepte de lui rendre la propriété qui appartenait à sa famille.

Ashley s'inclina.

— Je pars demain pour l'Amérique, dit-il. A mon retour, je présenterai tout ce que vous exigez : la femme, la preuve de mon mariage et de son identité.

C'est ainsi qu'Ashley naviguait depuis trois semaines quand Morgan revint de Baton Rouge. Ashley avait entrepris son voyage dans le seul dessein de retrouver Léonie pour la ramener en France avec lui. Cependant, en cours de route, il se rappela qu'il avait un compte à régler avec son cousin.

20

En apprenant le retour de Morgan, Léonie éprouva une étrange sensation de plaisir qu'elle réprima aussitôt pour se rappeler que cet homme était son ennemi juré.

La vue de Morgan qui tenait Justin dans ses bras ne la détendit pas. La gorge serrée, elle eut tout juste la force d'articuler :

— Monsieur, bon... jour.

Puis, se ressaisissant, elle reprit :

— Mercy m'a annoncé que vous étiez revenu. J'espère que vous avez fait un voyage agréable.

Morgan fut surpris de sentir son cœur battre à grands coups redoublés. Il n'avait pas prévu qu'il aurait cette réaction en la revoyant.

Quand il avait enfin trouvé le sommeil, il s'était endormi profondément. C'était Justin qui l'avait réveillé par ses démonstrations exubérantes. Dès que l'enfant avait été informé de son retour, il s'était précipité dans sa chambre, sûr d'être bien accueilli. Il s'était mis à bondir sur le grand lit avec un tel enthousiasme que Morgan avait retenu la réprimande qui lui montait aux lèvres. Tout en l'étreignant, Justin avait avoué avec une sincérité désarmante :

— Ah, papa, comme vous m'avez manqué !

Morgan se sentit submergé par une vague de tendresse si puissante qu'il en fut émerveillé. A ce moment-là, il cessa de lutter, de se chercher des raisons pour garder ses distances.

Morgan resta désemparé, conscient d'être entraîné sur une pente qu'il redoutait : il était sur le point de tomber amoureux de cette encombrante petite bonne femme.

— Non, répondit-il, mon voyage n'a pas été agréable. Il l'aurait été beaucoup plus si vous m'aviez accompagné, vous et notre fils.

Léonie le dévisagea, stupéfaite. Elle déglutit nerveusement et se hâta d'enchaîner :

— Justin espérait tous les jours votre retour. Vous lui manquiez beaucoup.

— C'est vrai, papa, approuva Justin en s'accrochant au cou de Morgan.

Morgan sourit à l'enfant.

— Toi aussi, tu m'as manqué, dit-il. Et vous, ma chère, ajouta-t-il, vous aurais-je manqué ?

Léonie ouvrit la bouche pour répliquer vertement, mais, devant le regard interrogateur de Justin, elle n'osa pas et murmura d'une voix un peu enrouée :

— Oui.

Profitant de l'avantage que lui donnait la présence de Justin, Morgan reprit avec un sourire ironique :

— Je me suis vraiment ennuyé de vous, ma chère. Je n'ai cessé de penser à vous deux.

Le regard de Léonie disait clairement qu'elle n'en croyait pas un mot mais elle n'en paraissait pas moins troublée. Satisfait de la situation, Morgan acheva de la déconcerter.

— Justin et moi avons décidé d'essayer le nouveau cabriolet qui est arrivé pendant mon absence, dit-il. Nous serions contents que vous veniez avec nous. J'ai même demandé à Mammy de nous préparer un pique-nique.

Léonie ouvrit la bouche pour refuser mais, comme Morgan l'avait prévu, Justin mit de nouveau les pieds dans le plat :

— Oh oui, maman, venez avec nous, dites oui, supplia-t-il.

Que pouvait-elle faire ?

— Bien sûr, mon fils, répondit-elle en lançant à Morgan un regard furieux. Bien sûr, j'irai avec vous.

Justin éclata d'un rire joyeux et lâcha Morgan.

— Je vais dire à Abraham de conduire le cabriolet devant l'entrée !

— C'est ça, mon petit, vas-y, répondit Morgan. Nous te suivons.

— Vous aviez combiné cette promenade ? dit Léonie dès que Justin eut disparu.

— Naturellement, ma chère, répondit Morgan avec un sourire angélique. N'est-il pas normal que j'aie envie de passer la journée avec ma famille après une aussi longue absence ?

— Avez-vous vu Dominique cette nuit ? demanda-t-elle brusquement. Vous a-t-il dit que j'étais allée voir le juge ?

— Oui, je l'ai vu. Vous saviez donc qu'il passait la nuit dans la maison ?

Léonie haussa les épaules.

— Naturellement. Je ne suis pas stupide. Mais vous ne m'avez pas répondu. Vous a-t-il dit que j'étais allée voir le juge ?

— Oui, il me l'a dit.

— Et alors, vous n'êtes pas fâché ?

— Fâché, non. Furieux conviendrait mieux.

Ahurie par le contraste qui existait entre le ton et les paroles, Léonie attendit qu'il s'explique. Voyant qu'il se taisait, sa perplexité s'accrut. Elle remarqua timidement :

— Vous n'avez pas l'air furieux.

Morgan sourit et elle frémit en sentant son regard peser sur elle. Une lueur dans ses yeux bleus la troubla. Elle détourna la tête. Que manigançait-il ? Pourquoi était-il aussi... charmant ? Trop charmant, en vérité !

— Quel jeu jouez-vous ? Qu'espérez-vous gagner ?

Le visage de Morgan se durcit.

— Ce sont là des questions que vous feriez bien de vous poser à vous-même, riposta-t-il en serrant les mâchoires. Je vous avertis aussi qu'il ne faut pas essayer de jouer au plus fin avec moi.

A peine eut-il prononcé ces mots que le majordome ouvrit les doubles portes du grand vestibule. Justin bondit à l'intérieur, les yeux étincelants de plaisir.

— Enfin, vous voilà, s'écria-t-il. Dépêchez-vous. Abraham dit que les chevaux s'impatientent et qu'il ne faut pas les faire attendre.

— Abraham... ou Justin ? demanda Morgan en riant.

Justin prit un air penaud puis son visage s'éclaira d'un large sourire.

— Je voulais vous presser, expliqua-t-il.

Quelques minutes plus tard, ils étaient tous trois confortablement installés dans le cabriolet flambant neuf. Bien calé entre Léonie et Morgan, Justin jacassait avec animation, dissipant le malaise. Quand le feu des questions et des exclamations se fut ralenti, Léonie avait retrouvé son calme et elle put se mêler à la conversation comme si son esprit était exempt de tout souci.

Pourtant, une question la tracassait : que préparait-il ?

Morgan conduisait l'attelage sans effort. Il était de si bonne humeur qu'il avait pris Justin sur ses genoux et lui laissait tenir les rênes. L'enfant ne parut pas disposé à les lâcher quand Morgan décida que la route qui se déployait devant eux commençait à devenir trop tortueuse.

— Tu auras ton propre attelage bien assez tôt, mon fils, dit-il. En attendant, tu conduiras dans la mesure où je te le permettrai.

Avec une expression rebelle qui lui rappela Léonie, Justin ouvrit la bouche pour protester mais sa mère détourna son attention :

— Regarde, Justin ! s'exclama-t-elle. Il y a un renard par là.

Oubliant aussitôt l'objet de la contestation, Justin

suivit des yeux avec intérêt un petit renard roux qui disparut dans le sous-bois.

Léonie se sentait de plus en plus détendue. Elle commençait à sourire en savourant le plaisir de la promenade.

— Allons-nous dans un endroit particulier ? demanda-t-elle.

— J'ai un endroit en vue, répondit Morgan sur un ton léger, mais, pour l'instant, je vous fais faire le tour de Bonheur. Heureusement, il est assez tôt et la chaleur est encore supportable.

Il leur montra la plantation et Léonie écouta ses explications avec intérêt. Bien qu'elle continuât à se méfier, elle dut admettre qu'il se mettait en frais pour lui plaire.

— Et maintenant, où allons-nous ? demanda-t-elle en voyant qu'au lieu de reprendre le chemin de l'écurie Morgan engageait le cabriolet sur la piste étroite qui longeait la rivière.

— Nous n'avons pas encore déjeuné. Je connais un coin particulièrement agréable pour pique-niquer. Je suis sûr que vous vous le rappelez...

Elle se le rappelait, bien sûr, et, la tête pleine de souvenirs qu'elle eût voulu effacer, elle accepta la main que Morgan lui tendait pour l'aider à descendre.

La cascade coulait aussi joyeusement et l'énorme sycomore répandait toujours son ombre sur le tapis d'herbe comme le jour où ils avaient fait l'amour. Rouge de confusion, elle foudroya Morgan du regard pendant qu'il déployait une couverture et posait le panier du repas.

Justin était enchanté; il se mit à explorer les lieux sans plus se soucier des adultes.

Léonie resta debout près du cabriolet pendant un moment. Confortablement allongé au pied de l'arbre, les mains sous la nuque, Morgan l'appela :

— Venez donc. Justin étant là, vous ne courez aucun

risque. D'ailleurs, bien que vous soyez un brin de femme fort appétissant, c'est de nourriture que j'ai faim pour l'instant, et pas des autres plaisirs.

Léonie s'assit sur la couverture aussi loin que possible de Morgan qui se mit à rire doucement.

Quand ils eurent fini le repas préparé par Mammy, Léonie était trop euphorique pour entamer une discussion. Pelotonnée comme une chatte sur le bord de la couverture, elle essayait de rester éveillée.

Couché devant Morgan, Justin avait déjà cédé au sommeil... Morgan observa Léonie, puis, d'un mouvement souple, il l'attira à lui.

— Dormez, Léonie, murmura-t-il d'une voix somnolente. C'est ce que j'ai l'intention de faire. Justin est déjà assoupi.

Elle appuya la tête contre la poitrine de son mari et se laissa aller. La chaleur, les effets du repas, le bourdonnement des insectes, tout incitait au sommeil. Elle n'éprouvait aucune répugnance à faire la sieste, blottie contre l'homme dont elle se méfiait le plus au monde.

Elle se réveilla la première, deux heures plus tard. Elle se dégagea avec précaution pour ne pas le déranger et s'accroupit à côté de lui.

Son regard se posa d'abord sur Justin toujours endormi puis se reporta sur Morgan et un profond sentiment de tendresse l'envahit. Le visage était détendu, le pli amer de sa bouche s'était effacé, ainsi que l'expression sarcastique qui durcissait ses traits.

D'un geste spontané, elle suivit du doigt le contour de la lèvre inférieure et sa main remonta doucement le long de la joue.

Justin s'agita. Léonie s'approcha de lui.

— Chut, murmura-t-elle. Laisse ton père dormir. Il est rentré tard cette nuit. Si nous allions explorer le lac ?

Justin ne demandait pas mieux. Ils s'éloignèrent en

silence, laissant Morgan plongé dans un sommeil réparateur. Ils ôtèrent leurs chaussures et, pendant que Justin pataugeait avec délices, Léonie se contenta de tremper ses orteils dans l'eau fraîche.

Le soleil dardait ses rayons sur sa tête et elle fut saisie d'une envie folle de plonger son corps nu dans les profondeurs du lac mais la présence de Morgan la retint. Néanmoins, elle ne retint pas Justin. Avec la permission de sa mère, il se débarrassa de ses vêtements et se livra à de joyeux ébats aquatiques.

Le bruit des éclats de rire du petit garçon réveilla Morgan. Il cligna des yeux avant d'apercevoir Léonie et Justin. Un petit sourire au coin des lèvres, il contempla le tableau que formaient la mère et l'enfant.

A l'expression de Léonie, il comprit qu'en d'autres circonstances elle n'aurait pas hésité à se déshabiller pour partager les jeux de son fils. A la vue de ses pieds nus, il pensa un instant aller les rejoindre.

Il renonça à cette idée et se leva pour s'adosser à l'arbre. Tout en mâchonnant un brin d'herbe, il se dit, le cœur serré, qu'il n'avait jamais vu son propre fils jouer avec un abandon aussi naturel. Stéphanie ne l'aurait pas permis. Mais Léonie n'était pas sa femme et Justin n'était pas son fils. Alors la comparaison n'avait aucun sens.

Il paressa quelques minutes en se demandant comment Léonie allait réagir aux projets qu'il avait formés pour le reste de la journée. Il n'utilisait pas délibérément Justin pour lui imposer sa volonté mais il profitait de son amour évident pour l'enfant. Elle n'aurait jamais accepté d'aller se promener en voiture seule avec lui.

Son plan n'avait pas surgi tout fait de son esprit. L'idée lui en était venue après la lecture d'une note de sa mère qui l'avertissait que le lendemain soir un bal était organisé en l'honneur d'Aaron Burr.

Que diable l'ex-vice-président venait-il faire à Natchez ? Et pourquoi sa mère s'imaginait-elle que Léonie et lui-même aimeraient assister au bal donné en l'honneur de Burr ?

Il avait écarté la note avec ennui. Aaron Burr était vraiment le cadet de ses soucis. Léonie et Justin occupaient entièrement son esprit. En allant saluer sa mère, il comptait avoir une conversation avec elle à leur sujet. Noëlle avait pris les devants :

— Je n'ai jamais critiqué ta femme, avait-elle expliqué. D'ailleurs, je n'ai même pas porté de jugement sur elle, mais, si tu ne t'es pas aperçu que Léonie ne possède que trois robes, moi, je m'en suis rendu compte. Je lui ai suggéré qu'étant ta femme elle ne devait pas hésiter à commander quelques toilettes neuves. Je t'assure que rien dans mes propos ne pouvait l'offenser. Tu me crois, n'est-ce pas ?

Morgan s'était empressé de la rassurer :

— Je connais votre tact, maman. Et alors, son refus vous a-t-il empêchée de donner suite à votre idée ?

— Non. J'ai demandé à Mercy de me communiquer les mesures de Léonie et j'ai commandé à Mme Dobson une garde-robe sommaire pour elle... Pour Yvette et pour le petit aussi.

— Je vois. Et maintenant vous voudriez que j'intervienne ?

— Eh bien, vois-tu... Plusieurs des robes sont déjà prêtes pour l'essayage...

— Et vous désirez qu'elle aille les essayer ?

— Oh oui, Morgan, si tu pouvais t'arranger...

— C'est bon, avait soupiré Morgan. Je ne sais trop comment je m'y prendrai mais elle ira chez Mme Dobson. A quelle heure ?

— Si c'est possible, à trois heures.

— Entendu, à trois heures.

Lorsqu'il en avait parlé avec sa mère, la chose lui avait paru simple mais, à présent, il n'était plus si sûr de lui. Il consulta sa montre dont la chaîne portait toujours la petite croix en or et il s'aperçut qu'il ne lui restait guère de temps avant l'heure fixée pour l'essayage. Il était certain qu'elle allait regimber, mais peut-être, grâce à la présence de Justin...

Il se leva et s'approcha si doucement que Léonie ne l'entendit pas venir. Il la prit par la taille et posa ses lèvres sur son cou.

Léonie sursauta, furieuse de sentir les battements de son cœur s'accélérer. Morgan lui chuchota à l'oreille :

— Mmm... la prochaine fois que nous viendrons ici, nous laisserons Justin à la maison.

Léonie resta un moment sans voix. Une partie d'elle-même était prête à s'abandonner mais l'autre le rejetait et lui en voulait de jouer ainsi avec ses émotions.

— Je n'apprécie pas du tout vos commentaires, dit-elle enfin. Si vous imaginez que ce qui s'est passé ici va se renouveler, vous vous trompez lourdement.

— Vraiment ?

Il la prit par le bras et la força à lui faire face. Elle lui lança un regard de défi. Il avait une expression amusée qui lui déplut.

— Oui, vraiment, répliqua-t-elle. Nous étions convenus que notre mariage ne serait pas une union normale. J'ai votre signature sur cet accord... Si vous employez la force, j'aurai recours au juge à ce sujet également.

— Ah oui ? Vous avez effectivement mentionné qu'il y avait un autre accord. Vous me le montrerez un de ces jours... Je crains que ma mémoire défaillante ne me permette pas de m'en souvenir.

— Votre absence de mémoire est une excuse très commode, monsieur.

— N'est-ce pas ?

— Vous vous moquez, mais vous rirez moins quand le juge Dangermond vous obligera à me restituer ma dot.

— Attendons, c'est tout ce que nous avons à faire.

Léonie aurait répliqué si Justin n'était sorti de l'eau au même moment. Elle se mit aussitôt en devoir de le sécher et de l'habiller. La conversation en resta là.

Ils remontèrent en voiture. Les yeux fixés droit devant elle, Léonie restait figée. Elle ne se détendit qu'en voyant la maison se profiler à l'horizon.

Quand elle s'aperçut que Morgan dépassait la maison sans même ralentir l'allure des chevaux, elle se raidit sur son siège.

— Une nouvelle surprise ? demanda-t-elle.

— Pas précisément, répondit Morgan sans quitter les chevaux des yeux. Une visite inévitable serait le terme exact.

— Et chez qui, cette visite inévitable ? s'enquit-elle d'un air hautain.

— Chez la couturière, voyons.

21

Un silence menaçant parut envahir le cabriolet. Justin lui-même le sentit. Il interrogea sa mère du regard.

— Quelque chose vous tracasse, maman ? Vous ne voulez pas venir chez la couturière avec nous ?

Léonie prit une profonde inspiration pour refouler sa colère.

— Bien sûr que si, mon cœur, répondit-elle avec un sourire contraint. J'aurais simplement préféré que ton papa m'en parle d'abord.

— Je l'aurais fait, intervint Morgan, mais, si vous aviez été prévenue, vous auriez trouvé une excuse pour vous en dispenser.

— Pourquoi ? demanda Justin. Vous n'aimez pas la couturière, maman ?

— Mais si, mais si, mon chéri, j'aime bien la couturière, répondit-elle. Seulement, j'avais d'autres projets pour cet après-midi.

— Quels projets ? insista Justin.

Léonie faillit s'impatienter mais elle se contint.

— Je ne sais plus, murmura-t-elle d'une voix blanche.

— Eh bien, alors, vous pouvez venir avec nous, dit Justin d'un air joyeux.

Morgan étouffa un éclat de rire. Léonie lui lança un regard courroucé mais elle dut se résigner. Le reste du voyage se poursuivit sans incident.

Mme Dobson habitait en bordure de la ville dans une petite maison coquette entourée d'une clôture blanche habillée de plantes grimpantes.

Morgan attacha les chevaux et aida Léonie à descendre. Conscient de son irritation, il se pinça les lèvres pour dissimuler son amusement. Manifestement, la petite dame n'aimait pas être contrariée et goûtait fort peu ses stratagèmes.

— Mme Dobson est tout à fait charmante, lui chuchota-t-il à l'oreille. Il ne faut pas avoir peur d'elle.

Léonie évita obstinément son regard et même le joyeux babil de Justin ne réussit pas à calmer son exaspération. Sans se douter des courants qui passaient entre les adultes, l'enfant gambadait au côté de Morgan.

Pareille à une condamnée, Léonie se laissa conduire dans le salon de Mme Dobson. C'était une pièce agréable avec ses larges fenêtres encadrées de rideaux en cotonnades de couleurs vives et son épais tapis de laine bleu. Une bonne odeur de cire se dégageait du parquet et des meubles de chêne luisant.

Mme Dobson, une accorte veuve, mère de quatre filles, les accueillit chaleureusement. Elle enveloppa d'un regard expert la fine silhouette de Léonie et le petit corps vigoureux de Justin.

— Je pense qu'un certain nombre d'articles pourront aller sans nécessiter de retouches, constata-t-elle avec satisfaction.

Voyant que Justin examinait la pièce avec l'air d'un petit garçon prêt à faire des bêtises, elle se hâta d'ajouter :

— Peut-être pourrions-nous commencer par les essayages du petit jeune homme. Votre belle-mère n'a commandé que les vêtements indispensables. Vous pourriez jeter un coup d'œil sur ces gravures pour choisir ce qui pourrait vous convenir.

Léonie se raidit. A peine Mme Dobson eut-elle disparu avec Justin qu'elle se tourna brusquement vers Morgan.

— Comment osez-vous ? suffoqua-t-elle. Comment osez-vous comploter ainsi derrière mon dos, vous et votre mère ? Nous ne voulons pas de votre charité. Mon Dieu ! pour qui vous prenez-vous donc, vous et les vôtres, pour vous montrer aussi despotiques ?

Morgan la dévisagea d'un air pensif. Si elle jouait la comédie, sa performance était remarquable.

— Pourquoi un cadeau de quelques habits vous offense-t-il à ce point ? Je suis riche et, comme vous avez admis que l'argent est la seule raison qui vous a attirée ici, pourquoi me reprochez-vous de dépenser une infime parcelle de ma fortune pour vous ?

— Nous n'accepterons rien de vous, sauf ce qui est légitimement à nous.

— Pourquoi ne pas considérer les vêtements comme une petite partie de la dot ?

— Des vêtements ! Vous vous imaginez que je gaspillerais mon argent pour acheter des vêtements ?

— Et à quoi comptez-vous le dépenser ?

— Cet argent sera entièrement consacré au château Saint-André, répliqua-t-elle.

— Ah oui, le domaine ancestral, ricana Morgan. Je suis vraiment stupide d'avoir oublié.

— Vous êtes abominable. Je maudis le jour où je vous ai connu.

Morgan sentit la moutarde lui monter au nez. Il la saisit par le poignet et la plaqua contre lui.

— Vous ne le maudissez pas plus que moi, grinça-t-il.

Elle était décidément trop tentante. Abandonnant toute prudence, il lui renversa la tête en arrière, appuya sa bouche sur ses lèvres et l'embrassa goulûment. Il ne pouvait renier la force de la passion qui s'emparait de lui au contact de ce corps voluptueux qui hantait ses nuits.

L'effet de ce baiser fut tout aussi puissant sur Léonie. Elle essaya de lutter contre son propre désir. Instinctivement, elle se serra contre lui et, quand il l'emprisonna de ses bras, elle poussa un soupir de satisfaction. Sa bouche répondit aux exigences de Morgan. Ses seins se gonflèrent et une onde de plaisir la parcourut. Sa nature sensuelle se réveilla comme une créature sauvage enfin libérée. Ses doigts se crispèrent sur les cheveux noirs. Inconsciemment, elle ondula des hanches, se collant à son ventre, heureuse de sentir qu'il était aussi avide qu'elle.

Cependant, alors qu'elle s'abandonnait à la volupté de ses caresses, elle s'arracha brusquement aux bras qui l'enveloppaient et s'écarta de quelques pas pour lui faire face.

— Vous n'avez pas le droit de me toucher, lui cria-t-elle, encore haletante. Vous aviez promis et je ne vous laisserai plus m'approcher. Essayez seulement, et vous regretterez d'avoir osé m'effleurer du doigt.

Morgan se figea pendant que le désir qui l'avait submergé refluait lentement.

— Petite garce ! siffla-t-il entre ses dents. Entre-t-il dans vos plans de m'aguicher pour vous moquer de moi ? Dois-je me rouler à vos pieds pour vous témoigner mon désir ? Est-ce la prochaine étape ? Méfiez-vous. On ne joue pas impunément à ce petit jeu. Nous ne serons pas toujours dans un endroit ouvert à tous vents et, la prochaine fois, je vous jure bien que je ne vous laisserai pas reprendre ce que vous offrez si généreusement.

Pâle d'indignation, Léonie se rebiffa :

— Ramenez-moi immédiatement au Petit Bonheur, ordonna-t-elle. Je ne veux pas rester ici et je ne veux pas des robes que *vous* avez achetées.

Morgan serra les mâchoires.

— Non, dit-il sèchement. Rappelez-vous que vous êtes ma femme et vous vous habillerez comme il sied à une dame de qualité.

— Vous vous souciez tellement de ce que pensent les gens ?

— Non, je m'en moque éperdument ! Mais vous, vous espérez utiliser la pauvreté de votre garde-robe à votre avantage. Or vous en serez pour vos frais, ma chère. Vous allez essayer les robes que Mme Dobson a terminées et nous en choisirons quelques autres.

Comme Léonie ouvrait la bouche pour protester, il ajouta sur un ton glacial :

— Et si vous refusez, je vous traîne dans l'atelier d'essayage et je vous déshabille moi-même.

Se sachant vaincue, elle prit un air détaché qui ne trompa personne et s'inclina :

— Très bien, je cède à la contrainte. Après tout, si vous désirez calmer votre conscience de cette façon, ce n'est pas mon affaire...

Léonie aurait bien voulu trouver matière à critique dans le travail de Mme Dobson. Malheureusement, elle n'en eut pas l'occasion. Tout était parfait et elle était beaucoup trop féminine pour ne pas apprécier les petites merveilles qui étaient sorties des mains de la couturière.

Noëlle n'avait commandé que deux robes de bal ; l'une, en soie mordorée, lui donnait une allure de reine et l'autre, en satin vert, faisait ressortir la couleur de ses yeux. Les robes de jour n'étaient pas encore prêtes mais Mme Dobson se fit fort d'en terminer une demi-douzaine pour le lendemain. Elle promit de les envoyer au Petit Bonheur avec la robe mordorée dont il fallait refaire l'ourlet.

— Il me faudra un peu plus de temps pour finir la robe en satin vert, ajouta-t-elle. Je ne pourrai vous la livrer que mercredi avec les autres, ce sera assez tôt ?

Fascinée par les merveilles étalées sous ses yeux, Léonie ne répondit pas.

— Ce sera parfait, dit Morgan.

Léonie essaya de résister à l'attrait des ravissantes toilettes que Mme Dobson lui proposait mais elle était femme avant tout. Comme une gamine affamée devant un festin, elle dévorait des yeux les mousselines, les dentelles, les parures et acquiesçait à toutes les suggestions de la couturière. Restait la question des chaussures. Mme Dobson mesura soigneusement la petite pointure de Léonie et promit de lui envoyer plusieurs paires pour qu'elle fasse son choix.

Cependant, après avoir tout essayé sous le regard attentif de Morgan, tout le plaisir de Léonie tomba. Heureusement, la présence de Justin lui remonta le moral. Bien qu'il commençât à s'ennuyer, son enthousiasme pour la robe de bal mordorée était presque égal à celui de sa mère.

— Oh, maman ! que vous êtes belle ! s'écria-t-il. N'est-ce pas, papa ?

Morgan, qui n'avait pas quitté Léonie des yeux, renchérit d'une voix rauque :

— Oui, elle est belle ! Incroyablement belle !

La phrase n'était pas dictée par les règles de la politesse. Léonie était véritablement ravissante. La robe la moulait, faisant ressortir la courbe des seins, la finesse de la taille et les rondeurs harmonieuses des hanches tandis que la couleur mordorée intensifiait les points d'or des yeux et l'éclat de la chevelure rutilante.

Le souffle coupé, Morgan la voulait désespérément... et peu lui importait le jeu qu'elle jouait.

Le visage de Léonie exprimait une surprise mêlée de plaisir. L'émerveillement qu'elle éprouvait à porter une toilette aussi élégante lui faisait oublier la présence de Morgan. Elle était si visiblement ravie qu'il se sentit prêt à lui acheter des centaines de robes uniquement pour qu'elle garde cette expression radieuse. Puis il se moqua intérieurement de lui-même.

Le retour fut silencieux. Justin lui-même était moins enclin à babiller. Morgan était plongé dans ses pensées. Il conduisit la voiture devant la maison, déposa ses passagers et alla remiser le cabriolet. Justin se rendit à la nursery pour prendre son dîner et Léonie chercha refuge dans le pavillon d'été pour essayer de voir clair dans ses pensées.

Pelotonnée dans un fauteuil, elle contempla les treillis enroulés de glycine et chercha à comprendre l'attitude de Morgan. « Il a encore changé, se dit-elle. Il s'est montré tellement odieux avant de partir pour Baton Rouge et maintenant... il est si... si... prévenant. »

Elle cassa une branche de glycine mauve avec humeur et se mit inconsciemment à la dépouiller de ses fleurs. Pourquoi ne s'était-il pas irrité de sa visite au juge Dangermond ? Et pourquoi le trouvait-elle si séduisant ?

« J'ai mêlé le sentiment aux affaires, s'avoua-t-elle. Je ne commettrai plus cette faute dans mes futures relations avec Slade. »

Plus sûre d'elle-même, Léonie se dirigea lentement vers la maison en réfléchissant à l'attitude qu'elle devait adopter avec lui.

Elle gagna sa chambre après une visite à la nursery, où Justin était royalement installé. Elle commanda un bain, et, tout en trempant dans l'eau savonneuse, elle décida de mettre fin à leurs repas en commun et à ce simulacre de bonheur conjugal. Elle refuserait désormais de participer à cette comédie ridicule.

Émergeant brusquement du bain parfumé à l'eau de rose, elle refusa l'aide de Mercy et lui dit calmement :

— Je n'ai plus besoin de toi pour ce soir. Je dînerai dans ma chambre. Demande à Mammy de me préparer un plateau. Une servante me le montera dans une heure.

Mercy écarquilla les yeux mais, voyant l'expression têtue de sa maîtresse, elle haussa les épaules et obéit.

A l'heure du dîner, Morgan fut désagréablement surpris de ne trouver qu'Yvette, Robert et Dominique dans la salle à manger.

— Léonie a été retardée ? demanda-t-il.

— Léonie ne descendra pas dîner ce soir, répondit Yvette, embarrassée. Elle est un peu souffrante.

— Je vois. Eh bien, puisque ma femme ne nous honore pas de sa présence, mettons-nous à table.

Morgan s'assit et fit signe à ses frères de l'imiter.

— Au fait, ajouta-t-il, expliquez-moi donc pourquoi je vous trouve plus souvent chez moi que chez vous.

Robert rougit et toussa pour s'éclaircir la voix mais Dominique répondit hardiment :

— Voyons, Morgan, tu nous as beaucoup manqué. Nous venons uniquement pour le plaisir de ta compagnie.

Morgan prit un air vaguement amusé.

Quelques heures plus tard, debout devant la fenêtre de sa chambre, les yeux fixés sur la nuit, il n'était plus amusé du tout.

Il savait qu'elle lui en voulait d'avoir misé sur son amour maternel pour aboutir à ses fins. Pourtant, à certains moments de la journée, elle avait paru heureuse et, même malgré sa répugnance évidente à accepter les toilettes, elle ne lui avait pas donné l'impression d'être vraiment furieuse.

Alors, pourquoi n'était-elle pas descendue dîner ? Pourquoi boudait-elle ? Peut-être était-elle vraiment souffrante, après tout.

Il se tourna pensivement vers les doubles portes qui séparaient la chambre de Léonie de la sienne, portes qu'il n'avait jamais ouvertes, mais... si elle était malade... Ne devait-il pas prendre des nouvelles de sa santé ? Morgan se dirigea vers la porte et l'ouvrit.

L'obscurité était presque totale. Le mince croissant de la nouvelle lune éclairait à peine les formes sombres des meubles. Il attendit que ses yeux se soient accoutumés à l'ombre avant de se glisser dans la chambre. Un rayon argenté tombait sur le lit. Morgan s'approcha à pas de loup et contempla le visage encadré de boucles d'or roux. La vieille chemise de cotonnade dévoilait une épaule et révélait la courbe d'un sein.

Éperdu de désir, Morgan se sentit submergé par une émotion intense. Qu'était-elle venue faire dans sa vie ?

Il s'apprêtait à repartir doucement quand Léonie poussa un léger gémissement. Instinctivement, il lui posa la main sur le front et murmura :

— N'ayez pas peur, ma chérie.

Le son de sa voix la réveilla. Elle fixa des yeux la silhouette sombre qui se penchait sur le lit. Encore à demi endormie, elle ne le reconnut pas tout d'abord et, pendant une seconde, elle évoqua le souvenir de l'horrible nuit où elle avait perdu sa virginité. De son poing fermé, elle frappa violemment l'intrus à la bouche, lui fendant la lèvre.

— Bon Dieu ! jura Morgan entre ses dents.

Il lui saisit les poignets pour l'empêcher de commettre d'autres dégâts.

— Du calme, tigresse, grommela-t-il tandis que Léonie se débattait.

Elle le reconnut et cessa aussitôt de lutter.

— C'est vous ? demanda-t-elle sur un ton hésitant.

— Oui, c'est bien moi.

— Que faites-vous ici ? Mon Dieu, Justin... Il n'est rien arrivé à Justin ?

— Mais non. Tout va bien.

Sentant la chaleur de ses mains sur ses bras, elle se dégagea vivement.

— Eh bien, si Justin n'a pas besoin de moi, que venez-vous faire ici ? questionna-t-elle sur un ton agressif.

— Je suis venu voir si vous étiez souffrante. Comme vous n'êtes pas descendue dîner, j'étais... inquiet.

— Vraiment ? dit Léonie, qui n'avait pas envisagé cette possibilité.

— Mmmm... Avez-vous une bougie à côté de vous ? Je déteste converser dans le noir.

Oubliant son animosité, Léonie allongea le bras et alluma la chandelle posée sur la table de chevet. C'est alors qu'elle vit sa lèvre tuméfiée.

— Mon Dieu ! s'exclama-t-elle.

— Je m'en doutais, dit Morgan, résigné. Je saurai que je ne dois pas vous réveiller en sursaut dorénavant !

Désolée de lui avoir fait mal pour une fois qu'il se montrait simplement attentionné, elle proposa :

— Laissez-moi vous soigner.

Avant qu'il ait pu protester, Léonie bondit hors du lit, saisit une serviette et la trempa dans l'eau du broc posé sur la table de toilette.

A genoux sur le lit, elle se mit en devoir de nettoyer le sang qui suintait de la lèvre endolorie.

Morgan pensait à tout autre chose qu'à sa lèvre. Le corps de Léonie était tout près du sien et un parfum grisant d'eau de rose lui chatouillait agréablement les narines. Il sentait une douleur délicieuse irradier dans le bas de l'échine.

C'est seulement lorsqu'elle s'assit sur ses talons pour constater le résultat de ses soins qu'elle prit conscience de l'intimité de la situation. La flamme de la chandelle mettait une lumière dorée sur le lit et Morgan était terriblement séduisant. Son regard était attiré par la fente de la robe de chambre de Morgan, qui découvrait la peau au-dessus de la ceinture, ce qui lui laissait supposer qu'il était nu sous son peignoir. Et le fait qu'elle était elle-même à peine vêtue la frappa brusquement. Essayant d'ignorer la sensation de chaleur qui s'insinuait dans son ventre, elle dit fermement :

— Eh bien, je crois que c'est tout ce que je peux faire pour le moment. Bonne nuit.

Morgan sentit son sang affluer au creux de ses reins. Il murmura d'une voix enrouée :

— Je veux faire l'amour avec vous.

A ces mots, Léonie se sentit vibrer de la nuque aux talons. Elle essaya de réveiller la colère qu'elle était sûre d'éprouver au fond d'elle-même et de se rappeler toutes les raisons qu'elle avait de le mettre à la porte. Malheureusement, tout s'effaçait de son esprit sauf le désir ardent qui la poussait vers lui.

Ils se fixèrent du regard un long moment sans bouger. Enfin, avec détermination, Léonie secoua la tête et articula :

— Non. Je ne veux pas.

Morgan ne broncha pas. Les yeux toujours fixés sur elle, il dit en martelant chaque syllabe :

— Je crains que vous ne m'ayez mal compris. Je ne vous demande pas la permission de faire l'amour avec vous. Je vous annonce ce que je veux faire... et que je vais faire.

22

Un silence chargé d'électricité accueillit ces paroles. Les yeux étincelants de colère, Léonie se redressa.

— Non ! Je vous l'interdis !

— Vraiment ?

Il la saisit par les épaules et l'attira contre lui. Avec un mélange de rage et de désespoir, elle se sentit envahie par un torrent de désir impétueux.

Décidée à résister à ses assauts, elle se rappela ses résolutions de l'après-midi et s'efforça de le repousser, mais les lèvres de Morgan étaient trop persuasives. Doucement, inexorablement, il l'éveillait à la passion et elle était désormais sans défense contre les exigences de sa propre chair. Morte de honte, Léonie dut s'avouer qu'elle aspirait à se replonger dans l'extase qu'il lui avait déjà fait connaître.

La faim de Morgan était encore plus impérieuse que la sienne. Ses mains exploraient fiévreusement son corps souple et ferme. Si Léonie avait continué à résister, il se serait peut-être maîtrisé mais les émotions qu'il ressentait trouvaient un écho chez elle et, pendant qu'il écrasait sa bouche sur la sienne, elle perdit la bataille qu'elle se livrait à elle-même.

Elle lui passa les bras autour du cou et se serra contre lui. Son désir était si puissant qu'il étouffait ses inhibitions et même sa méfiance. Seules comptaient ces lèvres qui la couvraient de baisers, ces mains qui la pétrissaient.

Obéissant à un instinct millénaire, elle passa une main par la fente de la robe de chambre qui le couvrait et lui caressa la poitrine. Il avait la peau à la fois douce et rude. Ses doigts s'attardèrent sur son torse musclé puis dénouèrent sa ceinture et glissèrent plus bas.

La respiration de Morgan était haletante et précipitée. Enivré par ses caresses, il lui arracha sa chemise de nuit, se débarrassa de sa robe de chambre et l'étreignit passionnément. Léonie savourait de tout son être le plaisir d'être nue dans ses bras. Tout le corps embrasé, elle arqua le dos, se tendit vers lui et l'emprisonna entre ses jambes.

Morgan éprouvait un désir irrésistible de la pénétrer mais il refrénait son ardeur, attendant qu'elle soit aussi impatiente de se donner qu'il l'était de la posséder. Il s'écarta légèrement pour la contempler. Son regard s'attarda sur les seins et s'arrêta sur le ventre plat. Sa main suivit lentement la courbe des hanches et descendit sans hâte apparente pour se poser juste au-dessus du triangle doré qui cachait le pubis.

Elle frémit à ce contact. Éprouvant des sensations indéfinissables entre les cuisses, elle cambra les reins avec un faible gémissement. Répondant à cet appel, Morgan laissa sa main glisser plus bas et il explora du doigt le point le plus intime de son corps, goûtant le plaisir qu'il lui donnait autant que celui qu'il prenait. Elle s'offrait sans réserve, toute sa sensualité éveillée, elle lui rendait ses caresses et ses baisers.

Alors seulement, il céda à son propre désir et la pénétra. Leurs deux corps enlacés vibraient à l'unisson. Il s'enfonça plus profondément et se fondit complètement en elle. Jamais il n'avait atteint ce degré d'harmonie avec une autre femme... depuis le temps heureux de son mariage avec Stéphanie.

Un sourire amer erra sur ses lèvres. Il semblait destiné à aimer des femmes qui mentaient comme elles respiraient.

Il serra Léonie avec force et sa bouche s'écrasa contre la sienne. Elle entrouvrit les lèvres mais sa violence la surprit. Elle avait l'impression qu'il voulait lui faire mal. Elle se raidit dans ses bras et essaya de se dégager.

— Arrêtez! suffoqua-t-elle. Arrêtez, monsieur.

Chose bizarre, ce fut le *monsieur* qui arracha Morgan à ses sombres pensées. Un sourire railleur au coin des lèvres, il desserra son étreinte et demanda:

— Vous ne croyez pas, chérie, qu'il serait temps que vous cessiez de m'appeler *monsieur*? C'est tout de même un peu cérémonieux après ce que nous venons de faire!

Léonie rougit et voulut s'écarter de lui.

— Oh non! dit Morgan en la reprenant dans ses bras. Prononcez mon nom, Léonie. Dites *Morgan.*

Léonie secoua la tête.

— Dites-le, répéta-t-il avec douceur.

Elle s'obstina dans son silence. Morgan se mit à rire et ses lèvres se promenèrent sur les seins de Léonie pendant que sa main palpait son ventre.

Léonie saisit fébrilement la main audacieuse et bégaya:

— ... Morgan.

Il eut l'impression que son nom avait un son nouveau qui lui plut. Libérant sa main, il poursuivit son exploration en murmurant:

— Dites *Morgan chéri.*

Les yeux verts lancèrent des éclairs.

— Non, haleta-t-elle.

— Non ? fit-il avec un étonnement feint. Nous allons voir si je ne réussis pas à vous faire changer d'avis.

Sans lui laisser le temps de répondre, il reprit possession de sa bouche et, incapable de résister à l'attrait de son corps, il la pénétra de nouveau, s'enfonçant en elle de tout son poids. Léonie était meurtrie, épuisée, délicieusement comblée. Quand Morgan se retira enfin, elle se sentit envahie d'une voluptueuse langueur. Elle dut s'avouer qu'elle n'aspirait qu'à dormir... dormir nue contre Morgan. Et elle sombra dans un sommeil réparateur.

Cependant, Morgan ne trouva pas le sommeil aussi aisément. Son corps était au repos mais son esprit travaillait intensément et ses pensées n'étaient pas agréables.

Il savait qu'il avait été assez fou pour tomber amoureux de Léonie Saint-André mais c'était une constatation difficile à admettre et qui lui laissait un goût amer. L'idée qu'il pourrait très bien être un vrai mari lui déplaisait davantage encore.

D'un mouvement brusque il repoussa Léonie et s'appuya sur un coude pour la regarder dormir. Quel air angélique ! Il se redressa et s'éloigna du lit.

Il ramassa sa robe de chambre, l'enfila, et, après un dernier coup d'œil sur Léonie, il regagna sa chambre.

Quand il s'endormit, des images de Léonie et de Stéphanie se superposèrent dans ses rêves. Pire encore, son ancien cauchemar qui avait cessé de le tourmenter depuis des années revenait le hanter. Il remontait au galop la piste Natchez, sachant que la vie de son fils était en danger et, quand il approchait comme toujours des formes immobiles pour vérifier leur identité, la femme avait le visage de Léonie et l'enfant qui gisait à son côté était Justin.

Il poussa un gémissement d'angoisse et se réveilla baigné de sueur, le cœur battant la chamade. Obéissant à une impulsion subite, il se leva et entra dans la chambre de Léonie. La voyant profondément endormie, il poussa un soupir de soulagement et sortit pour se diriger vers la nursery, où Justin reposait paisiblement.

D'une main tremblante, Morgan caressa les boucles noires, conscient de la tendresse croissante que lui inspirait l'enfant.

Rassuré, il regagna sa chambre et s'endormit enfin en paix avec lui-même.

Quand Léonie se réveilla, elle se sentit à la fois heureuse et déçue de se retrouver seule dans son grand lit. Elle caressa l'oreiller où Morgan avait posé la tête puis, furieuse de l'élan d'amour qui la portait vers lui, elle retira vivement sa main.

Elle se dressa sur son lit et tira sur le cordon de la sonnette avec une brusquerie inhabituelle. Le regard entendu que Mercy jeta sur les draps en désordre et la chemise de nuit déchirée ne firent qu'accentuer sa mauvaise humeur.

Un sourire malin sur les lèvres, Mercy demanda d'un air complice :

— Alors, Madame a passé une bonne nuit ?

Léonie la foudroya du regard et ordonna sèchement :

— Prépare-moi un bain, Mercy... et épargne-moi tes bavardages.

Sans se laisser impressionner par l'attitude de Léonie, Mercy étouffa un gloussement et disparut. Sûre que la petite bonne ne manquerait pas de papoter pendant qu'elle surveillait la préparation du bain, Léonie l'envoya mentalement à tous les diables.

Que pouvait-elle faire ? Exaspérée, elle s'en prit à la malheureuse chemise de nuit qu'elle mit en boule et bourra de coups de poing. Un peu soulagée, elle attendit son bain en se demandant ce que la journée lui réservait et surtout comment elle réagirait en présence de son mari.

Cette nuit avait définitivement détruit toutes les barrières qu'elle avait pu dresser contre lui. Redoutant de devenir son jouet et pourtant éperdument amoureuse de lui, Léonie envisageait l'avenir avec une appréhension mêlée de plaisir anticipé. En pensant à ses caresses et à ses baisers, elle poussa un soupir de volupté et de honte.

Mercy vint lui annoncer que son bain était prêt et, plongée dans l'eau savonneuse, Léonie s'efforça de chasser le souvenir de cette nuit.

Évitant le regard inquisiteur de Mercy, elle prit son bain en silence et se laissa frictionner et sécher sans mot dire.

Elle n'ouvrit la bouche que lorsque Mercy, résignée, lui tendit sa robe de lin jaune.

— *Toi*, au moins, tu vas être contente, grommela-t-elle. Monsieur a commandé des robes pour moi. Elles vont arriver aujourd'hui. Tu auras enfin la possibilité de choisir ce que je dois porter pour le dîner.

Mercy sourit de toutes ses dents mais Léonie ne partageait pas son plaisir. Quand elle fut habillée et coiffée, elle se dirigea vers la salle à manger, prête à affronter l'ennemi. Elle était d'autant plus en colère qu'elle avait conscience de n'avoir fait aucun effort pour empêcher Morgan Slade d'aboutir à ses fins.

« Et je l'appellerai monsieur », décida-t-elle en se rappelant la façon dont il l'avait obligée à prononcer son nom.

En entrant dans la salle à manger, décidée à livrer bataille, elle s'aperçut à son grand dépit que la pièce était vide. Le maître d'hôtel lui apprit que Monsieur s'était fait apporter un plateau dans sa chambre.

— Et Mlle Yvette ?

— Je crois que la demoiselle est souffrante.

Aussitôt inquiète, Léonie sortit en coup de vent pour s'enquérir de la santé d'Yvette. Elle s'alarma de la trouver encore au lit.

— Que se passe-t-il, ma chérie ? demanda-t-elle. Il paraît que tu n'es pas bien.

Calée sur ses oreillers, le visage plus pâle que d'habitude, Yvette esquissa un faible sourire.

— Ce n'est rien, murmura-t-elle. Peut-être ai-je mangé quelque chose qui ne me convenait pas. Demain, il n'y paraîtra plus.

Léonie n'était pas convaincue. Elle posa sa main sur le front de sa sœur et la dévisagea avec anxiété, la sachant capable de lui dissimuler la vérité pour ne pas lui causer de souci.

— Tu me jures que tu ne me mens pas ?

— Certainement, Léonie, je suis légèrement indisposée. Demain je serai debout. Ne te tracasse donc pas.

Léonie s'assit sur le bord du lit et bavarda un moment avant de se sentir un peu rassurée. Elle lui parla des toilettes que Morgan avait commandées.

— Nous partagerons, ajouta-t-elle. Demain, tu choisiras ce qui te plaît.

Voyant qu'Yvette hésitait, elle se hâta d'enchaîner :

— Pas de protestations ! Ne me dis pas que Slade est mon mari et qu'il n'est pas obligé de t'habiller toi aussi.

Yvette perçut une note d'aigreur dans la voix de Léonie. Elle l'examina intensément.

— Tu ne voulais pas qu'il t'achète quoi que ce soit, n'est-ce pas ?

— Ce que *je* veux n'a aucune importance, soupira Léonie en détournant les yeux.

— Écoute, dit Yvette, je ne veux pas être indiscrète, mais je ne puis m'empêcher de me demander si tu es heureuse ici. Je trouve parfois ton attitude étrange. Regrettes-tu d'être venue retrouver Slade ?

Léonie s'en tira avec une boutade. Cependant, quand elle eut quitté Yvette, la question revint la hanter. Regrettait-elle d'être venue retrouver Morgan Slade ? Elle dut admettre que, quoi qu'il arrive à l'avenir, elle n'aurait voulu pour rien au monde s'être privée de connaître Morgan.

23

Les vêtements furent livrés dans l'après-midi. En voyant Mercy béate d'admiration devant les chemises de dentelle, les peignoirs de soie et les toilettes élégantes, Léonie eut du mal à rester indifférente. La somptueuse robe du soir mordorée était étalée sur un fauteuil. D'autres articles féminins étaient inclus dans la livraison mais c'étaient surtout les dessous transparents qui retenaient l'attention de la femme de chambre. Léonie l'aurait volontiers giflée pour les coups d'œil sournois qu'elle lançait de son côté.

— Jésus ! s'exclama Mercy pour la vingtième fois. Qu'est-ce qu'on va être belle !

— On ne va être rien du tout, dit Léonie en la singeant, si tu ne commences pas à ranger tout ça.

— Vous n'êtes sûrement pas dans votre assiette, répliqua Mercy d'un air offensé.

Léonie se força à sourire. Après tout, Mercy n'avait pas à subir le contrecoup de son ressentiment.

— C'est bon, c'est bon, grommela-t-elle. Je te demande simplement de commencer à ranger toutes ces affaires.

— Quoi ? Avant que j'aie eu le temps de les voir ? dit Morgan qui se tenait sur le seuil de la porte de communication.

Au son de sa voix, Léonie eut l'impression que son cœur allait éclater. Elle ne l'avait pas vu de la journée et elle s'était demandé s'il ne cherchait pas à l'éviter. Non seulement il n'avait pas daigné paraître au petit déjeuner mais, à midi, il s'était fait apporter un plateau dans son bureau.

Léonie avait tout d'abord eu l'intention d'aller le braver dans son antre mais le souvenir de sa dernière visite l'en avait dissuadée. Elle avait ruminé ses griefs et accumulé les reproches qu'elle était décidée à lui lancer à la tête. Elle lui en voulait de l'avoir mise dans cette position d'infériorité.

Sa rancune ne fut pas apaisée par son arrivée intempestive. Il était vraiment beau dans son costume vert bouteille. Il semblait se moquer d'elle comme s'il se rendait parfaitement compte des réactions qu'il provoquait.

Léonie respira à fond et serra instinctivement les poings.

— Laisse-nous, Mercy, ordonna-t-elle. J'ai à parler à M. Slade.

Au mot *monsieur*, Morgan plissa les paupières.

— Oui, laisse-nous, Mercy, répéta-t-il. Il faut que j'apprenne à ma femme comment elle doit prononcer mon nom.

Léonie rougit, Mercy écarquilla les yeux, posa la chemise arachnéenne et sortit.

Restée seule avec lui, Léonie s'aperçut que toutes les insultes qu'elle avait préparées s'envolaient en sa présence. Luttant contre les élans de son cœur, elle réussit cependant à réveiller sa rancune.

— Nous devons mettre les choses au point, monsieur, dit-elle sur un ton glacial. Cette situation est intolérable et il est temps d'y mettre fin.

— C'est tout à fait mon avis, répondit Morgan en passant négligemment la main sur la pile de sous-vêtements que Mercy avait laissée sur un fauteuil de velours.

Complètement désarçonnée, Léonie ouvrit des yeux stupéfaits puis, se ressaisissant, elle demanda avec méfiance :

— Est-ce à dire que vous êtes disposé à me rendre ma dot ?

Choisissant ses mots avec soin, Morgan répondit lentement :

— C'est possible. Cela dépend de ce que vous me donnerez en échange.

Léonie fronça les sourcils.

— Je ne comprends pas. Je vous ai déjà donné ce qui était convenu, c'est-à-dire ma main.

— Mais supposez que je vous demande de rester chez moi avec Justin ?

Elle éprouva une curieuse sensation de palpitation au creux de l'estomac et se retint pour ne pas lui crier qu'elle accepterait avec joie. La prudence l'incita à plus de circonspection. N'était-ce pas une ruse ? N'essayait-il pas de la désarmer pour obtenir certains avantages ?

Léonie avait des raisons de se défier du sexe fort et le comportement de Morgan n'était pas fait pour lui inspirer confiance.

Mais son cœur était sourd à toute raison. Elle aimait cet homme déconcertant et elle tenait par-dessus tout à être sa femme mais sa nature pratique et son esprit sensé étaient en conflit violent avec les exigences de son cœur fantasque.

— Laissez-moi le temps de réfléchir, monsieur, dit-elle sur un ton angoissé. Vous me posez une question délicate et, avant de vous répondre, il faut que je l'étudie.

Ce n'était pas la réponse qu'il espérait. Elle le vit changer de visage.

— Je vois, dit-il froidement, à la fois irrité et soulagé.

Il n'avait pas eu l'intention de lui proposer un arrangement permanent et, s'il était furieux contre Léonie, il l'était tout autant contre lui-même.

Toute la journée, il avait farouchement lutté contre l'attrait qu'elle exerçait sur lui, essayant de se convaincre qu'il ne l'aimait pas, que c'était une illusion créée par ses sens. Mais en la revoyant, il s'était rendu compte qu'il avait cherché à se leurrer. Il avait parlé sans réfléchir, chose qui ne se reproduirait plus, décida-t-il fermement. Blessé au vif par le refus de Léonie, il en était revenu à l'hypothèse qu'il existait un vrai mari quelque part. Cette idée lui était absolument insupportable. Conscient de la jalousie qui lui rongeait le cœur, il lui tourna le dos et s'approcha du fauteuil sur lequel trônait la robe mordorée.

— Vous comptez la porter au bal de ce soir ? demanda-t-il brusquement.

— Quel bal ? s'enquit Léonie, déconcertée par ce changement de sujet.

Morgan plissa le front puis il se rappela qu'il avait omis de l'informer de l'invitation.

— Décidément, ma mémoire continue à me jouer des tours, ricana-t-il. Nous sommes invités au bal donné en l'honneur d'Aaron Burr, notre ex-vice-président.

— Oh, mais...., commença Léonie.

Morgan l'interrompit :

— Nous y assisterons, ma chère, et je n'admettrai aucune excuse. D'ailleurs, il est temps que nous fassions notre première apparition en public, ne serait-ce que pour mettre fin aux ragots, vous ne croyez pas ?

— Bah ! je me moque bien des ragots, répliqua-t-elle.

— Il ne s'agit pas de vous, mais ma famille a dû faire face à des commérages dont elle se serait bien passée et je pense que vous lui devez une compensation. Notre présence à ce bal contribuera à faire cesser les rumeurs. Donc, nous irons.

Léonie le défia du regard mais, à la façon dont il serrait les mâchoires, elle comprit que ce n'était pas le moment d'entamer les hostilités. Avec une docilité que démentait l'expression de son visage, elle capitula.

— Très bien, monsieur, dit-elle d'un air détaché. J'irai à votre maudit bal et je serai irréprochable. Vous êtes satisfait ?

Avec un éclat de rire, Morgan la saisit par les bras et la regarda dans les yeux.

— Je croyais que vous aviez appris à prononcer mon nom la nuit dernière, dit-il. L'auriez-vous déjà oublié ou... avez-vous besoin d'une autre leçon ?

Léonie balbutia une réponse mais il lui ferma la bouche d'un baiser. Il ne la lâcha que lorsqu'il la sentit défaillante dans ses bras.

— Vous rappelez-vous maintenant ? Ou dois-je recommencer la leçon ?

Sachant ce qui suivrait si elle s'obstinait à le défier, elle murmura :

— ... Morgan !

— Dommage que je sois obligé de vous quitter, soupira-t-il, mais j'ai des obligations à remplir avant ce soir. Et maintenant, je vous laisse explorer vos trésors, ma petite chatte.

Sans lui laisser le temps de trouver une réplique cinglante, il tourna les talons et sortit.

Furieuse de son impuissance, Léonie tapa du pied, partagée entre l'envie de résister à son ordre et le sentiment qu'il serait absurde d'ignorer la menace contenue dans son regard.

Bien qu'elle s'efforçât de paraître indifférente, elle était surexcitée à la perspective d'assister à son premier bal. Elle donna carte blanche à Mercy, enchantée d'avoir enfin l'occasion de déployer ses talents. Quand elle eut mis la dernière touche à sa toilette, la jeune servante la prit par la main pour l'entraîner devant le miroir en pied placé contre le mur. Léonie resta sans voix.

« Est-ce vraiment moi ? » se demanda-t-elle devant l'élégante jeune femme qui la regardait, médusée. Mercy avait bien fait son travail ; les cheveux fauves étaient ramenés sur le haut de la tête et retombaient en bouclettes sur les joues et les oreilles. Un nuage de poudre sur le visage et le cou lui donnait un air éthéré mais elle n'avait besoin d'aucun artifice pour accentuer le rouge de ses lèvres et le vert de ses yeux. La robe en soie mordorée la moulait, mettant en valeur ses formes et son teint. Les chaussures de satin étaient assorties à la robe. Léonie ne s'était jamais vue aussi richement parée.

Le contact des sous-vêtements quasi impalpables sur sa peau lui procurait une sensation délicieuse et son parfum de gardénia légèrement grisant flottait dans l'air quand elle se déplaçait.

Il lui était difficile de ne pas être charmée par l'image qu'elle présentait. Le sourire aux lèvres, elle se rendit dans la chambre d'Yvette et s'écria en esquissant un pas de danse :

— Yvette ! Regarde-moi. Comment me trouves-tu ?

— Que tu es belle, Léonie ! Tu seras la reine du bal, c'est sûr.

Pensant soudain qu'elle n'était pas censée s'amuser, Léonie fit la grimace.

— Bah ! je m'en moque. Tu ne m'en veux pas de te laisser seule pendant que je sors ?

— Pas du tout, voyons. C'est toi qui es mariée à M. Slade. Je ne suis que ta compagne.

— Ne dis pas de sottises, gronda Léonie. Toi aussi tu vas avoir de belles robes, tu verras, je te le promets.

— Je n'en doute pas, ma chérie. Justin t'a-t-il vue ?

— Pas encore. Crois-tu qu'il m'aimera ainsi ?

— J'en suis sûre.

Justin resta muet d'admiration mais ce fut le parfum de gardénia qu'il apprécia le plus. Elle embrassa tendrement son fils, donna ses instructions à sa nurse et se dirigea vers le grand salon. Avant d'entrer, une partie de sa joie s'envola. Après tout, rien n'était changé entre elle et Slade. Cependant, elle ne pouvait refréner tout son plaisir d'être belle.

« C'est la perspective de mon premier bal », se répétait-elle, en essayant de chasser Morgan de son esprit.

Selon toute apparence, il voulait qu'elle soit réellement sa femme. Léonie eut toutes les peines du monde à ne pas abdiquer tout bon sens pour se jeter dans ses bras quand il entra dans le salon.

En tenue de soirée, il était magnifique. Son teint mat était rehaussé par la blancheur du jabot de dentelle qui ressortait sur son costume de velours noir.

En le voyant traverser la pièce de son pas souple et nonchalant, elle évoqua l'image d'une dangereuse panthère noire.

— Vous êtes merveilleuse ce soir, lui dit-il avec un sourire enjôleur.

Embarrassée, Léonie répondit en évitant son regard :

— Vous êtes très beau, vous aussi, monsieur... Je... je veux dire... Morgan, corrigea-t-elle précipitamment.

— Bien, très bien. Et comme je ne veux pas que vous me trouviez pingre, je suis allé chez un bijoutier cet après-midi. Voulez-vous voir ce que j'ai acheté ?

Elle fit un signe d'assentiment et contempla, fascinée, le pendentif et les boucles d'oreilles en topazes qu'il lui présentait dans leur écrin de cuir doublé de satin.

— J'ai pensé que cette parure serait bien assortie à votre robe, dit-il négligemment. Elle vous plaît ?

Léonie contempla les bijoux avec respect. Elle n'avait jamais rien possédé de pareil. Elle restait muette d'admiration.

— Magnifique ! murmura-t-elle enfin.

Ôtant le pendentif de son nid de satin, il le lui passa autour du cou et recula de quelques pas pour juger de l'effet produit.

— Tout à fait ce que j'espérais... un complément parfait à une ravissante jeune femme.

Encore un peu abasourdie par ce don inattendu, Léonie toucha le pendentif d'une main caressante.

— Je n'ai jamais rien vu d'aussi exquis, murmura-t-elle comme pour elle-même.

« Si elle joue la comédie, c'est réussi », pensa Morgan. Ce soir-là, sa cuirasse était bien en place et il n'éprouvait plus qu'ironie pour les fluctuations de son propre cœur. Tantôt, il était sûr de l'aimer, tantôt il la méprisait, convaincu qu'elle n'était qu'une habile aventurière. Le cadeau trahissait son état d'esprit changeant. Il n'avait pas eu l'intention d'acheter la parure, puis le désir de lui faire plaisir l'avait emporté sur tout le reste. Cependant, en cédant à cette impulsion, il s'était persuadé que c'était uniquement pour sa propre satisfaction qu'il voulait se montrer généreux.

— Je suis heureux que ces babioles vous plaisent, dit-il avec un détachement voulu. Je trouverai peut-être une broche assortie à la parure. Si vous le désirez, je vous l'achèterai aussi.

De plus en plus étonnée, car l'homme qu'elle avait épousé à La Nouvelle-Orléans ne lui avait pas donné l'impression d'être particulièrement généreux, Léonie le regarda d'un air perplexe.

— Non, dit-elle. Je n'ai pas besoin de cadeaux. D'ailleurs, je ne devrais même pas accepter ces jolies robes et ces superbes bijoux.

Une partie d'elle-même aurait voulu tout garder tandis que l'autre se rebellait contre ce qui ressemblait de près ou de loin à une forme de charité. Morgan fronça les sourcils. Sa cuirasse commençait à craquer. « Elle change sans cesse », se dit-il, mourant d'envie de l'embrasser et de la houspiller à la fois. Elle était tellement attendrissante, tellement désireuse de faire ce qu'elle croyait juste qu'il sentit fondre sa colère. Incapable de se contenir, il secoua la tête pour mettre de l'ordre dans ses émotions contradictoires et lui posa les deux mains sur les épaules.

— Ne pourrions-nous laisser de côté nos différends pour ce soir ? demanda-t-il.

Après un long moment de réflexion, elle fit un signe d'assentiment.

— Mais seulement pour ce soir, dit-elle, décidée à ne pas lui laisser prendre l'avantage.

— Entendu, seulement pour ce soir, acquiesça-t-il. Et maintenant, en route, sinon nous allons arriver bons derniers.

Le bal était donné à Concorde, le domaine de Stephen Minor. Ex-gouverneur de Natchez, Minor était un homme riche et puissant. Morgan savait que l'assistance serait composée de tout le gratin de la région.

Il ne se trompait pas. A leur arrivée, la maison était tout illuminée. Les flammes de centaines de bougies plantées dans des chandeliers de cristal déversaient leur lumière sur la vaste véranda et, par les fenêtres ouvertes, parvenait un brouhaha de voix ponctué de temps à autre par des éclats de rire.

En dépit de son élégance, Léonie tremblait intérieurement. Elle était sûre de rencontrer la plupart des personnes présentes au bal de fiançailles de Morgan et de Melinda Marshall et elle se sentait passablement nerveuse. C'était son premier contact avec la haute société et, pour une jeune femme plus à l'aise pieds nus dans une plantation en friche que dans une demeure somptueuse, l'épreuve était angoissante.

Morgan devait percevoir son trouble car, sur le seuil de la magnifique salle de bal, il serra la main posée sur son bras en murmurant :

— Personne ne va vous mordre, petite sorcière, et si jamais quelqu'un s'avise de vous causer le moindre embarras, il aura affaire à moi, vous pouvez m'en croire.

Léonie éprouvait peut-être encore quelque rancune à l'égard des Slade en général, mais la façon dont ils serrèrent les rangs autour d'elle la toucha profondément. Ils veillaient constamment à ce qu'elle ne reste jamais seule avec des étrangers curieux et parfois malveillants. A l'exception des jumeaux, toute la famille assistait à la réception. Si Noëlle était momentanément accaparée par ses nombreux amis, Léonie trouvait immédiatement Morgan, Matthieu, Robert ou Dominique à son côté. Le clan Slade formait une remarquable ceinture de protection ; aussi put-elle se détendre et jouir à son aise de son premier bal. Morgan ne la perdait jamais de vue et la fierté de son beau-père était presque palpable quand il dansait avec elle. Quant à Dominique, il l'amusait par ses critiques pertinentes sur divers invités. Robert était moins bavard mais il ajoutait son grain de sel aux commentaires de son jeune frère.

Léonie avait trouvé Noëlle à la porte de la salle de bal. Au début, elle s'était raidie, encore blessée dans son amour-propre. Elle lui en voulait du petit stratagème qu'elle avait employé pour commander les vêtements mais Noëlle avait instantanément balayé les nuages qui pouvaient nuire à la sérénité de leurs relations.

— Me pardonnez-vous, ma chérie ? J'ai très mal agi et si vous ne voulez plus m'adresser la parole, je le comprendrai parfaitement. Mais vous êtes tellement ravissante... et je ne pouvais supporter que votre beauté ne soit pas mise en valeur. Êtes-vous encore fâchée ?

La rancune de Léonie avait fondu. Noëlle s'était chargée de la piloter dans la foule et de la présenter aux autres invités.

Il était certain que les Slade n'auraient pu trouver une meilleure occasion pour introduire Léonie dans la société de Natchez. Ce soir-là, le scandale du bal de fiançailles était loin des esprits.

Le nom de Burr était sur toutes les lèvres. Aaron Burr faisait l'objet de toutes les conversations. Burr était un démon, Burr était un ange, un traître, un patriote. Au moment où le héros du jour apparut, Morgan était assez curieux de faire sa connaissance et plus encore d'avoir des détails sur son étrange voyage le long du Mississippi.

Ayant vécu de longues années dans la brousse, Morgan ne s'était pas mêlé à la controverse qui avait divisé le pays à propos du personnage. Cependant, Matthieu, Robert et Dominique l'avaient mis au courant des faits et des commentaires qui concernaient le vice-président. D'après Matthieu, le président Jefferson soupçonnait Burr d'avoir essayé de manipuler l'élection de 1800 à son profit et, à la suite de ses manœuvres déloyales, Burr avait perdu tout crédit dans le parti démocrate de Jefferson. Il aurait conclu un accord avec le parti fédéraliste pour obtenir plus de voix que son adversaire et la marge entre les deux candidats était extrêmement étroite. En fin de compte, la Chambre des Représentants avait donné la préférence à Jefferson et Burr avait été nommé vice-président. Cependant, la méfiance de Jefferson à son égard ne s'était pas atténuée et, à son second mandat, il avait choisi George Clinton comme coéquipier en proclamant haut et fort que Burr était en disgrâce.

Mais l'élection de 1800 n'était pas le seul objet de litige. Le colonel Burr avait l'art de susciter des rumeurs partout où il passait — médisances, sous-entendus, contestations d'ordre éthique. Sa réputation de coureur de jupons était solidement établie bien que nul ne pût douter de la profondeur de ses sentiments pour sa fille unique Théodora. Il ne répugnait pas à se battre. Accusé de corruption par le beau-frère d'Alexander Hamilton, il l'avait provoqué en duel. Cinq ans plus tard, en 1804, il avait tué Alexander Hamilton, qui s'était permis de mettre son honnêteté en doute.

Ce fut peut-être la mort de Hamilton, « le saint des fédéralistes », qui entraîna sa chute politique. Bien que toutes les règles du duel aient été respectées, Burr fut poursuivi pour homicide. Certains prétendaient que c'était Jefferson qui s'acharnait contre lui. D'autres soupçonnaient les fédéralistes de vouloir sa peau. Quoi qu'il en fût, Burr était notoirement impopulaire dans l'Est à l'époque. Il était toujours sous le coup d'un mandat d'arrêt dans les États de New York et du New Jersey. Quant à son avenir politique...

Néanmoins, s'il n'était pas en faveur à Washington, il n'en était pas de même à l'ouest des Appalaches. Sur tout le parcours de son voyage vers La Nouvelle-Orléans, Burr était acclamé comme un conquérant. La foule faisait la haie sur son passage. Parades, bals, réceptions étaient organisés en son honneur dans toutes les villes. Chacun voulait faire la connaissance de ce personnage énigmatique, fringant et fascinant.

A Nashville, Burr était descendu chez le général Andrew Jackson. Mais Morgan était plus particulièrement intéressé par sa rencontre avec le général James Wilkinson à Fort Massac, événement qui s'était produit avant son arrivée à Natchez. Morgan se demandait pourquoi Wilkinson, qui devait sa haute position au président Jefferson, pouvait bien recevoir un homme notoirement en disgrâce à Washington. Étrange, se disait-il, surtout compte tenu du penchant de Wilkinson pour l'intrigue.

24

Morgan ne tenait pas tellement à être présenté à Aaron Burr mais il ne chercha pas non plus à décliner cet honneur... d'autant moins que sa curiosité était éveillée par la rencontre Burr-Wilkinson. Il était certain que la plupart des personnes présentes au bal étaient venues dans l'intention avouée d'entrer en relation avec Aaron Burr. En voyant les remous de la foule à l'arrivée de l'hôte d'honneur, Morgan eut un sourire amusé.

Burr n'avait pas une stature imposante: sec et mince, de taille moyenne, il ne ressemblait pas au type d'homme dont la seule présence suscite une telle effervescence. Agé de cinquante ans, il avait le teint sombre et des yeux noisette. Très élégant — culotte de satin noir, veste de velours gris ardoise, chemise à jabot de dentelle —, il avait énormément d'allure. En le voyant évoluer avec une grâce naturelle au milieu de ses admirateurs, Morgan s'étonna que les autres ne se méfient pas de ce charme facile.

La plupart des invités avaient déjà été présentés à Burr, de sorte que la fièvre du début commençait à diminuer quand Morgan se trouva dans sa trajectoire. Léonie crispa la main sur son bras.

— Du cran, mon cœur, lui chuchota Morgan à l'oreille. Ce n'est qu'un homme comme les autres.

— Je ne suis pas impressionnée, un peu excitée, c'est tout.

Un petit groupe formé par Noëlle, Matthieu, Robert, le colonel Osmun et Stephen Minor les séparait de Burr. Morgan était assez lié avec Minor, dont la sœur avait épousé son ancien compagnon d'aventures, Philip Nolan. En revanche, il ne connaissait Osmun que de vue mais sa poignée de main ferme et franche et son air ouvert attiraient d'emblée la sympathie.

— Enchanté de vous revoir, Slade, dit le colonel sur un ton jovial. Ah ! voilà la ravissante belle-sœur dont Robert ne cesse de me chanter les louanges, ajouta-t-il en saluant galamment Léonie. Ma foi, si j'étais vous et que j'aie un frère comme Robert, je serais un tantinet jaloux.

Morgan se mit à rire. Il allait répondre par une plaisanterie lorsque Burr, qui bavardait avec quelques invités, intervint dans la conversation.

— Et moi, si j'avais une épouse aussi merveilleuse que la jeune Mme Slade, *je sais* que je serais jaloux, dit-il avec un sourire admiratif.

Burr caressa Léonie du regard et, au grand amusement de Morgan, elle rougit jusqu'à la racine des cheveux. Cependant, comme il connaissait sa réputation de libertin, il le regarda droit dans les yeux et répliqua sur un ton nonchalant :

— Mais *je suis* jaloux, messieurs, et très capable de défendre mon honneur. Heureusement, ma femme est un modèle de vertu, ajouta-t-il en passant un bras autour de la taille de Léonie. Je sais qu'elle ne me donnera jamais aucune raison de douter d'elle.

— Ah, madame, je crains que vous n'ayez épousé un despote, dit Burr avec un air de regret. Il est évident qu'il ne tolérera pas le moindre badinage.

Peu habituée à ce genre de plaisanteries et un peu choquée par l'admiration indiscrète que lui témoignait l'ex-vice-président, elle s'exclama ingénument :

— Oh ! monsieur Burr, je ne serai jamais infidèle à mon mari.

Un éclat de rire ravi accueillit cette profession de foi. Léonie devint cramoisie. Morgan se pencha sur elle et lui déposa un léger baiser sur la tempe.

— Bien, ma chérie, murmura-t-il. Très bien répondu.

Pendant que la conversation reprenait, Morgan s'éclipsa en laissant Léonie sous la protection de sa mère. Il sortit sur la véranda pour respirer un peu d'air frais et fumer un cigare. Il était là depuis quelques minutes lorsque Stephen Minor vint le rejoindre.

— Que pensez-vous du petit Burr ? demanda Minor.

Morgan haussa les épaules.

— Pas grand-chose, en vérité. Seulement, je me demande ce qu'il combine, surtout sachant qu'il vient de passer quelques jours à Fort Massac chez notre brave général.

— Ah oui, notre cher ami Wilkinson...

— Dites-moi, y a-t-il quelqu'un qui ne soit pas votre ami ? questionna Morgan d'un air mi-figue mi-raisin.

Stephen fixa le bout de son cigare et prit le temps de réfléchir avant de répondre :

— Je ne le pense pas... En tout cas, je ne vois personne... pour le moment.

Minor ne se vantait pas. Venu tout jeune de sa

Pennsylvanie natale, il avait réussi à devenir une personnalité puissante et respectée dans la région de Natchez. Il occupait déjà de hautes fonctions sous la domination espagnole et lorsque Natchez avait été annexé par l'Amérique, il était devenu son premier gouverneur américain, ce qui dénotait une habileté incontestable.

Bien qu'il frisât la cinquantaine, il était extrêmement séduisant, toujours enclin à sourire dans les situations les plus inconfortables et à garder son sang-froid face à l'adversité. Sans faire partie du cercle de ses intimes, Morgan l'aimait et l'estimait ; aussi lui parlait-il librement.

— Croyez-vous qu'il ait réellement l'intention de s'installer comme il le dit en bordure du fleuve Washita, au nord du territoire d'Orléans ?

— Je l'ignore.

Les deux hommes s'entretinrent encore quelques instants des intentions de l'ex-vice-président, puis Stephen changea brusquement de conversation :

— Je dois vous faire tous mes compliments sur votre épouse. Elle est absolument charmante... pas du tout comme je l'imaginais.

Morgan parut intrigué.

— Les langues sont allées bon train ?

— Ma foi oui, mais, après cette soirée, les commérages vont s'arrêter. En tout cas, votre femme peut compter sur le soutien de notre famille. Nous nous chargeons de faire taire les médisants, y compris Melinda.

— Étant donné ce qui s'est passé, j'aurais cru qu'elle serait la dernière à commenter le sujet. Malheureusement, c'était une épreuve humiliante pour elle et elle ne devrait pas tellement tenir à l'ébruiter !

— Sait-on jamais avec les filles comme Melinda ? Mais ne vous inquiétez pas pour elle... Il semble qu'elle ait déjà jeté son dévolu sur un autre.

— Quelqu'un que je connais ?

— Je ne crois pas. Tenez, ajouta Stephen en tournant la tête du côté de la salle de bal. C'est le grand garçon en bleu qui parle avec votre frère.

Morgan repéra le jeune homme de haute taille qui bavardait avec Dominique.

— Qui est-ce ? demanda-t-il.

— Adam Saint-Clair, un Anglais. Il est arrivé à Natchez il y a quelques années. Bonne famille, superbe propriété baptisée Bella Vista. Gentil garçon. Sa sœur Catherine a habité un moment chez lui puis, après la naissance de son fils, elle est allée rejoindre son mari. Tiens, au fait, la sœur d'Adam est mariée à votre ami Jason.

— Jason est marié ! s'exclama-t-il. Et il a un fils !

— Oui, et si vous correspondiez régulièrement tous les deux vous l'auriez su. Quoi qu'il en soit, le jeune Adam est le beau-frère de Jason et c'est le meilleur garçon du monde.

— Vous savez, je n'envie pas du tout le jeune Saint-Clair, en tout cas pas avec Melinda à ses trousses... Vous allez me trouver très discourtois.

— Très, dit Stephen en riant, mais peut-être sensé étant donné les circonstances.

Ils bavardèrent encore un moment puis Stephen se leva à regret.

— Malheureusement, il faut que je vous quitte, dit-il. En bon maître de maison, je me dois à mes invités. J'ai été heureux de m'entretenir avec vous, Morgan, et j'espère vous revoir plus souvent maintenant que vous avez décidé de vous ranger.

Prévoyant que son avenir ne serait peut-être pas aussi serein que l'envisageait son hôte, Morgan répondit sèchement :

— Ne comptez pas trop là-dessus, Stephen. Il y a tant d'années que je vis en quête d'aventures que je ne sais vraiment pas si je pourrai rester longtemps en place.

Stephen secoua la tête.

— Brett Dangermond m'a dit exactement la même chose tout à l'heure, marmonna-t-il. Vous n'êtes jamais satisfaits, vous autres, jeunes gens. Vous êtes toujours à l'affût de nouveauté. Je vais vous répéter ce que je lui ai répondu : rappelez-vous Philip Nolan — il est parti en quête d'aventure une fois de trop.

Au nom de Brett Dangermond, Morgan avait dressé l'oreille.

— Brett est ici ! s'écria-t-il. Il y a des années que je ne l'ai vu.

— Si vous restiez de temps en temps au même endroit tous les deux, vous auriez peut-être plus de chance de vous rencontrer. Je ne sais lequel de vous deux est le pire. Vous êtes toujours par monts et par vaux. Vous au moins, vous avez une femme maintenant, ce qui devrait vous stabiliser un peu.

Morgan se contenta de sourire. Il hésita un instant à suivre Stephen pour se mettre à la recherche de Brett mais il ne bougea pas. Il termina son cigare et s'apprêta à en allumer un second puis il se ravisa, pensant qu'il était peut-être l'heure de rentrer.

Il ne lui fallut pas longtemps pour retrouver Léonie qui commençait à se sentir assez lasse. Elle était ravie de sa soirée mais, à deux heures du matin, elle n'aspirait plus qu'à son lit.

Le voyage de retour fut silencieux. Ils avaient échangé quelques réflexions sur le bal, au début, puis Léonie s'était pelotonnée sur le siège capitonné et, quelques minutes plus tard, elle était profondément endormie.

Morgan conduisit le cabriolet directement à l'écurie. Il jeta les rênes à Abraham somnolent, souleva Léonie dans ses bras et l'emporta dans la maison. Elle avait la tête blottie contre son épaule et son corps svelte se laissait mollement aller contre le sien. Un flot de tendresse le submergea et il souhaita ardemment qu'elle soit toujours aussi confiante et abandonnée que cette nuit-là.

Il entra sans bruit et se dirigea vers la chambre de Léonie. Sachant qu'elle se regimberait violemment s'il essayait de lui faire l'amour, il la déposa sur le lit en laissant à Mercy le soin de la déshabiller.

Litchfield l'attendait.

— Je ne pensais vraiment pas que vous seriez encore debout, dit Morgan en étouffant un bâillement.

Litchfield parut offensé.

— Comme si j'aurais osé aller me coucher avant votre retour, grommela-t-il, surtout sachant qu'il y a pour vous une lettre de Jason Savage.

Subitement réveillé, Morgan bondit :

— Une lettre de Jason ? s'écria-t-il. Où est-elle, bon Dieu ?

Un sourire condescendant au coin des lèvres, Litchfield s'approcha de la table, prit un plateau d'argent et le présenta à son maître.

Morgan lui fit la grimace et saisit la lettre avec empressement.

Jason commençait par le mettre au courant de ce que Stephen venait de lui apprendre : son mariage avec Catherine Tremayne Saint-Clair, la naissance de son fils, Nicolas, et son installation dans l'une des nombreuses propriétés de la famille, Terre du Cœur, située au nord du territoire d'Orléans.

« C'est une chance que ta lettre m'ait trouvé à La Nouvelle-Orléans, écrivait-il. Grand-père a eu une attaque il y a quelques semaines. C'est pourquoi je suis ici. Nous attendons un autre enfant pour le mois d'août et j'ai l'intention de rejoindre Catherine le plus tôt possible. Je n'étais pas présent pour la naissance de Nicolas mais je compte bien être là pour l'arrivée du second.

« Comme tu me l'as demandé, j'ai pris mes renseignements sur Léonie Saint-André mais je crains que tu ne sois pas satisfait du résultat de mon enquête.

« Je ne sais si cette Léonie est bien celle qui t'intéresse mais apparemment c'est la même. Son grand-père, Claude Saint-André, est mort pendant l'automne de 1799. Comme elle le dit, elle a grandi dans le domaine familial, le château Saint-André, à une vingtaine de kilomètres de La Nouvelle-Orléans.

« Je suis allé voir le Père Antoine, le prêtre qui a célébré le mariage, mais il ne m'a guère éclairé. En consultant le registre, j'ai relevé l'inscription indiquant qu'un certain Morgan Slade, célibataire, résidant à Natchez, Territoire du Mississippi, avait effectivement épousé Léonie Saint-André en juillet 1799.

« Claude Saint-André était un homme estimé, bien que pitoyable à la fin de sa vie. Il semble qu'après la mort de son fils il ait commencé à dilapider une fortune qui devait être considérable. La plupart des personnes que j'ai interrogées paraissaient consternées par la situation financière qu'il a laissée à Léonie. Elle n'a pu continuer à faire marcher la plantation qu'à force de courage et de volonté. Malheureusement, après la mort du vieil Étienne de La Fontaine, son fils Maurice a exigé le remboursement de l'argent que lui avait prêté son père, ce qui l'a acculée à abandonner sa propriété.

« Certains de mes interlocuteurs m'ont laissé entendre que Maurice aurait volontiers oublié la dette si Léonie avait été plus sensible à son charme. Or, étant donné qu'elle se prétendait mariée, il est évident que les intentions du susdit Maurice n'étaient pas précisément honorables.

« Voilà tout ce que j'ai pu apprendre et mes renseignements semblent bien confirmer les déclarations de ta Léonie. En tout cas, je n'ai trouvé aucune preuve du contraire. Es-tu bien sûr que tu ne l'as pas épousée ? Naturellement, je plaisante, mon ami.

« En ce qui concerne l'existence d'un autre homme, à part Maurice de La Fontaine, je n'ai rien découvert. Il semble qu'elle ait mené une vie extrêmement retirée au château Saint-André. Elle n'allait à La Nouvelle-Orléans qu'une ou deux fois par an et personne ne lui a jamais connu d'aventures, ce qui ne signifie pas qu'elle n'en ait pas eu mais simplement que je n'ai rien pu trouver. J'ajoute que certaines personnes croient qu'elle a inventé cette histoire de mariage pour pouvoir donner un nom à son fils. En fait, nul n'a vu Léonie avec son mari et celui-ci n'a apparemment jamais mis les pieds à Saint-André. C'est pour le moins étrange. »

La lettre de Jason ne contenait rien de plus au sujet de Léonie. Morgan était déçu mais pas tellement surpris. Une personne capable de combiner un plan aussi machiavélique devait avoir tout prévu. Mais il avait espéré que Jason décèlerait une invraisemblance qui lui aurait fourni une clé.

Brusquement conscient de la présence de Litchfield, il commenta tout haut :

— Jason ne m'a rien appris de nouveau. Sa lettre confirme la plupart des déclarations de Léonie.

— Alors, qu'allez-vous faire maintenant, monsieur ? Lui donner l'argent ?

— J'ai envisagé cette solution, avoua Morgan, ne serait-ce que pour savoir quel sera le prochain acte de cette comédie.

— Vous devriez peut-être faire semblant de céder.

— Peut-être, mais je doute que la petite sorcière me croie si je lui annonce que je vais accéder à sa demande. Je me suis exprimé trop énergiquement à ce sujet pour qu'une volte-face aussi subite soit plausible.

— Alors ?

— Que le diable m'emporte si je sais ce que je dois faire ! Elle m'a conduit à une impasse... du moins pour le moment. De toute façon, je ne déciderai rien ce soir, alors vous feriez aussi bien d'aller vous coucher. Je suis très capable de me déshabiller et de me mettre au lit tout seul.

Il resta un long moment debout au milieu de la pièce, les yeux fixés sur la lettre. En fin de compte, elle ne lui apportait aucune solution et il se sentait même plus désorienté qu'avant.

« Je sais tout de même bien que je ne l'ai pas épousée », se répétait-il avec colère.

Pourtant, confronté à toutes les preuves du contraire, Morgan commençait à douter de lui-même. S'était-il enivré un soir au point de ne plus savoir ce qu'il faisait ? Disait-elle la vérité ? Peut-être ne se souvenait-il pas de ce qui s'était passé parce qu'il avait bu plus que de raison ? C'était la seule explication qui lui venait à l'esprit et elle était loin de le satisfaire. Il ne se rappelait pas avoir jamais été assez soûl pour ne pas se rendre compte de ses actes.

Il eut brusquement envie de voir le document que Léonie avait mentionné et se dirigea d'un pas ferme vers la porte de communication.

Léonie n'était pas encore couchée. Pendant que Mercy la déshabillait pour lui passer un somptueux négligé de soie jaune garni de dentelle, elle s'était complètement réveillée. Mercy commençait à lui brosser les cheveux lorsque Léonie aperçut un tas de vêtements posés sur un fauteuil. Reconnaissant sa vieille robe jaune sur le haut de la pile, elle fronça les sourcils.

— Que vas-tu faire de ces nippes ? demanda-t-elle.

— On va les brûler. Les femmes qui travaillent aux champs sont mieux habillées que vous ne l'étiez. Maintenant que vous avez toutes ces belles choses, vous n'avez plus besoin de garder ces vieilleries.

Léonie allait protester, puis elle réfléchit qu'elle serait absurde de s'entêter. Elle haussa les épaules et murmura sur un ton résigné :

— Tu as sans doute raison. Tout est là ?

— Oh non, mââm. J'ai laissé la robe lavande et celle en satin rose... Elles sont encore mettables.

Léonie éprouvait pour sa robe de mariée une aversion quasi insurmontable ; aussi réagit-elle violemment.

— Pas la rose ! cria-t-elle. Il faut la brûler aussi.

Elle courut vers l'armoire et fourragea dans ses vêtements pour trouver l'objet de son animosité. Elle la jeta sur le tas de friperie condamné avec un soupir de satisfaction comme si, en la vouant aux flammes, elle pouvait se délivrer des tourments que son mariage lui avait créés.

— Brûle-la avec les autres, ordonna-t-elle. Je ne veux plus la revoir, jamais !

C'est à cet instant que Morgan entra.

— Brûler quoi ? demanda-t-il. Et qu'est-ce que vous ne voulez plus jamais revoir ?

Léonie se tourna brusquement pour lui faire face. Toute sa méfiance se réveillait. Prenant la robe de satin rose, elle la lui mit sous le nez.

— Vous ne reconnaissez pas cette robe ? demanda-t-elle.

Devant l'air stupéfait de Morgan, elle ajouta avec ironie :

— Ah ! mais non, bien sûr. Il vous arrive même parfois d'oublier que vous m'avez épousée ! Alors, comment pourriez-vous vous souvenir de ma robe de mariage ? Que je suis donc sotte !

Morgan plissa les paupières puis, remarquant que Mercy restait figée sur place, les yeux écarquillés, il lui fit signe de sortir.

— Tu peux te retirer, Mercy. Ta maîtresse n'a plus besoin de toi.

Léonie protesta vivement :

— Non. Reste, Mercy. Je n'ai pas fini.

Mercy jeta un coup d'œil sur le visage fermé de Morgan, puis sur celui de Léonie, qui exprimait une franche colère. Décidant qu'elle préférait un affrontement avec Léonie plutôt qu'avec M. Slade, elle esquissa une révérence et s'éclipsa vivement.

Furieuse de la défection de sa femme de chambre, Léonie se planta devant Morgan en tapant des pieds.

— Comment osez-vous donner des ordres à mes domestiques ? C'est moi qui dois leur dire ce qu'ils ont à faire, *pas vous* !

— Vous préférez que votre servante soit témoin de nos querelles ?

Les doigts crispés sur la robe de satin rose, Léonie rougit de confusion. Cet homme n'avait-il donc jamais tort ?

— Je m'étonne que vous manifestiez une telle discrétion, maugréa-t-elle. A moins que vous n'ayez voulu m'humilier devant elle ?

— Vous me prenez vraiment pour un triste sire, répliqua Morgan sans hausser le ton. Un jour, vous me direz ce que j'ai bien pu faire pour que vous me croyiez capable de prendre plaisir à vous humilier.

Léonie répugnait à rester sur la défensive. Elle passa à l'attaque :

— Que voulez-vous ? gronda-t-elle. Et d'abord, que venez-vous faire ici ?

Morgan prit le temps de contempler la fine silhouette moulée dans le négligé de soie jaune avant de répondre :

— Je pourrais vous dire que je suis venu pour faire l'amour avec vous...

Léonie se raidit et recula.

— Mais ce n'est pas le cas, ajouta-t-il. Je voulais tout simplement voir l'accord que vous prétendez m'avoir fait signer, aux termes duquel j'aurais renoncé à mes droits au lit conjugal.

A la fois déçue et soulagée qu'il n'ait pas insisté pour la soumettre à son désir brutal, Léonie laissa tomber la robe de satin et se dirigea vers sa table de chevet. Elle ouvrit un tiroir, en sortit un papier et le lui tendit tout en se demandant ce qu'elle éprouverait s'il consentait à respecter l'accord en question.

Pendant que Morgan prenait connaissance du document, un silence tendu plana sur la pièce. L'accord spécifiait que l'union célébrée le 26 juillet 1799 entre Léonie Saint-André et Morgan Slade était un mariage blanc et que l'époux s'engageait à ne jamais exercer ses droits conjugaux.

Morgan examina longuement la signature hardie. C'était bien la sienne — il la reconnaissait lui-même — ou alors une imitation parfaite.

Levant les yeux sur Léonie, il la dévisagea froidement :

— A la rigueur, j'aurais pu me convaincre que je vous avais épousée un jour où j'étais ivre mort, dit-il, mais en aucun cas je n'aurais signé un document pareil !

Sans lui laisser le temps de répondre, il ramassa la robe de satin rose et ordonna :

— Mettez-la, je veux voir à quoi vous ressembliez le jour de notre prétendu mariage ! Peut-être que cette vision déclenchera un déclic dans ma mémoire...

— C'est ridicule ! Je ne vous comprends pas. Nous *sommes* mariés. J'ai tous les documents qui le prouvent.

— C'est ce que vous n'avez cessé de répéter. Mais il n'y a qu'une chose qui cloche. *Je ne vous ai pas épousée*. Je suis las du jeu que nous jouons depuis quelques semaines. Il est temps que cette situation prenne fin. Et maintenant, enfilez cette sacrée robe ou je vous déshabille pour vous la passer moi-même.

Voyant que Morgan était bien décidé à mettre sa

menace à exécution, elle lui prit la robe des mains et murmura d'une voix sourde :

— Voulez-vous sortir pour que je puisse m'habiller sans subir vos regards lascifs ?

— Dépêchez-vous, sinon je ne me contenterai peut-être pas de vous regarder.

Lui tournant le dos, elle enfila la robe sans se donner la peine d'ôter son négligé, qui fit fonction de jupon pour la circonstance. Puis elle se dressa devant lui, les yeux étincelants.

— Voilà, monsieur. Êtes-vous satisfait ?

Il la contempla un long moment. La robe lui allait à ravir, soulignant la sveltesse de la taille et les rondeurs de la poitrine haletante. La couleur rehaussait l'éclat de son teint et de son opulente chevelure fauve. Levant le document qu'il tenait en main, il demanda calmement :

— Si j'ai signé ce maudit papier, voudriez-vous m'expliquer comment je pourrais avoir un fils ?

Léonie savait que tôt ou tard la question viendrait sur le tapis mais elle ne s'était pas préparée à y répondre. Prise au dépourvu, elle ne put dissimuler sa gêne.

Pareil à un tigre bondissant sur sa proie, Morgan fonça sur elle et la saisit par les épaules.

— Justin n'est pas mon fils, n'est-ce pas ? gronda-t-il avec toute la rage mêlée de souffrance qu'il aurait ressentie si elle avait été réellement une femme infidèle.

La gorge sèche, Léonie articula avec peine :

— Écoutez-moi... Je n'ai jamais voulu...

— Vous avez voulu quoi ? interrompit-il. Me mettre un bâtard sur le dos ?

Au mot *bâtard* Léonie se redressa comme une furie et le gifla de toutes ses forces.

— Je ne tolérerai pas que vous insultiez Justin, haleta-t-elle. Si jamais vous osez toucher à mon fils, je vous tuerai.

Encore étourdi par la violence du coup, Morgan

secoua la tête comme pour la remettre en place. Conscient de s'être laissé dominer par ses émotions, il la lâcha.

— Je n'aurais pas dû prononcer ce mot, admit-il en serrant les mâchoires. Pardonnez-moi. L'enfant n'a rien à voir dans cette affaire sordide.

— Et moi je n'aurais jamais dû laisser supposer que Justin était votre fils, mais... je n'aurais pas pu supporter que les gens le traitent avec mépris. C'est pour lui que j'ai menti. Pas pour moi, pour lui ! Comprenez-vous ?

Morgan comprenait très bien. Il dut faire un effort pour refouler la vague de tendresse qu'il sentait monter en lui. Résistant au désir de la serrer dans ses bras, il répondit sèchement :

— Laissons Justin de côté pour le moment mais j'aimerais tout de même bien savoir qui est son père. Peut-être accepterez-vous de me le dire. Après tout, j'assume la responsabilité de cet enfant. Il serait assez normal que je connaisse ses origines, vous ne croyez pas ?

Léonie détourna la tête, le visage rouge de honte. Comment pouvait-elle lui confesser qu'elle ne le savait pas, que le père de Justin était pour elle un parfait étranger ? Un étranger qui l'avait violée et dont elle ne savait absolument rien... Elle essaya mais les mots lui restèrent dans la gorge. Elle baissa la tête.

— Je ne peux pas... Je vous en prie, n'insistez pas, implora-t-elle d'une voix à peine perceptible.

Même un homme moins sensible que Morgan aurait perçu son désarroi. Répugnant à prolonger une scène manifestement pénible pour elle, il reprit :

— Très bien, laissons cette question en suspens. Néanmoins, je ne bougerai pas de cette chambre avant que nous n'ayons fait le point en ce qui nous concerne tous les deux. Je n'ai pas signé d'accord relatif à votre dot ni cette ridicule convention au sujet de mes droits conjugaux. Si je vous avais connue et épousée, je vous aurais emmenée à Bonheur avec moi. Je ne vous aurais pas laissée à La Nouvelle-Orléans et je ne vous aurais pas permis de me faire assumer la paternité d'un enfant qui n'est pas le mien !

— Je ne comprends pas, dit Léonie. Allez-vous recommencer à prétendre que nous ne sommes pas mariés ? Est-ce ainsi que vous espérez éviter de me restituer ma dot ? En m'accusant de mentir ?

Morgan étouffa un juron. Il reprit Léonie par les épaules et la regarda droit dans les yeux.

— Vous êtes une lutteuse acharnée, je vous l'accorde, dit-il sans hausser le ton, mais la lutte est finie, mon cœur. Je suis las de votre petit jeu et maintenant je veux la vérité et je l'obtiendrai, dussé-je vous la faire cracher !

— Mais je vous ai dit la vérité, cria Léonie en essayant de se dégager.

Il resserra son étreinte.

— J'ai commis une erreur en vous reconnaissant pour ma femme, je l'admets. Mais si vous vous imaginez que je vais laisser pourrir cette situation jusqu'à ce que vous ayez complètement enjôlé ma famille, vous vous trompez du tout au tout.

Morgan ne pouvait continuer à se partager entre le ciel et l'enfer comme il le faisait depuis plusieurs semaines. Attirant Léonie contre lui, il répéta avec une sorte de désespoir :

— Allez-vous me dire la vérité, bon Dieu ! Allez-vous avouer que vous avez menti de A à Z ? Je vous promets de ne pas vous en tenir rigueur mais, pour l'amour du ciel, finissons-en avec cette comédie. Ma patience est à bout, Léonie. Je dois vous avertir que je ne me laisse pas provoquer impunément. Et Dieu sait que vous n'avez cessé de me provoquer...

— Vraiment, vous êtes fou, protesta Léonie. Vous m'accusez de mentir alors que c'est vous qui êtes un menteur. D'ailleurs, tout ce que j'ai dit est facile à prouver. Interrogez n'importe quel habitant de La Nouvelle-Orléans ! Vous avez eu notre contrat de mariage sous les yeux et pourtant vous osez dire que je mens !

— Parfait, ma chère, ricana-t-il, nous partirons pour La Nouvelle-Orléans. C'est là que cette maudite farce a commencé et, par tous les saints, c'est là que le dernier acte se jouera.

QUATRIÈME PARTIE

OMBRES DU PASSÉ

L'amour de ma vie n'est pas venu comme l'amour vient aux autres. Car ma blessure était secrète. Mais la blessure a engendré une perle.

La Perle au fond des mers,
Edith Matilda THOMAS

25

A peine Morgan eut-il formé le projet de partir pour La Nouvelle-Orléans qu'il le mit à exécution. Quarante-huit heures plus tard, ils se trouvaient à bord d'un bateau qui descendait le cours du Mississippi.

Litchfield, Mercy et Saul les accompagnaient, mais Morgan s'était énergiquement opposé à ce que Justin vienne avec eux.

— Votre fils sera beaucoup mieux ici, avait-il déclaré. D'ailleurs, étant donné les circonstances, il est préférable qu'il n'ait pas à supporter le climat de malaise qui pourrait régner entre nous. Il me semble que vous devriez le comprendre.

Malgré sa répugnance à laisser son fils derrière elle, Léonie s'était inclinée. Morgan avait raison. Il valait mieux pour Justin qu'il reste au Petit Bonheur.

Depuis leur discussion, Morgan s'était montré distant. Il semblait s'être retranché derrière une barrière infranchissable. Il était courtois mais sa politesse glaciale semait la confusion dans l'esprit de Léonie. Elle était perturbée non seulement par son brusque changement d'attitude mais par ses accusations. Il semblait croire qu'elle avait cherché à le berner et sa voix avait un tel accent de sincérité qu'elle était désorientée. L'idée lui était venue qu'il souffrait peut-être de crises d'amnésie momentanées. Comment expliquer autrement ces sautes d'humeur ? Tantôt il voulait que leur mariage soit effectif tantôt il déclarait brutalement qu'elle n'était qu'une perfide intrigante. Elle essayait désespérément de trouver une explication logique à ses incohérences mais son esprit pratique aboutissait toujours à la conclusion qu'il jouait le rôle de la victime pour la discréditer et la désarmer. C'était sans doute la tactique qu'il avait imaginée pour éviter de lui restituer sa dot.

Une fois ancrée dans cette idée, elle s'était retirée elle aussi dans sa tour d'ivoire, tout aussi impatiente que lui de partir pour La Nouvelle-Orléans afin de prouver enfin qu'elle n'était pas une proie facile.

Mme Dobson avait envoyé d'autres robes, accompagnées d'une multitude d'articles indispensables à une dame de qualité — souliers de satin, bottines de chevreau, châles de dentelle, chapeaux, voilettes, parfums et autres accessoires. Noëlle avait fourni malles et valises et Léonie était partie avec une garde-robe bien pourvue.

A leur arrivée à La Nouvelle-Orléans, Morgan avait trouvé une suite dans une auberge agréable au sud de la ville.

Léonie avait à peine eu le temps de se rafraîchir et de se changer tant il était impatient de la conduire en ville.

Il avait embarqué son cabriolet et un attelage de pur-sang sur le bateau de sorte qu'il pouvait disposer de son moyen de locomotion personnel sans perdre de temps à chercher un véhicule de location. Il s'était empressé de faire monter Léonie dans la voiture et, quelques instants plus tard, ils se dirigeaient vers la cathédrale Saint-Louis, rue de Chartres.

Léonie contemplait en silence les eaux boueuses du Mississippi. Justin lui manquait affreusement. « Que fait-il en ce moment ? se demandait-elle. Est-il heureux avec Yvette et les autres ? » Elle espérait ardemment qu'il ne souffrait pas trop de son absence.

La colère était une émotion réconfortante. Elle permettait de faire face à toute sorte d'événements sans laisser de place aux sentiments débilitants. Malheureusement, cette colère — tout au moins celle que lui inspirait Morgan — ne durait jamais longtemps. Au bout d'un jour ou deux, des émotions plus fortes s'y substituaient, laissant Léonie vulnérable et sans protection contre les élans de son propre cœur.

L'état d'esprit de Morgan n'était pas plus serein. Il se maudissait d'avoir entrepris ce voyage. Comme le disait le vieil adage, il est plus sage de ne pas réveiller le chat qui dort.

« Âne stupide, se répétait-il, il fallait que tu décides d'aller jusqu'au bout, n'est-ce pas ? au lieu de remercier le ciel de l'avoir mise sur ta route... Au diable ses mobiles... »

Il se tenait ce raisonnement depuis qu'il avait décidé de partir pour La Nouvelle-Orléans. Le temps n'avait en rien atténué le sentiment de frustration qui le rongeait. Il voulait la vérité et pourtant il la redoutait. Il se rendait compte que rien ne serait plus jamais pareil. La petite sorcière avait trop habilement lancé ses filets pour qu'il puisse jamais lui échapper et cette constatation le mettait hors de lui.

Ils arrivèrent à la cathédrale Saint-Louis sans avoir échangé un mot. Morgan attacha les brides à un poteau et aida Léonie à descendre avec l'expression maussade qui ne l'avait pas quitté.

Ils entrèrent ensemble dans la cathédrale. Les tours rondes qui se dressaient de chaque côté et les vitraux en ogive étaient d'inspiration espagnole. L'intérieur était frais et calme.

En s'avançant vers l'autel au côté de Morgan, Léonie éprouva un sentiment étrange. C'était là qu'elle avait épousé cet homme six ans auparavant. C'était là que son fils avait été baptisé. Grand-père se tenait près de l'autel pendant que les époux échangeaient leurs promesses. Elle ressentait toute la rancune que lui inspiraient les deux hommes. « C'est tellement loin qu'il me semble que c'est arrivé à une autre dans une autre vie. »

Le baptême de Justin était un souvenir doux-amer. Quel cri d'indignation il avait poussé au moment où le Père Antoine avait versé l'eau bénite sur sa petite tête ! Elle s'était sentie désespérée ce jour-là. Son grand-père était mort. Elle n'avait pas d'argent. Yvette et les domestiques dépendaient entièrement d'elle et le petit être qui se blottissait dans ses bras ne pouvait compter que sur elle. A dix-sept ans, elle se trouvait livrée à elle-même dans un monde hostile et terrifiant.

Morgan la sentit frémir. Pensant que c'était de nervosité, il lui serra légèrement le coude et chuchota :

— Je ne vous étranglerai pas... quoi que nous puissions découvrir.

Léonie lui lança un coup d'œil méprisant.

— Je n'ai rien à cacher, déclara-t-elle. J'ai dit la vérité et vous ne découvrirez rien ici qui puisse me surprendre.

— Bizarre, railla Morgan, vous prononcez exactement les paroles que j'avais prévues. Étant donné les circonstances, on peut vraiment vous féliciter pour votre cran.

Léonie laissa échapper un juron assez incompatible avec le lieu où elle se trouvait mais la vue de la longue silhouette qui se profilait sur le seuil de la sacristie arrêta net ses commentaires. Tournant la tête vers Morgan, elle l'implora du regard :

— Je vous en prie, ne soyez pas méchant avec moi devant le Père Antoine. Il ne comprendrait pas.

— Je n'ai pas l'intention de faire état de nos différends en public, répliqua Morgan, mécontent de jouer le rôle du vilain dans la pièce.

En reconnaissant Léonie, le Père Antoine s'approcha avec un plaisir visible.

— Léonie, ma chère enfant ! s'exclama-t-il. Quelle agréable surprise ! Mais comment se fait-il que vous ayez pu revenir ? J'ai appris que vous aviez quitté Saint-André pour aller vivre à Natchez avec votre mari. Quel bon vent vous ramène à La Nouvelle-Orléans ?

Timidement, Léonie désigna Morgan et répondit avec embarras :

— Mon... mari, Père Antoine. Il désirait revoir la cathédrale et consulter l'inscription concernant notre mariage.

— Comme c'est curieux, dit le prêtre, un certain Jason Savage est passé récemment et il m'a demandé la même chose. Auriez-vous des doutes sur la validité de votre mariage, monsieur ? Tout est parfaitement en règle, je vous assure... Si vous vous en souvenez, j'ai célébré la cérémonie moi-même.

Morgan scruta intensément le visage empreint de sérénité et demanda à brûle-pourpoint :

— Et je suis bien l'homme à qui vous l'avez mariée ?

Le Père Antoine resta un moment interloqué.

— Mais naturellement, monsieur. Je connais Léonie depuis sa naissance et, bien que je ne vous aie vu que le jour du mariage, je me souviens très bien de vous. Quel beau couple vous formiez ! J'étais bien heureux de savoir son avenir enfin assuré.

Sentant sa raison vaciller, Morgan se contraignit à insister :

— Vous êtes certain que je suis bien cet homme ? Vous me reconnaissez vraiment ?

A la fois offusqué et perplexe, le prêtre étudia attentivement les traits sombres de Morgan :

— Oui, répondit-il enfin. Comme je viens de vous le dire, je ne vous ai vu qu'une seule fois et, en admettant que je ne vous aie pas reconnu si je vous avais rencontré dans la rue, en vous voyant à côté de Léonie, je me souviens parfaitement de vous. Vous êtes bien l'homme que j'ai marié à Léonie... à moins, naturellement, que vous n'ayez un frère jumeau qui s'appellerait aussi Morgan Slade.

Morgan blêmit. La vérité se fit brusquement jour dans son cerveau. Le sentiment troublant que c'était dans son voyage de 1799 à La Nouvelle-Orléans que se trouvait la clé du mystère et sa certitude qu'un autre homme se cachait derrière cette machination, ces divers éléments contribuèrent à faire jaillir la lumière.

— Ashley ! siffla Morgan avec une telle haine que le Père Antoine recula d'un pas et que Léonie resta bouche bée.

Oubliant leur présence, Morgan serra les poings. Il se maudissait en se rappelant que son cousin avait maintes fois tiré parti de leur extraordinaire ressemblance et imité sa signature. « J'aurais dû y penser aussitôt que j'ai eu sous les yeux ces sacrés documents », fulmina-t-il intérieurement. L'épisode de la serveuse qu'Ashley avait séduite sous son nom et celui des reconnaissances de dettes falsifiées lui revinrent à l'esprit. Il éclata :

— Comment ai-je pu être aveugle à ce point ! Nom de Dieu de nom de Dieu !

Ces paroles impies retentirent dans le silence de la cathédrale. Le prêtre sursauta.

— Jeune homme, vous oubliez que vous êtes dans la maison de Dieu, protesta-t-il. Vous ne profanerez pas son nom ici.

Morgan le regarda d'un air égaré.

— Excusez-moi, mon père. Vos paroles m'ont causé un choc... Elles m'ont rappelé quelque chose que je n'aurais jamais dû oublier... mais j'ai eu tort de jurer. Je le regrette et je ne puis qu'implorer votre pardon.

— Bien sûr, je vous pardonne, mon fils, répondit le

prêtre. Je suis heureux d'avoir pu vous aider. Ai-je répondu à toutes vos questions ?

Morgan soupira. D'autres questions se pressaient dans sa tête mais le Père Antoine n'aurait pu leur trouver de réponse. Il était évident que Léonie n'avait pas menti au sujet du mariage. En tout cas, *elle* n'était pas coupable d'imposture. Savait-elle ce qu'Ashley combinait ? S'était-elle prêtée à cette sinistre farce ? Il avait besoin de démêler cet écheveau avant de prendre une décision. Voyant que le prêtre attendait, Morgan inclina la tête.

— Oui, je vous remercie, mon père... Je ne saurais vous dire à quel point cette conversation m'a éclairé.

Il se tourna vers Léonie désorientée, il la prit doucement par le bras et ajouta aimablement :

— Je ne veux pas abuser davantage de votre temps, mon père. Nous allons vous laisser à vos occupations, n'est-ce pas, ma chérie ?

Léonie acquiesça d'un signe de tête, décontenancée.

Impatient de mettre de l'ordre dans ses pensées, Morgan entraîna Léonie hors de la cathédrale. Il s'en voulait de ne pas s'être douté plus tôt de ce qui s'était passé. « Si seulement je m'étais souvenu de la lettre m'annonçant l'arrivée d'Ashley à La Nouvelle-Orléans, j'aurais tout de suite trouvé l'explication ! »

Il ne tenait pas à mettre Léonie tout de suite au courant de ses conclusions. D'ailleurs, il n'était pas encore tout à fait sûr de son innocence. Il éprouvait un intense désir de lui dire la vérité mais le moment n'était pas propice.

Elle devait être plus disposée à le gifler qu'à répondre à ses baisers. *Si* elle était innocente et qu'il lui fasse part de ses déductions concernant Ashley, elle serait convaincue qu'il avait inventé une nouvelle tactique pour différer la restitution de sa dot.

— Léonie, lui dit-il enfin, je vais prendre toutes les dispositions nécessaires pour que votre dot soit payée. Je vais aller voir mon agent d'affaires de La Nouvelle-Orléans au plus tôt et, d'ici la fin de la semaine, vous aurez votre argent.

Au lieu de se réjouir de sa victoire, Léonie se sentit étrangement frustrée, comme si elle avait été dépouillée de sa cuirasse. Elle essaya de se persuader que cette capitulation inattendue la comblait de joie mais cela lui laissait au contraire une sensation de vide douloureuse. Une fois que Morgan lui aurait rendu son argent, elle n'aurait plus aucune raison de rester avec lui. *Aucune*, se répétait-elle en refoulant les larmes qui lui montaient aux yeux. L'accord qu'ils avaient conclu avant leur mariage le spécifiait nettement.

— Mais vous vous souvenez maintenant de notre mariage ? demanda-t-elle, ahurie de sa volte-face.

Morgan réfléchit. Devait-il prolonger cette situation fausse ? Il faudrait bien qu'il lui donne tôt ou tard des explications ; aussi valait-il mieux qu'il s'éloigne le moins possible de la vérité. Il répugnait à parler d'Ashley, d'autant plus que la méfiance de Léonie était toujours en éveil, mais il répugnait plus encore à lui laisser croire qu'il se rappelait un fait qui ne s'était jamais produit.

— Non, pas exactement, répondit-il sans la regarder.

Léonie lui lança un coup d'œil soupçonneux.

— Pourtant, devant le Père Antoine, vous avez implicitement reconnu que vous vous souveniez de tout !

— Je sais que le mariage a eu lieu, dit-il sèchement, mais je ne me rappelle absolument pas les circonstances qui l'ont précédé. Pourriez-vous me refaire le récit des événements ? Je crains de n'avoir pas prêté suffisamment attention à certains détails.

Ne sachant trop comment elle devait prendre ces dernières paroles, Léonie soupira. Elle refit l'historique des faits depuis le moment où son grand-père avait décidé de la marier.

— C'est seulement après sa mort que notre médecin m'a appris que mon grand-père se savait condamné. C'est pourquoi il était si pressé d'assurer mon avenir. Quand grand-père a commencé à me parler mariage, j'étais furieuse. Ensuite, il m'a annoncé que vous étiez l'époux qu'il m'avait choisi. Il m'a dit qu'il vous avait rencontré chez le gouverneur et que tout était décidé... Tout sauf la question de la dot.

En évoquant le souvenir de cette journée où Claude lui avait parlé de Morgan Slade et de ce qui s'était passé la nuit chez le gouverneur, elle se mit à trembler. Morgan s'en rendit compte et, sachant qu'Ashley pouvait se comporter comme une brute, il lui posa la main sur le bras.

— Je ne vous aimais pas, reprit-elle. Je trouvais injuste que vous preniez cette dot qui aurait pu... qui peut encore sauver ma maison... Et vous avez manqué à votre parole la nuit même de nos noces. Vous avez essayé d'abuser de moi.

A la fois furieux et jaloux, Morgan serra les mâchoires :

— Et... ai-je réussi ? questionna-t-il d'une voix dure.

Léonie sourit :

— Non, vous n'avez pas réussi. Je vous ai tenu en respect avec le pistolet de grand-père. Vous étiez fou de rage ! Vous ne vous en souvenez vraiment pas ?

Morgan se sentit d'autant plus soulagé que cette réponse lui prouvait qu'elle ne pouvait être complice d'Ashley. Il secoua la tête.

— Non, je ne me souviens de rien.

La conversation s'arrêta là et ils se turent, accaparés par leurs pensées. Mais leur silence n'avait rien d'hostile.

Rien n'expliquait son soudain revirement à propos de la dot. Léonie désirait cet argent si ardemment et depuis si longtemps qu'elle était stupéfaite de constater qu'elle y renoncerait avec joie si seulement Morgan lui avouait qu'il l'aimait et désirait la garder près de lui. Malheureusement, c'était peu probable. D'abord, il n'avait jamais tenu à se marier ; alors, pourquoi changerait-il d'avis simplement parce qu'il avait acquis la certitude qu'elle était légalement sa femme ?

Morgan était absorbé par ses propres réflexions. Il avait essayé d'envisager les conséquences que les actes d'Ashley pouvaient entraîner mais il était si heureux de savoir Léonie innocente qu'il n'arrivait pas à se concentrer. Dès le début, elle avait dit la vérité en ce qui la concernait. Il en éprouvait une telle joie qu'il était pris d'une folle envie de rire, de crier, de partager son exultation avec le monde entier.

Brusquement, il se sentit submergé par le remords. Dire qu'il l'avait accusée des pires méfaits !

Même quand Léonie comprendrait qu'ils avaient été tous deux victimes d'un scélérat, pourrait-elle trouver dans son cœur des raisons de lui pardonner ? Pourrait-elle apprendre à l'aimer ?

26

Morgan aida Léonie à descendre et l'accompagna jusqu'à leur suite. L'auberge, un long bâtiment à deux étages, avait jadis été un hôtel particulier. Ses fenêtres étroites étaient protégées par des volets noirs et ses murs étaient peints en blanc. Une large galerie longeait la façade.

Morgan et Léonie occupaient le bel appartement du deuxième étage. Les deux vastes chambres à coucher étaient séparées par une pièce que l'aubergiste baptisait pompeusement le salon. A en juger par ses proportions exiguës, Morgan était tenté de croire qu'à l'origine ce local servait de cabinet de toilette mais, comme la plupart des suites d'auberges ne possédaient pas de salon, il s'en contenta.

— J'espère que cet appartement vous convient ? dit-il à Léonie.

Perdue dans ses pensées, elle n'avait prêté aucune attention aux aîtres. Elle acquiesça d'un signe de tête.

— Il est très agréable, répondit-elle poliment.

« Quelles banalités ! se dit-elle amèrement. Et moi qui prononce des fadaises quand je meurs d'envie de lui crier mon amour ! Peu m'importe où nous sommes... pourvu qu'il m'aime. »

Remarquant la tristesse qui se reflétait sur son visage et se méprenant sur sa cause, il demanda brusquement :

— Justin vous manque beaucoup, n'est-ce pas ? C'est sans doute pourquoi vous paraissez si triste.

— Oui, il me manque terriblement, reconnut Léonie avec un sourire contraint. Allons-nous rester ici encore longtemps ?

Question embarrassante ! Encore traumatisé par ce que lui avait appris sa visite au Père Antoine, Morgan était incapable de mettre de l'ordre dans ses pensées. Il lui restait beaucoup d'éléments à considérer et, hormis l'innocence de Léonie, il n'en avait examiné aucun.

— Je ne sais pas, murmura-t-il. Il se peut que nous soyons obligés d'attendre quelques semaines...

Il s'interrompit, conscient de la répugnance que lui causait la perspective du retour au Petit Bonheur. Cette maison avait atteint son but, tout au moins en ce qui le concernait. Au fond, il n'avait jamais eu l'intention de se fixer à Natchez et il ne s'était installé au Petit Bonheur avec Léonie que dans le dessein de mettre fin à ce qu'il prenait pour une farce. En tout cas, il ne comptait pas y passer le reste de ses jours. Quant à Mille Chênes... Il esquissa une grimace. Non ! Mille Chênes appartenait au passé et tout le charme de ce domaine s'était éteint avec son amour pour Stéphanie.

— Y a-t-il un endroit où vous aimeriez vivre ? reprit-il d'un air anxieux.

Léonie sentit son cœur se serrer. Tous ses espoirs s'envolaient. Manifestement, il comptait se débarrasser d'elle dès qu'il lui aurait restitué sa dot, plus tôt peut-être. Rassemblant tout son courage, elle sourit vaillamment et répondit :

— C'est à Saint-André que j'ai toujours eu l'intention de vivre.

Morgan prit le temps de retourner cette idée dans sa tête. Les informations qu'il avait recueillies sur le château n'étaient guère encourageantes. Cependant, la plantation avait été fertile et prospère en d'autres temps. Pourquoi ne le redeviendrait-elle pas, surtout s'il pouvait récupérer les hectares perdus ? S'il investissait son propre argent dans le domaine de Léonie, il ne voyait pas pourquoi ce nouveau foyer ne leur apporterait pas le bonheur. D'ailleurs, il doutait que, têtue comme elle l'était, elle consente à se fixer ailleurs.

— Eh bien, c'est parfait, si tel est votre désir, dit-il calmement.

Léonie leva fièrement le menton.

— Bien sûr que c'est mon désir, répliqua-t-elle avec raideur. Rappelez-vous que c'est pour sauver Saint-André que je suis venue à Natchez.

— C'est vrai, admit Morgan. Alors, puisque vous en avez décidé ainsi, nous allons faire venir Justin et les autres. Il leur faudra un certain temps pour faire leurs bagages et se préparer au départ. Quand ils arriveront ici, nous aurons sans doute réglé nos affaires.

— Enverrez-vous le message vous-même, ou voulez-vous que je le fasse ? demanda-t-elle.

— Je m'en charge. Si vous n'y voyez pas d'inconvénient, je confierai la lettre à Saul au lieu de l'expédier par la poste.

— Comme il vous plaira, dit froidement Léonie, qui

s'enfonçait les ongles dans les paumes pour lutter contre une violente envie d'éclater en sanglots.

Morgan était intrigué par cette docilité inhabituelle. Il la sentait à la fois irritée et désemparée. Il était bien normal qu'elle soit irritée; elle trouvait à juste titre qu'elle avait été fort mal traitée et il pensait avec tristesse qu'il aurait du mal à la convaincre de sa propre innocence... ou à gagner sa confiance. La pensée d'Ashley déchaînait en lui une explosion de rage impuissante. Il maudissait le sort qui avait mis ce gredin sur leur route. Espérant ramener un sourire sur les lèvres de Léonie, il se hâta de promettre :

— Justin sera là très bientôt. Je vais prendre immédiatement toutes les dispositions nécessaires.

Il consulta sa montre et ajouta :

— J'ai beaucoup à faire cet après-midi. Aussi vous laisserai-je seule quelques heures, si cela ne vous ennuie pas trop.

Léonie secoua la tête. Elle avait besoin d'un moment de répit... et de temps pour envisager un avenir d'où Morgan Slade serait exclu.

Morgan salua et sortit vivement pour se mettre en quête de Litchfield. Il le trouva occupé à défaire leurs bagages et le mit au courant des dernières nouvelles.

— Bien sûr... Ashley, dit Litchfield sans se troubler. Nous sommes impardonnables de ne pas y avoir pensé. En avez-vous parlé à Madame ?

Morgan haussa les épaules :

— Pensez-vous honnêtement qu'elle puisse me croire si je lui dis : « Au fait, ce n'est pas moi que vous avez épousé, mais mon cousin qui a usurpé mon identité » ? Elle me prendrait pour un fou et, tout bien considéré, elle n'aurait pas tort.

Litchfield hocha la tête.

— Oui, je vois le problème, dit-il en accrochant soigneusement une chemise sur un portemanteau.

Il réfléchit un moment pendant que Morgan trempait une plume dans l'encrier et commençait à composer une lettre pour Dominique.

— Mais si Ashley l'a épousée sous *votre* nom en imitant *votre* signature, est-elle votre femme ou la sienne ? s'enquit le valet de chambre calmement.

— *La mienne !* s'écria Morgan sans prendre le temps de peser la question. Enfin, je le crois... Je ne sais pas, mais... peu importe. Léonie *sera* ma femme.

Quelques minutes plus tard, la lettre était en route pour Bonheur. Morgan repartit pour la ville, pressé d'obtenir une réponse à la question que venait de soulever son valet.

Il s'arrêta d'abord devant l'hôtel de Beauvais. Malheureusement, Jason était parti pour Terre du Cœur deux jours auparavant.

Morgan se dirigea alors vers les bureaux de Ramey, Ramey et Jardin, la société qui s'était toujours occupée des affaires de contentieux de la famille Slade à La Nouvelle-Orléans. Confortablement assis devant un verre de cognac, il mit Léon Ramey au courant de l'imposture d'Ashley. Quand il eut terminé son récit, il fixa des yeux son interlocuteur et lui demanda posément :

— Alors maintenant que vous savez ce qui s'est passé, selon toute probabilité... pouvez-vous me dire si Léonie est ma femme, oui ou non ?

Un long silence pesa sur la pièce. Léon Ramey parut contempler un point dans l'espace puis, voyant l'anxiété qui se reflétait sur le visage de Morgan, il se décida à parler :

— Il a pu usurper votre identité, il a même pu l'épouser sous votre nom, abuser le grand-père et la petite-fille, mais... c'est Ashley Slade qui est légalement son mari.

Le corps traversé par une douleur fulgurante, Morgan réprima le cri qui faillit s'échapper de sa gorge et se contraignit à garder son calme.

— Le mariage peut-il être annulé ? demanda-t-il. A ma connaissance, il n'a jamais été consommé. Elle n'a pas revu cette canaille depuis six ans.

Ramey prit son temps pour reconsidérer le problème, puis demanda à brûle-pourpoint :

— Et l'enfant ? Êtes-vous vraiment certain que le mariage n'a pas été consommé ?

— Absolument, répondit-il. Elle me l'a dit elle-même. Elle ne veut pas parler du père de son fils. Mais si c'était... Ashley, elle n'aurait eu aucune raison de le nier, bien au contraire.

Ramey se cala dans son fauteuil.

— L'enfant complique les choses, dit-il d'un air songeur. Pourtant, je pense que nous pourrons résoudre ce problème particulier. Mais, pour en revenir à votre première question, étant donné les circonstances, il me semble qu'il doit être assez facile d'obtenir une annulation. Mais c'est une procédure qui demande du temps. Et il sera impossible de dissimuler l'infamie de votre cousin. Naturellement, dans un cas pareil, c'est toujours la femme qui en subit les conséquences. Pourrez-vous supporter que son nom soit sur toutes les lèvres ? Non, mon ami, vous aurez beau vous battre en duel, vous ne réussirez pas à faire cesser les commérages.

— Alors, que suggérez-vous ? questionna Morgan.

— Pour le moment, je vous conseille de laisser les choses comme elles sont. Dites-lui la vérité, si vous voulez, mais n'en informez personne d'autre. Si la vérité reste entre nous, nous pourrons peut-être nous sortir de cette situation inconfortable avec un minimum de préjudices pour tous. Avec votre permission, je parlerai au Père Antoine pour savoir s'il peut entamer une procédure auprès de l'Église. A part nous, il sera le seul à connaître cette usurpation d'identité.

Reconnaissant la sagesse de ces conseils, Morgan inclina la tête. Mais la colère grondait en lui. Non, Ashley n'aurait pas Léonie ! Il le tuerait... lentement et avec délectation.

— Je m'en rapporte à vous, dit-il avant de prendre congé de Léon Ramey. Si vous avez besoin de moi, envoyez-moi un message. Il me trouvera soit à l'auberge de Mme Brosse, soit au château Saint-André.

Morgan se rendit ensuite chez son agent commercial. Comme La Nouvelle-Orléans était le port d'expédition de la plupart des marchandises de Bonheur, la famille Slade était très connue dans le milieu des affaires.

Âgé d'une cinquantaine d'années, M. Lefort, homme austère et pragmatique, était convaincu que rien ne pouvait l'étonner de la part de l'aîné des Slade. D'ailleurs, on pouvait tout attendre d'un gentilhomme qui passait volontairement deux ans de sa vie avec des sauvages. Cependant, lorsque Morgan lui passa l'ordre de virer une importante somme en or sur un compte qu'il ouvrait au nom de sa femme, il écarquilla les yeux.

— Mais... mais, monsieur Slade ! N'est-ce pas un peu excessif ? Je n'ai pas de conseils à vous donner sur l'emploi de votre argent, mais croyez-vous qu'il soit prudent de laisser une femme gérer une somme pareille ?

Morgan sourit tristement en pensant à tout le mal que Léonie s'était donné pour entretenir sa petite famille pendant des années de lutte contre la misère.

— Croyez-moi, monsieur, répondit-il, cette jeune femme est plus que capable de mener ses propres affaires.

Lefort haussa les épaules d'un air sceptique.

— Très bien, monsieur. Y a-t-il autre chose que je puisse faire pour vous ?

Morgan réfléchit un moment. Il pouvait simplement laisser Léonie utiliser cet argent pour rembourser Maurice de La Fontaine mais quelque chose en lui regimbait à cette pensée.

Éprouvant l'irrésistible besoin de réparer l'injustice du sort, de faire un acte qui montrerait à Léonie que tous les hommes n'étaient pas des scélérats sans scrupules, il dit enfin :

— Un certain Maurice de La Fontaine détient une hypothèque sur la propriété de ma femme, le château Saint-André, ou plutôt sur ce qu'il en reste. Je veux racheter cette hypothèque immédiatement.

En pensant à tout l'argent qui allait échapper à sa sage gestion, Lefort déplaça et replaça les papiers posés sur son bureau.

— C'est-à-dire en plus du virement que vous voulez faire au compte de votre femme ?

— Exactement. J'ai une provision suffisante, non ?

— Bien sûr, vous ne manquez pas de fonds, monsieur.

— Dans ce cas, vous n'aurez aucune difficulté à organiser les deux opérations, n'est-ce pas ?

— Tout sera fait dans quelques heures, dit Lefort sèchement.

— Si vite ?

Lefort sourit d'un air supérieur.

— Claude Saint-André était mon client, ainsi que la famille La Fontaine. Maurice de La Fontaine est venu me voir au début du mois au sujet de l'hypothèque Saint-André. Il voulait vendre au plus vite mais, jusqu'à ce jour, je n'avais pu trouver d'acheteur. Il sera très satisfait que j'aie pu arranger cette affaire.

— Je vois. Il semble que ce La Fontaine n'ait pas été disposé à attendre son argent.

— Pardon ? Je crains de n'avoir pas compris.

— La Fontaine avait promis à ma femme qu'il lui laisserait un délai de trente jours pour racheter sa propriété. Elle pensait qu'il attendrait jusqu'au 1er juillet.

Lefort parut mal à l'aise.

— M. Maurice n'est pas un gentilhomme comme son père.

Morgan se dit que c'était là un euphémisme mais il garda cette réflexion pour lui.

— Peu importe, dit-il. L'essentiel, c'est que j'entre en possession de la reconnaissance de dette aussitôt que possible.

Lefort hocha la tête.

— Vous l'aurez demain après-midi. Je sais que M. de La Fontaine est en ville et l'un de mes collaborateurs va l'informer de notre transaction. J'aurai simplement besoin de sa signature pour solde de tout compte. Et ce sera tout pour aujourd'hui ? ajouta l'agent, anxieux.

Morgan réprima un sourire à la pensée de la tête qu'allait faire le pauvre Lefort en apprenant sa nouvelle exigence. Effectivement, le visage de l'agent s'allongea quand il lui fit part de ses intentions.

Quelques minutes plus tard, Morgan sortit du bureau de Lefort mais son sourire s'effaçait à mesure qu'il se rapprochait de l'auberge. Malgré les dispositions qu'il avait prises, rien n'était vraiment changé. Léonie était toujours la femme d'Ashley et s'il tentait de lui exposer la situation, elle ne le croirait sûrement pas. D'ailleurs, il avait lui-même assez de mal à voir clair dans cet imbroglio. « Si seulement je m'étais souvenu plus tôt du voyage d'Ashley à La Nouvelle-Orléans, au moins nous ne nous serions pas laissé entraîner aussi loin dans cette sinistre farce. » Le résultat aurait été le même, en ce sens que tout le clan Slade se serait uni derrière Léonie contre Ashley, mais la méfiance qui avait envenimé le climat de leurs relations n'aurait jamais existé.

Morgan poussa un soupir puis ses lèvres esquissèrent un sourire. En pensant à Léonie se pâmant dans ses bras, il ne pouvait regretter tout ce qui s'était passé à Natchez. Il savait que même s'ils n'avaient pas vécu ensemble au Petit Bonheur, il serait tombé amoureux d'elle.

Au même moment, Ashley pestait contre l'inconfort de la cabine qu'il occupait sur le bateau. Au départ, elle ne lui avait pas semblé inhabitable mais, après un mois en mer et la perspective de deux nouvelles semaines de voyage, il était d'humeur détestable. Même la pensée de la fortune dont il pourrait s'emparer, une fois rentré en Europe avec sa femme, n'avait plus le don de le ragaillardir. Maudissant le temps, la mer, le navire, il scrutait l'horizon en rongeant son frein.

« Pourvu que je trouve cette petite garce sans trop de peine ! Et si elle avait filé avec un chevalier errant ? » Mais non. Il était possible qu'elle se soit accrochée à sa vieille plantation dans l'espoir qu'il honorerait leur contrat et viendrait lui restituer sa dot. Dire qu'elle avait essayé de jouer au plus fin avec Ashley Slade. « Quelle idiote ! »

Il imagina un instant qu'elle avait finalement réussi à rencontrer le véritable Morgan Slade et il se mit à rire en pensant à la confusion et au désarroi qui en auraient résulté. S'il n'avait eu un impérieux besoin de faire valoir ses propres droits d'époux, il aurait bien arrangé une telle confrontation, ne serait-ce que pour mettre Morgan dans l'embarras.

Morgan était au supplice. Il avait essayé d'aborder le sujet à plusieurs reprises, mais la froideur de Léonie avait arrêté ses paroles sur ses lèvres. Il ne lui en voulait pas. « Je me suis assez mal conduit avec elle, se dit-il en se préparant à se mettre au lit. Demain, tout ira mieux. Demain, j'agirai comme j'aurais dû le faire dès le début. »

L'idée que Léonie se faisait du lendemain n'était pas particulièrement réjouissante. Certes, Morgan s'était montré charmant au dîner mais, se raidissant contre la douleur que lui causait la perspective de la séparation, elle n'avait pas voulu répondre à ses tentatives de conciliation. Puisqu'il était décidé à l'abandonner, elle préférait brusquer les adieux.

Le lendemain, elle se réveilla épuisée et déprimée. Elle dut faire un effort pour s'habiller. Elle n'aspirait qu'à la solitude pour pouvoir donner libre cours à ses larmes. Mais Léonie était une lutteuse; aussi se contraignit-elle à sourire en allant rejoindre Morgan dans le patio.

La matinée était radieuse et le ciel serein, sans aucun signe précurseur de la moiteur débilitante qui allait envahir l'air un peu plus tard.

Le cadre était ravissant. En été, Mme Brosse servait le petit déjeuner dans un joli patio. Tables et chaises étaient disposées à l'ombre d'un énorme chêne et des fleurs de toutes les couleurs mettaient partout des notes gaies; bougainvillées mauves cascadant sur un angle de la maison, camélias roses dressant fièrement la tête et géraniums rouges dansant sous la caresse de la brise qui rompait le calme de l'air.

Mais Léonie n'avait pas le cœur à apprécier le décor. Elle ne pensait plus qu'à en finir avec cette histoire de dot. Après quoi, Morgan n'aurait plus à se mêler des affaires des Saint-André. Elle s'était bien débrouillée toute seule avant qu'il soit venu jouer les tyrans dans sa vie. Elle recommencerait. Voilà tout.

Aussi, à peine assise, attaqua-t-elle le sujet sans se laisser arrêter par la douleur qui lui rongeait le cœur.

— Je pense qu'il est temps de mettre les choses au point entre nous. Vous savez maintenant que je n'ai pas menti pour notre mariage et pour la dot... Alors... dès que vous aurez réglé cette question d'argent avec votre banquier, nous n'aurons plus aucune raison de poursuivre nos relations.

Morgan la contempla un long moment. Il la trouvait

ravissante dans son élégante robe de mousseline abricot, mais il lui en voulait de parler aussi froidement de leur séparation.

— Est-il indispensable que nous en discutions tout de suite ? demanda-t-il sèchement. Je ne suis pas pressé de prendre une décision qui va bouleverser notre situation actuelle.

Désemparée, elle articula :

— Mais hier... hier vous m'avez laissé entendre que vous désiriez me voir sortir de votre vie au plus tôt.

— Moi ? s'exclama Morgan qui ne se rappelait pas avoir fait la moindre allusion à une séparation éventuelle. Dieu sait ce que j'ai pu dire hier, Léonie, mais aujourd'hui, je voudrais que nous prenions un nouveau départ ensemble. Je sais que l'atmosphère a été tendue entre nous, mais voulez-vous que nous signions une trêve ? Pendant ce temps, nous laisserons le passé s'estomper et l'avenir se dessiner. Je vous demande une trêve, Léonie. Serez-vous assez magnanime pour me l'accorder ?

Léonie hésita, déchirée par la lutte qui se livrait entre son cœur prêt à accepter et son cerveau violemment opposé à toute forme de compromis. Ce fut son cœur qui l'emporta. Elle inclina la tête et murmura :

— C'est bien. Essayons votre trêve. Nous verrons ce qu'elle nous apportera.

27

La trêve commença bien. Comme la menace de la séparation ne se profilait plus à l'horizon et que l'espoir d'une normalisation de leur mariage semblait se dessiner, Léonie trouva soudain la journée magnifique.

Quant à Morgan, il entrevoyait la possibilité de lui révéler le rôle qu'Ashley avait joué dans leur vie. « Mais pas encore, pensa-t-il en remarquant le sourire timide qu'esquissaient les lèvres de Léonie. Je ne veux rien dire qui risque d'effacer l'expression de son visage, rien qui puisse mettre dans son regard une lueur de méfiance... »

Ils passèrent une journée délicieuse, flânant sans but dans les rues de La Nouvelle-Orléans, léchant les vitrines, se joignant joyeusement aux badauds. Ils s'installèrent au bord du fleuve pour pique-niquer en contemplant les eaux brunes du Mississippi qui se dirigeaient vers la mer. Adossée au tronc d'un chêne, Léonie grignotait une praline avec béatitude. Pour la première fois de sa vie, elle voyait dans l'avenir une perspective de bonheur au lieu d'une lutte continuelle et désespérée.

Morgan était de plus en plus épris mais rien ne lui prouvait que Léonie accueillerait favorablement ses sentiments surtout quand il l'aurait mise au courant de la machination d'Ashley. A l'idée qu'elle n'était pas légalement sa femme, il éprouvait une sensation d'angoisse, comme si une menace terrible planait sur leur vie.

Cependant, tous les obstacles que pouvait leur réserver l'avenir ne l'empêchèrent pas de savourer les joies de cette journée. Le soir, en déposant un chaste baiser sur les lèvres de Léonie étonnée, il envisageait l'avenir avec un optimisme inébranlable.

Il se trouvait bien seul dans son lit mais, maintenant qu'il la savait innocente, il se refusait à lui imposer son désir. D'ailleurs, n'était-elle pas la femme d'Ashley ?

La journée du lendemain s'annonçait aussi belle que la veille. Ils reprirent leur petit déjeuner dans le joli patio mais, cette fois, Léonie semblait radieuse. Sa robe de mousseline blanche lui seyait à ravir. Lui déposant un baiser sur la tempe, il murmura sur le ton de la plaisanterie :

— J'espère que vous avez bien dormi dans votre grand lit. J'aurais bien aimé vous y rejoindre.

Léonie rougit. Elle aurait voulu relever le défi sur le même ton mais elle préféra l'ignorer.

— Avez-vous des projets pour aujourd'hui ? demanda-t-elle.

Morgan réfléchit : sauf complications, il devrait entrer en possession du contrat d'hypothèque dans la matinée.

— Il faut que j'aille en ville avant midi, répondit-il. Après quoi, je serai à votre disposition. Y a-t-il quelque chose que vous aimeriez faire ?

— Oui. J'aimerais beaucoup aller à Saint-André. C'est à quatre heures d'ici mais si nous partions assez tôt...

— Aucun problème. Je finis mon café et je pars. Pendant ce temps, demandez à l'aubergiste de nous préparer un pique-nique. Nous pourrions nous mettre en route dans une heure.

Vingt minutes plus tard, Morgan se retrouvait assis dans le bureau de Lefort.

— Avez-vous vu La Fontaine ? demanda-t-il. Vous a-t-il remis le contrat ?

— Oui, monsieur, sans aucune difficulté. La Fontaine a la passion du jeu mais il est très mauvais joueur. A peine a-t-il su que l'hypothèque serait rachetée argent comptant qu'il accourait dans mon bureau.

Morgan haussa les épaules. Les déboires de Maurice de La Fontaine le laissaient indifférent.

— Vous avez le papier ?

— Le voici, monsieur, votre femme devrait être satisfaite.

Morgan jeta un coup d'œil sur le document.

— Je l'espère, dit-il avec un sourire sceptique.

Lefort ne comprendrait sûrement pas que sa femme lui reprocherait de s'être occupé de ses affaires.

— Je dois vous féliciter pour votre célérité, ajouta-t-il. J'espère que tout se passera aussi bien pour les autres opérations.

— Votre ordre de transfert sera exécuté ce matin. Quant à l'autre affaire, j'ai déjà pris contact avec l'actuel propriétaire des terres et il accepte de vendre... Surtout au prix que vous offrez.

Morgan enfouit le document dans sa poche et prit congé.

Léonie l'attendait, un petit panier en osier accroché à son bras. Cinq minutes plus tard, ils étaient en route pour le château Saint-André.

Chemin faisant, Léonie demanda timidement :

— Avez-vous terminé vos affaires ?

— Oui, et vous devriez être satisfaite du résultat.

— Parce que votre course de ce matin concernait ma dot ? questionna-t-elle avec un dernier reste de méfiance.

— Eh bien, j'espère pouvoir vous remettre votre dot dès demain ou, en tout cas, l'avis de transfert de l'argent sur votre compte.

— C'est vrai ? s'exclama Léonie avec un mélange de joie et d'incrédulité.

— Mais oui, c'est vrai. M. Lefort m'a assuré que demain l'opération serait effectuée.

— M. Lefort est votre agent d'affaires ? s'enquit Léonie.

Morgan fit un signe de tête affirmatif.

— Comme c'est bizarre ! dit-elle. Saviez-vous qu'il s'occupait aussi des affaires de mon grand-père ?

— M. Lefort m'en a informé hier.

Léonie secoua la tête.

— Le monde est petit, vraiment, commenta-t-elle.

Ils poursuivirent en silence. Léonie était submergée

par une multitude d'émotions diverses. Enfin, elle allait pouvoir racheter l'hypothèque du château Saint-André. Elle réaliserait ainsi son espoir de le conserver pour Justin. Pourtant, elle se posait des questions angoissantes. Avait-elle raison de vouloir sauver la plantation ? Quelques jours auparavant, elle avait pensé que si Morgan voulait réellement normaliser leur mariage, la dot pourrait constituer l'héritage de Justin. Mais à présent, elle était assaillie par le doute.

Elle calcula mentalement ce qui lui resterait lorsque l'hypothèque serait purgée. Pas grand-chose, en vérité, à peine de quoi entretenir sa petite famille. « Je me suis leurrée, se dit-elle. Je serais stupide d'utiliser cet argent pour sauver la plantation et Justin ne me remerciera peut-être pas plus tard. Et pourtant... S'il aime le domaine autant que je l'aime moi-même... ? »

Elle soupira. Comment pouvait-on prendre une décision à la place d'un garçon de cinq ans ?

D'un autre côté, Morgan était absolument charmant pour le moment mais rien ne lui garantissait qu'il ne changerait pas encore une fois. Elle appréhendait l'un de ces brusques revirements dont il était coutumier.

Morgan l'examinait du coin de l'œil, étonné de son manque d'enthousiasme.

— Vous ne croyez pas que j'aie pris les dispositions nécessaires pour vous restituer votre dot ? demanda-t-il. Il est vrai que je ne vous ai guère donné de raisons de me faire confiance, Léonie, mais je vous donne ma parole que vous aurez votre argent demain.

— Oh, je vous crois, se récria-t-elle. C'est-à-dire je n'ai pas encore envisagé la possibilité que vous pourriez me mentir.

Morgan apprécia cette subtilité.

— Je ne mens pas, petite sorcière, mais, si vous me croyez, pourquoi paraissez-vous si songeuse ? Il me semblait que vous teniez à votre dot par-dessus tout.

— C'est vrai... seulement, avant mon départ pour

Natchez, tout semblait si simple ! J'avais besoin de cet argent pour sauver la propriété et j'étais décidée à l'obtenir coûte que coûte. J'aurais payé M. de La Fontaine ; après quoi, Justin, moi et les autres, nous aurions recommencé à vivre comme nous l'avions toujours fait. Mais rien n'a marché comme je l'avais prévu.

— Et vous le regrettez ? demanda Morgan avec douceur.

— Je ne sais pas, avoua-t-elle.

— Si nous laissions nos soucis de côté pour aujourd'hui ? suggéra-t-il. Nous pourrions cueillir l'instant comme il vient.

Léonie inclina la tête. Morgan avait raison. L'heure n'était pas aux décisions. Elle allait revoir sa maison bien-aimée en compagnie de l'homme qu'elle adorait. Elle ne voulait penser à rien d'autre pour pouvoir savourer pleinement sa joie.

Il était près de deux heures lorsque Morgan s'engagea sur la piste qui conduisait au château. Plus ils se rapprochaient de la plantation, plus l'impatience de Léonie grandissait. Avec une exultation enfantine, elle désignait les points de repère familiers : maisons de voisins à peine visibles à travers les rideaux d'arbres, le petit bayou où elle allait pêcher et, saillant hors des eaux boueuses du Mississippi, les structures disloquées des débarcadères.

Elle ne chercha d'excuses ni pour l'état lamentable des débarcadères ni pour les ornières qui sillonnaient la piste. Elle semblait mettre Morgan au défi de formuler la moindre critique, ce dont il se serait bien gardé. Elle lui faisait les honneurs de son domaine avec un plaisir et une fierté qui l'amusaient et l'attendrissaient à la fois.

Après un bref examen des débarcadères, il décida que le mieux serait de les démanteler complètement pour en reconstruire de nouveaux. Quant à la piste, c'était un véritable désastre pour les voitures. Il se promit d'engager une équipe de cantonniers dès le lendemain pour la remettre en état.

Ce n'est qu'en arrivant près du château que Léonie commença à donner quelques signes de nervosité.

— Nous n'avons pu consacrer un sou à l'entretien de la maison depuis plus de vingt ans, dit-elle avec un mélange d'embarras et d'arrogance. Ne l'oubliez pas.

Ce fut la seule explication qu'elle daigna fournir pour prévenir toute remarque concernant la vétusté des bâtiments. Mais ses ongles s'enfonçaient dans ses paumes pendant qu'elle se préparait à affronter la réaction de Morgan devant l'aspect des murs.

La piste se termina brusquement et le château Saint-André surgit dans la lumière dorée du soleil. Léonie sentit son cœur bondir et les larmes lui montèrent aux yeux. En dépit des atteintes du temps, c'était à ses yeux la plus belle maison du monde. Elle s'extasiait devant tous les détails qui faisaient son charme : les grandes doubles portes surmontées d'impostes, le toit pentu percé de chiens assis, les balustrades en fer forgé et la courbe élégante de l'escalier en fer à cheval. Peu importait que les volets soient de guingois, que la peinture soit écaillée, la gouttière affaissée ou que les mauvaises herbes envahissent le terrain. C'était sa maison, elle avait lutté trop longtemps pour la sauver, elle l'aimait trop intensément pour se laisser décourager par ces futilités. Comment avait-elle pu songer ne serait-ce qu'un instant à la sacrifier ? Puis elle avala péniblement sa salive. Si elle avait à choisir entre Saint-André et Morgan, elle savait qu'elle n'hésiterait pas longtemps. Elle aimait le château mais Morgan était sa vie. Sans lui, rien ne comptait.

Morgan arrêta les chevaux devant l'entrée et considéra la façade d'un air songeur. En remarquant la peinture écaillée, l'escalier croulant, les barreaux cassés, les volets décrochés et le délabrement général des lieux, il faillit faire demi-tour et repartir à bride abattue pour La Nouvelle-Orléans.

Sachant cependant que cette réaction compromettrait sérieusement la sérénité de ses rapports avec la fière petite créature qui se tenait à son côté, il prit le temps d'examiner plus attentivement la vieille demeure. C'est alors que le château commença à exercer son influence subtile sur lui. Il fut séduit par la grâce de l'architecture, la délicatesse des colonnettes de bois qui encerclaient l'étage supérieur. L'ensemble avait dû être magnifique à une certaine époque. L'état de dégradation des deux garçonnières ornées de colonnades qui flanquaient le bâtiment principal n'ôtait rien à la pureté de leurs lignes. Puis il embrassa du regard le somptueux décor naturel formé par les chênes massifs avec leurs rideaux de mousse, les cèdres aux cimes élancées et les magnolias couverts de fleurs épanouies. Alors, il décida que le site offrait des possibilités.

A mesure qu'il découvrait les charmes du domaine, il éprouvait l'impression étrange d'une sorte de retour au bercail, comme si ses incessantes pérégrinations l'avaient conduit vers ce seul but... Vers une seule femme. Il fut envahi par une sensation de plénitude dont l'intensité le troubla. La maison faisait vibrer une corde enfouie au fond de son être, l'éveillant à des rêves qu'il croyait morts depuis longtemps... peut-être même au bonheur.

Incapable de supporter davantage cette attente, Léonie lui demanda presque violemment :

— Alors, qu'en pensez-vous ?

La tête pleine de rêves à demi oubliés, Morgan sursauta et répondit d'une voix enrouée :

— Je pense que tout est parfait, ou plutôt que tout sera bientôt parfait.

Le visage de Léonie s'éclaira.

— Vraiment, monsieur ? s'écria-t-elle joyeusement.

Une lueur narquoise dans les yeux, il murmura avec douceur :

— Avez-vous oublié que je m'appelle Morgan ?

Léonie rougit mais elle ne voulait pas se laisser distraire de son sujet.

— C'est beau, n'est-ce pas ?

— Très beau ! acquiesça-t-il sans la quitter des yeux.

— Venez, je vais tout vous montrer, dit-elle en sautant à terre.

Morgan attacha les chevaux et la suivit.

— Voici la grange, expliqua-t-elle, et, ici, ce sont les écuries. Et là-bas, c'est le jardin, et plus loin c'est...

D'un commun accord ils réservèrent la visite de la maison pour la fin. En grimpant avec précaution les marches défoncées, il remarqua étourdiment :

— C'est un miracle que vous ne vous soyez pas rompu le cou sur ce maudit escalier.

Pareille à une tigresse défendant ses petits, Léonie se tourna brusquement pour lui faire face et riposta :

— Dites, si vous ne m'aviez pas pris ma dot, la maison ne serait pas dans cet état. C'est votre faute, après tout !

— Mais vous allez me pardonner, n'est-ce pas ? dit Morgan d'un air enjôleur.

Léonie secoua sa crinière.

— Peut-être que oui, peut-être que non... Et par ici, c'est...

Ils éprouvaient tous deux une sorte de bien-être. Léonie sentait son cœur bondir de joie. Elle n'avait jamais imaginé que Morgan Slade mettrait un jour les pieds au château Saint-André ni qu'elle serait heureuse de lui faire faire le tour du propriétaire... et encore moins qu'elle oserait le taquiner... Mais ce jour-là, rien ne lui paraissait impossible, pas même son rêve d'amour partagé.

Sans cesser de le surveiller du coin de l'œil pendant qu'il examinait la maison, elle pensait aux voies tortueuses du destin. Moins de six semaines auparavant, elle haïssait jusqu'à son nom et, maintenant, contre toute raison, il lui inspirait un amour passionné et elle n'aspirait qu'à passer le reste de sa vie auprès de lui.

Avant de quitter Saint-André, elle avait pris soin de faire barricader toutes les issues mais Morgan trouva une porte qui n'était pas solidement fermée. Il ne lui fallut que quelques minutes pour l'ouvrir.

— J'espère que vous n'allez pas m'accuser de m'être introduit chez vous par effraction, plaisanta-t-il.

Léonie se mit à rire gaiement et elle se glissa devant lui. Ils ne s'attardèrent pas longtemps à l'intérieur car l'air était imprégné d'une odeur de renfermé assez désagréable mais Morgan eut le temps de se faire une idée du plan et de l'état général des lieux. Il sortit sur la terrasse et demanda :

— Qu'y a-t-il au rez-de-chaussée ? Les bureaux et les magasins de la plantation ?

— Oui. Maurice de La Fontaine m'a dit qu'il me permettait d'y entreposer quelques meubles et les objets que nous ne pouvions garder ici jusqu'à ce que la maison soit rachetée ou vendue...

— Très généreux de sa part, grommela Morgan en pinçant les lèvres.

— Peu importe à présent. Une fois en possession de ma dot, je m'arrangerai avec lui.

Morgan la prit par le menton et plongea son regard dans le sien.

— Il n'en est pas question, mon cœur, dit-il fermement. C'est moi qui traiterai avec ce La Fontaine.

— Oh ! mais..., protesta-t-elle.

Morgan lui ferma la bouche d'une main et reprit sur un ton impérieux :

— Vous n'êtes plus seule, Léonie. Laissez-moi m'occuper de La Fontaine. Je ne veux pas sous-estimer vos capacités, mais je crois que je puis régler vos comptes avec lui plus efficacement que vous ne sauriez le faire. En tout cas, il n'essaiera pas de me séduire.

Elle redressa la tête.

— Comment savez-vous qu'il a tenté de me séduire ? questionna-t-elle.

Morgan haussa les épaules.

— M. Lefort m'a laissé entendre que Maurice n'était pas un gentilhomme comme son père.

— Il me semble que vous avez fouiné un peu trop dans ma vie privée. Comment avez-vous osé, Morgan Slade ?

— Rappelez-vous que jusqu'à hier j'ignorais tout de ce sacré mariage. J'avais donc toutes les raisons de supposer que vous étiez une intrigante qui cherchait à m'extorquer de l'argent. Par conséquent, il était logique que je fasse une enquête sur vous.

Léonie resta indécise. Elle reconnaissait le bien-fondé de ses arguments. Si elle avait été à sa place, elle en aurait probablement fait autant.

— Vous avez peut-être raison, admit-elle, mais il n'est jamais agréable de savoir que des inconnus se permettent de fouiller dans votre passé.

— Y a-t-il dans votre passé quelque chose qui ne supporterait pas d'être étalé au grand jour ? demanda-t-il en la dévisageant attentivement. Si je n'ai pas pu exercer mes droits conjugaux il y a six ans, pourriez-vous m'expliquer comment il se fait que vous soyez arrivée à Natchez avec un enfant ? Un enfant dont vous avez commencé par vouloir m'attribuer la paternité ?

28

Léonie se figea. Détournant la tête, elle répondit d'un air buté :

— Je ne veux pas en parler.

Morgan ne la quittait pas des yeux. Ce n'était pas

la curiosité qui lui avait dicté cette question. Il pensait simplement que plus il en saurait mieux il pourrait lui épargner les épreuves d'un scandale. Il détestait particulièrement le rôle qu'il jouait en ce moment. Il n'était pas son mari comme elle le croyait et, pourtant, il n'essayait même pas de l'éclairer. Au fond, il ne valait guère plus qu'Ashley. Il n'osait lui dire la vérité et, pour pouvoir l'aider à sortir de l'odieux imbroglio qu'Ashley avait créé, il devait en savoir le plus possible.

En voyant sa pâleur, il faillit changer de sujet mais il décida d'en avoir le cœur net.

— Vous m'avez bien dit au début que Justin était mon fils, n'est-ce pas ? Comme j'avais alors l'impression pénible que vous ne racontiez que des mensonges, j'ai fait semblant d'entrer dans votre jeu mais maintenant je ne peux plus. Vous portez mon nom et, de ce fait, je suis légalement responsable de Justin. Il me semble que, dans ces conditions, j'ai le droit de connaître ses origines, non ?

Il se reprochait ses entorses à la vérité, mais il fallait qu'il sache. Léonie agrippa la balustrade et la serra si fort que ses phalanges blanchirent. Elle admettait que la demande de Morgan était justifiée. Il avait reconnu Justin et, s'il acceptait de continuer à couvrir son subterfuge, il était juste qu'elle réponde à sa question.

Elle ferma les yeux. Elle avait gardé le secret si longtemps qu'elle ne savait même pas si elle pourrait le révéler à qui que ce soit et elle n'était pas encore assez sûre de lui pour oser le lui confier.

Conscient de sa répugnance à parler d'un épisode manifestement douloureux, Morgan insista :

— Est-ce Maurice ? Vous a-t-il violée ?

Léonie le regarda, stupéfaite. Comprenant qu'il s'était trompé, Morgan reprit :

— Il semble que vous n'ayez pas eu d'autre homme

dans votre vie ? Or, comme j'ai cru comprendre que la conception de Justin était un souvenir pénible pour vous... Il était normal que je pense à un viol... et à Maurice.

Léonie eut un petit rire nerveux.

— Vous êtes très intuitif, dit-elle en passant du rire aux larmes. C'était un viol, en effet, mais il ne s'agissait pas de Maurice. Jamais de la vie... C'est arrivé dans un endroit où je n'aurais pas dû me trouver. Un homme, un étranger, m'a prise pour ce... que je n'étais pas. Il m'a violée, oui. Il était trop grand et trop fort pour que je puisse lui résister. Et après, après... je me suis sauvée. Alors, vous voyez, le père de Justin peut être n'importe qui... Et si vous avez honte de nous... Si je vous dégoûte... Si vous ne voulez pas de nous dans votre vie...

Les larmes trop longtemps contenues jaillirent. Morgan la prit dans ses bras et l'étreignit doucement. La tête enfouie dans le creux de son épaule, elle sentit qu'il lui caressait tendrement les cheveux.

— Chut, petite sorcière, lui murmura-t-il à l'oreille. Croyez-vous vraiment que *vous* puissiez me dégoûter ? Je me sens honoré de vous avoir dans ma vie, Justin et vous.

Il s'interrompit, cherchant les mots qui pourraient l'apaiser.

— Léonie... Tout s'est passé il y a si longtemps ! Vous n'avez pas à vous punir pour quelque chose que vous ne pouviez empêcher. Vous avez un enfant merveilleux... Peu importe qui est son père... Et si vous le permettez, j'aimerais prendre la place de cet inconnu. Je serais heureux de considérer Justin comme mon fils.

Ils se fixèrent des yeux en silence, appréhendant chacun la réaction de l'autre. Pourtant, ne percevant aucune répugnance, aucune condamnation dans son regard, elle sentit fondre la boule de glace qui lui bloquait la poitrine.

— Alors, vous n'êtes pas horrifié ? balbutia-t-elle.

— Au contraire. Si je tenais cet ignoble individu je le tuerais de mes mains.

Léonie se sentit allégée d'un poids énorme. Le fardeau de honte qu'elle portait depuis si longtemps venait brusquement de tomber.

— Vous êtes généreux, murmura-t-elle d'une voix légèrement tremblante, tellement plus généreux que je ne pouvais l'imaginer dans mes rêves... Je vous suis reconnaissante... si reconnaissante...

Morgan sursauta, piqué au vif.

— Je ne veux pas de votre reconnaissance, gronda-t-il.

— Mais *je vous suis reconnaissante*, insista-t-elle. Vous auriez pu être dur avec Justin et vous avez été si bon, au contraire. Il est bien normal que je vous exprime ma gratitude.

— Eh bien, voilà qui est fait, dit Morgan rudement. Alors, n'en parlons plus.

Il regrettait sa sécheresse mais comme la gratitude était le dernier sentiment qu'il aurait voulu lui inspirer, ses paroles l'avaient blessé. Il se demanda s'il n'avait pas eu tort de racheter la créance de La Fontaine. Elle se considérerait encore plus comme son obligée. C'était son amour qu'il voulait, pas sa reconnaissance.

— Assez parlé sur ce sujet, reprit-il. Voulez-vous me montrer les limites de la plantation ?

Déconcertée par sa froideur, Léonie lui indiqua les différents repères qui marquaient les limites de la propriété. Ils poursuivirent en silence. Morgan l'aidait poliment à franchir les obstacles qui leur barraient le chemin, arbres tombés, branches, broussailles, clôtures effondrées.

Debout sur le bord d'un bayou, Morgan regarda le

Mississippi qui charriait ses eaux dans le lointain.

— C'est ici que s'arrête votre domaine ? demanda-t-il.

— Oui, dit Léonie en contemplant avec regret les arpents fertiles qui s'étalaient de l'autre côté du bayou. Nous possédions toute la terre qui entoure le château, mais tout a été vendu après la mort de mon grand-père. Malheureusement, sans la terre, la plantation suffit à peine à se maintenir.

— C'est vraisemblable.

Morgan embrassa du regard les champs plantés de canne à sucre au-delà du bayou. Il devait lui apprendre qu'il avait racheté sa créance. De toute façon, il n'aurait pu agir autrement. L'amour pouvait naître de la gratitude, se dit-il amèrement, et il ne voulait pas de ce genre d'amour. Mais aurait-il supporté qu'elle dépense chaque sou de sa dot pour racheter son château alors qu'il avait les moyens de le faire sans se priver le moins du monde ? Elle avait assez souffert à cause d'Ashley et il ne voulait pas qu'elle perde l'indépendance que sa dot lui procurerait. Cet argent lui permettrait de s'offrir les fantaisies si chères au cœur de toute femme, et qu'elle n'avait jamais connues, non à la pourvoir d'un toit. C'était à lui de prendre cette responsabilité.

Sachant qu'il ne pouvait différer indéfiniment ses révélations, il sortit de sa poche le document signé par Maurice de La Fontaine.

— J'ai quelque chose pour vous, dit-il d'un air détaché. Vous pouvez prendre ceci comme un gage de mon estime.

Intriguée, Léonie prit le document et le lut avec un étonnement croissant.

— Comment est-ce possible ? murmura-t-elle. Mon Dieu, comment vous êtes-vous procuré ce papier ?

— Cela me paraît évident, répondit Morgan négligemment. J'ai vu M. Lefort et je me suis arrangé pour racheter votre hypothèque.

— Vous voulez dire que vous avez payé ma dette au lieu de me rendre ma dot ? demanda Léonie, encore désorientée.

Comprenant qu'il s'aventurait sur un terrain dangereux, Morgan expliqua en choisissant ses mots avec précaution :

— Pas tout à fait. Votre dette est rachetée, l'hypothèque du château est purgée et vous rentrez en possession de votre dot.

Malgré sa joie de savoir Saint-André sauvé, Léonie était un peu irritée par la façon autoritaire dont Morgan prenait ses affaires en main. Elle n'avait jamais envisagé qu'il réglerait ses dettes. Elle avait simplement réclamé son dû et elle ne savait trop comment accueillir son don généreux. En tout cas, son orgueil se rebellait contre toute forme de charité.

— Si la dette est payée, je n'ai plus besoin de la dot, dit-elle avec hauteur.

— Absurde ! trancha Morgan. Je vous *dois* le château, ainsi que la dot, petite sotte. Si Ash... si je ne vous avais pas pris votre dot il y a six ans, vous n'auriez pas fait de dettes pour commencer. Alors vous avez droit à l'intérêt de l'argent dont je me suis servi pendant tout ce temps.

Léonie n'était pas tellement contente d'être traitée de petite sotte. Elle se rebiffa :

— Nous n'avons jamais parlé d'intérêts jusqu'à présent. Je ne vois pas pourquoi vous soulevez cette question aujourd'hui.

— Et moi, je le vois très bien. Je traite peut-être cette affaire délicate avec une certaine maladresse, mais c'est bien involontaire. En ma qualité de mari, je veux racheter le château et je veux aussi que vous ayez votre dot... Vous ne le comprenez pas ? Acceptez ce gage de ma métamorphose, cette preuve que je ne suis pas le scélérat que vous supposiez.

Léonie était visiblement indécise. Elle voulait prendre ses paroles pour argent comptant, accepter ses largesses comme une preuve de l'intérêt qu'il lui portait, mais la méfiance et la fierté ont la vie dure. A la rigueur, elle pouvait faire abstraction de sa méfiance mais la fierté ne se laissait pas étouffer si facilement. Pourquoi prendrait-il ses dettes à son compte ? Certes, elle appréciait sa générosité mais ce n'était pas une raison pour qu'elle l'accepte. Elle n'en était pas moins touchée par ce présent somptueux et, à la pensée de tous les efforts qu'il faisait pour elle, Léonie se sentit inondée de joie.

— Je ne veux pas vous froisser, dit-elle avec un sourire de regret, mais je ne peux pas accepter un cadeau pareil... Ce ne serait pas... convenable. Je vous en prie, comprenez-moi.

Morgan fut pris d'une furieuse envie de la secouer jusqu'à ce qu'elle cède, mais, en même temps, il était ému par la dignité de son attitude. Il haussa les épaules.

— Comme il vous plaira, ma chère. Si vous ne voulez pas, je ne peux pas vous forcer, mais c'est vraiment dommage, vous savez, très dommage.

De nouveau méfiante, Léonie redressa la tête.

— Et pourquoi ? demanda-t-elle.

Morgan poussa un profond soupir.

— Eh bien, voyez-vous... j'avais espéré que nous pourrions former une... association. Il se trouve que j'achète tout le terrain qui constituait le domaine initial. Il me paraissait intéressant de réunir le tout en une seule propriété. Enfin, si vous n'êtes pas d'accord, tant pis, n'en parlons plus.

Les yeux agrandis, Léonie avala convulsivement sa salive et le saisit par les revers de sa veste.

— T... tout ? bégaya-t-elle. Vous... avez tout acheté ?

— Tout, répondit Morgan avec un sourire narquois.

Léonie resta sans voix. Elle avait bien nourri l'espoir secret de retrouver un jour toute sa propriété, et, tout en sachant que c'était un rêve impossible, elle s'y était farouchement accrochée. Et maintenant, l'idée que ce rêve se réalisait lui coupait le souffle.

Elle déglutit de nouveau avec peine et, brusquement, à sa grande confusion, elle fondit en larmes. Un déclic s'était produit en elle.

Affolé par la violence de sa réaction, Morgan la prit dans ses bras.

— Ne pleurez pas, mon cœur, supplia-t-il, je voulais vous faire plaisir. Je croyais que vous seriez heureuse...

— Je *suis* heureuse, articula Léonie, la tête blottie contre son épaule. C'est... seulement que... je ne... pouvais pas m'attendre à une chose aussi merveilleuse.

— L'avenir nous réserve bien d'autres merveilles...

Incapable de se contenir plus longtemps, il se pencha sur elle et l'embrassa passionnément.

Ils restèrent un long moment les lèvres unies dans un baiser à la fois tendre et violent. Chacun se sentait parcouru d'une onde de désir dont la force leur parut bientôt insupportable. Lentement, à contrecœur, Morgan détacha sa bouche de la sienne et murmura d'une voix tremblante :

— Si je continue à vous embrasser, je ne réponds plus de mes actes.

— Quelle importance ? Ne suis-je pas votre femme ?

Morgan recula. Une ombre passa sur son visage.

— Il se fait tard, dit-il. Je crois qu'il est temps de repartir. Nous avons quelques heures de voyage devant nous.

Ils remontèrent dans le cabriolet et, quelques minutes plus tard, ils s'éloignaient de la plantation.

Morgan n'était pas mécontent de son après-midi, bien qu'il se fût volontiers passé de son innocente réflexion sur leur situation conjugale. Quand elle lui avait fait remarquer qu'elle était sa femme, il avait eu un pincement au cœur. En tout cas, même s'il ne s'était pas décidé à lui parler d'Ashley, elle savait que le château et toutes ses dépendances étaient rachetés. Il sourit en évoquant l'expression de son visage puis il soupira en pensant qu'elle n'avait pas fini de discuter des détails du remboursement de l'hypothèque.

Il ne se trompait pas. Dès qu'elle se fut ressaisie, Léonie remit le sujet sur le tapis. Il la laissa développer ses objections mais demeura ferme dans son refus de garder sa dot en échange du rachat du château.

La journée avait été fertile en émotions et en péripéties ; aussi, en arrivant en vue de l'auberge, Léonie fut-elle envahie par une sensation de fatigue. Il n'était guère plus de dix heures mais elle n'aspirait qu'à retrouver son lit. Elle ne protesta donc pas lorsque Morgan lui conseilla d'aller se coucher, et même le fait qu'il n'eût déposé qu'un chaste baiser sur ses lèvres ne troubla pas l'état d'euphorie dans lequel elle baignait. Quinze minutes après lui avoir dit bonsoir, elle dormait profondément, la tête pleine de son exaspérant mari et du bonheur qu'ils allaient partager.

Pour Morgan, l'avenir paraissait moins rose. Pour ne pas rester seul confronté à la menace que représentait Ashley, il sortit sur la véranda, alluma un cigare et le fuma en réfléchissant aux tours cruels que le destin pouvait jouer.

A la seule pensée d'Ashley, Morgan trouva que le cigare s'imprégnait d'un mauvais goût. Il le lança loin de lui. Il se reprochait sa propre duplicité ; pourtant il ne pouvait se résoudre à mettre Léonie au courant de l'odieuse réalité.

Après avoir tourné en rond un long moment, Morgan décida de remonter dans sa chambre, mais à peine eut-il ouvert la porte qu'il perçut une présence.

Il s'arrêta sur le seuil, fouillant l'obscurité du regard, cherchant la cause de l'étrange picotement qui lui parcourait l'échine, sensation qu'il n'avait pas éprouvée depuis qu'il avait fui les côtes de France. Se maudissant de n'avoir pas pris la précaution d'emporter une arme, il essaya désespérément de repérer la source de son malaise.

Une flamme jaillit dans un coin de la pièce et une voix amicale s'éleva :

— Entre, Morgan, et si tu es armé, ne tire surtout pas, pour l'amour du ciel. Je n'ai aucune envie d'être abattu de sang-froid par mon ami le plus cher.

Morgan fut pris d'un accès de rire nerveux. Il se hâta d'allumer la lampe posée sur sa table de chevet et dirigea la lumière sur le visiteur qui se prélassait nonchalamment dans le fauteuil.

— Brett Dangermond ! s'exclama-t-il, mi-amusé mi-fâché. Tu as de la chance que je n'aie pas été armé. Mais que diable fais-tu là ?

— Je cherche l'aventure, répondit Brett en tirant sur son cigare. Quelle autre raison pourrais-tu voir à ma présence ici ?

— Avec toi on ne sait jamais, grommela Morgan.

Brett haussa les épaules.

— Eh bien, on ne peut pas dire que le mariage ait amélioré ton caractère, constata-t-il.

— Ah, tu es au courant ?

— Le contraire serait étonnant avec tous les bruits qui circulent à Natchez à ce sujet... D'ailleurs, avant de partir pour La Nouvelle-Orléans, je suis passé à Bonheur. Comme je t'avais manqué au bal donné en l'honneur de Burr, je voulais au moins te voir chez toi mais Dominique m'a informé de ton brusque départ.

— T'a-t-il aussi parlé de mon mariage ?

— Il m'en a dit assez pour que je me demande si tu n'as pas perdu l'esprit.

Morgan sourit. Brett et lui avaient grandi ensemble et ils savaient à peu près tout l'un de l'autre. Ils avaient partagé pendant des années des sentiments assez amers à l'égard des femmes mais, si Morgan avait changé depuis l'arrivée de Léonie dans sa vie, Brett était resté un misogyne convaincu. Morgan ne lui donnait pas tort car son ami avait fait quelques expériences assez décevantes. Il entreprit cependant de lui expliquer son étrange situation.

— Léonie n'est pas l'habile coquine que j'avais imaginée... Ashley m'a emprunté mon identité et l'a épousée sous mon nom. J'ai écrit à Dominique mais il n'avait sûrement pas encore reçu ma lettre quand tu l'as vu.

Brett émit un sifflement de surprise. Voyant la souffrance qui se reflétait sur le visage de son ami, il demanda à brûle-pourpoint :

— Veux-tu que je me mette à sa recherche... et que je le tue ?

Morgan se raidit. La question de Brett n'avait rien d'extraordinaire. C'était une solution mais elle ne lui plaisait pas. Il secoua la tête.

— Non... et je le pense sincèrement, Brett.

— Très bien, mais, si je croise Ashley sur ma route, n'espère pas que je ferai semblant de ne pas le voir !

— Je ne veux pas que tu le tues, Brett.

— Bon... Alors suppose que la situation soit inversée...

— Ne le cherche pas, c'est tout ce que je te demande.

— D'accord.

— Et, à part l'aventure, qu'est-ce qui t'intéresse ici ? demanda Morgan pour changer de sujet.

— Le petit Burr, répondit Brett. Il me fascine. J'aimerais savoir ce qu'il combine. Alors...

— Uniquement Burr ? interrompit Morgan.

Brett lui lança un regard entendu.

— Burr *et* Wilkinson, admit-il. C'est une alliance incongrue au possible. C'est pourquoi elle pique ma curiosité. Au fait, tu étais bien à La Nouvelle-Orléans au moment de la mort du gouverneur Gayoso, n'est-ce pas ?

— Exact.

— Et Wilkinson était là aussi. Tu sais, au cours des années, j'ai entendu bien des histoires au sujet de cette mort.

Bien que Brett eût arboré un air parfaitement détaché, Morgan ne fut pas dupe.

— Et tu veux savoir si je n'aurais rien remarqué de particulier ? demanda-t-il.

Brett feignit l'étonnement.

— Qu'est-ce qui a bien pu te donner cette idée ?

Morgan haussa les épaules et lui fit part des souvenirs qui lui restaient de cette nuit.

— J'avoue que j'ai été surpris de voir Wilkinson apparaître, ajouta-t-il, et j'ai pensé à l'époque que sa présence n'était pas le seul fait du hasard mais rien ne m'a permis de confirmer cette impression. Qu'as-tu entendu dire ?

— Pas grand-chose et, pour le moment, je me contente d'échafauder des hypothèses. Cependant, certains serviteurs du gouverneur ont laissé entendre que Gayoso n'était pas mort de la fièvre. D'autre part, j'ai appris par quelques officiers espagnols que Gayoso se méfiait de Wilkinson à propos d'une affaire dont personne n'a voulu parler mais ils semblent soupçonner que la mort du gouverneur n'est pas due à des causes naturelles.

— Sottises ! se récria Morgan. Gayoso est mort subitement. Tu ne vas tout de même pas accuser Wilkinson de l'avoir tué.

— Pourquoi pas ? Surtout si Gayoso était mécontent de lui. Ne commets pas l'erreur de sous-estimer notre respectable général, Morgan. Il a peut-être l'air d'un fanfaron incompétent mais il a un instinct de serpent à sonnette traqué. Tu ferais bien de t'en souvenir.

Morgan se mordit les lèvres. N'avait-il pas eu la même idée, jadis ?

— Personne n'a jamais pu prouver que Wilkinson travaillait pour les Espagnols, dit-il après réflexion. Mais, à supposer qu'il l'ait fait...

— Et que Gayoso ait découvert qu'il jouait un double jeu..., compléta Brett.

Morgan fronça les sourcils.

— Je ne vois toujours pas le rapport avec Burr.

— Il n'y en a peut-être aucun, mais j'ai eu aussi vent de l'existence d'une carte qui aurait été tracée par Philip Nolan : une carte qui aurait pu guider une expédition armée en territoire espagnol. Wilkinson était le patron de Nolan et le bruit a couru qu'il n'entretenait pas seulement des relations de courtoisie avec les Espagnols... Ce qui ne l'aurait d'ailleurs pas empêché de les trahir sans le moindre scrupule. Ajoute qu'Aaron Burr, un ange déchu, est en quête d'un royaume. C'est un homme beaucoup plus influent que Wilkinson et il existe toutes sortes de possibilités, surtout depuis que le petit Burr est venu à La Nouvelle-Orléans, où les intrigues sont monnaie courante.

— Tu crois vraiment que Wilkinson a tué Gayoso ? Qu'il possède une carte établie par Nolan et qu'il complote avec Burr d'envahir le territoire espagnol ? demanda Morgan, incrédule.

Ils bavardèrent encore un moment puis Brett posa son verre de cognac et se leva.

— Il est temps que j'aille me coucher, dit-il, mais je te reverrai avant de repartir. J'aurai sans doute mieux que des hypothèses à te communiquer et peut-être qu'alors tu auras résolu tes problèmes avec ta bien-aimée.

— Peut-être mais ne compte pas trop là-dessus.

29

Après le départ de Brett, Morgan médita sur leur conversation. Wilkinson avait-il assassiné Gayoso ? Était-ce son penchant pour l'intrigue qui l'incitait à se rapprocher de Burr ? Il eut beau retourner ces questions dans tous les sens, elles restaient sans réponse. D'ailleurs, si quelqu'un pouvait résoudre l'énigme, c'était Brett.

Le lendemain, il alla s'acheter un pistolet facile à dissimuler sous ses habits et une dague à lame effilée qui pouvait se glisser dans une botte. Il s'était senti trop vulnérable la veille quand il avait perçu une présence dans sa chambre. On ne prenait jamais trop de précautions.

Pendant les deux semaines suivantes, Morgan endura un véritable supplice de Tantale. N'ayant plus aucune raison de se méfier de Léonie, il était de plus en plus amoureux mais il savait aussi, à son grand désespoir, qu'elle était légalement la femme d'Ashley. A maintes reprises, il avait été sur le point de lui dire la vérité mais, chaque fois, quelque chose était venu l'en empêcher. Tantôt, c'était simplement sa propre répugnance à détruire la joie et la confiance qui se reflétaient dans ses yeux, tantôt c'était quelqu'un qui venait l'interrompre au moment où il allait commencer sa pénible explication. Et il accueillait l'interruption avec un mélange de colère et de soulagement.

Cependant, malgré l'ombre menaçante d'Ashley, il vivait des moments de joie infinie auprès de Léonie. Ils apprirent peu à peu à se connaître et, plus il la découvrait, plus il se trouvait de raisons de l'aimer. Bien qu'il aspirât de tout son être à la serrer dans ses bras, il s'obligeait à faire chambre à part. Ce n'était pas parce qu'elle était mariée à Ashley qu'il refusait de céder à son désir, mais parce que, tant qu'elle ne saurait pas la vérité, il aurait l'impression de profiter de son ignorance.

Heureusement, il était occupé toute la journée, ce qui ne lui laissait pas trop de temps pour s'appesantir sur la situation. Une fois ses affaires réglées, l'hypothèse du château purgée et l'achat des terres terminé, rien ne les empêchait plus d'entreprendre la remise en état de la vieille plantation. Ils eurent une vive discussion au sujet de l'emploi de la dot de Léonie. Morgan s'était emporté. La prenant par les épaules, il l'avait secouée avec énergie.

— Je suis las de cette bagarre continuelle au sujet de mon argent, s'était-il écrié. Bon Dieu, Léonie, devons-nous vivre dans la misère parce que vous n'avez pas de quoi acheter ce qu'il faut pour rendre votre château vivable ? Je suis riche, que diable. Dois-je me résigner à conserver une piste creusée d'ornières, des murs moisis et des matelas rongés par les souris parce que vous n'avez pas les moyens d'en payer la réfection ? Mais moi je l'ai, ce sacré argent, pour l'amour du ciel.

C'était brutal mais efficace. Léonie lui lança un regard courroucé mais elle céda.

— Fort bien. Si c'est ainsi que vous le prenez, je ne discuterai pas davantage.

En voyant son air malheureux, Morgan se radoucit. Il lui prit le menton et la regarda au fond des yeux.

— Nous ne pouvons nous disputer pour des questions d'argent, mon cœur. Ce que nous possédons est à nous deux. Peu importe qui paie les musiciens du moment qu'ils sont payés.

Incapable de résister au ton enjôleur de sa voix, elle bougonna :

— C'est vrai, peu importe et je... je regrette d'avoir été aussi sotte.

Morgan sourit et la prit doucement dans ses bras.

— Pas sotte, ma chérie... adorable.

Cet obstacle balayé, les choses commencèrent à évoluer à une allure incroyable. Morgan engagea une armée d'ouvriers pour remettre la vieille plantation en état. La piste fut la première à donner des signes d'amélioration. Les ornières et les nids-de-poule ne furent bientôt plus qu'un souvenir. L'espèce de jungle qui poussait devant la maison fut déblayée, défrichée, taillée par une équipe de jardiniers pour se transformer en jardin à l'anglaise avec des pelouses bien tondues et des massifs de fleurs. Les barrières affaissées se redressaient fièrement et, bientôt, la clôture tout entière fut réparée et repeinte en blanc.

La maison elle-même ne nécessitait que des travaux mineurs — remplacement des volets, des balustrades et des marches défoncées de l'escalier extérieur. Elle reprenait un air de vitalité comme si elle sentait qu'elle était sur le point de retrouver sa splendeur passée.

Après leur première visite à Saint-André, Léonie et Morgan étaient encore restés quelques jours à l'auberge de Mme Brosse pour des raisons d'ordre pratique car il convenait de choisir les matériaux, tissus, bois, papiers, tapisseries nécessaires à la restauration de la maison. Il fallait aussi renouveler une partie du mobilier, acheter des tapis, des rideaux, des tentures. Léonie ne savait plus où donner de la tête devant les splendeurs qui lui étaient présentées. Les commerçants avaient bien vite compris que M. Slade était extrêmement riche et qu'il ne voulait que des articles de première qualité.

Dès qu'un certain nombre de pièces commencèrent à être habitables, Morgan et Léonie s'installèrent au château. Léonie avait l'impression de vivre un rêve. Chaque jour lui apportait une surprise délicieuse. Les seuls nuages qui obscurcissaient son horizon étaient l'absence de Justin et la nature particulière de ses relations avec son mari.

En ce qui concernait l'absence de Justin, la question serait bientôt réglée. Il était déjà en route avec ses compagnons. Pour ses rapports avec Morgan, c'était une autre affaire. Elle n'arrivait pas à définir ce qui n'allait pas. Il dépensait son argent sans compter pour la plantation. Il lui avait remboursé sa dot comme promis. Il se montrait aussi attentionné qu'une femme pouvait le souhaiter et, pourtant, Léonie sentait une barrière se dresser entre eux. Il manifestait une réserve qui l'intriguait, de même que la chasteté qu'il s'efforçait de maintenir dans l'intimité. Ce n'était sûrement pas par absence de désir, car elle avait vu maintes fois son regard se poser sur elle avec une expression qui ne pouvait la tromper. Mais alors, s'il la désirait, pourquoi ne le lui prouvait-il pas ?

Elle rougit malgré elle, sachant que si Morgan venait la rejoindre dans sa chambre, elle ne lui refuserait rien. Son corps avait faim de lui. Pendant ses longues nuits blanches, elle aspirait avidement à sentir le contact de sa peau contre la sienne et elle devait reconnaître que son désir pour lui était beaucoup plus violent qu'elle n'osait se l'avouer.

Bien qu'ils n'aient jamais fait explicitement allusion à l'amour, Léonie voulait désespérément croire qu'il commençait à l'aimer. Aucun homme ne pouvait être aussi généreux, aussi prévenant, aussi attentionné, sans être amoureux, se répétait-elle sans savoir exactement si elle constatait un fait ou essayait de se convaincre. Sur ses propres sentiments, elle n'avait aucun doute : elle l'aimait... Mais lui, l'aimait-il ?

Le 12 juillet, Justin arriva avec son escorte : Dominique, Robert, Yvette et le groupe des fidèles serviteurs de Saint-André. En voyant l'interminable convoi de chariots qui les accompagnaient, Morgan, effaré, se demanda si toute la famille avait décidé de venir le rejoindre.

Une heure plus tard, quand les premières effusions se furent calmées, Morgan attrapa Dominique au collet pour lui demander en aparté :

— Corrige-moi si je me trompe, mais il me semblait t'avoir recommandé de voyager avec le strict minimum.

Dominique grimaça un sourire penaud.

— J'ai essayé, Morgan, mais tu connais la famille...

Morgan hocha la tête.

— Oui, bien sûr... Comment ai-je pu oublier que maman a la manie d'ajouter un fatras d'inutilités ? Mais que peuvent bien contenir tous ces chariots ?

— Euh... elle a parlé du reste de la garde-robe de Léonie... Et, naturellement, il y a tous les effets de Justin... Et puis, et puis... Oh ! oui... de la porcelaine, de l'argenterie et du linge de maison.

Partagé entre l'amusement et l'irritation, Morgan soupira :

— Me voilà bien loti avec toute la panoplie du chef de famille.

Dominique eut un sourire de commisération ironique, puis son visage se fit soudain sérieux.

— As-tu appris autre chose ? s'enquit-il. J'ai tenu ma langue mais j'ai eu du mal. Comment diable avons-nous pu oublier qu'Ashley était venu à La Nouvelle-Orléans cet été-là ? As-tu parlé à Léonie ?

— Non, avoua Morgan avec embarras. Je ne m'étais jamais pris pour un lâche jusqu'ici, Dom, mais je t'assure que j'aimerais mieux me trouver seul et désarmé devant une horde de Comanches que de lui expliquer la vérité. Pourtant, il le faut... et le plus tôt sera le mieux.

Dominique était bien de cet avis mais ils laissèrent le sujet de côté pendant que Morgan lui faisait visiter le domaine. Cependant, la question d'Ashley ne pouvait être complètement éliminée et, ce soir-là, en se mettant au lit, il décida qu'il lui était impossible de reculer plus longtemps s'il voulait conserver un semblant d'estime pour lui-même.

Néanmoins, l'arrivée de la famille ne facilitait pas les aveux. Ses deux frères et Justin étaient toujours dans leurs jambes. Les domestiques et les ouvriers s'affairaient partout, transformant la maison en une ruche bourdonnante d'activité. Il fallait un miracle pour qu'il puisse s'entretenir un moment seul avec elle sans être interrompu.

Ce n'est que vers la fin de l'après-midi qu'il trouva l'occasion propice. Invoquant le prétexte d'avoir besoin de son avis au sujet de la réparation de la piste, il réussit à l'entraîner dehors.

Ils marchèrent quelques minutes en silence. Léonie voyait que Morgan était soucieux. Sentant qu'il se passait quelque chose de grave, elle ne put attendre plus longtemps.

— Vous avez des ennuis, n'est-ce pas ? questionna-t-elle. Ce n'est pas de la piste que vous voulez me parler.

— Non, répondit-il. C'était un prétexte pour vous entretenir seule.

— Alors, de quoi s'agit-il ?

Il serra les poings sans répondre. Il poussa un profond soupir et l'emmena vers le petit cimetière de la famille Saint-André. Il s'arrêta devant la clôture blanche qui encerclait l'enclos et s'adossa à la barrière. Elle avait l'impression qu'il s'était produit un événement terrible qui réduirait à néant tous ses espoirs.

— De quoi s'agit-il ? répéta-t-elle, angoissée.

Perdu dans son enfer, Morgan fixait un regard absent sur les tombes. Il sursauta au son de sa voix.

— Il s'agit de quelque chose que j'aurais dû vous dire aussitôt après notre visite au Père Antoine, murmura-t-il, mais je me suis conduit comme un lâche et j'ai retardé autant que j'ai pu.

Léonie eut l'impression qu'un manteau de glace lui tombait sur les épaules. Elle essayait désespérément de deviner la nature de la menace qui planait sur eux. Pour que Morgan se traite de lâche, c'était certainement une catastrophe.

— Je ne vous imagine pas commettant une lâcheté, protesta-t-elle. Orgueilleux, arrogant, certes, vous l'êtes, mais lâche sûrement pas.

— Merci, madame, pour ces bonnes paroles, dit Morgan avec un pâle sourire.

Puis, aussitôt, son sourire s'effaça. La situation lui apparaissait dans toute son horreur. Il prit Léonie dans ses bras et la serra contre sa poitrine.

— Il serait plus facile que je commence par vous donner quelques explications sur ma famille. Du côté de mon père, la branche anglaise. Je dois préciser que tous les Slade se ressemblent étrangement et, dans certains cas, cette ressemblance est absolument incroyable.

— Je comprends, dit Léonie. Sans même vous connaître, on devine tout de suite que Robert et Dominique sont vos frères. Votre parenté saute aux yeux. Il en va de même pour Alexandre et Cassandre.

Elle se sentait si bien dans ses bras qu'elle en oubliait le climat de tragédie qui les enveloppait. Une vague d'amour la submergea et elle se serra instinctivement contre lui.

Sans le savoir, ils formaient un tableau des plus romantiques. Le menton appuyé sur la tête de Léonie, Morgan enlaçait son corps svelte qui se lovait contre le sien. La robe jonquille retombait en plis gracieux sur leurs pieds. Le cimetière à l'arrière-plan ajoutait un ton poignant à l'ensemble. Les roses corail qui grimpaient le long de la barrière emplissaient l'air d'un parfum grisant et les chênes chargés de rideaux de mousse créaient une sorte de tonnelle isolée autour de leurs deux formes immobiles.

Cependant, l'homme qui chevauchait dans leur direction ne goûtait pas du tout le romantisme de cette scène. Au contraire, à la vue du couple enlacé, il fut envahi par une étrange sensation de rage mêlée d'appréhension. Il tira violemment sur les rênes pour laisser à son cerveau tortueux le temps d'assimiler le tour désagréable que prenaient les événements.

Ni Léonie ni Morgan n'avaient perçu sa présence. Ils étaient tous deux trop absorbés dans leur propre univers pour s'intéresser au monde extérieur. Le cavalier fit avancer sa monture et se rapprocha suffisamment pour surprendre leur conversation.

Morgan se contraignit à poursuivre ses explications.

— Il est vrai que nous avons des traits communs, reprit-il, mais j'ai un cousin anglais, Ashley, qui me ressemble d'une façon étonnante. Les gens qui ne nous connaissent pas intimement nous prennent souvent l'un pour l'autre.

Levant la tête, Morgan glissa sa main sous le menton de Léonie et plongea son regard dans le sien.

— Ashley est certainement le plus fieffé coquin que la terre ait porté... et je n'exagère pas. Prononcez son nom devant n'importe quel membre de la famille et tous vous confirmeront mon jugement. Il lui est parfois arrivé d'usurper ma personnalité, toujours au détriment de ma réputation.

Léonie fit un effort de concentration et questionna en cherchant ses mots :

— Et il a fait quelque chose qui pourrait nous nuire ?

— Oui, nous pouvons dire que ses actes nous ont porté un préjudice certain. Léonie, quand vous m'êtes apparue à Natchez, vous étiez pour moi une parfaite étrangère et je vous jure que je ne mentais pas en disant que je ne vous avais jamais vue.

Léonie le regarda, affolée. Une boule se forma dans sa gorge et son cœur s'arrêta de battre. Était-ce une nouvelle ruse ? Mais pourquoi, maintenant qu'il avait payé la dot ? Est-ce que son cousin Ashley... ? Son cerveau ne pouvait compléter sa pensée. Elle déglutit avec peine avant d'articuler d'une voix blanche :

— Voudriez-vous préciser ce que vous essayez de suggérer ?

C'est alors que le cavalier entra en scène. Son éclat de rire moqueur troubla leur intimité.

— Quel ravissant tableau ! s'esclaffa-t-il. J'arrive de France dans l'intention de retrouver ma femme, et qu'est-ce que je découvre ? Mon estimable cousin occupé à me dénigrer auprès d'elle, sans parler des libertés impardonnables qu'il ose se permettre avec sa personne.

Morgan se sentit pénétré d'un calme étrange. Il tourna lentement la tête et dit d'un air détaché :

— Salut, Ashley. Je m'attendais à te voir surgir. Un chacal revient généralement pour essayer de récupérer ce qu'il peut.

Le visage d'Ashley s'assombrit.

— Il me semble que les situations sont inversées, ricana-t-il. Je n'aurais jamais cru que tu viendrais fouiner autour de mes restes.

Morgan le dévisagea longuement et une lueur dans ses yeux bleu foncé força Ashley à reculer. Morgan eut un sourire ironique.

— Tu fais bien de t'écarter, dit-il froidement. Tu ne tiens pas à ce que je te tue ici, maintenant, n'est-ce pas ?

A ces mots, Léonie, qui fixait sur Ashley un regard horrifié, frémit inconsciemment. Elle croyait vivre un cauchemar. Les yeux rivés sur l'homme qui ressemblait tellement à Morgan, elle comprenait tout ce qui s'était passé six ans auparavant. La vérité s'était imposée à elle dès qu'elle avait entendu la voix traînante et détestée d'Ashley Slade.

Se dirigeant vers lui, elle l'examina attentivement et remarqua la mollesse de la mâchoire inférieure, la minceur des lèvres, l'expression de cruauté, autant de détails qui n'apparaissaient pas dans les traits énergiques de Morgan.

— Je vous reconnais, murmura-t-elle d'une voix à peine perceptible. Je vous reconnais. C'est vous qui vous êtes fait passer pour Morgan Slade.

Ashley grimaça un sourire.

— C'est inexact, ma chère. Je n'ai jamais dit que j'étais mon cousin... C'est votre grand-père qui m'a pris pour lui. Et c'est moi qui vous ai épousée... Vous êtes ma femme.

Léonie jeta un regard implorant du côté de Morgan.

— Mais... s'il m'a épousée sous votre nom, bégaya-t-elle, si j'ai cru qu'il était... vous... le mariage est-il valide ?

— Je ne sais si Morgan a vérifié ce point de détail, intervint Ashley, mais moi je l'ai fait avant de quitter la France et, même s'il est un peu tiré par les cheveux, ce mariage est valide. Je suis votre mari et, en tant que tel, maître de votre personne et de votre fortune.

Léonie eut un haut-le-corps.

— Jamais ! siffla-t-elle, les yeux agrandis par l'horreur. Vous n'êtes qu'un monstre !

— Sale petite garce ! hurla Ashley. Nous verrons si vous faites encore la fière quand je vous aurai emmenée en France.

— En France ? protesta Léonie. Qu'est-ce qui vous permet de supposer que je vous suivrais en France ?

— Je pense que, pour une fortune, vous me suivriez, répondit Ashley. Que diriez-vous d'un titre de comtesse ? C'est celui qui vous reviendrait en France, en même temps que les immenses propriétés qui appartenaient à votre famille. C'est pourquoi vous allez m'accompagner et c'est pourquoi je suis venu vous chercher dans ce pays perdu.

Morgan commençait à s'approcher mais les paroles d'Ashley l'arrêtèrent net. Léonie comtesse ?

Quant à Léonie, elle avait les yeux écarquillés, la bouche ouverte, n'imaginant pas qu'Ashley puisse être assez stupide pour croire qu'elle le suivrait où que ce soit.

Ashley se méprit sur ses réactions.

— Ah, vous pouvez bien vous étonner, dit-il d'un air suffisant. Une fortune, ma chère. Et elle sera à nous quand nous serons en France.

Léonie prit une profonde inspiration et ses yeux lancèrent des flammes.

— Misérable canaille ! rugit-elle. Vous avez extorqué une fortune à mon grand-père. Vous m'avez dupée et vous espérez que moi, je vais vous aider à vous enrichir ! Vous voulez rire ! Ma maison est ici et ce que je pourrais avoir en France n'offre aucun intérêt à mes yeux.

Ashley ne pouvait croire qu'elle restât indifférente à l'appât de la richesse. Petite gourde stupide ! Cracher sur une fortune, vraiment ? Ah, mais non ; il allait l'en empêcher. Éperonnant son cheval, il se pencha pour agripper Léonie par le bras.

— Nous allons voir, grinça-t-il. Vous venez avec moi. Personne ne m'empêchera de mettre la main sur ce magot.

Au moment où Ashley lançait sa monture, Morgan saisit son pistolet.

— Lâche-la, Ashley, ordonna-t-il sèchement. Lâche-la immédiatement ou tu es un homme mort.

Ashley serra les dents et hésita un bref instant. Il reporta son regard de Léonie sur Morgan, puis de nouveau sur Léonie. Manifestement, il supputait ses chances.

Morgan s'avança de quelques pas.

— Je n'essaierais pas si j'étais toi, conseilla-t-il posément. Tu sais que je suis bon tireur et, à cette distance, je ne te manquerai sûrement pas. J'ai grande envie de te tuer, Ashley. Ta mort résoudrait bien des problèmes. Je pourrais céder à la tentation.

Ashley lâcha le bras de Léonie. Les lèvres pincées, les yeux haineux, il grommela :

— C'est bon, tu as gagné pour cette fois... mais je reviendrai. Rappelle-toi qu'elle est ma femme et j'ai la loi pour moi.

— C'est ce que nous verrons, riposta Morgan. Je ne me réclamerais pas de la loi, à ta place... Tu aurais à répondre de délits de fraude et d'usurpation d'identité. Je crains que la justice de La Nouvelle-Orléans ne voie d'un mauvais œil tout ce que tu pourrais entreprendre concernant tes droits sur Léonie.

Suffoquant de rage, Ashley vociféra :

— Tu crois que tu m'as obligé à battre en retraite, n'est-ce pas ? Eh bien, méfie-toi. Je n'ai pas dit mon dernier mot. Je t'aurai.

Il talonna son cheval et repartit à bride abattue.

30

Ashley avait proféré ses menaces par pure bravade, mais, tout au long du trajet de retour vers La Nouvelle-Orléans, il avait échafaudé des projets de vengeance. Après tout, même en admettant qu'il soit poursuivi pour usurpation d'identité, il n'en était pas moins marié à cette idiote, ce qui devrait lui donner une arme contre son cousin.

En arrivant à la taverne du front de mer où il était descendu, il lança négligemment les rênes de son cheval de location à un serviteur maussade et monta dans sa chambre pour étudier la situation. Il n'avait jamais imaginé que Léonie ne se serait pas laissé allécher par la promesse d'une fortune. Il n'avait pas prévu non plus qu'il se heurterait à Morgan.

La présence de son cousin lui avait produit un choc mais il s'était vite ressaisi. Morgan était un obstacle, certes, mais c'était la femme qui l'intéressait. Et si Morgan posait trop de problèmes, c'était simple, il le tuerait.

Assis devant un verre de whisky, Ashley envisageait sa prochaine manœuvre. Il fallait absolument que Léonie l'accompagne en France mais il se rendait compte qu'elle serait moins facile à convaincre qu'il ne l'avait cru. Cependant, après s'être remonté le moral avec plusieurs verres de whisky, il réussit à se persuader que, si Morgan avait gagné la première bataille, c'était lui qui gagnerait la guerre.

C'était Léonie qui constituait la clé de la situation. Il comprenait à retardement qu'il s'était montré maladroit avec elle. Il aurait dû commencer par lui présenter ses excuses pour sa supercherie et ses regrets pour son comportement. Avec une histoire à fendre le cœur, il aurait réussi à éveiller sa sympathie puis, en faisant jouer son charme, il l'aurait habilement amenée à composition.

La présence de Morgan sur la scène lui inspirait des sentiments contradictoires. D'une part, il aurait préféré le voir ailleurs : les choses auraient été tellement plus simples ! D'autre part, il comptait bien profiter de l'occasion pour se venger de l'homme qui l'avait constamment discrédité.

Il chassa avec effort ses idées de vengeance pour se concentrer sur Léonie. Plus il réfléchissait, plus il se persuadait que l'importance de la fortune qui l'attendait en France lui donnait un atout sérieux. Personne ne renoncerait à un héritage aussi fabuleux.

Avant de se coucher, il avait décidé qu'il devait à tout prix revoir Léonie... seule. Quand elle aurait compris qu'elle entrerait en possession d'un immense patrimoine, elle entendrait certainement raison. D'ailleurs, il saurait se montrer persuasif... Et si elle ne le suivait pas de son plein gré, eh bien, il l'emmènerait de force.

Satisfait de cette décision, il reporta ses pensées sur Morgan. Évoquant la scène qu'il avait surprise dans l'après-midi, il grimaça un méchant sourire. Il s'était bien amusé en voyant son cher cousin, généralement si sûr de lui, tourner autour du pot pour essayer d'éclairer Léonie. Bon Dieu ! Il aurait payé cher pour assister à leur première prise de contact.

Évidemment, il aurait mieux valu pour lui qu'ils ne se soient jamais rencontrés. L'intérêt que Morgan portait à Léonie lui parut tout d'abord négligeable puis il se rappela l'expression de son cousin pendant qu'il tenait le pistolet et l'ambiance de tendresse qui enveloppait le couple enlacé devant le petit cimetière. Était-il possible que son honorable cousin soit tombé amoureux ? Et de sa propre femme ! Quelle farce ! Et quelle belle vengeance s'il réussissait à la lui enlever ! Manifestement, Morgan était sur le point de lui expliquer la vérité et tout aussi manifestement, il avait profité de ses prétendus droits conjugaux pour coucher avec elle. « Quand elle saura qu'il l'a leurrée, elle lui arrachera les yeux, se dit Ashley avec satisfaction. J'en mettrais ma tête à couper. »

Ashley avait vu juste. Aussitôt après son départ, Léonie s'était retournée comme une furie pour faire face à Morgan.

— Vous vous êtes bien amusé, n'est-ce pas ? s'écria-t-elle, le cœur torturé par la sensation d'avoir été trahie.

L'idée que la méprisable créature qui venait de disparaître à ses yeux était son véritable mari lui paraissait déjà intolérable mais elle acceptait encore moins que Morgan lui ait dissimulé cette réalité. De plus, elle était terrifiée non seulement à cause de l'aversion qu'Ashley Slade lui inspirait mais à cause du gouffre qui venait de s'ouvrir brusquement entre elle et Morgan. C'était justement parce qu'elle était en proie à la peur et à la souffrance qu'elle s'en était prise à lui, cherchant à le blesser autant qu'il l'avait offensée. Elle insista :

— Comme vous avez dû vous gausser de moi quand je suis venue vous réclamer ma dot ! Vous avez dû en faire des gorges chaudes, vous et votre famille ! Et maintenant que vous avez bien ri, vous trouvez que la farce a assez duré et vous faites intervenir mon... mari pour qu'il vienne vous débarrasser de moi.

Morgan ne parut pas ému par son éclat. Il rangea son pistolet et demanda calmement :

— Vous croyez vraiment ce que vous venez de dire, Léonie ? Vous croyez honnêtement que nous nous sommes moqués de vous, ma famille et moi ? Pouvez-vous imaginer un instant que nous soyons capables d'une telle vilenie ? Que nous étions au courant des machinations d'Ashley et que non seulement nous les admettions mais que, par-dessus le marché, nous nous en amusions ?

— Je ne sais ce que je dois croire, hoqueta-t-elle. Tout est brusquement...

Sa voix se brisa et elle se détourna, les épaules secouées par les sanglots.

Incapable de supporter son désespoir, Morgan s'approcha d'elle et la prit dans ses bras.

— Écoutez-moi, mon cœur, dit-il avec ferveur. J'aurais donné ma vie pour vous épargner cette révélation. J'essayais de vous expliquer ce qui s'était passé quand Ashley est arrivé. Je ne me doutais certes pas qu'il avait entrepris ce voyage et, si je l'avais su, j'aurais veillé à ce que vous en soyez prévenue. Dieu du ciel, pouvez-vous imaginer que je lui aurais jamais permis de porter la main sur vous ? De vous arracher à moi ?

— Et pourquoi pas ? sanglota-t-elle, furieuse de ne pouvoir retenir ses larmes. Je vous ai causé à tous assez d'ennuis, assez de scandale, alors pourquoi vous soucieriez-vous de ce qui m'arrive ?

— Vous pensez que je pourrais ne pas me soucier de la fascinante petite créature qui a surgi dans mon univers et qui s'est emparée de mon cœur ?

Léonie le dévisagea intensément. Elle ne vit aucune trace de malice dans les yeux bleu foncé qui la scrutaient au fond de l'âme. Pourtant, n'osant comprendre ce que son regard exprimait si clairement, elle bégaya :

— Que... que vou... voulez-vous dire ?

Ils se contemplèrent longuement en silence. Le sentiment que reflétait le visage de Léonie le bouleversa et un frémissement le parcourut.

— Je vous aime, Léonie, dit-il passionnément. Je vous aime depuis l'instant où je vous ai vue au bal des Marshall. Autrement, pourquoi vous aurais-je suggéré de vivre avec moi au Petit Bonheur alors que je vous prenais pour une misérable petite aventurière ?

Oubliant Ashley, oubliant le monde entier sauf Morgan et le merveilleux rêve qu'elle était en train de vivre, elle se blottit contre lui. Une chaleur délicieuse s'insinuait dans ses veines, chassant le froid qui l'avait envahie. Ses os mêmes semblaient se réchauffer sous les caresses de Morgan. Elle savait enfin qu'il l'aimait et cette pensée la comblait de joie. Pourtant, elle ne put se retenir de riposter d'un air malicieux :

— Vous ne m'avez pas *suggéré*. Vous m'avez *ordonné* de vivre avec vous.

— Mais vous allez me pardonner, n'est-ce pas ? dit-il, une lueur amusée au fond des yeux. Et maintenant, vous allez me dire ce que je meurs d'envie d'entendre... Dites-moi que mes sentiments sont payés de retour. Avouez que vous m'aimez, petite sorcière.

Mais il ne put attendre sa réponse. La bouche vermeille était trop près de la sienne et il la cueillit dans un baiser à la fois farouche et tendre. Léonie réagit passionnément et ses bras l'étreignirent avec force, comme si elle avait peur qu'il ne lui échappe. Son corps se blottit voluptueusement contre le sien. Pendant un moment intemporel, le reste du monde s'effaça et ils se plongèrent dans l'émerveillement de leur magnifique création... l'amour.

Quand il leva enfin la tête, Morgan respirait avec peine et les yeux de Léonie brillaient comme des escarboucles. Il releva une mèche de cheveux fauves qui lui barrait le front.

— Vous m'aimez, n'est-ce pas ? demanda-t-il. Ce n'est pas un effet de mon imagination ?

Elle secoua violemment la tête.

— Oh ! non, Morgan, ce n'est pas un effet de votre imagination, s'écria-t-elle avec ferveur. Oui, je vous aime et j'ai été si malheureuse tous ces temps-ci ! Je me demandais comment je pouvais aimer un tel scélérat. Mon esprit me disait que vous étiez un homme malhonnête, mais mon cœur... mon cœur savait.

— Le mien aussi, murmura Morgan. J'essayais de me répéter que vous étiez la femme la plus méprisable qui soit, mais je ne pouvais m'empêcher de vous désirer... de vous aimer.

Ce fut un moment extraordinaire pour tous deux, un moment où tous les malentendus balayés, ils purent enfin se parler cœur à cœur, un moment merveilleux qui les enveloppait d'une douce lumière, les protégeant de la sombre réalité qui les attendait. Il l'entraîna sous un grand chêne et ils s'assirent, Morgan s'adossant au tronc de l'arbre. La tête de Léonie était nichée dans le creux de son épaule et, tout en parlant, elle jouait avec les boutons de sa veste, le murmure de leurs voix ne cessait que lorsque leurs lèvres s'unissaient. Isolés par la chaleur de leur amour, ils échangèrent tous les vœux que d'innombrables amoureux avaient échangés avant eux, sûrs que personne au monde ne pouvait aimer aussi profondément, aussi passionnément, aussi complètement qu'ils s'aimaient... qu'ils s'aimeraient toujours.

Malheureusement, la réalité était là et ce fut Morgan qui les arracha à leur petit monde douillet.

— Dans des circonstances normales, je vous aurais demandé de m'épouser tout de suite, mais, les choses étant ce qu'elles sont...

Il la renversa sur l'herbe et se pencha sur elle :

— M'épouserez-vous quand cette affreuse situation sera réglée ? reprit-il sur un ton angoissé.

Elle essaya de dissimuler la peur qui s'était brusquement emparée d'elle et murmura avec ferveur :

— Avez-vous besoin de me poser la question ? Je suis à vous, Morgan... Je serai toujours à vous, quoi que votre affreux cousin puisse inventer.

— Heureusement, nous pouvons prévenir ses agissements, surtout maintenant que nous connaissons tous les deux la vérité. Ensemble, nous nous sortirons de ce guêpier.

Morgan lui expliqua alors ce qui avait été convenu avec M. Ramey.

— Vous étiez donc si sûr de moi ? questionna Léonie, un peu embarrassée.

Il lui lança un coup d'œil qui la fit vibrer de la nuque aux talons.

— Non, je ne peux pas dire que j'étais absolument sûr de vous, reconnut-il, mais je savais qu'aucune femme n'accepterait de rester mariée à un homme qui l'avait aussi indignement dupée.

Léonie détourna les yeux.

— Votre famille connaît-elle la vérité ? demanda-t-elle.

Morgan secoua la tête, heureux de pouvoir la rassurer au moins sur un point.

— Non. J'ai essayé de la cacher dans la mesure du possible. Seul Dominique est au courant et il ne dira rien, soyez tranquille. Quand tout sera fini, nous irons nous marier en secret et tout le monde continuera à croire que je vous ai épousée il y a six ans.

A la pensée qu'il n'avait pas choisi ce mariage, elle se sentit brusquement envahie de honte.

— Vous n'êtes pas obligé, Morgan, balbutia-t-elle. Les actes d'Ashley ne vous... engagent en rien.

— Mais mon cœur m'engage, riposta vivement Morgan. Je vous aime, Léonie. Vous ne le comprenez donc pas ? Qu'importe ce qui s'est passé avant. Ce qui compte maintenant c'est que nous nous soyons trouvés. Et je ne vous laisserai pas échapper.

Il posa ses lèvres sur les siennes, chassant dans l'ardeur de son baiser tout ce qui n'était pas leur amour partagé.

Ils rentrèrent bras dessus bras dessous une heure avant la tombée de la nuit. Morgan se mit en quête de Dominique pour l'informer de la présence d'Ashley en Louisiane.

— Nous devons veiller constamment sur Léonie et sur Justin, conclut-il. Je n'exclus pas l'idée qu'Ashley tente de kidnapper l'une ou l'autre.

Après le dîner, Léonie alla se réfugier dans la vieille grange pour s'isoler avec ses pensées. Elle grimpa sur l'échelle et s'installa dans le foin embaumé. En bas, les pur-sang de Morgan s'agitaient dans leurs stalles provisoires mais, pendant qu'elle regardait par l'une des fentes qui restaient dans le toit à demi réparé, elle oublia les bruits du monde extérieur pour plonger au fond de l'abîme qu'Ashley avait créé six ans auparavant.

Après avoir vu les deux cousins ensemble, elle comprenait que son grand-père et elle-même aient pu se laisser abuser. Quelqu'un qui ne les connaissait pas intimement aurait eu du mal à les distinguer l'un de l'autre... à première vue. Elle se rappela en frissonnant le regard mauvais qu'Ashley lui avait lancé avant de faire demi-tour. Jamais elle ne serait la femme de cette canaille, se jura-t-elle.

La conviction qu'elle était aimée de Morgan lui réchauffait le cœur et chassait quelques-uns des démons qui la tourmentaient mais même cet amour ne pouvait la réconforter complètement. Elle était la femme d'Ashley et, bien que Morgan lui eût assuré que ce mariage pouvait être annulé, elle sentait leur avenir menacé. Naturellement, elle devait aussi lutter contre son orgueil.

A la pensée de la bonté dont Morgan avait fait preuve à leur égard, elle tremblait de honte. Il ne leur devait rien et il leur avait tout donné : son temps, son nom, son intérêt, son argent. Accepter les largesses d'un mari était une chose, profiter de la générosité d'un homme qui aurait eu toutes les raisons de s'estimer offensé en était une autre. Torturée par les reproches qu'elle s'adressait, elle laissa échapper un gémissement mi-douloureux, mi-irrité et elle se coucha sur le ventre, le visage enfoui dans le foin.

Morgan, qui arrivait dans l'écurie, l'entendit. Il gravit sans bruit les marches de l'échelle et grimpa dans la grange. Accommodant sa vue à l'obscurité, il repéra la forme allongée dans le foin et s'approcha d'elle.

— Ne pleurez pas, ma chérie, murmura-t-il en lui posant doucement la main sur l'épaule. Vous me brisez le cœur.

Léonie était tellement perdue dans ses sombres pensées qu'elle ne l'avait pas entendu venir. Elle sursauta au contact de sa main.

— Que faites-vous ici ? demanda-t-elle en ravalant un sanglot. Comment m'avez-vous trouvée ?

Sans se laisser émouvoir par cet accueil si peu enthousiaste, Morgan s'accroupit à côté d'elle.

— Je vous ai suivie, avoua-t-il. Vous vous êtes échappée si vite après dîner que...

— Je ne me suis pas échappée, interrompit-elle avec indignation.

— Disons alors que vous êtes partie au pas de charge, répliqua-t-il en plaisantant.

Elle le regarda d'un air indécis.

— Vous vous moquez ?

Il lui caressa la joue.

— C'est interdit ? demanda-t-il. Il me semble qu'après notre entretien de cet après-midi je pouvais me permettre de vous taquiner. Un futur mari a tout de même quelques droits, non ?

Elle esquissa un demi-sourire et posa la main sur sa poitrine.

— En ce qui me concerne, vous avez tous les droits, déclara-t-elle.

Morgan la regarda, le souffle coupé. Toute possibilité de conversation rationnelle semblait désormais exclue. Il se pencha sur elle et murmura d'une voix sourde :

— Tous les droits ? Même celui de vous toucher ainsi ?

Sa main se glissa sournoisement sur son sein.

— Et de vous embrasser comme ceci ?

Léonie entrouvrit les lèvres pour savourer son baiser tendre et brutal. Son corps se cambra instinctivement pour se plaquer contre le sien. Il était l'homme de sa vie et elle n'avait rien à lui refuser... Elle voulait que les feux de leur désir chassent les démons, brûlent tout ce qui se rapportait à Ashley, ne laissant vivre, brillante et pure, que la flamme de leur amour.

Pour la première fois, la méfiance et le doute n'étaient pas auprès d'eux pendant que leurs mains et leurs corps se redécouvraient. Chacun ne pensait qu'au plaisir de l'autre, cherchant inconsciemment à détruire le spectre malfaisant d'Ashley par la force de leur passion.

Sûre de l'amour de Morgan, Léonie était au septième ciel. Elle ne faisait aucun effort pour échapper aux ondes de désir qui la parcouraient. Avec des mains impatientes, elle écartait les tissus qui les séparaient, avide de sentir la chair nue de Morgan contre la sienne, de lui prouver son amour avec toutes les fibres de son être.

La réaction passionnée de Léonie déchaîna toute la passion que Morgan avait contenue toutes ces dernières semaines et, avec un gémissement sourd, il dégrafa lentement sa robe et la lui ôta en tremblant d'émotion.

Un soupir de satisfaction s'exhala de sa gorge quand enfin il la tint nue dans ses bras. Les cheveux rutilants de Léonie retombaient épars sur ses épaules et sa peau dorée luisait sous la caresse du rayon de lune qui filtrait par la fente du toit. Morgan ne cessait de la contempler et d'aspirer ses lèvres pendant que ses mains exploraient son corps avec une volupté indicible. Mais bientôt ses propres vêtements représentèrent une barrière intolérable. Il la lâcha un instant pour s'en dépouiller. Mais Léonie ne put supporter qu'il se détache d'elle, ne serait-ce qu'une seconde. Pendant qu'il retirait ses bottes, elle se colla contre son dos musclé, pareille à une sirène débordant de sensualité.

— Si vous continuez ce manège, je vous prends tel que je suis sans me débotter... à la hussarde.

Enhardie par l'amour, elle se renversa en arrière et répliqua d'un air moqueur :

— Peut-être que Monsieur n'a pas envie de moi, après tout.

Morgan lui lança un regard enflammé qui dissipa tous les doutes qu'elle aurait pu avoir à ce sujet et se hâta de se débarrasser de ses derniers vêtements.

Il la saisit dans ses bras et la serra contre lui avec une violence à peine contenue mais ses caresses n'avaient rien de brutal. Sa langue goûtait avidement le nectar de sa bouche, ses doigts effleuraient les pointes de ses seins qui se durcirent à leur contact. Alors, seulement, sa main glissa plus bas, le long du pli de l'aine et entre les cuisses. Léonie frémit de la tête aux pieds.

Incapable de rester passive, elle lui rendit amoureusement ses caresses. Du bout des doigts, elle suivait le contour de ses muscles fermes. Elle se tendait vers lui pour être au plus près de sa chair, pour mieux sentir sa toison bouclée contre sa poitrine, pour mieux se livrer à sa joie.

Il sentit soudain sa main envelopper son sexe gonflé. Il vibra de la nuque aux talons. Sa bouche aspira la sienne tandis que ses mains cherchaient fébrilement à lui donner le plaisir qu'elle suscitait en lui.

Malgré l'intensité de leur passion, ils s'aimaient avec une sorte de désespoir comme s'ils craignaient tous deux d'assouvir leur désir pour la dernière fois. De ses lèvres et de sa langue Morgan caressa doucement toute sa chair, suivant lentement les contours de ses seins, de son ventre, de ses hanches vers le centre de ce corps déjà envahi par l'ivresse. Presque instinctivement, elle écarta les jambes comme pour l'inviter à faire d'elle ce qui lui plairait. Elle se sentait traversée par une sorte de brûlure. Elle voulait participer à cette expérience érotique mais il ne la laissa pas faire et sa langue poursuivit son exploration intime. Et quand elle sentit monter en elle le premier spasme de l'extase, son corps se tendit comme un arc, ses doigts agrippèrent la masse de cheveux noirs avec une sorte de frénésie et elle cria sa volupté. Elle se souleva encore et encore pendant qu'éclatait l'orage et, tout au sommet d'une tension insupportable accompagnée d'ondes de chaleur et de froid, elle défaillit et se laissa aller avec un soupir de contentement. Alors seulement, Morgan s'allongea sur elle et, de son genou, il sépara les siens pour s'enfoncer dans la gaine souple et tiède qui l'attendait. Il commença à aller et venir en elle, pendant que, de sa langue, il imitait le mouvement de son corps. Il prolongea la fusion autant qu'il le put puis, quand il la sentit trembler sous l'effet de la jouissance, il se laissa aller et la rejoignit dans l'extase.

Ce soir-là, il ne fut pas question pour eux de faire chambre à part et, toute la nuit, leurs corps s'unirent dans la fièvre et l'exaltation. Entre leurs effusions ils reposaient enlacés dans l'ombre en se jurant que rien jamais ne les séparerait.

Morgan n'aborda la question d'Ashley qu'à l'aube.

— Léonie, pour la fortune dont il a mentionné l'existence, si elle existe vraiment, comme je suis tenté de le croire compte tenu de sa présence ici, entendez-vous la revendiquer ?

Languissamment lovée contre lui, Léonie réfléchit un moment avant de répondre :

— Non. La France avec tout ce qui s'y rattache est tellement loin de ce qui m'intéresse ! Quand mon arrière-grand-père est venu dans ce pays, il a tourné le dos à sa mère patrie, et l'Amérique est devenue sa patrie. C'est la seule patrie que je connaisse et je ne veux réclamer aucun des biens auxquels je pourrais prétendre en France. Tout ce que je veux est ici, ma maison, mon fils et...vous.

Morgan la serra plus fort dans ses bras et se mit en devoir de lui prouver une fois de plus à quel point il l'aimait.

31

Ashley s'était réveillé avant l'aube. Une heure plus tard il était en route pour Saint-André. A onze heures, il atteignit la piste qui conduisait à la plantation mais, au lieu de la suivre, il engagea son cheval à travers bois. Le chemin était plus difficile mais il finit par se trouver en vue du château. Il attacha sa monture à la branche basse d'un chêne et s'approcha de la maison.

Il s'installa de façon à observer les allées et venues des habitants. Il n'avait pas encore de plan précis en tête mais il était bien décidé à voir Léonie seule et à lui faire miroiter la fortune qui l'attendait en France.

Outre Léonie, une autre personne l'intéressait. Quand il vit Morgan sortir vers une heure, son visage s'éclaira. Il tenait enfin sa chance. Léonie était seule. Il avait le temps de lui faire entendre raison avant le retour de Morgan.

Il attendit quelques minutes pour s'assurer que son cousin ne faisait pas demi-tour. Alors, il se dirigea hardiment vers le château, monta l'escalier et pénétra à l'intérieur.

Les domestiques s'activaient partout mais Ashley pensa avec juste raison qu'ils le prendraient pour Morgan.

Arborant un sourire aimable, il traversa une succession de pièces et, à sa grande satisfaction, il trouva Léonie seule dans un petit salon tout au fond de la maison. Elle examinait des échantillons de tissu. Quand il entra, elle leva la tête et demanda, sans s'apercevoir que ce n'était pas Morgan qui se tenait devant elle :

— Que préférez-vous ? Le vert d'eau ou le vieux rose pour les murs de la salle à manger ? Je n'arrive pas à me décider.

Ashley ferma soigneusement la porte derrière lui. Il embrassa du regard le tableau qu'elle formait assise sur un sofa vétuste dans sa robe de mousseline abricot qui retombait gracieusement sur ses chevilles.

— Quelle excellente petite ménagère vous faites, ma chère, dit-il sur un ton désinvolte.

Léonie se raidit en reconnaissant le son de cette voix

détestée. Se levant brusquement, elle s'exclama avec colère :

— Vous ! Que faites-vous ici ? Morgan vous tuera s'il vous trouve.

— Mais il ne me trouvera pas. J'ai pris la précaution d'attendre qu'il soit sorti avant d'entrer. Soyez sûre que je serai loin quand il reviendra.

Trop furieuse pour avoir peur et sachant que ses domestiques étaient à portée de voix, Léonie l'observa avec méfiance sans essayer de dissimuler le mépris qu'il lui inspirait.

— Que voulez-vous ? demanda-t-elle avec hauteur. Il n'y a rien ici pour vous.

Trop content de lui pour user de diplomatie, Ashley ricana :

— Oh, que si ! Il y a ma femme.

Voyant que Léonie serrait les poings, il enchaîna vivement :

— Allons, allons, ma chère. Ne vous rebellez pas si vite. Je sais que nous avons pris un mauvais départ mais je n'avais pas le choix à l'époque.

Avec son sourire le plus charmeur, il s'approcha de quelques pas mais Léonie recula aussitôt.

— J'admets que je n'ai pas été un mari exemplaire mais, si vous voulez me donner une chance, je saurai réparer mes torts envers vous.

— Oh ? Voulez-vous vous dire que vous êtes venu pour me restituer ma dot ?

Ashley fronça les sourcils. Il toussa pour s'éclaircir la voix.

— Pas exactement, répondit-il. Votre dot, ma chère, est une bagatelle comparée à la fortune que je peux vous assurer en France. Venez avec moi et je vous montrerai un monde de richesse et de pouvoir dont vous n'avez aucune idée.

— Que vous pouvez m'assurer ? riposta-t-elle sèchement. Je croyais que cette fortune était à moi.

Il plissa les paupières et une lueur mauvaise filtra à travers ses cils.

— C'est votre fortune, en effet, mais vous avez besoin de moi pour l'obtenir. Je connais des gens puissants. Je suis un proche conseiller de Napoléon et, une fois en France, sur un simple ordre de lui, les biens des Saint-André seront restitués à leur propriétaire légitime.

— Je vois, murmura Léonie, pensive. Naturellement, sans moi, vous ne pourrez jamais mettre la main dessus, n'est-ce pas ? Je commence à comprendre pourquoi vous avez intérêt à retrouver votre femme après tant d'années !

Renonçant à ses tentatives de séduction, Ashley la menaça.

— Ne jouez pas au plus fin avec moi, ma chère. Je veux cette fortune et vous allez me suivre en France pour la réclamer. C'est votre devoir d'épouse.

Léonie éclata de rire.

— Mon devoir ? s'exclama-t-elle. Si nous parlions des vôtres ? Vous m'avez abandonnée, non ? Je vous concède que nous étions convenus de ne rien exiger l'un de l'autre mais c'était un accord que j'avais conclu avec *Morgan* Slade, pas avec vous. Vous êtes un imposteur de la pire espèce. Je ne lèverai pas le petit doigt pour vous aider à obtenir quoi que ce soit.

— Je ne crois pas que vous compreniez bien la situation, grinça-t-il. Je ne suis pas homme à me laisser détourner de mon but, ma chère. S'il est vrai que je vous ai abusée, je n'en suis pas moins votre mari et vous êtes coupable du délit d'adultère avec mon cousin. Je me demande ce que vont en penser les honnêtes gens de La Nouvelle-Orléans. Morgan a beaucoup de relations en ville car sa mère appartient à une famille honorablement connue dans la région. Imaginez les commérages que cette histoire va provoquer. Naturellement, Morgan bénéficiera de l'indulgence de tous...

L'homme est toujours pardonné. Mais vous, ma chère, vous allez être une femme perdue de réputation.

La flèche atteignit son but. Léonie était consciente de l'ostracisme qui la frapperait si la vérité éclatait mais elle ne voulait pas qu'Ashley s'aperçoive de son appréhension.

— Allez donc colporter vos ragots, railla-t-elle. Cela ne vous donnera pas la fortune des Saint-André.

Ashley réfléchit un long moment.

— C'est vrai, reconnut-il enfin. Mais il y a une autre solution. Venez avec moi en France, récupérez votre fortune et nous divorcerons. Personne n'en saura rien. Vous me laisserez vos biens et vous pourrez partir en toute liberté.

Léonie lui cracha son mépris au visage.

— Vous êtes fou ! Et stupide, de surcroît, si vous vous imaginez que je vais croire un seul mot de ce que vous dites.

Le visage d'Ashley se tordit de rage et il allongea la main pour l'agripper par l'épaule. A ce moment précis, Justin entra en courant dans la pièce.

Inconscient de la tension qui régnait entre les deux adultes, l'enfant bondit dans les bras de sa mère.

— Ah ! maman, vous voilà ! s'écria-t-il. Je vous ai cherchée partout. Venez voir la selle neuve que papa m'a achetée. Elle est rouge et superbe ! Venez !

Léonie lui ébouriffa doucement les cheveux.

— Pas maintenant, Justin, murmura-t-elle. Dans un petit moment, mon cœur.

Ashlcy le regardait, médusé. Il s'apprêtait à faire une réflexion mais Justin le devança ; souriant à cet homme qui ressemblait tellement à Morgan, il poussa un petit cri de surprise.

— Papa ! Comment avez-vous fait pour arriver ici avant moi ?

— Papa ? rugit Ashley. Ah, je comprends maintenant pourquoi votre grand-père était si pressé de vous marier. Sacrebleu ! Quand je pense que j'ai été pris au piège du mariage pour la plus vieille raison du monde !

Justin resta figé sur place, puis fit un pas en arrière.

— Vous n'êtes pas mon papa, dit-il enfin. Vous lui ressemblez mais vous n'êtes pas mon papa. Qui êtes-vous ?

— Ça ne te regarde pas, morveux, répondit Ashley. Et vous osez me traiter d'imposteur ? ajouta-t-il à l'adresse de Léonie. Et qu'êtes-vous donc vous qui faites assumer à votre mari la paternité d'un bâtard ? Vous avez dû danser de joie vous et votre grand-père quand je suis tombé dans le filet destiné à Morgan !

Justin se serrait contre sa mère.

— Allez-vous-en, cria-t-il. Vous êtes méchant !

Suffoquant de rage, Léonie haleta :

— Sortez d'ici, Ashley, je ne vous le dirai pas deux fois et je vous défends de cracher vos insultes sur mon fils.

— Vous n'avez rien à me défendre, rétorqua Ashley avec haine, pas avec ce que je sais de vous. Je tiendrai ma langue en ce qui concerne le petit bâtard... à condition que vous veniez en France avec moi.

— *Jamais!* prononça-t-elle. Et sortez de ma maison avant que je vous fasse jeter dehors.

Ashley s'avança d'un air arrogant. Léonie et Justin le défièrent du regard. Il les toisa de la tête aux pieds.

— Qui est son père ? questionna-t-il brusquement.

Léonie lui lança un regard méprisant qui le mit hors de lui. Non seulement cette petite garce se mettait en travers de ses plans, mais elle l'avait dupé de connivence avec son grand-père. Incapable de contenir sa rage, il la gifla de toutes ses forces.

— Catin ! hurla-t-il.

C'était une erreur car la réaction fut violente. Justin lui mordit sauvagement la cuisse pendant que Léonie lui griffait la joue. Avec un cri de douleur, Ashley fit un bond en arrière mais il avait commis une faute plus grande encore en pensant que Morgan avait quitté le château. En réalité, c'était Dominique qu'il avait vu partir. Morgan, qui était allé voir ses chevaux à l'écurie, était remonté dans la maison quelques minutes après Justin. Il avait ouvert la porte au moment où Ashley s'était enquis de l'identité du père de l'enfant. Il traversait la pièce lorsque la main d'Ashley s'était abattue sur la joue de Léonie. Ashley n'eut d'ailleurs pas le temps de se ressaisir car le poing de Morgan le frappa en plein visage.

Assommé par la force du coup, Ashley s'écroula sur le sol. Essuyant le sang qui ruisselait de son nez, il leva la tête et vit le visage implacable de Morgan au-dessus de lui.

Tout s'était passé si rapidement que Léonie s'était à peine rendu compte de l'arrivée de Morgan lorsque celui-ci lui dit calmement :

— Sortez avec Justin, Léonie. J'ai encore quelques petits détails à régler avec mon cousin.

Léonie obéit sans perdre un instant. Elle poussa Justin devant elle et se mit en quête de Robert ou de Dominique.

Morgan s'agenouilla à côté d'Ashley toujours à terre. Il tenait en main la dague qu'il avait sortie de sa botte, la pointe tournée vers la gorge de son cousin.

— Pas un geste, ordonna-t-il sur un ton menaçant.

Ashley ne bougea pas mais il connaissait bien Morgan et, malgré tous ses vices, il n'était pas lâche.

— Tu ne me tueras pas, dit-il calmement, pas de sang-froid, cousin. Alors, si nous réglions cette affaire en gentilshommes ?

Morgan eut un sourire sinistre.

— Tu me tentes, Ashley, murmura-t-il en effleurant la gorge d'Ashley de la pointe de sa lame. Sais-tu que j'ai passé quelques années chez les Comanches ? Non ? Eh bien, je te l'apprends. Ils m'ont montré tout ce qu'il est possible de faire avec un couteau. Je pourrais t'écorcher vif des pieds à la tête s'il me plaît, mais je ne le ferai pas... tout simplement parce qu'il me déplaît que ton sang souille le sol de mon futur bureau.

Ashley retint son souffle et, pour la première fois, ses yeux reflétèrent l'effroi. Morgan s'en aperçut et appuya la pointe de sa lame un peu plus fort.

— Je devrais te trancher la gorge, reprit-il, et c'est ce que je ferai si tu touches à un cheveu de la tête de Léonie.

Il parlait avec une telle assurance qu'Ashley frissonna. Morgan le fixa un moment du regard puis il se leva et ordonna :

— Debout !

Ashley ne se le fit pas dire deux fois. Il remit de l'ordre dans ses vêtements avec des gestes saccadés.

— Il n'y a rien de changé, maugréa-t-il. Elle est toujours ma femme.

— C'est vrai, reconnut Morgan, mais tu n'opposeras aucun obstacle à l'annulation. Et maintenant, tu vas retourner à La Nouvelle-Orléans et la laisser tranquille !

Remettant négligemment le couteau dans sa botte, il alluma un cigare et enchaîna :

— Tu n'es pas un imbécile, alors tu vas t'embarquer sur le premier navire en partance pour n'importe où. Donne-moi le nom d'une banque en Angleterre et je ferai virer une somme substantielle là-bas à ton nom.

— Et si je ne marche pas ?

— Je te tuerai.

Ashley pâlit et serra les poings mais il se tut. Les traits déformés par la rage, il s'élança dehors juste au moment où Léonie entrait, suivie de Robert.

— Que fait-il ici ? s'exclama Robert.

Puis, l'esprit traversé par une illumination soudaine, il ajouta, le souffle coupé :

— C'était donc ça !

— Oui, Bob, c'était ça, dit Morgan. Entre, veux-tu, et ferme la porte.

Morgan aurait préféré que Robert ne soit pas au courant mais il savait qu'il tiendrait sa langue. Quand Dominique revint, les trois frères mirent au point un plan de bataille. Pour éviter toute possibilité de nouvelle intrusion, ils décidèrent de mettre les domestiques en garde contre les agissements d'un imposteur qui pourrait tenter de nuire à Léonie et à Justin pour se venger de Morgan. De son côté, Léonie expliqua à Justin que s'il voyait le « méchant » qui l'avait frappée le matin même, il devait absolument l'éviter.

Morgan était satisfait de sa journée. Il avait pris toutes les précautions nécessaires pour assurer la protection de sa famille et il espérait qu'Ashley serait assez intelligent pour reconnaître sa défaite. Ashley était cupide, certes, mais il tenait à sa peau et une menace de mort était une raison suffisante pour qu'il quitte La Nouvelle-Orléans. Ashley avait toujours battu en retraite lorsque ses perfidies étaient découvertes. Morgan supposait qu'il en ferait autant pour la circonstance.

Ashley avait bien réservé une place sur un paquebot qui partait pour la France à la fin de la semaine. Comme le pensait Morgan, il n'était pas stupide. L'attitude de son cousin était assez agressive pour qu'il n'ait aucune envie de le défier.

Ashley médita une partie de la journée dans sa chambre, cherchant désespérément un moyen de renverser la situation aux dépens de Morgan. L'idée d'être vaincu une fois de plus par son détestable cousin lui était insupportable. Même la perspective de la somme que Morgan lui verserait ne le réconfortait pas, surtout s'il la comparait à la fortune qu'il aurait eue si Léonie avait consenti à l'accompagner en France. La garce ! Si seulement il pouvait la forcer à le suivre...

Il se redressa brusquement. *L'enfant, naturellement!* Pourquoi n'y avait-il pas songé plus tôt ? L'enfant lui assurerait la soumission totale de la mère. Il se versa une bonne rasade de whisky en grimaçant un sourire. Sa place était déjà réservée. Un petit passager de plus ne poserait pas de problème. Une note remise à la mère *après* le départ du bateau lui expliquerait ce qu'elle devrait faire *si* elle voulait revoir son bâtard.

Il fallait qu'il procède avec précision. Il était inutile qu'il enlève le mioche avant la dernière minute. Ainsi Morgan n'aurait pas le temps de le retrouver. Son cher cousin ne penserait sûrement pas à venir directement sur le quai d'embarquement.

Le navire devait se mettre en route trois jours plus tard, le jeudi, avec la marée du soir. Ashley décida donc d'enlever Justin le jeudi après-midi, ce qui lui donnerait juste assez de temps pour être de retour à La Nouvelle-Orléans à l'heure voulue.

Caché dans le bois qui entourait le château, Ashley surveillait depuis le mardi les activités des habitants de Saint-André. Il avait apporté des provisions et des affaires de couchage pour deux jours. Le jeudi matin, il était prêt à frapper.

Il avait remarqué que Justin passait ses après-midi à jouer dans une petite clairière à quelques pas de la maison. Ashley s'était placé dans les taillis, tout près de l'endroit en question. Son cheval était attaché à un arbre, prêt à partir. Cependant, comme l'enfant n'avait pas paru à l'heure habituelle, il commençait à s'agiter dans sa cachette.

Une fois de plus, il récapitula son plan, sûr qu'il ne présentait aucune faille. Il ne goûtait guère la présence constante de l'un des frères Slade et de la jeune servante noire auprès de l'enfant mais il lui serait facile de s'en débarrasser. La servante n'opposerait aucune résistance. Quant au Slade, un bon coup sur la tête le mettrait hors de combat. Ces obstacles levés, il s'emparerait de l'enfant et... en route pour la France. « Qui sait, je les laisserai peut-être vivre, la chienne et son roquet, à condition qu'ils ne me créent aucun ennui. » Dans le cas contraire... eh bien, il ne verrait aucun inconvénient à être un riche veuf.

Le rire argentin de Justin interrompit le cours de ses pensées et, pareil au serpent aux aguets, il se figea, les yeux rivés sur la petite silhouette qui se profilait à quelques mètres de lui. L'enfant était seul...

Justin n'avait pas fait une longue sieste. D'habitude, une servante veillait sur son sommeil mais elle était sortie un instant pour aller boire un verre d'eau, sans imaginer qu'il se réveillerait pendant sa courte absence.

Justin s'était levé et habillé et, sans avertir personne, il avait bondi dehors pour jouer au soleil.

Ashley jeta un coup d'œil circulaire. Personne en vue. Il savait que deux des Slade s'étaient éloignés de la plantation. Il avait vu Morgan galoper dans la direction du fleuve et l'un de ses frères partir à la chasse. Il ne restait donc qu'un seul Slade, les femmes et les domestiques. Il se mit lentement sur ses pieds, se débarrassa des brindilles qui s'accrochaient à ses vêtements et sauta en selle.

Très sûr de lui, il lança son cheval dans la clairière où Justin s'amusait à fourrager avec un bâton dans un terrier abandonné qui avait captivé son attention. En entendant un bruit de sabots, le petit garçon tourna la tête et, pendant quelques secondes, il crut que c'était Morgan qui montait le grand cheval noir.

Pendant quelques secondes seulement car, en voyant le sourire cruel du cavalier, il prit ses jambes à son cou et se mit à crier :

— Le méchant !

Au même moment, la servante, Julie, apparut au

coin de la maison. Les yeux fixés sur Justin, elle ne vit pas Ashley et se précipita sur l'enfant pour le faire rentrer.

Ashley éperonna son cheval. Il rattrapa le petit garçon, se pencha et le hissa sans effort devant lui, puis fit vivement demi-tour, passa devant Julie épouvantée et, détendant sa jambe comme un ressort, il lui donna un coup de talon sur la tête. Elle vacilla et tomba sur le sol avec un faible gémissement. Cavalier, monture et prisonnier plongèrent dans la forêt, disparaissant à l'horizon.

Julie n'était qu'étourdie. Quelques secondes plus tard, elle se releva et s'élança vers la maison en ameutant tout le monde.

Quand Léonie et Robert dévalèrent les escaliers, un petit groupe se pressait autour de la pauvre fille éplorée.

— C'est le méchant maître, sanglotait-elle. Il m'a fait rouler par terre et il a enlevé notre petit garçon.

Robert se raidit et Léonie devint livide. Elle eut l'impression que son cœur s'arrêtait de battre. Les paroles de Julie ne pouvaient avoir qu'un sens. Ashley avait kidnappé Justin.

Galvanisée, Léonie se tourna vers un garçon d'écurie et ordonna :

— Selle-moi un cheval immédiatement, et toi, Saul, va chercher Morgan. Il est au débarcadère. Dis-lui qu'Ashley a enlevé Justin et que je suis partie à leur poursuite. Julie, calme-toi et raconte-moi ce qui s'est passé. Dans quelle direction cet homme est-il parti ?

Julie répéta son récit.

— Ensuite, il a coupé à travers bois dans la direction des marais, acheva-t-elle.

Sans tenir compte des protestations de Robert, Léonie enfourchait une jument grise quand Morgan arriva au triple galop, monté sur Tempête.

— Que se passe-t-il ? demanda-t-il avec inquiétude.

Saul vient de me raconter qu'un fou était venu faire du grabuge. Est-ce Ashley ?

— Il a enlevé Justin, s'écria Léonie en se tordant les mains de désespoir.

Ignorant la peur qui lui glaçait le cœur, Morgan rugit :

— Quelle direction a-t-il prise ?

— Julie dit qu'il a pris le chemin des marais.

Se maudissant de n'avoir pas tenu assez compte de la ténacité d'Ashley, Morgan se tourna vers Robert.

— Trouve Dominique. Il est allé chasser l'écureuil près du Bayou Noir. Vous suivrez tous les deux la piste que je tracerai.

— Je vais avec vous, déclara Léonie sur un ton sans réplique.

Voyant qu'il serait inutile de la dissuader, Morgan acquiesça d'un air résigné.

— C'est bon, dit-il en piquant les flancs de Tempête.

L'étalon bondit en avant, suivi par la jument de Léonie.

Ils repérèrent les traces des fugitifs sans difficulté car, dans sa course à travers les broussailles, le cheval avait fait une trouée visible, cassant les branches basses et ravageant le sol mou. Léonie et Morgan galopaient sans échanger un mot, chacun occupé à lutter contre ses propres démons.

Léonie avait le cerveau engourdi, refusant de laisser exploser la terreur tapie sous la surface de ses pensées. Elle savait qu'Ashley détenait son fils et qu'ils devaient le trouver au plus tôt mais, au-delà, rien n'existait qu'un vide dénué de sens et d'émotion.

Léonie ressentait la peur instinctive de toute mère pour la vie de son enfant. Morgan devait faire face non seulement à l'appréhension que lui inspirait le sort d'un enfant qu'il aimait comme son propre fils mais au souvenir terrible de la mort de Philippe. Son affreux cauchemar se réalisait et une atroce sensation de déjà vécu l'accompagnait tout le long du chemin. Chaque virage, chaque courbe de la piste sinueuse lui rappelaient cette autre course effrénée qu'il avait entreprise six ans auparavant pour voler au secours de Philippe. Quelque part, au cours de cette chevauchée terrifiante, Justin et Philippe se confondaient.

La forêt semblait se refermer sur eux ; à mesure qu'ils s'enfonçaient plus profondément dans le sous-bois, les taillis cédaient la place à un terrain marécageux. Vignes et plantes grimpantes s'accrochaient aux branches, pareilles à des serpents ; les fougères et les palmiers nains créaient un corridor à travers lequel ils s'engouffraient. Plus ils avançaient, plus le sol était fangeux. Morgan tira sur les rênes et fronça les sourcils.

— Ashley a dû se perdre, commenta-t-il. La piste est trop irrégulière.

Le visage ruisselant de sueur, les yeux agrandis par l'angoisse, Léonie demanda d'une voix blanche :

— Pourrons-nous le rattraper ?

— Oui, bien sûr que nous le rattraperons, affirma Morgan. S'il continue à suivre cette direction, il débouchera sur le bord du grand marécage et il ne pourra sûrement pas le traverser à cheval.

Il déchira un morceau de sa cravate et l'attacha autour d'une petite branche qui se balançait au-dessus de sa tête.

— Voilà qui devrait maintenir Robert et Dominique sur nos traces, ajouta-t-il.

Il jeta un coup d'œil sur Léonie et admira sa maîtrise puis, détournant son regard vers la jungle luxuriante, il hésita.

Impossible de prévoir ce qui allait se passer quand il finirait par se trouver face à Ashley. Mais il savait qu'ils avaient dépassé le stade où leurs différends pouvaient se régler rationnellement. Il était trop conscient de la haine qui se déchaînait en lui pour se comporter logiquement. Il savait aussi qu'Ashley lui-même avait franchi le seuil des réactions civilisées. Lorsqu'ils s'affronteraient, rien ne pourrait éviter l'effusion de sang.

— Je voudrais que vous attendiez mes frères ici, dit-il sans regarder Léonie.

— Non ! se récria-t-elle. Il a mon fils, Morgan.

Voyant que sa décision était irrévocable, il jura entre ses dents :

— Bon Dieu, Léonie ! Ashley peut être dangereux et, et...

Il ne pouvait lui déclarer brutalement que son fils était peut-être mort ou risquait de mourir sous leurs yeux. Il avait beau rejeter cette idée de toutes les forces de sa volonté, elle s'imposait à lui, et cette fois, ce n'était pas un simple cauchemar.

Léonie perçut le fond de sa pensée. Elle lui posa la main sur le bras.

— Je sais ce que vous essayez de m'épargner, murmura-t-elle, mais ne vaut-il pas mieux que nous l'affrontions ensemble ? Vous m'avez dit un jour qu'à nous deux nous pourrions surmonter toutes les épreuves. Je vous en prie, unissons-nous pour faire face à ce qui nous attend au bout de cette piste... si affreux que ce soit.

32

Vingt minutes plus tard, ils trouvèrent le cheval d'Ashley couché sur le flanc, estropié. A quelques centaines de mètres, Ashley et Justin se tenaient sur une langue de terre au confluent de deux bayous.

Habitué aux grands espaces découverts d'Angleterre et de France, Ashley était convaincu qu'il sortirait bientôt de l'interminable jungle qui l'enveloppait mais, à mesure qu'il avançait, la végétation devenait de plus en plus dense et il commençait à s'inquiéter.

La présence de Justin n'était pas faite pour atténuer son malaise. L'enfant ne cessait de gigoter et de se débattre en hurlant à pleins poumons :

— Descendez-moi. Vous êtes un méchant homme. Je vous hais. Descendez-moi, je vous dis !

Exaspéré, Ashley avait envisagé de l'égorger mais, comme son principal souci était de sortir de cette jungle, il s'était contenté de le gifler brutalement en grondant :

— Ferme-la, un mot de plus et je t'assomme.

Justin se tut un moment mais il recommença bientôt à se tortiller comme un ver pour échapper à l'étreinte de son ravisseur. Ashley le secoua violemment mais sans réussir à le maîtriser.

Perdu, encombré d'un petit démon, Ashley commença à désespérer et, quand son cheval se mit à boiter, il poussa un juron terrible.

— Mon papa va nous trouver maintenant ! s'exclama Justin triomphant. Il me reprendra.

Refoulant un impérieux désir de l'étrangler, Ashley mit pied à terre et le poussa devant lui.

Ils n'allèrent pas loin. Complètement désorienté, Ashley fixait des yeux l'étendue liquide qui s'étalait devant eux lorsque Justin s'écria en battant des mains :

— Papa, maman ! Je lui avais bien dit que vous viendriez me chercher.

Les traits déformés par la rage, Ashley se retourna brusquement pour leur faire face.

Il avait échoué dans un endroit sinistre : derrière lui, des marécages à perte de vue, devant lui, la jungle menaçante. Dans le lointain, se dressait un bois de caroubiers aux branches drapées de mousse tandis que les troncs des cyprès rabougris se reflétaient mystérieusement dans l'eau glauque. Des roseaux se serraient sur les berges des bayous au cours indolent. L'air était lourd et saturé d'humidité.

Une lumière très faible filtrait à travers les rideaux de mousse effilochés mais, sur une souche à moitié submergée, une tortue somnolait dans un rayon de soleil. Non loin de là, assez sembable à un morceau de bois de flottage, un grand alligator dardait ses petits yeux vitreux sur les deux silhouettes qui se trouvaient dans son champ de vision.

La voix de Justin retentit comme un chant céleste aux oreilles de Léonie et la vue de son petit corps vigoureux la plongea dans un bonheur ineffable. Le visage radieux, elle s'apprêta à lancer son cheval en avant mais Morgan la retint.

— Ashley est peut-être armé, dit-il.

— Tu as bien deviné, cria Ashley en découvrant un petit pistolet qui ressemblait à celui que portait Morgan.

Appliquant son arme sur la tempe de Justin, il ajouta :

— Je crois que, cette fois, c'est moi qui ai l'avantage, cousin. Maintenant, si vous voulez bien mettre pied à terre tous les deux et me lancer vos brides, je vous débarrasserai de ma présence.

Morgan resta immobile mais son esprit travaillait, envisageant puis écartant diverses possibilités. En constatant que Justin était vivant et apparemment indemne, il s'était senti défaillir de soulagement mais il savait que les moments les plus dangereux étaient encore à venir. Quand Ashley ne serait plus à pied, quand ils auraient accédé à ses demandes, il aurait toutes les cartes en main. Il les laisserait dans les marais et fuirait avec Justin. Il pouvait aussi emmener la mère et l'enfant après l'avoir tué lui-même. De toute façon, Justin était perdu pour eux... « A moins... à moins que je ne puisse lui faire lâcher ce pistolet », se dit-il.

— Tu ne m'as pas entendu ? cria Ashley avec impatience. Je t'ai dit de descendre de cheval et de me lancer les brides. Dépêche-toi ou tant pis pour le môme.

Les cauchemars du passé et du présent se fondirent en une vision horrifiante. Morgan sentait une sueur froide lui couler le long de l'échine. Un cri d'angoisse montait du tréfonds de son être. Il avait laissé assassiner son propre fils. Il ne pouvait laisser Justin subir le même sort. Ses mains se crispèrent sur les rênes de Tempête qui piaffait nerveusement.

Léonie se laissait déjà glisser à bas de son cheval sans quitter Justin du regard. Morgan savait qu'il n'avait pas un instant à perdre. Il ne voyait qu'une solution et cette solution mettait en jeu la vie de Justin ; mais si Ashley réussissait à s'échapper avec lui, l'enfant mourrait de toute façon. Morgan talonna brusquement les flancs de Tempête. L'étalon hennit de rage et se cabra puis il fonça en avant.

Pris par surprise et menacé d'être écrasé par la masse de mille kilos qui se lançait sur lui, Ashley lâcha l'enfant et braqua son pistolet sur Tempête. Il tira et manqua l'étalon mais la balle érafla Morgan à la tempe. Sans se laisser arrêter par le sang qui jaillissait de sa blessure, Morgan sauta à bas de Tempête et saisit Ashley à la gorge, pendant que Justin se précipitait vers sa mère.

Les deux hommes roulèrent ensemble sur le sol trempé, enlacés dans une étreinte mortelle. Comme il ne pouvait recharger son pistolet, Ashley jeta son arme inutile et s'efforça de se dégager des mains qui l'étranglaient.

Bien qu'il fût à demi aveuglé par le sang qui ruisselait de sa tête, Morgan avait trop soif de vengeance pour laisser échapper sa proie. L'hémorragie prenait des proportions alarmantes et il se sentait défaillir.

Ashley s'en rendait compte. Dans un sursaut d'énergie, il parvint à placer ses paumes sous le menton de l'adversaire et, d'un mouvement puissant, il le força à lâcher prise. Aspirant l'air à pleins poumons, il assena un violent coup de poing sur la tête de son cousin.

A quelques pas de là, Léonie assistait avec angoisse à leur duel. D'une main, elle caressait la tête de Justin enfouie dans ses jupes et, de l'autre, elle serrait la grosse branche qu'elle venait de ramasser. La lutte était trop furieuse et trop rapide pour qu'elle puisse trouver une occasion de frapper Ashley sans atteindre Morgan. Sa main se crispa sur la branche, attendant le moment propice.

Les deux hommes se livraient un duel à mort. Ashley avait le léger avantage d'être indemne mais Morgan était galvanisé par la pensée que, s'il était vaincu, Léonie et Justin seraient à la merci de son cousin.

Suffoquant dans l'air lourd et humide, ils se battaient sur le bord du bayou. Rassemblant ce qui lui restait de forces, Morgan envoya Ashley rouler dans l'eau sombre. Arraché à sa somnolence, le grand alligator se glissa paresseusement vers la cause de ces remous.

Légèrement ranimé par son plongeon, Ashley se redressa. Il avait de l'eau jusqu'à la poitrine. Il regarda Morgan qui pataugeait en chancelant dans la vase. Il semblait clair que son cousin commençait à s'épuiser. S'il pouvait l'attirer près de lui, il lui serait facile de le noyer.

— Tu ne me battras jamais à cette distance, cousin, cria-t-il. Si tu tardes trop, tu vas te vider de ton sang. Alors, dépêche-toi.

Morgan s'avança de quelques pas. Ashley avait raison. Il devait en finir au plus tôt. Il serra les poings et chercha à repérer la position de l'ennemi dans le bayou.

Ashley s'était enfoncé un peu plus. L'eau lui arrivait aux épaules.

— Viens donc, ricana-t-il. Qu'il ne soit pas dit que tu es un lâche !

Morgan lui lança un regard de haine. C'est alors qu'il aperçut la forme sinueuse du saurien à moins d'un mètre d'Ashley. Avant qu'il ait eu le temps de pousser un cri, l'alligator accéléra son allure, ouvrit ses puissantes mâchoires et les referma sur le bras d'Ashley, juste au-dessous de l'épaule. Morgan entendit un hurlement et resta glacé d'horreur pendant que le reptile, avec ce mouvement ondoyant particulier à son espèce, fouettait sa proie encore et encore avant de l'entraîner dans les eaux insondables du bayou. Tout s'était passé en moins de temps qu'il n'en faut pour le dire. Pendant une seconde, l'eau avait été violemment agitée et l'instant d'après seules quelques rides troublaient sa surface. Il ne restait même pas une trace de sang pour marquer le passage du prédateur et de sa victime.

Épouvanté, incapable de détourner les yeux du point où son cousin avait disparu, Morgan sortit de l'eau à reculons.

— Jamais je n'aurais condamné personne à un sort pareil, pas même Ashley, murmura-t-il avant de tomber sans connaissance aux pieds de Léonie.

Lorsque Robert et Dominique les rejoignirent, une heure plus tard, il était toujours évanoui et il le resta pendant le lent voyage de retour à la plantation. Cependant, une fois baigné, soigné, couché, il battit des paupières puis, brusquement, il ouvrit les yeux et promena autour de lui un regard terrifié. Enfin, à la vue de Léonie, calmement assise à son chevet, il poussa un soupir de soulagement.

— J'avais peur..., murmura-t-il, peur que vous ne soyez pas là... peur d'avoir rêvé que tout s'était bien terminé.

Léonie lui sourit avec tendresse.

— Ce n'était pas un rêve, Morgan, tout ira bien maintenant.

Ils ne soufflèrent mot de la mort d'Ashley. Elle avait été atroce et, bien que Morgan eût souhaité une fin moins tragique, il ne pouvait pleurer son cousin. Il aurait préféré libérer Léonie par des moyens moins violents mais, avec la disparition d'Ashley, rien ne s'opposait plus à leur mariage.

Ils convolèrent en justes noces dix jours plus tard, à la date qui aurait dû être leur sixième anniversaire de mariage. La cérémonie se déroula dans la plus stricte intimité. Ils expliquèrent aux curieux qu'ils voulaient simplement renouveler leurs vœux.

Ce soir-là, couchée près de Morgan, le corps comblé, Léonie murmura rêveusement :

— Je me demande ce qui se serait passé si grand-père s'était adressé à vous au lieu de faire sa proposition à Ashley.

Morgan la serra contre lui.

— Nous aurions vécu six ans ensemble au lieu de deux mois.

Léonie effleura du doigt les contours de sa poitrine musclée.

— Voulez-vous dire que, s'il vous avait offert ma main, vous auriez accepté ?

Morgan lui déposa un baiser sur le front.

— Exactement. A l'époque, je ne songeais pas le moins du monde à me marier mais je me connais assez pour savoir que, s'il avait abordé la question, la curiosité m'aurait poussé à faire au moins votre connaissance. Et une fois que je vous aurais vue... je sais que j'aurais accepté n'importe quoi pour vous avoir. Je vous aurais épousée avec ou sans cette sacrée dot.

Léonie l'étreignit passionnément.

— Ô mon cœur ! Quel dommage qu'il se soit trompé de Slade. Nous avons perdu six ans d'amour.

Il se pencha sur elle et leurs sens embrasés les transportèrent de nouveau sur les ailes de l'extase.

Quelques jours plus tard, Morgan remercia le ciel de lui apporter tant de bonheur. Léonie était sa femme, Justin était un fils selon son cœur et, autour de lui, tout semblait prendre exactement la forme qu'il souhaitait.

Il restait beaucoup de travail à faire sur la plantation mais, dans l'ensemble, Morgan était assez satisfait des progrès accomplis. Il était en train de revoir les plans de construction de deux ailes de chaque côté de la maison et, jetant un coup d'œil sur sa montre, il s'aperçut que l'heure du déjeuner approchait. La petite croix en or toujours accrochée à sa chaîne retint un instant son attention ; un sourire rêveur effleura ses lèvres. « Quelle brute j'étais à l'époque, songea-t-il, et que je suis heureux depuis que Léonie et Justin font partie de ma vie... sont ma vie. » Désireux d'effacer tous les souvenirs qui pouvaient lui rappeler l'être dur et cynique qu'il avait été, il détacha la croix et la glissa dans sa poche. Elle ferait peut-être plaisir à l'une des servantes.

Il rangea ses plans et se mit en quête de Léonie. Il la trouva dans l'entrepôt où elle triait les divers objets accumulés au cours des années. Elle avait une tache sur le bout du nez et ses cheveux épars retombaient sur ses épaules. Sa robe rose était maculée de poussière mais, aux yeux de Morgan, elle était plus belle que jamais.

— Y a-t-il beaucoup de choses que vous désiriez conserver ? demanda-t-il.

Elle soupira :

— Non, l'humidité a abîmé les quelques objets qui présentaient encore un peu d'intérêt. Malheureusement, après la mort de grand-père, j'ai été obligée de vendre tout ce qui gardait un minimum de valeur pour payer les dettes.

Morgan se mordit les lèvres. Maudit Ashley! Sans lui, elle n'aurait jamais été acculée à cette extrémité. Se détournant pour cacher la colère qui pouvait se refléter sur son visage, il se dirigea vers un coin où s'entassaient des chaises. Sur le haut de la pile, il remarqua quelques tableaux posés en équilibre précaire. Il en descendit un.

— Qui représentent ces portraits ? questionna-t-il en plaisantant. Vos illustres ancêtres ?

Léonie lui fit la grimace.

— Parfaitement, répliqua-t-elle. Celui-là, c'est ma mère.

Curieux de voir la femme qui avait donné naissance à sa bien-aimée, Morgan examina longuement le portrait. Il reconnut les cheveux fauves et les yeux verts pleins de mystère qui l'avaient fasciné.

— Je pourrais les faire restaurer, murmura-t-il, et nous les accrocherions dans l'une des ailes neuves.

— J'en serais très heureuse, répondit-elle avec un sourire un peu triste. Je n'ai pas connu ma mère mais j'aimerais garder un souvenir d'elle.

Avec une sorte de respect, elle posa le doigt sur la petite croix qui ornait la poitrine de sa mère.

— Mon père l'a fait faire spécialement pour commémorer ma naissance. C'était la seule chose qui me restait d'elle.

Le regard de Morgan se posa sur l'objet en question. Il eut brusquement la sensation de recevoir un coup dans l'estomac. Les yeux fixés sur la croix, il demanda d'une voix étranglée :

— Qui vous restait ? Vous l'avez donc perdue ?

Le visage de Léonie s'assombrit.

— Oui, répondit-elle, je l'ai perdue... mais il y a bien longtemps et je préfère ne plus y penser.

Morgan l'agrippa par le bras et la força à lui faire face. Il essaya désespérément d'évoquer le souvenir de cette nuit où une prostituée vierge était entrée dans la chambre qu'il occupait chez le gouverneur.

Remarquant sa pâleur, Léonie s'inquiéta.

— Que se passe-t-il, mon cœur ? questionna-t-elle.

Morgan avala péniblement sa salive.

— Où et quand l'avez-vous perdue ? articula-t-il.

— Je l'ai perdue chez le gouverneur, avoua-t-elle. La nuit où Gayoso est mort.

— Comment ? insista Morgan en la secouant rudement.

Elle le défia du regard.

— Je voulais m'emparer des reconnaissances de dettes que grand-père signerait cette nuit-là. J'ai attendu que tout le monde soit parti. Alors je me suis glissée à l'intérieur. Je me suis perdue et, en essayant de trouver une issue, je suis entrée dans une chambre...

Au souvenir de ce qui s'était passé dans cette chambre, elle se sentit pâlir.

— Je ne veux pas en parler, reprit-elle. Je vous ai dit que la nuit où j'avais été violée je me trouvais dans un endroit où je n'aurais pas dû être. Pourquoi me contraignez-vous à revenir sur ce sujet pénible ? Cet événement appartient au passé. Il est enterré, oublié. Il n'a aucun rapport avec nous.

— Mais je ne savais pas que nous parlions de la même nuit... de la nuit où vous avez perdu votre virginité et où Justin a été conçu, dit Morgan avec une douceur infinie.

Elle se dégagea avec colère.

— Bah ! C'est sans importance à présent.

Les éclats de rire de Justin qui jouait dehors leur parvenaient aux oreilles. Morgan écouta avec ravissement la voix de son fils. La gorge serrée, les yeux voilés par l'émotion, il reprit d'une voix rauque :

— Moi aussi, j'étais chez le gouverneur, cette nuit-là. Le saviez-vous ?

Léonie le regarda, indécise.

— Non, je ne le savais pas.

— Gayoso avait promis de m'envoyer une femme, murmura Morgan. Et quand j'ai vu une femme entrer dans ma chambre, j'ai supposé qu'elle venait de sa part.

Léonie se raidit, les yeux agrandis par la surprise. Sans lui laisser le temps d'ouvrir la bouche, Morgan poursuivit :

— Je me rappelle seulement qu'elle avait des cheveux lumineux et qu'elle était très jeune. C'est seulement après sa fuite que j'ai découvert qu'elle était vierge... Elle m'a aussi jeté mon argent à la figure, ajouta-t-il avec une tendresse bourrue.

Léonie était blême. Des larmes de bonheur lui montaient aux yeux.

— C'était vous ! s'exclama-t-elle, d'un ton mi-accusateur, mi-joyeux.

Sans répondre, il sortit la petite croix de sa poche et la lui présenta sur sa paume ouverte.

— Je crois que ceci est à vous, dit-il avec émotion.

Un rayon de soleil tomba sur la croix qui brilla d'une vive lumière, une lumière aussi dorée que le serait leur avenir.

TABLE

Aventures et Passions

Quand les passions se déchaînent, quand elles entraînent des êtres prêts à tout pour les vivre dans un tourbillon d'aventures tumultueuses, elles sont dans la collection Aventures et Passions.

De l'Angleterre moyenâgeuse à la Louisiane déchirée par la guerre de Sécession, des îles Caraïbes aux rivages de l'Inde, Johanna Lindsey, Julie Garwood, Jennifer Blake, Kathleen Woodiwiss et tous les meilleurs auteurs du genre dressent pour vous des décors historiques somptueux. Suivez les aventures de leurs héroïnes rebelles que seul l'amour parvient à dompter.

BITTNER Rosanne

Pionnière au Montana
3970/6 Inédit

BLAKE Jennifer

Sérénade en Louisiane
3169/5
Les chaînes de l'amour
3240/5
Un éden sauvage
3347/6
Le vengeur créole
3415/5
Le temps d'une valse
3758/5

Bien qu'ayant fait un mariage de convenance, Amélie n'aura pourtant de cesse qu'il soit consommé. Mais au matin, elle s'apercevra qu'elle a pris, sans le savoir, un amant !

BRANDEWYNE Rebecca

La lande sauvage
3018/5
Duel sur la lande
3055/4
Pour l'amour d'un comanchero
3159/7
La passion du conquistador
3285/5

Pour échapper aux intrigues perverses de Don Rodolfo, Aurora est prête à s'enfuir au bout du monde !

Les amants hors la loi
3397/6
Un mari en héritage
3543/5
La prisonnière du drakkar
3907/5 Inédit

BUSBEE Shirley

Le quiproquo de minuit
2930/5
Au-delà du pardon
2957/5
L'appel de la passion
3056/8
Sous le sceau de l'amour
3287/7

CAMDEN Patricia

Sous la coupe du Sultan
3704/6 Inédit
Le fils du diable
3868/5 Inédit

COPELAND Lori

Hannah l'indomptable
3260/2
Les traîtrises de l'amour
3414/5
La piste de la vengeance
4061/4 Inédit

COULTER Catherine

Esclave du Viking
4023/5 Inédit

DAILEY Janet

Le solitaire
1580/4

DEVERAUX Jude

La saga des Montgomery
- Les yeux de velours
2927/5
- Un teint de velours
3003/5
- Une mélodie de velours
3049/4
- Un ange de velours
3127/4

Les dames de Virginie
- Kidnappée par erreur
3180/5
- La fiancée délaissée
3181/4
- Mariage forcé
3182/5
- Le pays enchanté
3372/5

Duel de femmes
3447/4
L'homme au masque
3523/4
Les entraves de l'amour
3643/5
La duchesse infidèle
3683/6 Inédit
Un mari par procuration
3794/4

Directrice d'une agence matrimoniale, Carrie tombe amoureuse d'un de ses clients en voyant sa photo...

La tentatrice
3889/5 Inédit

A vingt-huit ans, Christiana n'est toujours pas mariée. De plus, elle est résolue à faire carrière comme reporter. Est-ce là un métier pour une jeune fille de bonne famille ? Furieux, son père engage deux hommes pour la ramener à la maison. Tynan et Asher parviendront-ils à remplir leur mission ?

L'éveil d'Amanda
4045/4

Aventures et Passions

FEATHER Jane

La favorite du sérail
3448/6
A Grenade, à la fin du XVe siècle, la belle Sarita succombe au charme d'Abdul, le seigneur maure qui règne sur l'Andalousie. Cependant dans le sérail de l'Alhambra, de sombres complots se trament contre la favorite.

La nuit de Saint-Petersbourg
3560/6

La favorite afghane
3664/7 Inédit
Muté par ses supérieurs en Afghanistan, le capitaine Kit Ralston de l'armée britannique ne s'attendait certes pas au charmant spectacle d'une ravissante jeune femme indigène, se baignant nue dans une rivière ! Mais la belle Ayesha est la favorite du cruel Akbar Khan...

FINCH Carol

Aveuglée par l'amour
3777/6

Séduction au clair de lune
3946/6 Inédit

GARLOCK Dorothy

Le métis apache
3594/5

GARWOOD Julie

Sur ordre du roi
3019/5

Un ange diabolique
3092/5

Un cadeau empoisonné
3219/5

Désir rebelle
3286/5

La fiancée offerte
3346/5

Le secret de Judith
3467/5

Un mari féroce
3662/6 Inédit

Le voile et la vertu
3796/5

HAGAN Patricia

Violences et passions
3201/6

Folies et passions
3272/5

Gloires et passions
3326/6

Fureurs et passions
3398/5

Splendeurs et passions
3541/5

Rêves et passions
3682/6 Inédit

Honneur et passions
3756/5

Triomphe et passions
3847/5

HANNAH Kristin

Pépites d'or
4004/7 Inédit

HAZARD Barbara

L'aventurier des Bermudes
3703/7 Inédit

Coup monté
3811/6

HENLEY Virginia

La colombe et le faucon
3259/5

La fleur et le faucon
3416/6

La rose et le corbeau
3522/5

Les amants secrets
3641/7 Inédit

Mariage à l'essai
3866/7 Inédit

La travestie de Venise
3969/7 Inédit
Pour éviter que la propriété familiale ne tombe aux mains d'un cousin sans scrupules, Antonia prend l'identité de son frère jumeau, disparu en mer. C'est alors qu'arrive son tuteur, Adam Savage, un aventurier qui a fait fortune à Ceylan. Trouvant le jeune Tony trop timoré, il entreprend de faire son éducation...

JOHANSEN Iris

Prince de cœur
3757/7
Dans l'Inde de l'époque coloniale, l'intrépide Jane Barnaby dirige la construction d'une voie ferrée et connaît une passion tumultueuse auprès du beau Ruel, un aventurier écossais.

JOHNSON Susan

Proposition malhonnête
3542/5

Le séducteur sauvage
3642/6 Inédit

Les enchères de la passion
3705/7 Inédit

JOYCE Brenda

Le fier conquérant
3222/5

Des feux sombres
3371/5

Candice la rebelle
3684/7 Inédit

KLEYPAS Lisa

Par pure provocation
3945/5 Inédit
Arrogante et provocatrice, Lily Lawson semble prendre plaisir à choquer la bonne société londonienne. Au point que sa famille, outrée par ses extravagances, ne la reçoit plus. Lily va même jusqu'à tenter de séduire le fiancé de sa sœur, le hautain Lord Alex Raifort. Mais le secret de sa conduite scandaleuse ne réside-t-il pas dans une terrible blessure ?

L'ange de minuit
4062/4 Inédit
Condamnée à mort pour le meurtre de son fiancé, un pervers qu'on a retrouvé égorgé, Tasia parvient à s'enfuir de Russie et gagne l'Angleterre. Sous un nom d'emprunt, elle entre comme gouvernante au service de Lord Stokehurst. Celui-ci succombe peu à peu au charme exotique de la mystérieuse jeune femme.

Aventures et Passions

LANDIS Jill Marie
L'héritage de Jade
3449/6

LINDSEY Johanna
Samantha
2533/3
Esclave et châtelaine
2925/4
La révoltée du harem
2956/6
La fiancée captive
3035/4
Les feux du désir
3091/5
La Viking insoumise
3115/5
Un si doux orage
3200/4
Un cœur si sauvage
3258/4
En recherchant son père disparu en territoire comanche, Jessica va découvrir la passion dans les bras de son guide, Chandos.
Epouse ou maîtresse ?
3304/3
Captifs du désir
3430/4
Une fiancée pour enjeu
3593/5
Paria de l'amour
3725/4
Les frères Malory
- Passagère clandestine
3778/5
- Le séducteur impénitent
3888/4 Inédit
- Tendre rebelle
4003/4 Inédit
Fuyant son cousin qui veut s'emparer de sa fortune, Roslynn, une ravissante écossaise de vingt ans, débarque à Londres en 1818. Il lui faut d'urgence trouver un mari pour la protéger car son cousin semble prêt à tout. Mais le bel Anthony Malory, qu'elle rencontre au cours de son premier bal, est un célibataire endurci !

LOWELL Elizabeth
Poker menteuse
3726/5
Aventure dans les Rocheuses
3988/4 Inédit

McKINNEY Meagan
L'enchanteresse perverse
3239/5
L'ange de la vengeance
3373/5
Le corsaire des Caraïbes
3490/5
Le secret de la passion
3795/6
Le secret de la veuve
3923/6 Inédit

McNAUGHT Judith
Les machinations du destin
3399/7
Incorrigible séducteur, le duc Jordan ne croit pas à l'amour. Pourtant il décide un jour de se marier avec une inconnue, par simple reconnaissance : elle lui a sauvé la vie. Mais Alexandra est ravissante et elle a de l'esprit !
Compromise
3521/6
La scandaleuse
3741/5
L'amant de l'ombre
3810/7
Que faire lorsque votre fiancé vous a abandonnée et qu'un beau ténébreux demande à être consolé d'une expérience conjugale malheureuse ?

MATTHEWS Patricia
La promesse sauvage
2987/5
Les trois amours de Rachel
3160/6
Le déchaînement des passions
3348/5

MICHAELS Fern
Passions captives
3492/7
Dans la tourmente du désir
3575/8

MILLER Linda Lael
Pendue ou mariée
3614/4
L'épouse yankee
3867/5 Inédit

MORSI Pamela
La liaison scandaleuse
4021/5 Inédit

NERI Penelope
Séductrice en guenilles
3562/8
La captive du Sahara
3644/7 Inédit

O'BANYON Constance
L'amante masquée
3428/6

O'GREEN Jennifer
Prisonnière du roi
2981/5

ORWIG Sara
La belle d'Albuquerque
3890/4 Inédit
La belle de La Nouvelle-Orléans
3968/6 Inédit

POTTER Patricia
Le flambeur du Mississippi
3468/6
Sans foi ni loi
3561/5

QUICK Amanda
La séductrice inattendue
3491/5
La dame voilée
3612/5
Etrange passion
3921/4

Aventures et Passions

REDD Joanne
La fiancée du désert
2926/4
Le rêve chimère
2980/5
L'aventurière de Fort Alamo
3328/5
Danse avec le feu
3429/4
La fiancée apache
3663/6 Inédit

ROBARDS Karen
Désirs fous
2928/5
La lune voilée
2979/5
Mississippi belle
3070/4
Le brigand aux yeux d'or
3142/5
Promise au bûcher
3221/5
Esclave de personne
3327/5
Les sortilèges de Ceylan
3466/5

ROGERS Rosemary
Amour tendre, amour sauvage
952/4
Le grand amour de Virginia
1457/4
Pour se venger de son mari, qu'elle soupçonne de lui être infidèle, Virginia s'embarque à Cuba avec un don Juan notoire. Au cours d'une escale dans un petit port, un tremblement de terre va bouleverser sa vie.
Le métis
2392/5
Esclave du desir
2463/5
Le désir et la haine
2577/7

RYAN Nan
Esclave de soie
2929/5
Le prince aztèque
3071/5
La légende de l'amour
3247/5
Le ravisseur indien
3574/6
L'amour pour mission
3846/5 Inédit
A la recherche de son frère disparu, Kay arrive à San Francisco en 1883. Elle découvre bientôt avec horreur que la maîtresse de ce dernier travaille dans un saloon comme... danseuse nue !

SMALL Béatrice
La captive d'Istanbul
3613/6
Chassé croisé
3776/7
Des brumes d'Ecosse aux rives d'Istanbul, quatre hommes se disputent le cœur et le corps de la belle Cat.

SMITH Bobbie
Capture mon cœur
3922/6 Inédit

SPENCER LaVyrle
N'aimer qu'une fois
3906/6 Inédit
Cache-cache amoureux
4046/6 Inédit

STUART Anne
Désirs masqués
3845/5 Inédit
Séducteur sans scrupule
4002/5 Inédit

SUTCLIFFE Katherine
Un défi amoureux
3592/4

TRENT Lynda
Coup de patte
3509/6
Jumelles et rivales
3724/6

WEYRICH Becky Lee
Le vent brûlant de Bombay
3036/5
Le chardon et la rose
3110/6
La proie du pirate
3158/5
Lune gitane
3202/5
Le bal masqué de Géorgie
3303/5
L'esclave de l'empereur
3905/5 Inédit

WIGGS Susan
Le renégat
3944/6 Inédit
Le lys et le léopard
4022/6 Inédit

WOODIWISS Kathleen
Quand l'ouragan s'apaise
772/4
Le loup et la colombe
820/4
Shanna
1983/5
Cendres dans le vent
2421/7
Qui es-tu, belle captive ?
2998/6
L'inconnue du Mississippi
2509/3
A la cour du tsar
4047/6
Orpheline, Zinovia reçoit du tsar l'ordre de rejoindre Moscou : il est inadmissible qu'une jeune aristocrate reste seule sur ses terres. Elle doit être mariée au plus vite à un homme de son rang. Mais sur la route de Moscou surgit unne horde de brigands, menée par le cruel Ladislas. Un simple regard sur sa superbe prisonnière et voilà Ladislas conquis : Zinovia sera sa maîtresse, de gré ou de force.

Amour et Destin

Des femmes exceptionnelles découvrent dans l'amour le sens de leur vie. Elles iront jusqu'au bout de leur quête, quel qu'en soit le prix. Héroïnes modernes, elles ont décidé de prendre en main leur destin et de l'assumer, dans un monde trop souvent hostile.

BENNETT ELIZABETH
Le balancier du cœur
3598/6
Jolie, douée mais obèse et malheureuse, Janie quitte un jour la Nouvelle-Angleterre pour devenir directrice artistique dans une agence de publicité new-yorkaise. Elle y gagnera son indépendance, perdra les kilos qui la gênaient et surtout découvrira, après quelques errances, le véritable amour.

Cœurs et âmes
3971/5 Inédit
Que cache la mort de Miranda, célèbre et richissime présentatrice de télévision, qui lègue toute sa fortune à sa sœur ? Cassie va tenter de découvrir les secrets des hommes d'affaires qui l'entouraient. Mais elle tombe bientôt dans les bras de son séduisant beau-frère. Est-ce un piège tendu à Cassie pour détourner son attention ?

BENZONI JULIETTE
Le Gerfaut
– Le Gerfaut
2206/6
– Un collier pour le diable
2207/6
– Le trésor
2208/5
– Haute-Savane
2209/5

BINGHAM CHARLOTTE
Ombre et lumière
3493/7 Inédit

BLAKE JENNIFER
Les secrets du passé
3323/6
Dans le décor luxuriant de La Nouvelle-Orléans, les passions se déchaînent autour de Riva, prisonnière d'un mystérieux passé.

Délices et fureurs
3525/6
Le parfum de la passion
3759/6

BRISKIN JACQUELINE
C'est écrit dans le ciel
3139/7
Au sommet de sa gloire, Alyssia del Mar, star secrète et fascinante, convoque les Cordiner. Elle a fait autrefois partie de cette famille de magnats du cinéma. Ils l'ont humiliée et elle a décidé de se venger...

Cœurs trahis
3431/7

BROWN SANDRA
French Silk
3472/7
Des secrets bien gardés
3617/6
Substitution ?
3666/6 Inédit
Texas !
– Le destin de Lucky
3282/3
– Le destin de Rocky
3432/3
– Le destin de Sally
3563/3
Le souffle du scandale
3727/7
En quelques heures, trois voyous sans scrupules font basculer la vie de Jade dans l'horreur. Désormais, elle n'aura plus qu'un but : se venger. Dillon parviendra-t-il à lui redonner le goût du bonheur ?

CLARKE BRENDA
Au-delà du monde
3618/5
Qui était cet homme auprès de qui elle a vécu durant vingt-cinq ans ? Rowland l'a-t-il vraiment aimée ?

COOKSON CATHERINE
Le bonheur secret d'Emma
3343/5
Dès son plus jeune âge, Emma a compris qu'un seul homme compterait pour elle : le pasteur Henri Grainger.

Les tourments d'Annabella
3487/7

DAILEY JANET
Le mal-aimé
1900/4
Prisonniers du bonheur
2101/4
Le triomphe de l'amour
2430/5

DEJONG LINDA RENÉE
Illusions brisées
3395/6

DELINSKY BARBARA
Une femme trahie
3396/7
Lorsque Jeff, son mari, disparaît brusquement, Laura se trouve confrontée à une situation financière catastrophique. Avec horreur, elle comprend alors qu'elle vivait auprès d'un inconnu.

La quête de Chelsea Kane
3450/6
Empreintes
3576/6
Un moment d'égarement
3728/7
Le mystère de Mara
3972/7

Amour et Destin

DE MAREZ MARNIE
'épouse indésirable
686/5 Inédit
In mari sous contrat
019/5 Inédit
n découvrant qu'il est ruiné, eynald, duc de Wedgwood, se etrouve à la merci de son prin- pal créancier. Lorsque ce der- ier exige qu'il épouse une de es filles, Reynald est contraint e s'exécuter. Et le charme de la avissante Lydia ne parviendra as à l'attendrir. C'est du moins e qu'il a décidé...

DEVERAUX JUDE
ntre ses mains
544/6 Inédit
a patience récompensée
843/2 Inédit
ccords parfaits
942/3 Inédit

EDMONDS LUCINDA
ous le charme
001/8 Inédit
dix-sept ans, Maddie a hérité de grâce et du talent de sa mère, anseuse étoile tragiquement dis- arue. Lorsque, marchant sur ses aces, Maddie est acceptée dans corps de ballet de l'Opéra de ondres, ses rêves s'écroulent. Le onde de la danse est impi- yable et la jeune fille, cible des lousies et des rivalités, va en ayer le prix fort...

FIELDING JOY
es amours déchirées
545/5

GOLDREICH GLORIA
encontre
471/5

HEATH LORRAINE
ntre deux flammes
044/6 Inédit

HOAG TAMI
'homme des marais
706/5 Inédit

JAGGER BRENDA
L'amour revient toujours
3390/5

KRENTZ JAYNE ANN
Le petit-fils prodigue
3707/5 Inédit
Un mariage blanc
3797/5 Inédit
Talents cachés
3943/6 Inédit
Qui aurait pu croire à une telle rencontre ? Serenity est épiciè- re, spécialisée dans les produits bio. Calec, un jeune loup de la finance. Pourtant, Serenity va découvrir les drames secrets de cet homme, mais aussi ses talents cachés. Seul, le grand amour peut unir ces êtres que tout semble séparer.

LAIMAN LEAH
La richesse du cœur
3887/4 Inédit
Héritier des usines automobiles D'Uberville Motors, Andrew est fiancé à Bethany Havenhurst : un mariage de raison plus que d'amour. Mais un soir d'été, au bord du lac de Millpond où doit être édifiée une nouvelle usine, il rencontre Samantha Miles, mécanicienne et simple employée de l'entreprise...

LAKER ROSALIND
Reflets d'amour
2129/5 Inédit
Le sentier d'émeraudes
2351/6
Splendeur dorée
2549/5

LAROSA LINDA
Princesse Alexandra
3358/7
Par un beau matin d'été de 1868, une jeune femme s'enfuit du domicile conjugal, en Autriche, et se réfugie à Paris, sous une fausse identité. C'est Alexandra, cousine de l'empe- reur François-Joseph...

MACOMBER DEBBIE
L'amour par petite annonce
3865/5 Inédit
Débordé par ses trois neveux orphelins, dont il a désormais la charge, Travis, célibataire endurci, se résoud à passer une annonce matrimoniale. Parmi toutes les réponses qu'il reçoit, une lettre retient son attention : celle de la timide et solitaire Mary. Mais peut-on trouver l'amour par petite annonce ?

Des anges passent
3987/5 Inédit
Ne vous posez plus de questions sur le sexe des anges : le problè- me est ici résolu. Ce sont de charmantes jeunes femmes que leur patron, l'archange Gabriel, envoie sur terre pour exaucer nos prières. Monica cherche un mari, Léah veut un bébé, Shirley cherche un père pour son fils. Les anges vont les aider à trou- ver le bonheur.

MANSELL JILL
Malentendus
3685/6 Inédit
Pour la magie d'un baiser
3779/6
Trois femmes en quête du bon- heur...
Troublante différence
3904/7 Inédit
Las de ses liaisons successives avec des top models au corps parfait et au cœur vide, le pho- tographe Guy Cassidy s'interro- ge sur sa vie et sur les femmes, lorsqu'il rencontre les sœurs Vaughan...

Amour et Destin

McNAUGHT Judith
L'homme qui haïssait les femmes
3665/4 Inédit
Où tu iras, j'irai
3760/6
Lorsqu'un inconnu vous demande de tout abandonner pour le suivre à Porto Rico, on a certes le droit d'hésiter...

MORSI Pamela
Amour pour rire
4043/5 Inédit
Fille d'un pasteur, en Oklahoma, Tulsa se croit laide. De plus, le médecin sur lequel elle a jeté son dévolu, vient de l'éconduire. Grave humiliation, à laquelle son ami Luther décide de remédier : pour faire cesser les commérages, les jeunes gens prétendront qu'ils sont fiancés.

PEARSON Michael
Une femme d'argent
3359/5
De New York à Londres; en ce début de siècle, l'irrésistible ascension de Victoria dans le monde de la haute finance.

PLAIN Belva
Les trésors de la vie
3524/7

QUIN-HARKIN Janet
Grace au ciel
3812/5

RENICK Jeane
Fais-moi confiance
3597/6
L'enfant de la dernière chance
3742/6
Un bébé ! Cette idée obsède Marielle, à qui la nature ne laisse plus beaucoup de temps. Après mille péripéties, elle aura enfin ce qu'elle veut, et le bonheur en prime.

Le regard de Leanna
3844/6 Inédit

SAWYER Meryl
Méfiez-vous des inconnus
3780/8
Promets-moi l'amour
3903/6 Inédit

SELINKO Annemarie
Désirée
3374/5 & 3375/5

SIMPSON Pamela
Revers de fortune
3451/7

SMITH Deborah
L'amour par Miracle
3564/7 Inédit
Le saule bleu
3645/7 Inédit
Le rubis de Pandora
3886/6 Inédit

SPENCER Lavyrle
Doux amer
2942/7 Inédit
Demain le bonheur...
3798/8 Inédit
En 1917, Lannie rejoint son nouveau poste d'institutrice dans le Dakota. La jeune femme va découvrir les grandes plaines du Middle West, des gens simples et vrais, et trouver l'amour.

Chambre à part
3919/7 Inédit
La voix du cœur
4020/4 Inédit

TAYLOR Lucy
Les années de feu
3646/6 Inédit

THIERY Alain
La chirurgienne
3880/6

THOMAS Rosie
Célébration
3357/5
Œnologue réputée, Bell est fermement décidée à faire carrière dans un monde habituellement fermé aux femmes. L'amour va, toutefois, orienter différemment son destin.

La belle conquérante
3510/9

WEBB Peggy
Un amour de dauphin
3920/5 Inédit
Né avec la maladie bleue, Jeffy est, à quatre ans à demi-paralysé et enfermé dans un mutisme absolu. Pour le sortir de son silence et de sa dépression, Susan, sa mère, l'emmène au Centre de Recherches Océaniques, où s'ébattent les dauphins. C'est là qu'elle rencontre Paul Tyler, un chirurgien au passé douloureux.

La passion d'Aigle Noir
4060/6 Inédit
Tout juste diplômée de la faculté de médecine, Kate Malone a accepté le poste qu'on lui propose dans une réserve indienne de l'Oklaoma. Dès son arrivée, elle s'éprend d'Aigle Noir, le fils du chef de la réserve. Mais leur liaison dérange la population de la réserve, qui n'est guère favorables aux mélanges raciaux, et un incendie criminel ravage bientôt le dispensaire de Kate.

Barbara Cartland

Samantha des années folles
1144/2
Comtesse Natacha
1145/2
L'amour joue et gagne
1360/2
Les deux cousines
1384/3
Vanessa retrouvée
1385/2
Rencontre à Lahore
1401/2
Un baiser pour le roi
1426/2
Lune de miel au Rajasthan
1440/2
Fortuna et son démon
1454/2
Les vibrations de l'amour
1608/2
Duchesse d'un jour
1609/2
Un amour de légende
1747/2
Ola et le marquis
1775/2
Le festin secret 1776/2
La force d'une passion
1990/1
La revanche du cœur
2005/1
La puissance d'un amour
2030/2
Idylle à Calcutta 2049/2
Le marquis et l'ingénue
2068/2
Un amour conquérant
2145/2
Un éternel enchantement
2230/2
Le choix du prince 2242/2
Loin de l'amour 2243/2
La gondole d'or 2286/2
Toujours plus haut l'amour
2301/2
Le chemin de l'amour
2318/2
Le portrait de l'amour
2367/2
La perfection de l'amour
2401/2
L'irrésistible charme d'Helga
2429/2
La magie de l'amour
2446/2
Le jardin de l'amour
2447/2
Dans les bras de l'amour
2465/2
Evasion pour le bonheur
2548/1
Une douce tentation
2627/2
Lilas blanc
2701/2
Passions victorieuses
2757/2
Pour une princesse
2776/2
Dangereuse passion
2777/2
L'amour victorieux
2796/1
Juste un rêve
2812/2
Amour, argent et fantaisie
2832/2
Le temple de l'amour
2847/1
La princesse des Balkans
2856/1
Douce enchanteresse
2857/1
Un baiser de soie
2889/2
Le parfum des dieux
2960/1
Un ange passe 2972/1
Danger pour le duc
3047/2
Les ailes de l'amour 3108/3
Une fuite éperdue 3125/3
Un tel enchantement
3271/3
Cœur volé
3324/3
Le château des rêves
3452/2
Idylle romaine
3520/2
Pour l'amour de vous
3538/2
L'amour en automne
3539/2
Le moulin des passions
3558/2
En cachette 3559/2
Prise au piège 3572/2
La malédiction vaincue
3573/2
L'impossible bonheur
3595/3
Une irrésistible passion
3596/2
L'ombre du passé 3615/2
L'amour est un labyrinthe
3616/2
Miracle à Chadwood
3639/2
Les deux mariages de Thérésa
3774/2
Sous le soleil de Grèce
3775/2
Idylle à Lucca 3808/2
Les sortilèges du cœur
3809/2
Pour l'amour d'un chevalier
3841/2
L'homme de mes rêves
3842/2
Fiançailles forcées
3862/2
Le roi sans cœur 3863/2
Trahison ! 3884/2
Princesse d'un jour
3885/2
La fausse duchesse
3901/2
La vengeance du comte
3902/2
Rêve provençal 3918/2
Ma sœur, mon amie, mon ennemie
3941/2
Rivalités amoureuses
3967/2
La beauté trahie 3986/2
Un baiser dans le désert
3997/2
L'éternité de l'amour
4017/2
Le roi et elle 4040/2
Fuite en Cornouailles
4059/2

Cinéma et TV

Livre après livre, film après film, J'ai lu édifie l'étonnante bibliothèque du cinéma et de la TV.

Les titres sont présentés par ordre alphabétique.

Abyss
CARD Orson Scott 2657/4
L'accompagnatrice
BERBEROVA Nina 3362/4
Adieu ma concubine
LEE Lilian 3633/4
Alice au pays des merveilles
CARROLL Lewis 3486/2
Alien
FOSTER Alan Dean 1115/3
AlienS
FOSTER Alan Dean 2105/4
Alien 3
FOSTER Alan Dean 3294/4
L'ami Maupassant
de MAUPASSANT Guy 2047/2
Les amies de ma femme
ADLER Philippe 2439/3
Les amitiés particulières
PEYREFITTE Roger 17/4
Angie
WING Avra 3829/3
L'année de l'éveil
JULIET Charles 2866/3
L'autre
CHEDID Andrée 2730/3
Backdraft
MITCHELL Kirk 2996/4
Beignets de tomates vertes
FLAGG Fannie 3315/7
Bel-Ami
de MAUPASSANT Guy 3366/3
La belle Romaine
MORAVIA Alberto 1712/5
Blade Runner
DICK Philip K. 1768/3
Beverly Hills
GILDEN Mel 3637/4, 3638/4 3716/4, 3860/4 & 3861/4 3958 & 3959 (juillet 95)
SMITH K.T. 3717/4
Bleu comme l'enfer
DJIAN Philippe 1971/4
Body
ARNSTON Harrison 3479/5
Bonjour la galère !
ADLER Philippe 1868/1
La brute
des CARS Guy 47/3
Carrie
KING Stephen 835/3
Charlemagne ou la jeunesse du monde
JULLIAN Marcel 3854/3
Charlie
KING Stephen 2089/5
La Chartreuse de Parme
STENDHAL 2755/5
Le Château des Oliviers
HÉBRARD Frédérique 3677/7
Chiens perdus sans collier
CESBRON Gilbert 6/2
Christine
KING Stephen 1866/4
La Ciociara
MORAVIA Alberto 1656/4
Le club de la chance
TAN Amy 3589/4
Les cœurs brûlés
JAUBERT & SILBERT 3992/4
Conan le barbare
HOWARD Robert E. 1449/3 (avec Sprague de Camp)
Conan le destructeur
HOWARD Robert E. 1689/2 (avec R.Jordan)
Le crime de Mathilde
des CARS Guy 2375/4
Croc-Blanc
LONDON Jack 2887/3
Cujo
KING Stephen 1590/4
Cyrano de Bergerac
ROSTAND Edmond 3137/3
Dans la ligne de mire
COLLINS Max Alban 3626/5
Danse avec les loups
BLAKE Michael 2958/4
Délivrance
DICKEYJames 531/3
La demoiselle d'Avignon
HEBRARD Frédérique 2620/4
Demolition Man
OSBORNE Richard 3628/4
Le dernier des Mohicans
COOPER Fenimore J. 2990/5
2001-l'odyssée de l'espace
CLARKE Arthur C. 349/2
Le diable au corps
RADIGUET Raymond 2969/1
Elisa
FERNANDEZ-RÉCATALA 3980/4
Entre Ciel et Terre
SINGER Michaël 3630/4
L'Espagnol
CLAVEL Bernard 309/4
E.T. L'extra-terrestre
SPIELBERG Steven 1378/3
E.T. La planète verte
SPIELBERG Steven 1980/3
Etat second
YGLESIAS Rafael 3629/6
L'été en pente douce
PELOT Pierre 3249/3
Farinelli
CORBIAU Andrée 3955/3
Des fleurs pour Algernon
KEYES Daniel 427/3
Forrest Gump
Winston Groom 3816/4
Le Fugitif
DILLARD J.-M. 3585/4
Frankenstein
SHELLEY Mary 3567/3
Germinal
ZOLA Emile 901/3
Geronimo
CONLEY Robert J. 3714/3
Le grand chemin
HUBERT Jean-Loup 3425/3
L'homme sans visage
HOLLAND Isabelle 3518/3
Hook
BROOKS Terry 3298/4
Horizons lointains
MASSIE Sonja 3356/6
L'impure
des CARS Guy 173/4
Isaura
GUIMARAES Bernardo 2200/2
J'étais empereur de Chine
PU-YI 2327/6
Le jardin secret
BURNETT F. H.3655/4
JF partagerait appartement
LUTZ John 3335/4

Cinéma et TV

JFK
GARRISON Jim 3267/5 Inédit
Jonathan Livingston le goéland
BACH Richard 1562/1 Illustré
Le Journal
GRAM Dewey 3822/5
Joy
LAUREY Joy 1467/2
Joy (Le retour de)
LAUREY Joy 3388/3
Junior
FLEISCHER Leonore 3876/3
Kramer contre Kramer
CORMAN Avery 1044/3
King of the hill
HOTCHNER A.E. 3582/4
La lectrice
JEAN Raymond 2510/1
La liste de Schindler
KENEALLY Thomas 2316/6
Little Big Man
BERGER Thomas 3281/8
Love story
SEGAL Erich 412/1
La machine
BELLETTO René 3080/6
Madame Bovary
FLAUBERT Gustave 103/3
Le Magicien d'Oz
BAUM Frank 1652/1
Maman j'ai encore raté l'avion
SINGER A. L. 3387/2
Le mari de l'Ambassadeur
HEBRARD Frédérique 3099/6
Melrose Place
Faut pas flipper
JAMES Dean 3882/4
Max Glick
TORGOV Morley 3855/3
Michigan Mélodie (Un mariage à la carte)
MONSIGNY Jacqueline 1289/2
1492
La conquête du paradis
THURSTON Robert 3403/3
Milliardaire malgré lui
SUNSHINE Linda 3831/4

Misery
KING Stephen 3112/6
Moi, Antoine de Tounens, roi de Patagonie
RASPAIL Jean 2595/4
9 semaines 1/2
McNEILL Elizabeth 2259/2
Les nuits fauves
COLLARD Cyril 2993/3
Les oiseaux se cachent pour mourir
McCULLOUGH Colleen 1021/4 & 1022/4
Oliver's story
SEGAL Erich 1059/2
Orphée
COCTEAU Jean 2172/1
Le palanquin des larmes
CHOW CHING LIE 859/4
Pavillons lointains
KAYE M.M. 1307/4 & 1308/4
Peter Pan
BARRIE James M. 3174/2
Peur Bleue
KING Stephen 1999/3
Présumé innocent
TUROW Scott 2787/7
Priez pour nous
DUROY Lionel 3138/4
Le Prince des marées
CONROY Pat 2641/5 & 2642/5
Pulsions
DePALMA Brian 1198/3
Les quatre filles du Dr March
ALCOTT Louisa M. 3877/3
La reine Margot
DUMAS Alexandre 3279/3
Rends la monnaie, papa !
FAUCHER Elizabeth 3746/3
Richard au pays des livres magiques
STRASSER Todd 3875/4
Robocop
NAHA Ed 2310/3
Le rouge et le noir
STENDHAL 1927/4
Running Man
KING Stephen 2694/3
Sauvez Willy
HOROWITZ Jordan 3627/4

La servante écarlate
ATWOOD Margaret 2781/5
Shining
KING Stephen 1197/5
Simetierre
KING Stephen 2266/6
Le sixième jour
CHEDID Andrée 2529/3
Stargate
DEVLIN Dean 3870/6
Star Trek
RODDENBERRY Gene 1071/3
Le temps de l'innocence
WHARTON Edith 3393/5
La tête en l'air
AGACINSKI Sophie 3046/5
The Player
TOLKEN Michael 3483/3
The Shadow
LUCENO James 3830/4
Tous les fleuves vont à la mer
PLAIN Belva 1479/5 & 1480/5
37°2 le matin
DJIAN Philippe 1951/4
Les Trois Mousquetaires
DUMAS Alexandre 3461/7
Un mari, c'est un mari
HEBRARD Frédérique 823/2
La vengeance aux deux visages
MILES Rosalind 2723/6 & 2724/6
Un Indien dans la ville
Le NABOUR Eric 3979/3
Une équipe hors du commun
GILBERT Sarah 3355/3
Une nounou pas comme les autres
COUCHAN Catherine 4014/3
Une vie
de MAUPASSANT Guy 1952/2
Vingt mille lieues sous les mers
VERNE Jules 3654/5
Le voyage du père
CLAVEL Bernard 300/1
Le voyage fantastique
ASIMOV Isaac 1635/3

2957

Achevé d'imprimer en Europe (France)
par Brodard et Taupin à La Flèche (Sarthe)
le 30 novembre 1995. 6547M-5
Dépôt légal nov. 1995. ISBN 2-277-22957-1
1er dépôt légal dans la collection : mars 1991
Éditions J'ai lu
27, rue Cassette, 75006 Paris
Diffusion France et étranger : Flammarion